高职高专基础课"十一五"规划教材

工程力学简明教程

主　编　苏德胜　韩淑洁

副主编　姚　军　宋学静

参　编　王　莺　王海梅　孟蕾青

　　　　张春玲　高晓芳

主　审　孟庆东

机械工业出版社

本书是根据教育部制定的《工程力学教学基本要求》和高等职业技术教育机械类专业力学课程教学要求，在总结编写教师多年教学经验的基础上编写而成的。本书充分结合当前教学实际，体现了高职高专的教育特色。

　　本书内容共四篇，十六章，包括了静力学、运动学、动力学和材料力学的相关知识。为体现学以致用，各章都精选了大量工程实例。另外，各章后均附有本章小结、思考题和习题，有利于学生学习总结。

　　本书可作为高职高专院校机械类、近机械类专业的通用教材，也可作为机械类本科（少学时）、职工大学、业余大学、函授大学、高等教育自学考试和中等专业学校有关专业的教学用书，并可供相关技术人员参考。

图书在版编目（CIP）数据

工程力学简明教程/苏德胜，韩淑洁主编. —北京：机械
工业出版社，2009.7
高职高专基础课"十一五"规划教材
ISBN 978-7-111-26836-9

Ⅰ. 工… Ⅱ. ①苏…②韩… Ⅲ. 工程制图—高等学校：
技术学校—教材 Ⅳ. TB23

中国版本图书馆 CIP 数据核字（2009）第 056955 号

机械工业出版社（北京市百万庄大街 22 号　邮政编码 100037）
责任编辑：李大国　版式设计：张世琴　责任校对：陈延翔
封面设计：王伟光　责任印制：李　妍
北京铭成印刷有限公司印刷
2009 年 7 月第 1 版第 1 次印刷
169mm×239mm · 17.25 印张 · 334 千字
0001—4000 册
标准书号：ISBN 978-7-111-26836-9
定价：25.00 元

前　言

本书是根据教育部制定的《工程力学教学基本要求》和高等职业技术教育机械类专业力学课程教学要求而编写的。在本书的编写过程中，紧密结合了当前高职、高专力学教学改革的需要，既注意学习、吸收有关院校力学课程改革的成果，又尽量反映著作者长期教学积累的经验与体会，严格把握读者定位，恰当组织、简化公式推导，着力贯彻"以应用为目的"、"以必需、够用为度"的原则，体现了高职、高专教材"简明"的特色，力求做到由浅入深，循序渐进，便于阅读。本书在阐明基本概念和基本理论的基础上，为突出工程实际，书中列举了较多实例。目前，学生学习工程力学的问题主要在于独立解题困难，针对这一问题，在各章节中选用了较多的有代表性的例题。本书各章后均有本章小结、思考题及习题，便于学生对知识的回顾与总结。

本书包括了"理论力学"和"材料力学"两部分的基础内容，在"理论力学"和"材料力学"两部分之间的相互衔接和前后呼应上，以及某些章节内容的取舍和处理上，与当前同一类教材比较，有一些改进，有一定特色。本书按70～90学时分配编写，并可结合各专业的具体情况进行调整，有些内容可作为选学或供学生自学(如加 * 的内容)。

为方便教学，本书还配套了电子课件供选用本教材的老师免费下载(www.cmpedu.com)，内容包括了电子教案、动画演示、实例分析和问题讨论等。

本书由苏德胜、韩淑洁主编。参加编写的老师有：苏德胜、韩淑洁、姚军、宋学静、王莺、王海梅、孟蕾青、张春玲、高晓芳。

本书由青岛科技大学孟庆东、杨洪林两位教授审核，孟庆东教授担任本书的主审。

本书的出版得到了机械工业出版社和有关院校的大力支持与协助，在编写过程中借鉴、引用了许多同类教材中的资料、图表或题例，谨此一并表示衷心感谢。

限于作者的水平，书中难免存在疏漏、缺点和不妥之处，敬请广大读者批评指正。

编　者

目　　录

前言
绪论 ……………………………… 1

第一篇　静　力　学

第一章　静力学基础 ……………… 5
第一节　力的概念 ………………… 5
第二节　刚体和平衡的概念 ……… 6
第三节　力的基本性质 …………… 6
第四节　约束和约束力 …………… 8
第五节　物体的受力分析与
　　　　受力图 ………………… 11
本章小结 …………………………… 15
思考题 ……………………………… 15
习题 ………………………………… 16

第二章　平面基本力系 …………… 17
第一节　平面汇交力系 …………… 17
第二节　平面力对点之矩 ………… 23
第三节　平面力偶系 ……………… 25
本章小结 …………………………… 28
思考题 ……………………………… 29
习题 ………………………………… 30

第三章　平面任意力系 …………… 33
第一节　力的平移定理 …………… 34

第二节　平面任意力系的平衡条件
　　　　及其应用 ……………… 35
第三节　静定与超静定问题的概念及
　　　　物体系统的平衡 ……… 40
第四节　摩擦 ……………………… 43
本章小结 …………………………… 48
思考题 ……………………………… 49
习题 ………………………………… 50

第四章　空间力系 ………………… 54
第一节　力在空间直角坐标轴上的
　　　　投影 …………………… 54
第二节　力对轴之矩 ……………… 55
第三节　空间任意力系的平衡
　　　　方程 …………………… 57
第四节　物体的重心和形心 ……… 60
本章小结 …………………………… 64
思考题 ……………………………… 65
习题 ………………………………… 65

第二篇　运　动　学

第五章　运动学基础 ……………… 70
第一节　点的运动学 ……………… 70
第二节　刚体的基本运动 ………… 79
本章小结 …………………………… 85
思考题 ……………………………… 85

习题 ………………………………… 86

第六章　点的合成运动及刚体的
　　　　平面运动 ……………… 88
第一节　点的合成运动的概念 …… 88
第二节　点的速度合成定理 ……… 89

*第三节　牵连运动为平动时点的
　　　　加速度合成定理 …… 91
第四节　刚体的平面运动 …… 92

本章小结 …………………… 98
思考题 ……………………… 99
习题 ………………………… 100

第三篇　动　力　学

第七章　动力学基础 ………… 104
第一节　质点动力学基本方程 …… 104
第二节　质点动力学的应用
　　　　举例 …………………… 106
第三节　刚体绕定轴转动的微分
　　　　方程及其应用 ………… 108

本章小结 …………………… 113
思考题 ……………………… 113
习题 ………………………… 114

第八章　动静法(达朗贝尔
　　　　原理) ……………… 117

第一节　惯性力与质点的达朗贝尔
　　　　原理 …………………… 117
第二节　刚体惯性力系的简化 …… 119
第三节　用动静法解质点系统动力学
　　　　问题的应用举例 ……… 122
第四节　定轴转动刚体轴承的
　　　　附加动反力 …………… 123

本章小结 …………………… 124
思考题 ……………………… 125
习题 ………………………… 126

第四篇　材　料　力　学

第九章　拉伸与压缩 ………… 131
第一节　轴向拉伸与压缩的概念
　　　　与实例 ………………… 131
第二节　轴向拉伸或压缩时横截面
　　　　上的内力 ……………… 131
第三节　轴向拉伸或压缩时横截面
　　　　上的应力 ……………… 134
第四节　轴向拉伸或压缩时的
　　　　应变 …………………… 135
第五节　材料在拉伸或压缩时的
　　　　力学性质 ……………… 137
第六节　拉伸和压缩的强度
　　　　计算 …………………… 142
第七节　应力集中的概念 ……… 145
*第八节　简单拉(压)静不定
　　　　问题 …………………… 145

本章小结 …………………… 148
思考题 ……………………… 150

习题 ………………………… 150

第十章　剪切与挤压 ………… 153
第一节　剪切变形 ……………… 153
第二节　挤压变形 ……………… 155
第三节　剪切和挤压的强度
　　　　计算 …………………… 156

本章小结 …………………… 160
思考题 ……………………… 161
习题 ………………………… 161

第十一章　圆轴的扭转 ……… 163
第一节　扭转的概念与实例 …… 163
第二节　外力偶矩和扭矩的
　　　　计算 …………………… 163
第三节　圆轴扭转时的应力与
　　　　强度计算 ……………… 166
第四节　圆轴扭转时的变形和
　　　　刚度条件 ……………… 170

本章小结 …………………… 172

思考题 ……………………… 172

习题 ………………………… 173

第十二章 直梁的弯曲 …………… 175

第一节 弯曲和平面弯曲的概念
与实例 ……………… 175

第二节 梁的计算简图及分类…… 176

第三节 梁的内力——剪力和
弯矩 ………………… 177

第四节 剪力图和弯矩图 ……… 179

第五节 弯曲时的正应力 ……… 185

第六节 梁弯曲横截面上的
切应力 ……………… 190

第七节 梁的强度计算 ………… 192

第八节 梁的弯曲变形计算和
刚度校核 …………… 197

*第九节 简单超静定梁的
解法 ………………… 202

第十节 提高梁承载能力的
措施 ………………… 203

本章小结 …………………… 206

思考题 ……………………… 207

习题 ………………………… 207

第十三章 组合变形的强度
计算 ………………… 211

第一节 组合变形的概念 ……… 211

第二节 拉伸（或压缩）与弯曲的
组合变形 …………… 212

第三节 弯曲与扭转的组合
变形 ………………… 214

本章小结 …………………… 218

思考题 ……………………… 219

习题 ………………………… 219

第十四章 压杆稳定 …………… 222

第一节 压杆稳定的概念及
失稳分析 …………… 222

第二节 临界力和临界应力 …… 224

第三节 压杆的稳定性计算 …… 229

第四节 提高压杆稳定性的
措施 ………………… 230

本章小结 …………………… 231

思考题 ……………………… 232

习题 ………………………… 232

*第十五章 应力状态分析及强度
理论 ………………… 235

第一节 应力状态的概念 ……… 235

第二节 二向应力状态分析 …… 236

第三节 三向应力状态简介及广义
胡克定律 …………… 240

第四节 强度理论简介 ………… 242

本章小结 …………………… 244

思考题 ……………………… 245

习题 ………………………… 245

*第十六章 动荷应力与交变应力
简介 ………………… 246

第一节 动荷应力 ……………… 246

第二节 交变应力与疲劳破坏的
概念 ………………… 251

本章小结 …………………… 253

思考题 ……………………… 254

习题 ………………………… 254

附录 ………………………… 256

附录A 几种常见图形的几何
性质 ………………… 256

附录B 简单形状均质刚体的
转动惯量 …………… 257

附录C 型钢规格表 …………… 258

参考文献 ……………………… 269

绪 论

伴随着科学技术的发展，人类社会发生了深刻的变化。蒸汽机的出现带来了一次重大的工业革命，使得世界工业化进程大大加快，人们的生活、工作空间得到了迅猛扩展，为今天的高新技术产生和发展奠定了基础。在这样的科技进步中，工程力学也从无到有，并得到了很大发展，为现代科学技术革命做出了重要贡献。

力学是研究宏观物体机械运动规律的科学，它揭示了物体之间的相互作用以及和运动之间的关系。力学的发展推动了科学技术和人类社会的进步。力学是众多学科和工程技术的基础。正是由于力学应用的广泛性，所以力学在解决一系列工程技术问题时，又向其他学科渗透，并在渗透的过程中大大丰富了力学科学本身。力学在发展的过程中，又衍生出许多分支学科，如理论力学、材料力学、结构力学、弹性力学、塑性力学、断裂力学……。它们最为突出的特点就是力学与工程的交叉。这些力学统称为"工程力学"。简单说来，工程力学是既与工程又与力学相关的学科。因此，工程力学是研究范围极其广泛的技术基础课程。

一、本书研究的内容

1. 本书主要构成

本书分四篇，第一篇是静力学（共 4 章）；第二篇是运动学（共 2 章）；第三偏是动力学（共 2 章）；第四篇是材料力学（共 8 章）。四个部分相对独立，读者可以根据需要选择进行学习。

2. 主要内容

本书包含了理论力学和材料力学的主要内容。

（1）理论力学　理论力学是研究物体机械运动一般规律的基础学科，讨论机构的运动情况及其受力分析，是工程分析与设计的起点。理论力学的内容包括以下三个部分：

1）静力学：研究物体的受力分析及作用于物体上的力系平衡问题。

2）运动学：从几何角度来研究机械的运动规律。

3）动力学：研究作用于物体上的力与物体机械运动变化之间的关系。

（2）材料力学　材料力学主要研究构件在外力作用下，其内部将产生何种内力，这些内力导致构件发生何种变形，以及如此的变形对构件正常工作将产生什么影响。工程上把构件在外力作用下，丧失正常的工作能力的现象称为失效。通常失效分为三类：强度失效、刚度失效和稳定性失效。比如机械加工立柱(图0-1),如果强度不足,会发生塑性变形或断裂;再如,翻斗货车的液压机构中的顶杆(图0-2),如果承受的压力过大,或者杆本身过于细长,有可能发生突然弯曲,导致稳定性失效。

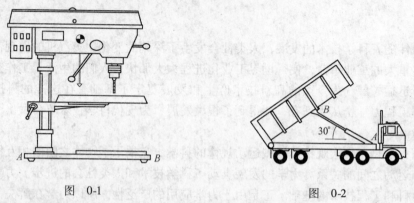

图 0-1   图 0-2

3. 研究模型

静力学中在研究物体受力时,先忽略物体自身的变形,而认为其是不变形的物体,这样的物体称为刚体。例如图0-3所示的塔式吊车,一般情况下,在其工作时可以将其看成是刚体。由于有了这样的假设,在静力学中分析物体受力时,问题就得到了简化。

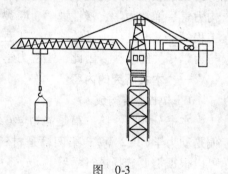

材料力学主要研究物体受力后发生的变形情况,因此在由静力学中得到了物体所受外力情况后,在材料力学中就不能将其看成是刚体,而要看成是变形体。

图 0-3

二、工程力学的学习方法

1. 联系实际

工程力学来源于人类长期的生活实践、生产实践与科学实验,并且广泛应用于各类工程实践中。因此,在实践中学习工程力学是一个重要的学习方法。

广泛联系与分析生活及生产中的各种力学现象,是培养未来的工程技术人员对工程力学发生兴趣的一条重要途径。而对工程力学的兴趣乃是身心投入的一个重要起点。联系实际也是从获得理论知识到养成分析与解决问题能力之间的一座桥梁。初学工程力学的人的通病就是感到"理论好懂,习题难解",这就是缺少各种实践的过程(包括大量的课内外练习),没有完成理论到能力之间转化的一种反映。

2. 善于总结

　　将书读薄是做学问的一种基本方法。读一本书后要将其总结成几页材料，惟其如此，才能抓住一个章节、一本书、乃至一门学科的精髓，才能融会贯通，才能真正成为自己的知识。

　　理论要总结，解题的方法与技巧也要总结。本书例题中常有一题多解和多题一解的现象，其目的就是在于传授方法，培养举一反三的能力。

　　3. 勤于交流

　　相互交流是获取知识的一种重要手段，课堂教学、习题讨论、课件利用直至网上交流，经常表述自己的观点，不断纠正自己的错误理念，从而使自己的综合素质得到提高。

第一篇 静 力 学

　　静力学是研究物体在力系作用下平衡规律的一门科学。所谓平衡，是指物体相对于地面保持静止或做匀速直线运动的状态。所谓力系，是指作用于同一物体上的一组力。物体处于平衡状态时，作用于该物体上的力系称为平衡力系。

　　静力学研究的主要内容，一是对物体进行受力分析；二是对作用于物体上的力系进行简化，即用简单的力系代替复杂的力系；三是研究物体在力系作用下的平衡条件。

　　研究静力学的目的：

　　（1）工程专业都要接触到机械运动的平衡问题　有很多工程实际问题可以直接应用静力学的基本理论去解决，有些问题则需要用静力学和其他专门知识共同来解决。所以学习静力学可以解决工程实际问题或为解决工程实际问题打下一定的基础。

　　（2）静力学是研究力学中最普遍、最基本的规律　很多工程专业的课程，如机械设计基础、运动学、材料力学以及许多专业课程等，都要以静力学为基础。例如，只有对构件进行外力分析的前提下，才能运用材料力学的理论进行构件的强度、刚度和稳定性计算。所以静力学是学习一系列后续课程的重要基础。

第一章　静力学基础

力的公理及物体的受力分析是研究静力学的基础。本章主要介绍约束及约束力，物体的受力分析及受力图的绘制。

第一节　力 的 概 念

力的概念是人们在生产和生活实践中通过反复的观察、实验和分析而逐渐建立起来的。物理学中已经指出，力是物体间的相互机械作用。这种作用将使物体运动状态发生改变或使物体产生变形。

力可以改变物体的机械运动状态（又称外效应）。例如，原来静止的汽车在力的作用下开始动起来；行驶的汽车刹车时，靠摩擦力使它停止下来。有时力作用在物体上，并不会改变客观存在的运动状态，这是因为作用在物体上的这些力相互平衡，它们的运动效果互相抵消的缘故。

力还能使物体产生变形（又称内效应）。例如，弹簧受拉力时会伸长，起重机横梁在起吊重物时会产生弯曲变形等。

实践证明，力对物体的效应取决于力的基本要素，即**力的大小、方向和作用点**，简称为**力的三要素**。只要其中的任何一个要素改变，该力对物体的作用效应就要改变，因此**力是矢量**，记作 F。力 F 的三个要素可以用一个带箭头的有向线段 AB 来表示，如图 1-1所示。

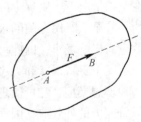

图　1-1

（1）力的大小　力的大小反映了物体间机械作用的强弱，按一定的比例尺通过线段 AB 的长度表示。在国际单位制中，力的单位是**牛顿**（N）或**千牛顿**（kN），$1kN = 10^3 N$。

（2）力的方向　力的方向表示物体的机械作用具有方向性。力的方向包括力的作用线在空间的方位和力沿作用线的指向，用箭头来表示。

（3）力的作用点　力的作用点是力作用在物体上的部位。如果力作用的面积很小，可以近似地看成作用在一个点上，这种力称为**集中力**，通常用 F 表示。力作用的点称为力的作用点。如图 1-2a 所示，单臂吊车的水平梁 AB，在 B 点和 C 点分别受到集中力 F_T 和 G 的作用（图 1-2b）。如果两个物体相互作用时力的作用范围较大，如作用于化工塔器上的风载 p_1、p_2（图 1-2c），则这种力称为**均布力**

或**均布荷载**。通常用**均布荷载密度**来表示均布荷载作用的强弱程度，并用 q 来表示。

在静力学中，用黑体字母表示矢量(如 $\boldsymbol{F}$)，而用普通字母表示力的大小(如 F)。

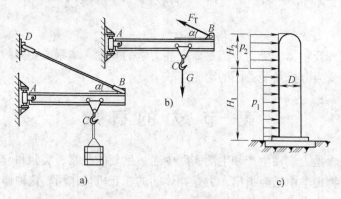

图　1-2

第二节　刚体和平衡的概念

一、刚体的概念

力对物体的效应，除了使物体的运动状态发生改变外，还使物体发生变形。在正常情况下，工程中的机械零件和结构构件在力的作用下发生的变形是很微小的，甚至只有用专门的仪器才能测量出来。这种微小的变形在研究力对物体的外效应时影响极小，因此可以略去不计。这时就可以把物体看做是不变形的。在受力情况下保持形状和大小不变的物体称为**刚体**。刚体是对物体进行抽象后得到的一种理想模型，它可使理论推导和计算大大简化。在静力学中不研究内效应，而只研究力的外效应，因而可将物体视为刚体。然而，当变形这一因素在所研究的问题中是处于主要地位时(如在材料力学中)，即使变形量很小，也不能把物体看做是刚体。

二、平衡的概念

在工程中，把物体相对于地面处于静止或做匀速直线运动的状态称作**平衡**。例如，静止的房屋建筑，在直线轨道上等速前进的火车，都是处于平衡状态。

第三节　力的基本性质

实践证明，力具有下述四个性质(也可称为力的四个公理)：

性质1(二力平衡公理)　作用在刚体上的两个力，使刚体处于平衡的必要和

充分条件是：这两个力的大小相等，方向相反，且作用在同一直线上。如图1-3所示，即

$$F_1 = -F_2 \tag{1-1}$$

二力平衡公理总结了作用在刚体上最简单的力系平衡时所必须满足的条件。它对刚体来说既必要又充分；但对非刚体，却是不充分的。如绳索受两个等值、反向的拉力作用可以平衡，而受两个等值、反向的压力作用就不平衡。

工程上将自重不计、只受两个力作用而处于平衡的物体称为**二力杆**。工程中二力杆是很常见的，如图1-4a所示结构中的 *BC* 杆，在不计其自重时，就可视为二力杆或二力构件。其受力如图1-4b所示。

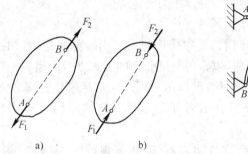

图 1-3　　　　　　　　　　　　　图 1-4

性质2（加、减平衡力系公理）　在已知力系上加上或减去任意的平衡力系，并不改变原力系对刚体的作用。

这个性质的正确性也是很明显的，因为平衡力系对于刚体的平衡或运动状态没有影响。这个性质是力系简化的理论根据之一。

根据性质2可以导出如下推论——**力的可传性**：作用在刚体上某点的力，可以沿其作用线移到刚体内任意一点，而不改变该力对刚体的作用。如图1-5所示，在水平道路上用水平力 **F** 作用于 *A* 点推车或用 **F** 力作用于 *B* 点拉车可以产生同样效果。

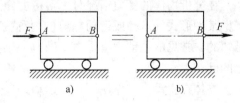

图 1-5

由此可见，对刚体来说，力的作用点已不是决定力的作用效果的要素，它可用力的作用线代替，即力的三要素是：力的大小、方向和作用线。

必须注意，加、减平衡力系原理和力的可传性只适用于刚体，不适用于变形体。这个问题将在材料力学中讨论。

性质3（力的平行四边形公理）　作用在物体上同一点的两个力 **F**$_1$ 和 **F**$_2$ 可以

合成为一个合力 F_R。合力的作用点也在该点；合力的大小和方向，由以这两个力的力矢为边所构成的平行四边形的对角线来确定。如图 1-6 所示，如果将原来的两个力 F_1 和 F_2 称为分力，此法则可简述为合力 F_R 等于两分力的矢量和。即

$$F_R = F_1 + F_2 \qquad (1-2)$$

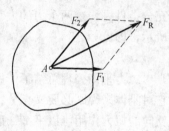

图 1-6

这个公理总结了最简单的力系的简化规律，它是其他复杂力系简化的基础。

性质4(作用和反作用公理)　若将两物体间相互作用之一称为作用力，则另一个就称为反作用力。两物体间的作用力与反作用力必定等值、反向、共线，并且分别同时作用于两个相互作用的物体上。

本公理阐明了力是物体间的相互作用，其中作用与反作用的称呼是相对的。力总是以作用与反作用的形式存在的，且以作用与反作用的方式进行传递。

这里应该注意，二力平衡公理与作用与反作用公理之间的区别。前者叙述了作用在同一物体上两个力的平衡条件；后者却是描述两物体间相互作用的关系。

有时考察的对象是一群物体的组合称为**物体系统**(简称**物系**)。物系外的物体与物系间的作用力称为外力，而物系内部物体间的相互作用力称为内力。内力总是成对出现且呈等值、反向、共线的特点，所以就物系而言，内力的合力总是为零。因此，内力不会改变物系的运动状态。但内力与外力的划分又与所取物系的范围有关，随着所取对象范围的不同，内力与外力是可以互相转化的。

第四节　约束和约束力

在分析物体的受力情况时，常将力分为主动力和约束力。工程上把能使物体产生某种形式的运动或运动趋势的力称为**主动力**(又称为**荷载**)。主动力通常是已知的，常见的主动力有重力、磁力、流体压力、弹簧的弹力和某些作用于物体上的已知力。

物体在主动力的作用下，其运动大多受到某些限制。对物体运动起限制作用的其他物体，称为约束物，简称为**约束**。被限制的物体称为被约束物。如吊式电灯被电线限制使电灯不能掉下来，电线就是约束(物)，电灯是被约束物。约束作用于被约束物的力称为**约束力**(简称**反力**)。如电线作用于吊式电灯的力即为约束力。显然，约束力是由于有了主动力的作用才引起的，所以约束力是被动力。约束(物)是通过约束力来实现限制被约束物的运动的，所以约束力的方向总是与约束物所能阻止的运动方向相反。至于约束力的大小，则需要通过以后几

章研究的平衡条件求出。

下面介绍几种常见的约束形式和确定约束力的分析。

一、柔性约束

由绳索、链条或传动带等柔性物体构成的约束称为柔性约束。由于柔性物体本身只能受拉，不能受压，因此，柔性约束对物体的约束力，必沿着柔性物体的轴线方向，作用于连接点处，并背离被约束物体。这类约束通常用 F_T 表示。如图 1-7a 所示，用绳子悬吊一重物 G，绳子对重物 G 的约束力为 F_T'；如图 1-7b 所示，传动带对带轮的约束力为 $F_{T1}(F_{T1}')$ 和 $F_{T2}(F_{T2}')$。

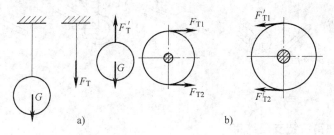

图　1-7

二、光滑接触面(线、点)约束

当物体与平面或曲面接触时，如果摩擦力很小可忽略不计，就可以认为接触面是"光滑"的。光滑面约束只能阻止物体在接触点处沿公法线方向向接触面内部的位移(图 1-8a)，不能限制物体沿接触面切线方向的位移。所以，光滑面对物体的约束力，作用在接触处，方向沿接触面的公法线，指向被约束物体，并用符号 F_N 表示。

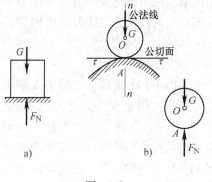

如果两物体在一个点或沿一条线相接触，且摩擦力可以略去不计，则称为光滑接触点或光滑接触线约束。图 1-8b 所示，

图　1-8

一圆球(或圆柱)O 放置在光滑圆球(或圆柱)A 上，则 A 对 O 就构成约束，其约束力 F_N 作用在接触点(或接触线)，方向应沿接触点(或接触线)的公法线，并指向受力物体 O。

三、圆柱销铰链约束

如图 1-9a 所示，将两零件 A、B 的端部钻孔，用圆柱形销钉 C 把它们联接起来，如果销钉和圆孔是光滑的，且销钉与圆孔之间有微小的间隙，那么销钉只限制两零件的相对移动，而不限制两零件的相对转动。具有这种特点的约束称为**铰**

链。图 1-9d 所示为其简化图。由图可见，销钉与零件 A、B 接触，实际上是与两个光滑内孔圆柱面接触。按照光滑面约束的约束力特点，以零件 A 为例，销钉给 A 的约束力 F_R 应沿销钉与圆孔的接触点 K 的公法线，即沿孔的半径方向（图 1-9b）。但因接触点 K 一般不能预先确定，故约束力的方向也不能预先确定。在受力分析中常用两个正交分力 F_x，F_y 来表示，如图 1-9c 所示。同理，若以零件 B 作为分析对象，也可得到同样结果，只不过与上述力的方向相反。读者可自行验证。

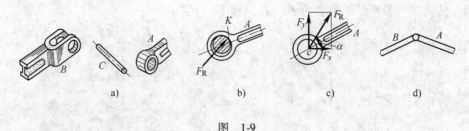

a)　　　　　　　　b)　　　　　　　　c)　　　　　　　　d)

图　1-9

四、圆柱销铰链支座约束

将构件连接在机器的底座上的装置称为支座。若用圆柱销钉将构件与底座连接起来，则构成圆柱销铰链支座约束。根据铰链支座与支承面的连接方式不同，铰链支座分成固定铰链支座和活动铰链支座。

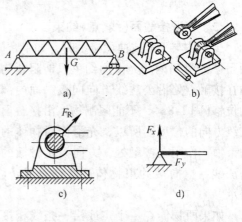

a)　　　　　　　　b)

c)　　　　　　　　d)

图　1-10

1. 固定铰链支座

如图 1-10a 所示，钢桥架 A 端的铰链支座为固定铰链支座（或辊轴支座）。其结构如图 1-10b 所示。它可用地脚螺栓将底座与固定支承面连接起来，如图 1-10c 所示。其约束力与铰链约束力有相同的特征，所以也可用两个通过铰心的、大小和方向未知的正交分力 F_x，F_y 来表示。固定铰链支座的简图如图 1-10d 所示。

2. 活动铰链支座

如果在支座和支承面之间有辊轴，就称为活动铰链支座，又称辊轴支座。如图 1-11a 所示，钢桥架的 B 端支座即为活动铰链支座。其简图如图 1-11b 所示。这种支座的约束力 F_R 垂直于支承面（图 1-11c）。

除以上几种比较简单的常见约束外，还有固定端等形式的约束，将在适当的章节作介绍。

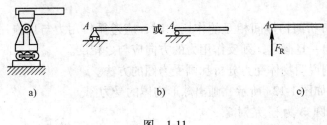

图　1-11

第五节　物体的受力分析与受力图

受力分析就是研究某个指定物体受到的力(包括主动力和约束力),分析这些力的三要素,并将这些力全部画在图上。该物体称为研究对象,所画出的这些力的图形称为受力图。所以,受力分析的结果体现在受力图上。画受力图的一般步骤为:

(1) 单独画研究对象轮廓　根据所研究的问题,首先要确定何者为研究对象。研究对象是受力物,周围的其他一些物体是施力物。受力图上画的力来自施力物。为清楚起见,一般需将研究对象的轮廓单独画出,并在该图上画出它受到的全部外力。

(2) 画给定力　给定力常为已知或可测定的力,按已知条件画在研究对象上即可。

(3) 画约束力　画约束力是受力分析的主要内容。研究对象往往同时受到多个约束,为了不漏画约束力,应先判明存在几处约束;为了不画错约束力,应按各约束的特性确定约束力的方向,不要主观臆测。

对物体进行受力分析,即恰当地选取分离体并正确地画出受力图,是解决力学问题的基础,它不仅在本课程的学习中,而且在工程实际中都极为重要。受力分析错误,据此所作的进一步计算必将出现错误的结果。因此,必须准确、熟练地画出受力图。在画受力图时还必须注意以下几点:

(1) 研究由多个物体组成的物体系统(简称物系)时,应区分系统外力与内力。物系以外的物体对物系的作用称为系统外力;物系内各部分之间的相互作用力称为系统内力。同一个力可能由内力转化为外力(或相反)。例如,将汽车与拖车这个物系作为研究对象时,汽车与拖车之间的一对拉力是内力,受力图上不必画出;若以拖车这个物系为研究对象,则汽车对它的拉力是系统外力,应当画在拖车的受力图上。

(2) 物体系统中一般都有二力构件。分析物体系统受力时,应先找出二力构件,然后依次画出与二力构件相连构件的受力图,这样画出的受力图可得到简化。

（3）当分析两物体间相互的作用力时，应遵循作用力与反作用力定律。若作用力的方向一旦假定，则反作用力的方向应与之相反。

下面举例说明物体受力分析和画受力图的方法。

例1-1 如图1-12a所示，画出球形物体的受力图。

解 取圆球为研究对象，画出其轮廓简图。首先画主动力 G，再根据约束特性，画约束力。圆球受到斜面的约束，如不计摩擦，则为光滑面接触，故圆球受斜面的约束力 F_N 的位置在接触点 A，方向沿斜面与球面的公法线方向并指向球心；圆球在连接点 B 受到绳索 AB 的

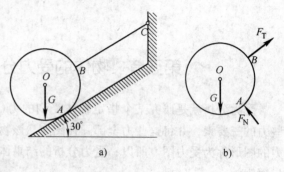

图 1-12

约束力 F_T 沿绳索轴线而背离圆球。圆球受力图如图1-12b所示。

例1-2 如图1-13a所示，简支梁 AB 的 A 端为固定铰链支座，B 端为活动铰链支座，并放在倾角为 α 的支承斜面上，在 AC 段受到垂直于梁的均布荷载 q 的作用，梁在 D 点又受到与梁成倾角 β 的荷载 F 的作用，梁的自重不计。试画出梁 AB 的受力图。

解 （1）画出梁 AB 的轮廓。

（2）画主动力 有均布荷载 q 和集中荷载 F。

（3）画约束力 梁在 A 端为固定铰链支座，约束力可以用 F_{Ax}、F_{Ay} 两个分力来表示；B 端为活动铰链支座，其约束力 F_N 通过铰心且垂直于斜支承面。梁的受力图如图1-13b所示。

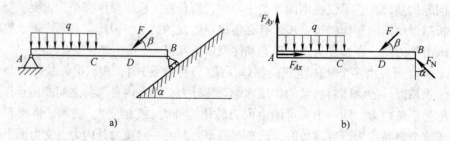

图 1-13

例1-3 如图1-14所示，水平梁 AB 用斜杆 CD 支承，A、C、D 三处均为光滑铰链连接。均质梁 AB 重量为 G_1，其上放置一重为 G_2 的电动机。不计 CD 杆的自重。试分别画出斜杆 CD、横梁 AB（包括电动机）及整体的受力图。

解 （1）确定研究对象，分别以水平梁 AB、斜杆 CD 为研究对象并画出受力图 水平梁 AB 受的主动力为 G_1、G_2。A 处为固定铰支座，约束力过铰链 A 的中心，方向未知，可用两个正交分力 F_{Ax} 和 F_{Ay} 表示。D 处为圆柱铰链，CD 杆为二力杆（设为受压的二力杆），给梁 AB 在 D 点一个斜向上的力 F_D，如图 1-14b 所示。斜杆 CD 是二力杆，作用于点 C、D 的二力 F_C、F_D' 大小等

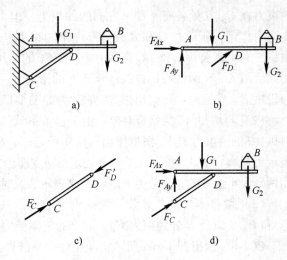

图 1-14

值、方向相反，作用线在一条直线上。CD 杆受力如图 1-15c 所示。

（2）取整体为研究对象，并画其受力图 如图 1-15d 所示，先画出主动力 G_1、G_2，再画出 A 处固定铰链支座的约束力 F_{Ax} 和 F_{Ay}，以及 C 处的固定铰支座的约束力为 F_C。

需要注意的是，整体受力图中某约束力的指向，应与局部受力图中（单件）同一约束力的指向相同。例如，画 CD 杆的受力图时，已假定固定铰支座 C 的约束力为压力，在画整体的受力图时，C 处的约束力也应与之相同。

在整体的受力图中，没有画出铰支座 D 处的约束力（F_D 和 F_D'），这一对约束力是整体的两部分（梁 AB、杆 CD）之间的相互作用力，但对于整体而言，该力属于内力，因此在整体的受力图上不应画出。

例 1-4 如图 1-15a 所示，三铰拱桥由左右两拱铰链联接而成。若各拱自重不计，且在拱 AC 上作用荷载 F，试分别画出拱 AC 和 BC 及整体的受力图。

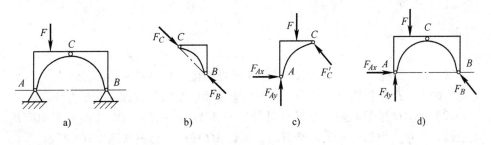

图 1-15

解 此题是物体系统的平衡问题，需分别对各个物体及整体进行受力分析。

（1）先分析拱 BC 的受力 拱 BC 受有铰链 C 和固定铰链支座 B 的约束，其

约束力在 C、B 处各有 x 和 y 方向的约束力。但由于拱 BC 自重不计，也无其他主动力作用，所以在 C 和 B 处只有一个约束力，即 $\boldsymbol{F}_C$ 和 $\boldsymbol{F}_B$，拱 BC 为二力杆。根据二力平衡公理，拱 BC 在两力 $\boldsymbol{F}_C$ 和 $\boldsymbol{F}_B$ 的作用下处于平衡状态，且二力的作用线应沿 C、B 两铰心的连线。至于力的指向，一般由平衡条件来确定。此处若假设拱 BC 受压力，则画出拱 BC 的受力如图 1-15b 所示。

（2）再取拱 AC 为研究对象　由于自重不计，因此主动力只有荷载 F。拱 BC 对拱 AC 的约束力 $\boldsymbol{F}_C{}'$。根据作用和反作用定律，$\boldsymbol{F}_C$ 与 $\boldsymbol{F}_C{}'$ 等值、反向、共线，可表示为 $\boldsymbol{F}_C = -\boldsymbol{F}_C{}'$。拱在 A 处受有固定铰链支座给它的约束力，由于方向未定，可用两个大小未知的正交分力 $\boldsymbol{F}_{Ax}$ 和 $\boldsymbol{F}_{Ay}$ 来表示。此时拱 AC 的受力图如图 1-15c 所示。

（3）取整体为研究对象　先画出主动力，只有荷载 F，再画出 A 处约束力 $\boldsymbol{F}_{Ax}$ 和 $\boldsymbol{F}_{Ay}$，以及 B 处约束力 $\boldsymbol{F}_B$，画出的整体受力图如图 1-15d 所示。

例 1-5　画出图 1-16a 所示构架中整个系统以及构件 AO、AB 和 CD 构件的受力图。各杆重力均不计，所有接触处均为光滑接触。

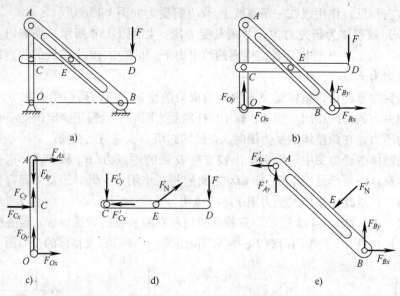

图　1-16

解　（1）画整个系统受力图　O、B 两处为固定铰链约束；其余各处的约束力均为内力；D 处作用有主动力 F，所以整个系统受力图如图 1-16b 所示。

（2）画 AO 杆受力图　由于 O 处受力与图 1-16b 一致；C、A 两处为中间活动铰链，约束力可以分解为两个分力，所以 AO 杆的受力图如图 1-16c 所示。

（3）画 CD 杆受力图　由于 CD 杆在 C 处的受力与 AO 杆在 C 处的受力互为作用力和反作用力；CD 上所带销钉 E 处受到 AB 杆中斜槽光滑面约束力 $\boldsymbol{F}_N$；D 处作用有主动力 F，所以 CD 杆的受力图如图 1-16d 所示。

（4）画 AB 杆受力图　由于 AB 杆在 A 处受力与 AO 杆在 A 处的受力互为作用力和反作用力；AB 杆在 E 处受力与 CD 杆在 E 处的受力互为作用力和反作用力；B 处的约束力分解为两个分量（与图1-16b 相一致），所以 AB 杆的受力图如图1-16e 所示。

本章小结

本章介绍了静力学的基本概念及公理，约束的概念及工程中常见的约束，并介绍了对物体进行受力分析的方法和步骤。

（1）基本概念　静力学研究力的性质和作用在刚体上的力系的简化及力系平衡的规律。须掌握以下基本概念：

1）力：力是物体之间的相互作用，它不能脱离物体而存在，力对物体的作用效果取决于力的大小、方向和作用点，称为力的三要素。

2）刚体：受力而不变形的物体。为使问题简化，在研究物体的运动或平衡规律时，刚体是对客观实际物体经抽象得出的一个力学模型。

（2）静力学公理　阐明了力的基本性质，二力平衡公理是最基本的力系平衡条件；加减力系平衡公理是力系等效代换与简化的理论基础；力的平行四边形定则表明了力的矢量运算规律；作用与反作用公理揭示了力的存在形式以及力在物系内部的传递方式。二力平衡公理和力的可传性仅适用于刚体。

（3）约束和约束力　约束是指对非自由的物体的某些位移起限制作用的周围物体；约束力是约束对被约束物体的作用力，约束力的方向总是与约束所能阻止的物体的运动方向相反。例如柔性约束只能承受沿柔索的拉力，并沿柔索方向背离物体；光滑面约束只能承受位于接触点的法向压力，指向物体；铰链约束能限制物体沿垂直于销钉轴线方向的移动，方向不能确定，通常用两个正交分力确定。

（4）受力图　研究对象是被解除了约束的物体，即分离体。在分离体上画出它所受的全部力（包括主动力和约束力），称为受力图。画受力图时，应先解除约束，准确判断约束的性质，不能多画、少画和错画了力。同时注意只画外力，不画内力；只画受力，不画施力。检查受力图时，要注意各物体之间的相互作用力是否符合作用力和反作用力的关系。

思　考　题

1. 两个相等的力矢量对刚体的作用是否相等？
2. 说明下列式子的意义和区别。
（1）$F_1 = F_2$　　（2）$\boldsymbol{F}_1 = \boldsymbol{F}_2$；　　（3）力 $\boldsymbol{F}_1$ 等于力 $\boldsymbol{F}_2$
3. 能否说合力一定比分力大，为什么？
4. 约束力的方向与主动力的作用方向有无关系。

习 题

1-1 根据图 1-17 所示各物体单件所受约束的特点，分析约束并画出它们的受力图。设各接触面均为光滑面，未画重力的物体表示重力不计。

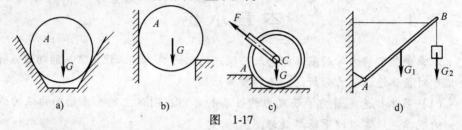

图 1-17

1-2 画出图 1-18 所示各物体系统的单件及整体受力图。设各接触面均为光滑面，未画重力的物体表示重量不计。

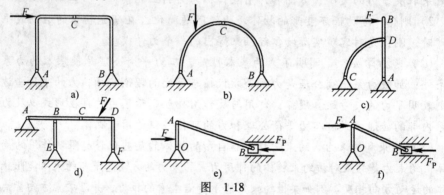

图 1-18

1-3 如图 1-19 所示，画出下列各物体系统的单件及整体受力图。设各接触面均为光滑面，各物体重量不计。

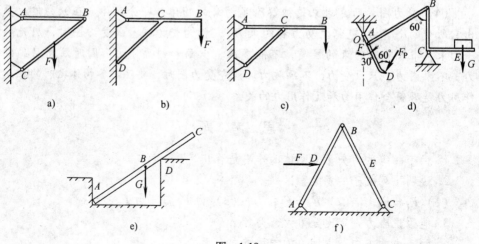

图 1-19

第二章 平面基本力系

在第一章中已经对物体进行了受力分析，并画出受力图，接下来的问题是对作用在物体上的未知外力进行计算。本章先研究两个简单的力系——平面汇交力系和平面力偶系的合成与平衡问题，它们是研究复杂力系的基础，通常称为基本力系。

第一节 平面汇交力系

作用于物体上的力系，若各力的作用线在同一平面内，且汇交于一点，这样的力系称为**平面汇交力系**。如图 2-1 所示，起重机挂钩受到 F_{T1}、F_{T2} 和 F_{T3} 三个力的作用，三力的作用线在同一平面内且汇交于一点；如图 2-2 所示，自重为 G 的锅炉搁置在砖墩 A、B 上时，受力图如图 2-2b 所示，这些都是平面汇交力系的实例。

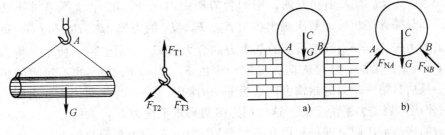

图 2-1   图 2-2

研究平面汇交力系的目的，一方面为了解决工程实际中的这类问题，另一方面也为研究更复杂的力系打下基础。

本节主要研究平面汇交力系的合成(或简化)和平衡问题。分析平面汇交力系一般有两种方法：几何法和解析法。

一、平面汇交力系的合成的几何法

力是矢量，故平面汇交力系的合成亦按矢量运算法则进行。

1. 两汇交力合成的三角形法则

设力 F_1 与 F_2 作用于某刚体上的 A 点，则由前述可知，以 F_1、F_2 为邻边作平行四边形，其对角线即为它们的合力 F_R，并记作 $F_R = F_1 + F_2$，如图 2-3a 所示。

　　为简便起见，作图时可省略 AC 与 DC，直接将 F_2 连在 F_1 的末端，通过 ABD 即可求得合力 F_R，如图 2-3b 所示。此法就称为求两汇交力合力的三角形法则。按一定比例作图，可直接量得合力 F_R 的近似值。

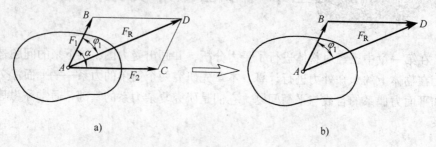

a)　　　　　　　　　　　　　　　　　　b)

图　2-3

2. 多个汇交力的合成——力多边形法则

　　如果刚体上作用有 F_1、F_2、…、F_n 等 n 个力组成的平面汇交力系，为简单起见，图 2-4a 中只画出了三个力。欲求此力系的合力，使用力三角形法。先从任一点 a 起画出力 F_1 和 F_2 的力三角形 ABC，求出它们的合力 F_{R1}，再画出 F_{R1} 和 F_3 的力三角形 ACD，求出这两力的合力 F_{R2}，F_{R2} 就是整个平面汇交力系的合力 F_R，如图 2-4b 所示。由图 2-4b 的作图过程分析可知，若我们的目的只是求合力 F_R 的大小和方向，中间合力图中力矢 $\overrightarrow{AC}$（即合力 F_{R1}）可不必画出，而只需首尾相接地顺次画出各力 F_1、F_2、F_3 的力矢 $\overrightarrow{AB}$、$\overrightarrow{BC}$ 和 $\overrightarrow{CD}$，最后作出的力矢 $\overrightarrow{AD} = F_{R2}$ 就是所求的三个力的合力矢 F_R，如图 2-4c 所示。将力矢由 F_1 开始，沿同一环绕方向，形成一个由 F_1、F_2、F_3 组成的不封闭的多边形，最后自第一个力的始端引向最后一个力的末端作一力矢封闭该多边形，此"封闭边"就是力系的合力。这种用力多边形求汇交力系合力的方法，通常称为力的多边形法则。这种利用几何作图的方法将汇交力系简化的方法，称为几何法。

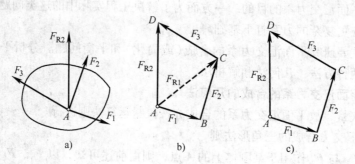

a)　　　　　　　　　　b)　　　　　　　　　　c)

图　2-4

若采用矢量加法的定义，则可简写为

$$F_R = F_1 + F_2 + \cdots + F_n = \sum F \tag{2-1}$$

应用几何法解题时，必须恰当地选择力的比例尺，即取单位长度代表若干牛顿的力矢并把比例尺注在图旁。

二、平面汇交力系合成的解析法

解析法的基础是力在坐标轴上的投影，它是利用平面汇交力系在直角坐标轴上的投影来求力系合力的一种方法。

1. 力在直角坐标轴上的投影

设刚体的某点 A 作用一力 F，在 F 的平面内取直角坐标系 Oxy。从力 F 的两端 A 和 B 分别向 x、y 轴作垂线，得线段 ab 和 a_1b_1，如图 2-5a 所示。线段 ab 和 a_1b_1 分别为力 F 在 x、y 轴上投影的大小，分别以 F_x 与 F_y 来表示。

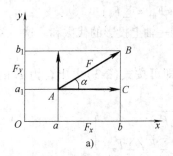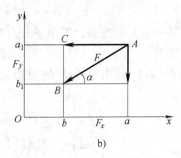

图　2-5

力的投影是代数量，其正负规定如下：若从 a 到 b（或 a_1 到 b_1）的指向与坐标轴正向一致时，投影值为正，反之为负。例如图 2-5a 中的 F_x 与 F_y 均为正值，图 2-5b 中的 F_x 与 F_y 均为负值。

若已知力 F 的大小为 F，它与 x 轴所夹锐角为 α，则由图 2-5 可知

$$\left. \begin{array}{l} F_x = \pm F\cos\alpha \\ F_y = \pm F\sin\alpha \end{array} \right\} \tag{2-2}$$

反之，若已知力 F 在 x、y 轴上投影 F_x 与 F_y，则由图 2-5 的几何关系可得

$$\left. \begin{array}{l} F = \sqrt{F_x^2 + F_y^2} \\ \tan\alpha = \left| F_y / F_x \right| \end{array} \right\} \tag{2-3}$$

力 F 的指向由 F_x 与 F_y 的正负号确定。

必须注意，力的投影与分力是不同的，投影是代数量，而分力是矢量，两者不可混淆。

2. 合力投影定理

设在刚体上有一平面汇交力系 F_1、F_2、F_3，用力多边形法则可知其合力为

F，如图 2-6 所示。取坐标系 Oxy，将合力 F 及力系中的各力 F_1、F_2、F_3 向 x 轴投影，由图 2-6b 可得

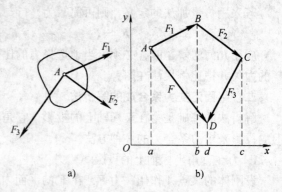

$$ad = ab + bc - cd$$

即 $\quad F_x = F_{1x} + F_{2x} + F_{3x}$

同理有 $\quad F_y = F_{1y} + F_{2y} + F_{3y}$

显然，上述关系可以推广到由 n 个力 F_1、F_2、$\cdots$、F_n 组成的平面汇交力系，从而得出

图 2-6

$$\left.\begin{array}{l} F_x = F_{1x} + F_{2x} + \cdots + F_{nx} = \sum F_x \\ F_y = F_{1y} + F_{2y} + \cdots + F_{ny} = \sum F_y \end{array}\right\} \tag{2-4}$$

即合力在某一轴上的投影，等于各分力在同一轴上投影的代数和。这一关系称为合力投影定理。

应用式（2-4）算出合力 F 的投影后，即可按式（2-3）求出合力 F 的大小与方向：

$$\left.\begin{array}{l} F = \sqrt{\left(\sum F_x\right)^2 + \left(\sum F_y\right)^2} \\ \tan\alpha = \left| F_y / F_x \right| = \left| \sum F_y / \sum F_x \right| \end{array}\right\} \tag{2-5}$$

式中 α 是合力 F 与 x 轴间所夹的锐角。合力 F 的指向由 F_x 和 F_y 的正负号判定。

三、平面汇交力系的平衡条件

由平面汇交力系简化的结果可知，力系可简化为一合力 F。合力 F 对刚体的作用与原力系等效。如果合力 $F \neq 0$，则刚体在合力 F 作用之下，产生加速度运动，刚体处于不平衡状态。如果合力 $F = 0$，则该力系将不引起物体运动状态的改变，即该力系是平衡力系。由此可得刚体平面汇交力系平衡时的必要与充分条件是：合力等于零。即

$$F = \sum F = 0 \tag{2-6}$$

平面汇交力系的平衡条件也可表示为两种形式：

1. 平面汇交力系平衡的几何条件

按照力多边形法则，在合力为零的情况下，力多边形第一个力矢的起点与最后一个力矢的终点相重合，这种情况称为力多边形自行封闭（图 2-7）。于是可得结论，平面汇交力系平衡时必要与充

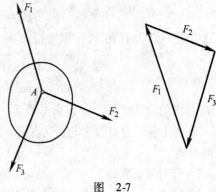

图 2-7

分的几何条件是该力系多边形自行封闭。

　　用几何条件可以求解平面汇交力系的平衡问题，但其准确程度取决于作图工具的精确性和作图者的细心程度，用起来不太方便，故在实际工程计算中一般不采用几何法。

　　2. 平面汇交力系平衡的解析条件

　　由力多边形法则可知，当用平面汇交力系各力作出的力多边形自行封闭时（即 $F = 0$）时，力系平衡。根据式(2-6)则有

$$F = \sqrt{\left(\sum F_x\right)^2 + \left(\sum F_y\right)^2} = 0$$

也即

$$\left.\begin{array}{l} \sum F_x = 0 \\ \sum F_y = 0 \end{array}\right\} \tag{2-7}$$

　　例 2-1　如图 2-8a 所示，圆筒形容器重量为 G，置于托轮 A、B 上，求托轮对容器的约束力。

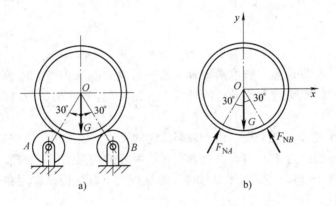

图　2-8

　　解　取容器为研究对象，画受力图（图 2-8b）。托轮对容器是光滑面约束，故约束力 F_{NA} 和 F_{NB} 应沿接触点公法线指向容器中心，它们与 y 轴的夹角为 30°。由于容器重力也过中心 O 点，故容器是在三力组成的平面汇交力系作用下处于平衡，于是有

$$\sum F_x = 0 \qquad F_{NA}\sin30° - F_{NB}\sin30° = 0 \tag{2-8}$$

$$\sum F_y = 0 \qquad F_{NA}\cos30° + F_{NB}\cos30° - G = 0 \tag{2-9}$$

解之得

$$F_{NA} = F_{NB}, \ F_{NA} = F_{NB} = \frac{G}{2 \times \cos30°} = 0.58G \tag{2-10}$$

可见，托轮对容器的约束力并不是 $G/2$，而且二托轮相距越远，托轮对容器的作用力越大。

　　例 2-2　如图 2-9a 所示，滑轮支架上放置重物 $G = 20$kN，用钢丝绳挂在支架

上，钢丝绳的另一端缠在绞车 D 上。杆 AB 与 BC 铰接，并以铰链 A、C 与墙连接。如两杆和滑轮的自重不计，并忽略摩擦和滑轮的尺寸，试求平衡时杆 AB 和 BC 所受的力。

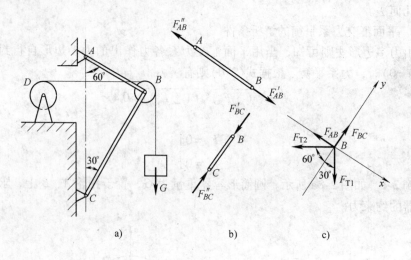

图 2-9

解 （1）根据题意，选取滑轮 B 为研究对象　由于 AB 和 BC 两直杆都是二力杆，所以它们所受的力均沿杆的轴线，假设 AB 杆受拉力，BC 杆受压力，如图 2-9b 所示。

（2）画滑轮 B 的受力图　由于忽略滑轮的尺寸，故滑轮可看成是一个点。B 点受有钢丝绳的拉力 F_{T1}、F_{T2} 以及 AB、BC 两杆的约束力 F_{AB}、F_{BC}，如图 2-9c 所示。已知 $F_{T1} = F_{T2} = G$，且不计摩擦，故这些力可以认为是作用在 B 点的平面汇交力系。

（3）取坐标轴 Bxy，如图 2-9c 所示。尽量使未知力在一个轴上有投影，在另一轴上的投影为零，这样在一个平衡方程中便只有一个未知量，可不必解联立方程。因此坐标轴应尽量取在与作用线相垂直的方向。

（4）列平衡方程

$$\sum F_x = 0 \qquad -F_{AB} + F_{T1}\cos60° - F_{T2}\cos30° = 0 \qquad (1)$$

$$\sum F_y = 0 \qquad F_{BC} - F_{T1}\cos30° - F_{T2}\cos60° = 0 \qquad (2)$$

得 $\qquad F_{AB} = -0.366G = -7.32\text{kN}, \quad F_{BC} = 1.366G = 27.32\text{kN}$

所求结果 F_{BC} 为正值，表示这个力的假设方向与实际方向相同，即杆 BC 受压；F_{AB} 为负值，表示该力的假设方向与实际方向相反，即杆 AB 也是受压。

第二节　平面力对点之矩

本节将讨论力对物体作用产生转动效果的度量——力矩。

一、力对点之矩

实践经验表明，力对刚体的作用效应不仅可以使刚体移动，而且还可以使刚体转动。转动效应可用力对点的矩来度量。

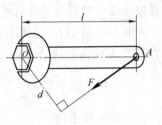

人们用扳手拧螺栓时，使螺栓产生转动效应，如图 2-10 所示。由经验可知，加在扳手上的力离螺栓中心越远，拧动螺栓就越省力；反之则越费力。这就是说，作用在扳手上的力 F 使扳手绕支点 O 的转动效应不仅与力 F 的大小成正比，而且与支点 O 到力的作用线的垂直距离 d 成正比。因此，规定 F 与 d 的乘积作为力 F 使物体绕支点 O 转动效应的量度，称为力 F 对 O 点之矩，简称**力矩**，用符号 $M_O(F)$ 表示

图　2-10

$$M_O(F) = \pm Fd \qquad (2-11)$$

O 点称为**矩心**；力 F 的作用线到矩心 O 的垂直距离 d 称为**力臂**。力 F 使扳手绕矩心 O 有两种不同的转向，产生两种不同的作用效果——或者拧紧，或者松开。通常规定逆时针转向的力矩为正，顺时针转向的力矩为负。力矩的单位在国际单位制中用牛顿·米（N·m）或千牛·米（kN·m）表示。力矩的概念可以推广到普遍情形。

综上所述，平面内的力对点的矩可定义如下：力对点的矩是一个代数量，它的绝对值等于力的大小与力臂的乘积。

它的正负规定如下：力使物体绕矩心沿逆时针转动时为正，反之为负。

二、力矩的性质

（1）力对点的矩不仅与力的大小有关，而且与矩心的位置有关。同一个力，因矩心的位置不同，其力矩的大小和正负都不同。

（2）力对点的矩不因力的作用点沿其作用线的移动而改变，因为此时力的大小、力臂的长短和绕矩心的转向都未改变。

（3）力对点的矩在下列情况下等于零：力等于零，或者力的作用线通过矩心即力臂等于零。

三、合力矩定理

设刚体受到某一平面力系作用，力系由 F_1、F_2、$\cdots$、F_n 组成，其合力为 F_R，在平面内任选一点 O 作为矩心。合力 F_R 与分力 $F_i(i=1、2、3、\cdots、n)$ 的力矩均可

按(2-11)式计算。由于合力与整个力系等效，故合力对 O 点之矩，等于各分力对点 O 之矩的代数和。这一结论称为**合力矩定理**（证明略），即

$$M_O(\boldsymbol{F}_R) = M_O(\boldsymbol{F}_1) + M_O(\boldsymbol{F}_2) + \cdots + M_O(\boldsymbol{F}_n) = \sum M_O(\boldsymbol{F}_i) \qquad (2\text{-}12)$$

利用合力矩定理，可以简化力对点之矩的计算。

例 2-3 如图 2-11 所示，力 $\boldsymbol{F}$ 作用于托架上点 C，已知 $F = 50\text{N}$，试分别求出这个力对点 A 的矩。

解 本题若直接根据力矩的定义式求力 $\boldsymbol{F}$ 对 A 点之矩时，显然其力臂的计算很麻烦。但若利用合力矩定理求解却十分便捷。

取坐标系 Axy，力 $\boldsymbol{F}$ 作用点 C 的坐标是 $x = 10\text{cm} = 0.1\text{m}$，$y = 20\text{cm} = 0.2\text{m}$。力 $\boldsymbol{F}$ 在坐标轴上的分力为

$$F_x = 50 \times \frac{1}{\sqrt{1^2 + 3^2}} \text{N} = 5\sqrt{10}\text{N} \qquad F_y = 50 \times \frac{3}{\sqrt{1^2 + 3^2}} \text{N} = 15\sqrt{10}\text{N}$$

由合力矩定理求得

$$M_A(\boldsymbol{F}) = M_A(\boldsymbol{F}_x) = M_A(\boldsymbol{F}_y) = 0.1 \times 15\sqrt{10}\text{N} \cdot \text{m} - 0.2 \times 5\sqrt{10}\text{N} \cdot \text{m} = 1.58\text{N} \cdot \text{m}$$

例 2-4 如图 2-12 所示，一齿轮受到与它相啮合的另一齿轮的作用力 $F_n = 980\text{N}$，压力角 $20°$，节圆直径 $D = 0.16\text{m}$，试求力 $\boldsymbol{F}_n$ 对齿轮轴心 O 之矩。

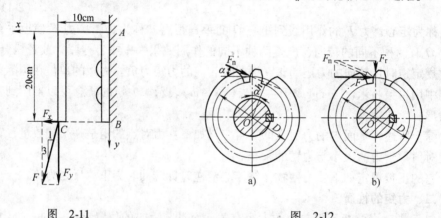

图 2-11　　　　　　　　　　图 2-12

解 （1）应用力矩的计算公式　首先求得力臂

$$h = \frac{D}{2}\cos\alpha$$

由式(2-11)得力 $\boldsymbol{F}$ 对点 O 之矩

$$M_O(\boldsymbol{F}_n) = -F_n h = -F_n \frac{D}{2}\cos\alpha = -73.7\text{N} \cdot \text{m}$$

负号表示力 $\boldsymbol{F}$ 使齿轮绕点 O 作顺时针方向转动。

（2）应用合力矩定理　将力 $\boldsymbol{F}_n$ 分解为圆周力 $\boldsymbol{F}$ 和径向力 $\boldsymbol{F}_r$，如图 2-12b 所

示，则

$$F = F_n\cos\alpha, \quad F_r = F_n\sin\alpha$$

根据合力矩定理

$$M_O(F_n) = M_O(F) + M_O(F_r)$$

因为径向力 F_r 过矩心 O，故 $M_O(F_r) = 0$，于是

$$M_O(F_n) = M_O(F) = -F\frac{D}{2} = -F_n\frac{D}{2}\cos\alpha = -73.7\text{N} \cdot \text{m}$$

二者结果相同，在工程中齿轮的圆周力和径向力常常是分别给出的，故方法 (2) 用得较为普遍。另外，在计算力矩时，若力臂的大小不易求得时，也常用合力矩定理。

第三节　平面力偶系

一、平面力偶理论

1. 力偶

实际生活和生产实践中，人们所以用两个手指旋转钥匙开门，用两个手指拧水龙头放水和关水；汽车司机用双手转动转向盘驾驶汽车（图 2-13a）；钳工用两只手转动丝锥铰柄在工件上攻螺纹（图 2-13b）等。显然，这是在钥匙、水龙头、丝锥铰柄和转向盘等物体上，作用了一对等值、反向的平行力，它们将使物体产生转动效应。这种由大小相等、方向相反（非共线）的平行力组成的力系，称为**力偶**，记作（F, F'），如图 2-14 所示。力偶中两力之间的垂直距离称为力偶臂，一般用 d 表示，力偶所在的平面称为力偶的作用面。可见，力偶是一对特殊的力，力偶对物体作用仅产生转动效应。

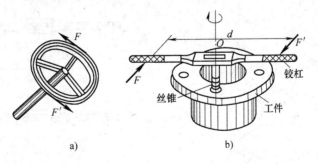

图　2-13

力偶不能合成为一个力，也不能用一个力来等效替换，显然力偶也不能用一个力来平衡，而且力偶与力对物体产生的作用效果也不同。因此，力和力偶是力学中的两个基本量。

2. 力偶矩

力偶对物体的转动效应随着力 $\boldsymbol{F}$ 的大小或力偶臂 d 的长短而变化。因此，可以用二者的乘积并加以适当的正负号所得的物理量来度量。将乘积 $\pm F \cdot d$ 称为**力偶矩**，记作 $M(\boldsymbol{F}, \boldsymbol{F}')$ 或 M，即

$$M(\boldsymbol{F}, \boldsymbol{F}') = M = \pm F \cdot d \qquad (2\text{-}13)$$

力偶矩的正负号规定与力矩相同。力偶矩的单位与力矩所用的单位一样。

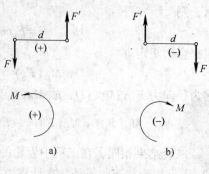

图 2-14

3. 同平面内力偶的等效定理及力偶的性质

（1）等效定理　在同一平面内的两个力偶，如果力偶矩的大小相等，转向相同，则两个力偶等效。这一定理的正确性是人们在实践中所熟悉的。例如，在汽车转弯时，司机用双手转动转向盘（图 2-15），不管两手用力是 $\boldsymbol{F}_1$、$\boldsymbol{F}'_1$ 或是 $\boldsymbol{F}_2$、$\boldsymbol{F}'_2$，只要力的大小不变，因而力偶矩相同（因已知力偶臂不变），转动转向盘的效果就是一样的。又如在攻螺纹时，双手在扳手上施加的力无论是如图2-16a 所示的，还是图 2-16b 或 c 所示的，转动扳手的效果都一样。图 2-16b 中力偶臂只有图 2-16a 中的一半，但力的大小增大为两倍；图 2-16c 中的力和力偶臂与图 2-16b 中一样，只是力的位置有所不同。在这三种情况中，力偶矩都是 $-Fd$。

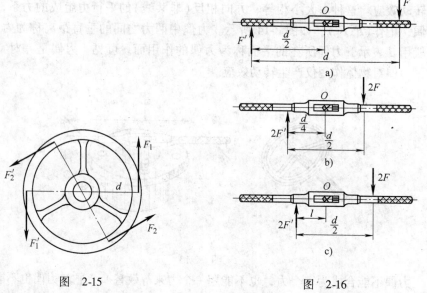

图　2-15

图　2-16

（2）力偶的性质　综上所述，可以得出如下性质：

1）力偶可以在它的作用面内任意移动，而不改变它对刚体作用的外效应。

或者说力偶对刚体的作用与力偶在其作用面内的位置无关。

2）只要保持力偶矩的大小和力偶的转向不变，可以同时改变力偶中力的大小和力偶臂的长短，而不改变力偶对刚体的作用。

3）力偶在任何轴上的投影恒等于零。

由此可见，力偶臂和力的大小都不是力偶的特征量，只有力偶矩才是力偶作用的唯一量度，今后常用图2-14所示的带箭头的弧线来表示力偶及其转向，M为力偶矩。

二、平面力偶系的合成和平衡条件

1. 平面力偶系的合成

设在刚体某平面上有两个力偶 M_1 和 M_2 的作用，如图2-17a所示，现求其合成的结果。在平面上任取一线段 $AB = d$ 作为公共力偶臂，并把每一个力偶化为一组作用在两点的反向平行力，如图2-17b所示。根据力偶的等效条件，有

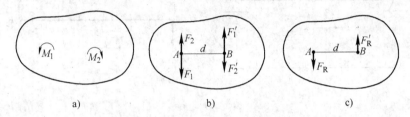

图　2-17

$$F_1 = M_1/d \quad F_2 = M_2/d$$

于是，A、B 两点各得一组共线力系，其合力各为 $\boldsymbol{F}_R$ 和 $\boldsymbol{F}'_R$，如图2-17c所示，且有

$$F_R = F_1 + F_2$$
$$M = F_R d = (F_1 + F_2)d = M_1 + M_2$$

若在刚体上有若干力偶作用，采用上述方法叠加，可得合力偶矩为

$$M = M_1 + M_2 + \cdots + M_n = \sum M \tag{2-14}$$

平面力偶系可合成为一合力偶，合力偶矩为各分力偶矩的代数和。

2. 平面力偶系的平衡条件

如图2-17所示，具有两个力偶的平面力偶系，如果合力偶矩 $M = 0$，因 $M = F_R d$ 中 d 不为零，故 F_R 应为零，可知原力偶系处于平衡。反过来说，若原力偶系处于平衡，则 F_R 必须为零，否则原力偶系合成一力偶，不能平衡。推广到任意个力偶的平面力偶系，若该力偶系处于平衡时，合力偶的矩等于零。由此可见，平面力偶系平衡的必要和充分条件是，所有力偶矩的代数和等于零，即

$$\sum M = 0 \tag{2-15}$$

例2-5　如图2-18a所示，水平梁 AB 长 $l = 5\text{m}$，受一顺时针转向的力偶作

用，其力偶矩的大小 $M = 100\text{kN} \cdot \text{m}$，试求支座 A、B 的约束力。

解 梁 AB 受有一顺时针转向的主动力偶。在活动铰支座 B 处产生约束力 F_B，其作用线在铅垂方向；A 处为固定铰支座，产生约束力 F_A，方向尚不确定。但是，由于力偶只能由力偶来平衡，所以 F_A 和 F_B 必组成一约束力偶来与主动力偶平衡。因此，F_A 的作用线也在铅垂方向，它们的指向假设如图 2-18b 所示，用平衡方程

$$\sum M_i = 0, \quad 5F_B - M = 0$$

$$F_B = \frac{M}{5} = \frac{100}{5}\text{kN} = 20\text{kN}$$

因此，$F_A = F_B = 20\text{kN}$，指向与实际相符。

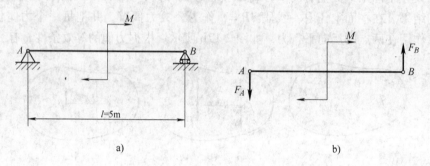

a)   b)

图 2-18

本 章 小 结

本章研究两个简单的力系——平面汇交力系和平面力偶系的合成及平衡问题，它们是研究复杂力系的基础，通常称之为基本力系。

1. 平面汇交力系合成与平衡的几何法

用几何法将平面汇交力系合成，即用画力多边形的方法，将各力首尾相接，形成一条折线，最后连其封闭边。从第一个力的起始点指向最后一个力的终止点所形成的矢量即为合力 F_R。用公式表示为

$$F_R = \sum F_i$$

平衡条件是力的多边形首尾相连、自行封闭。用公式表示为

$$F_R = \sum F = 0$$

2. 平面汇交力系合成与平衡的解析法

用解析法将平面汇交力系合成，即先求各个分力的投影，然后用合力投影定理求出合力的投影，再将其合成为一个力。用公式表示为

$$F_{Rx} = \sum F_x$$

$$F_{Ry} = \sum F_y$$

$$\left. \begin{array}{l} F_R = \sqrt{F_{Rx}^2 + F_{Ry}^2} = \sqrt{\left(\sum F_x\right)^2 + \left(\sum F_y\right)^2} \\[2mm] \tan\alpha = \left|\dfrac{F_{Ry}}{F_{Rx}}\right| = \left|\dfrac{\sum F_y}{\sum F_x}\right| \end{array} \right\}$$

平衡条件是力系中各力在任意两个直角坐标轴上投影的代数和均等于零。即

$$\left. \begin{array}{l} \sum F_x = 0 \\ \sum F_y = 0 \end{array} \right\}$$

此式又称为平面汇交力系的平衡方程。平面汇交力系有两个相互独立的平衡方程，可求解两个未知量。

3. 力矩是度量力使物体绕矩心转动效应的物理量，矩心到力作用线的垂直距离称为力臂，力矩定义为

$$M_O(\boldsymbol{F}) = \pm Fd$$

4. 合力矩定理——力系中合力对某点之矩等于各个分力对同一点之矩的代数和，即

$$M_O(\boldsymbol{F}_R) = \sum M_O(\boldsymbol{F}_i)$$

5. 同时作用在物体上的大小相等、方向相反、作用线相互平行的两个力称为力偶。力作用在物体上只能使物体产生转动效应，而不会产生移动效应。力学中以 F 与 d 的乘积作度量力偶对物体转动效应的物理量，称为力偶矩 M，即

$$M = \pm Fd$$

力偶的三要素为：力偶矩的大小、力偶的转向和力偶作用面的方位。凡三要素相同的力偶彼此等效。

6. 平面力偶系的合力偶矩等于各分力偶矩的代数和，平面力偶系的平衡条件为

$$\sum M = 0$$

此式又称为平面力偶系的平衡方程。若平面力偶系只有一个平衡方程，则只能求解一个未知量。

思 考 题

1. 何谓力在坐标轴上的投影？力在坐标轴上的投影是矢量还是标量？

2. 何谓力矩？为什么要引出力矩的概念？力矩的符号怎样表示？$M_A(\boldsymbol{F})$ 和 $M_B(\boldsymbol{F})$ 的含义有何不同？

3. 什么是合力矩定理？有何处用？

4. 什么是力偶？它对物体作用能产生什么效应？什么是力偶矩？怎样计算？单位是什么？

习 题

2-1 试求图 2-19 所示各力在直角坐标轴上的投影。

2-2 如图 2-20 所示，化工厂起吊反应器时，为了不致破坏栏杆，施加水平力 F 使反应器与栏杆相离开。已知此时牵引绳与铅垂线的夹角 30°，反应器重量 G 为 30kN。试求水平力 F 的大小和绳子的拉力 F_T。

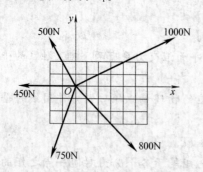

图 2-19

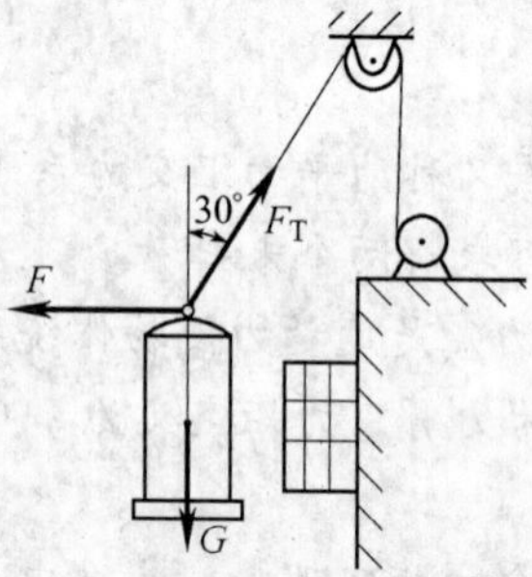

图 2-20

2-3 如图 2-21 所示，起重机架可借绕过滑轮 B 的绳索将 $G = 20$kN 的物体吊起，滑轮用不计自重的杆 AB、BC 支承。不计滑轮的自重、尺寸及其中的摩擦。当物体处于平衡状态时，试求拉杆 AB 和支杆 CB 所受的力。

2-4 如图 2-22 所示，绳索 AB 悬挂一动滑轮 O，滑轮 O 吊一重力未知的重物 M，绳索的右边绕过滑轮 B，在 C 端挂一重物 $G = 80$N。当平衡时，试求重物 M 的重力。

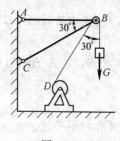

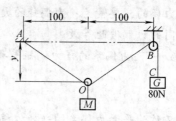

图 2-21

图 2-22

2-5 如图 2-23 所示压榨机 ABC，在铰 A 处作用水平力 F，在点 B 为固定铰链，由于水平力 F 的作用使 C 块与墙壁光滑接触，压榨机尺寸如图所示，试求物体 D 所受的压力 F_P。

2-6 如图 2-24 所示为一拔桩装置。在木桩的点 A 上系一绳，将绳的另一端固定在点 C，在绳的点 B 系另一绳 BE，将它的另一端固定在点 E。然后在绳的点 D 用力向下拉，并使绳的 BD 段水平，AB 段铅直；DE 段与水平线，CB 段与铅直线间成等角 $\alpha = 0.1$ 弧度(当 α 很小时，$\tan\alpha \approx \alpha$)。若向下拉力 $F = 800$N，求绳 AB 作用于桩上的拉力。

2-7 如图 2-25 所示，压路机碾子重 $G = 20$kN，半径 $r = 60$cm，求碾子刚能越过高 $h = 8$cm 的石块所需水平力 F 的最小值。

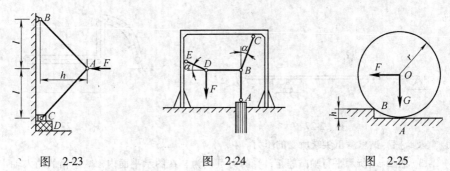

图 2-23   图 2-24   图 2-25

2-8 求图 2-26 所示各种情况下力 F 对 O 点的矩。

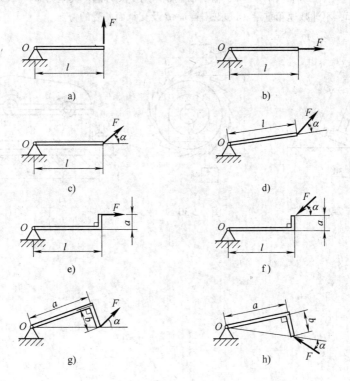

图 2-26

2-9 如图 2-27 所示水平梁上作用着两个力偶，其中一个力偶矩 $M_1 = 60\text{kN} \cdot \text{m}$，另一个 $M_2 = 40\text{kN} \cdot \text{m}$，已知 $AB = 3.5\text{m}$。求 A、B 两点的约束力。

2-10 图 2-28 所示结构件中，结构的自重不计，构件 BC 上作用一力偶 M，其力偶矩 $M = 1.5\text{kN} \cdot \text{m}$，已知 $a = 300\text{mm}$，试求支座 A 和 C 的约束力。

2-11 用手拔钉子很难拔出来，为什么图 2-29 所示用钉锤就能较省力地拔出来呢？如果在柄上加力为 50N，问拔钉子的力有多大？

2-12 如图 2-30 所示，起重设备中的棘轮机构用以防止齿轮倒转，鼓轮直径 $d_1 = 32\text{cm}$，棘轮节圆直径 $d = 50\text{cm}$。棘爪位置的两个尺寸 $a = 6\text{cm}$，$h = 3\text{cm}$，起吊重物 $G = 5\text{kN}$，不计棘

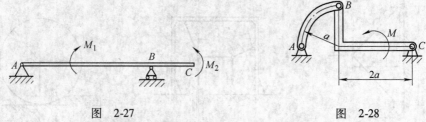

图 2-27

图 2-28

爪自重及摩擦，试求棘爪尖端所受的压力。

2-13 图 2-31 所示平行轴减速箱，受的力可视为都在图示平面内，减速箱的输入轴Ⅰ上作用一力偶，其矩为 $M_1 = 500\text{N} \cdot \text{m}$；输出轴上Ⅱ作用一反力偶，其矩为 $M_2 = 2\text{kN} \cdot \text{m}$，设 AB 间距离 $l = 1\text{m}$，不计减速箱重量。试求螺栓 A、B 及支承面所受的力。

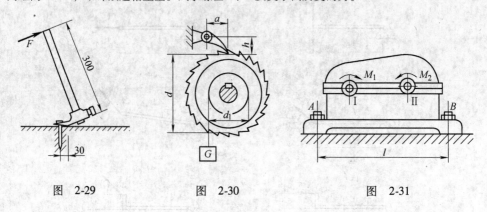

图 2-29

图 2-30

图 2-31

第三章　平面任意力系

平面任意力系是指各力的作用线在同一平面内且任意分布的力系。例如图 3-1a 所示的起重吊车中的梁 AB 受到同一平面内任意力系的作用，其受力图如图 3-1b 所示。又如图 3-2 所示的曲柄连杆机构，受有压力 $\boldsymbol{F}_\text{P}$、力偶 M 以及约束力 $\boldsymbol{F}_{Ax}$、$\boldsymbol{F}_{Ay}$ 和 $\boldsymbol{F}_\text{N}$ 的作用，这些力也构成了平面任意力系。有些物体所受的力并不在同一平面内，但只要所受的力对称于某一平面，就可以把这些力简化到对称面内，并作为对称面内的平面任意力系来处理。再如图 3-3 所示沿直线行驶的汽车，它所受到的重力 $\boldsymbol{G}$、空气阻力 $\boldsymbol{F}$ 和地面对前后轮的约束力的合力 $\boldsymbol{F}_{RA}$、$\boldsymbol{F}_{RB}$ 都可简化到汽车纵向对称平面内组成一平面任意力系。由于平面任意力系（又称为平面一般力系）在工程中最为常见，而分析和解决平面任意力系问题的方法又具有普遍性，故在工程计算中占有重要地位。

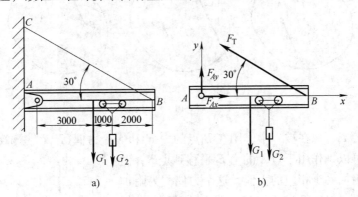

a)　　　　　　　　　　　　　　　　b)

图　3-1

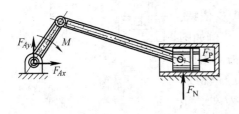

图　3-2

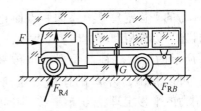

图　3-3

第一节　力的平移定理

在分析或求解力学问题时，有时需要将作用于物体上某些力的作用线，从其原位置平行移到另一新位置而不改变原力在原位置作用时物体的运动效应，为此需研究力的平移定理。

力的平移定理——可以把原作用在刚体上点 A 的力 F 平行移到任一新的点 B，但必须同时附加一个力偶，这个附加力偶的力偶矩等于原来的力 F 对新点 B 的矩。

证明　如图 3-4a 所示，力 F 作用于刚体上点 A，在刚体上任取一点 B，并在点 B 加上两个等值、反向的力 F' 和 F''，使它们与力 F 平行，且有 $F' = -F'' = F$，如图 3-4b 所示。显然，三个力 F、F'、F'' 组成的新力系与原来的力 F 等效。但是这三个力组成一个作用在点 B 的力 F' 和一个力偶 (F, F'')。于是，原来作用

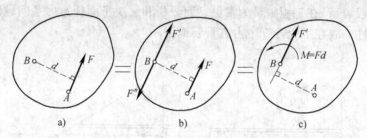

图　3-4

在点 A 的力 F，现在被一个作用在 B 点的力 F' 和一个力偶 (F, F'') 等效替换。也就是说，可以把作用于点 A 的力 F 平移到点 B，但必须同时附加一个相应的力偶，这个力偶称为附加力偶，如图 3-4c 所示。显然，附加力偶的力偶矩为

$$M = Fd$$

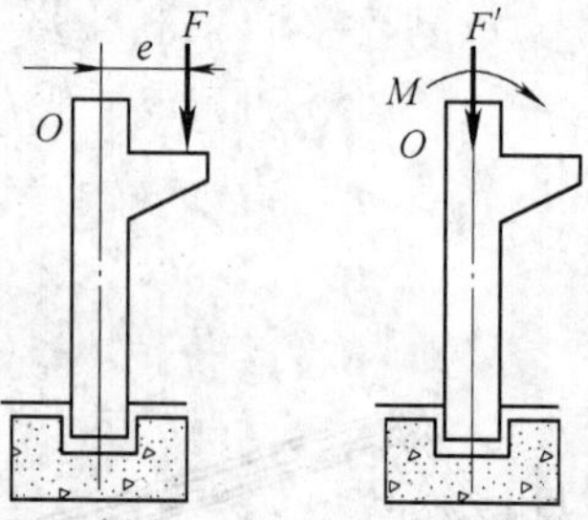

力的平移定理是力系向一点简化的理论依据，而且还可以分析和解决许多工程实际问题。例如图 3-5 所示的厂房立柱，受到行车传来的力 F 的作用。可以看出，力 F 的作用线偏离于立柱轴线，利用力的平移定理将力 F 平移到中心线 O 处，很容易分析出立柱在偏心力 F 的作用下要产生拉伸和弯曲两种变形。

图　3-5

第二节 平面任意力系的平衡条件及其应用

一、利用力的平移定理对平面任意力系进行简化

设作用在刚体上有一平面任意力系 F_1、F_2、$\cdots$、F_n，如图 3-6a 所示。将力系中的每个力向平面内任意一点 O 平移，O 点称为简化中心。根据力的平移定理，平移后每个力将为一个和自己大小相等、方向相同的力和一个附加力偶等效替换。于是得到作用于点 O 的平面汇交力系 F_1'、F_2'、$\cdots$、F_n' 和作用于力系所在平面内的力偶矩分别为 M_1、M_2、$\cdots$、M_n 的力偶系，如图 3-5b 所示。平面汇交力系中各力的大小和方向分别与原力系中对应的各力相同，即

$$F_1' = F_1, \ F_2' = F_2, \cdots, F_n' = F_n$$

而各附加力偶的力偶矩分别等于原力系中各力对简化中心 O 的矩，即

$$M_1 = M_O(F_1), \ M_2 = M_O(F_2), \cdots, M_n = M_O(F_n)$$

于是，平面任意力系的简化问题便成为平面汇交力系与平面力偶系的合成问题。将平面汇交力系合成，得到作用在 O 点的一个力，这个力的大小和方向等于作用在 O 点的各力的矢量和，也就是等于原力系中各力的矢量和，用 F_R 表示（通常称该矢量和为主矢量），则有

$$F_R = F_1 + F_2 + \cdots + F_n = \sum F \tag{3-1}$$

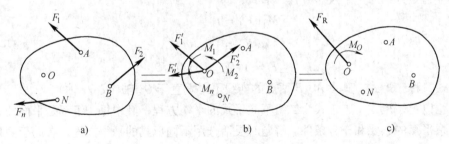

图 3-6

再将附加力偶系合成，可得到一个合力偶，这个合力偶的力偶矩等于各附加力偶矩的代数和，也就是等于原力系中各力对简化中心 O 的矩的代数和，用 M_O 表示，则有

$$M_O = M_1 + M_2 + \cdots M_n = M_O(F_1) + M_O(F_2) + \cdots + M_O(F_n) = \sum M_O(F_i) \tag{3-2}$$

M_O 称为原力系对简化中心点 O 的主矩，等于原力系中各力对简化中心 O 的矩的代数和。

于是可得结论：在一般情形下，平面任意力系向作用面内任意一点 O 简化，可得到一个通过简化中心 O 的力和一个力偶。这个力等于该力系的矢量和，这个力偶的矩等于该力系对简化中心 O 的力矩的代数和。

换言之，原来的平面任意力系与一个平面汇交力系和一个平面力偶系等效。

二、平面任意力系的平衡条件

根据平面任意力系与一个平面汇交力系和一个平面力偶系等效的原理，若后面的两个力系平衡，则原来的平面任意力系也平衡。因此，只要综合后两个力系的平衡条件，就得出平面任意力系的平衡条件。其具体的平衡条件就是：

（1）平面汇交力系的平衡条件：$F_R = 0$；

（2）平面力偶系的平衡条件：$M_O = 0$，

当同时满足这两个要求时，平面任意力系不可能合成一个合力，又不能合成一个力偶，即既不允许物体移动，又不允许物体转动，从而必定处于平衡。欲使 $F_R = 0$，必须使 $\sum F_x = 0$ 及 $\sum F_y = 0$；欲使 $M_O = 0$，必有 $\sum M_O(F_i) = 0$，因此，得到满足平面任意力系的平衡条件的方程式为

$$\left.\begin{array}{l} \sum F_x = 0 \\ \sum F_y = 0 \\ \sum M_O(F) = 0 \end{array}\right\} \tag{3-3}$$

即 1）所有各力在 x 轴上的投影的代数和为零；2）所有各力在 y 轴上的投影的代数和为零；3）所有各力对于平面内的任一点取矩的代数和等于零。

式(3-3)是平面任意力系平衡方程的基本方程，也可以写成其他的形式，如两个力矩方程与一个投影方程的形式，即

$$\left.\begin{array}{l} \sum M_A(F) = 0 \\ \sum M_B(F) = 0 \\ \sum F_x = 0（或 \sum F_y = 0） \end{array}\right\} \tag{3-4}$$

此式又称二矩式，其中 A、B 两点的连线不得垂直于 Ox 轴（或 Oy 轴）。

以上一矩式、二矩式为二组不同形式的平衡方程，其中每一组都是平面任意力系平衡的必要和充分条件。解题时灵活选用不同形式的平衡方程，有助于简化静力学求解未知量的计算过程。

由式(3-3)或式(3-4)表述的平面任意力系的平衡方程，可以解出平面任意力系中的三个未知量。求解时，一般可按下列步骤进行：

（1）确立研究对象，取分离体，作出受力图。

（2）建立适当的坐标系。在建立坐标系时，应使坐标轴的方位尽量与较多的力（尤其是未知力）成平行或垂直，以使各力的投影计算简化。在列力矩式时，力矩中心应尽量选在未知力的交点上，以简化力矩的计算。

（3）列出平衡方程式(3-3)或式(3-4)，求解未知力。

例 3-1 如图 3-7a 所示，起重机的水平梁 AB，A 端以铰链固定，B 端用拉杆 BC 拉住，已知梁重 $G_1 = 4kN$，载荷重 $G_2 = 10kN$。试求拉杆的拉力和铰链 A 的约

束力。

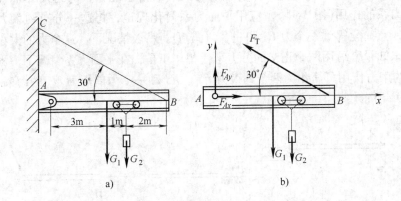

图 3-7

解 取梁 AB 为研究对象。梁 AB 除受已知力 G_1 和 G_2 外，还受有未知的拉杆 BC 的拉力 F_T。因 BC 为二力杆，故拉力 F_T 沿连线 BC。铰链 A 处有约束力，因方向不确定，故分解为两个分力 F_{Ax} 和 F_{Ay}。取坐标轴 A_{xy}，如图 3-7b 所示，应用平衡方程的基本形式，即式(3-3)，有

$$\sum F_X = 0, \quad F_{Ax} - F_T \cos 30° = 0 \tag{1}$$

$$\sum F_y = 0, \quad F_{Ay} + F_T \sin 30° - G_1 - G_2 = 0 \tag{2}$$

$$\sum M_A(\boldsymbol{F}) = 0, \quad F_T \times 6 \times \sin 30° - G_1 \times 3 - G_2 \times 4 = 0 \tag{3}$$

由式(3)可得 $F_T = 17.33\text{kN}$，把 F_T 值代入式(1)及式(2)，可得 $F_{Ax} = 15.01\text{kN}$，$F_{Ay} = 5.33\text{kN}$。

三、固定端约束

固定端是工程中又一种常见的约束。它既限制物体向任何方向移动，又限制向任何方向转动。紧固在刀架上的车刀(图 3-8a)、被夹持在卡盘上的工件(图 3-8b)和埋入地面的电线杆(图 3-8c)以及房屋阳台等都受到这种约束。现以图 3-9 为例，说明固定端约束力所共有的特点。

图 3-9a 中 AB 杆的 A 端在墙内固定牢靠，在任意已知力或力偶的作用下，A

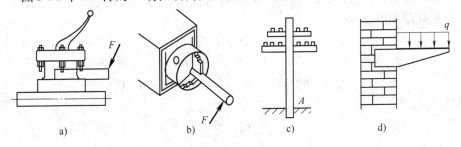

图 3-8

端将既有移动又有转动的趋势。故 A 端受到墙的由杂乱分布的约束力系组成平面任意力系的作用(图 3-9b)。应用平面力系简化理论,将这一分布约束力系向固定端 A 点简化得到一个力 F_A 和一个力偶 M_A。一般情况下,这个力的大小和方向均为未知量,可用两个正交的分力来代替。于是,在平面力系情况下,固定端 A 处的约束力作用可简化为两个约束力 F_{Ax}、F_{Ay} 和一个力偶矩为 M_A 的约束力偶,如图 3-9c 所示。

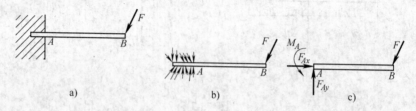

图 3-9

例 3-2 梁 AB 一端固定、一端自由,如图 3-10a 所示。梁上作用有均布载荷,载荷集度为 $q/(\mathrm{kN/m})$。在梁的自由端还受有集中力 F 和力偶矩为 M 的力偶作用,梁的长度为 l,试求固定端 A 处的约束力。

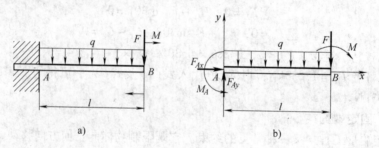

图 3-10

解 (1)取梁 AB 为研究对象并画出受力图,如图 3-10b 所示。

(2)裂平衡方程并求解。注意均布载荷集度是单位长度上受的力,均布载荷简化结果为一合力,其大小等于 q 与均布载荷作用段长度的乘积,合力作用点在均布载荷作用段的中点。

$$\sum F_x = 0, \quad F_{Ax} = 0$$
$$\sum F_y = 0, \quad F_{Ay} - ql - F = 0$$
$$\sum M_A(\boldsymbol{F}) = 0, \quad M_A - ql \times l/2 - Fl - M = 0$$

解得

$$F_{Ax} = 0$$
$$F_{Ay} = ql + F$$
$$M_A = ql^2/2 + Fl + M$$

四、平面平行力系的平衡方程

各力作用线处于同一平面内且相互平行的力系称为平面平行力系。它是平面任意力系的一种特殊情况，其平衡方程可由平面任意力系列出平衡方程导出。如图 3-11 所示，取 y 轴平行各力，则平面平行力系中各力在 x 轴上的投影均为零。在式（3-3）中，$\sum F_x = 0$ 就成为恒等式，于是，平行力系只有两个独立的平衡方程，即

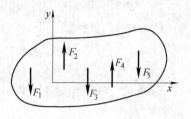

图 3-11

$$\left.\begin{array}{l} \sum F_{iy} = 0 \\ \sum M_O(\boldsymbol{F}_i) = 0 \end{array}\right\} \tag{3-5}$$

平面平行力系的平衡方程，也可用两个力矩方程的形式表示，即

$$\left.\begin{array}{l} \sum M_A(\boldsymbol{F}_i) = 0 \\ \sum M_B(\boldsymbol{F}_i) = 0 \end{array}\right\} \tag{3-6}$$

其中 A、B 两点的连线不得与力系各力作用线平行。这两个方程可以求解两个未知量。

例 3-3 塔式起重机如图 3-12 所示。机架重 $G = 700\mathrm{kN}$，作用线通过塔架的中心。最大起重量 $G_1 = 200\mathrm{kN}$，最大悬臂长为 12m，轨道 AB 的间距为 4m。平衡块重 G_2 到机身中心线距离为 6m。试问：

（1）保证起重机在满载和空载时都不致翻倒，求平衡块的重量 G_2 应为多少？

（2）当平衡块重 $G_2 = 180\mathrm{kN}$ 时，求满载时 A、B 给起重机轮子的约束力？

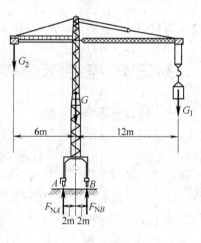

图 3-12

解 （1）取整个起重机为研究对象 起重机受有已知力为机架的重力 G 和载荷的重力，载荷满载为 G_1，空载为零；受有未知的力为轨道对起重机的约束力 $\boldsymbol{F}_{NA}$ 和 $\boldsymbol{F}_{NB}$；平衡块的重力 G_2。

（2）列出平衡方程 为了保证起重机在满载和空载时都不致翻到，显然应分两种情况研究。

当满载时，为了使起重机不致绕 B 点翻倒，力系必须满足平衡方程 $\sum M_B(\boldsymbol{F}) = 0$。在临界情况下，$\boldsymbol{F}_{NA} = 0$，这时可求出 G_2 所允许的最小值。

$$\sum M_B(\boldsymbol{F}) = 0, \quad G_{2\min}(6+2) + G \times 2 - G_1(12-2) = 0$$

$$G_{2\min} = \frac{1}{8}(10G_2 - 2G) = 75\text{kN}$$

当空载时，$W = 0$。为使起重机不致绕 A 点翻倒，力系必须满足平衡方程 $\sum M_A(F) = 0$。在临界情况下，$F_{NB} = 0$，这时可求出 G_2 所允许的最大值。

$$\sum M_A(F) = 0, \qquad G_{2\min}(6-2) - P \times 2 = 0$$

$$G_{2\max} = 350\text{kN}$$

起重机实际工作时不允许处于极限状态，为了使起重机不致翻倒，平衡块的重量应为：

$$75\text{kN} < G_2 < 350\text{kN}$$

当取定平衡块 $G_2 = 180\text{kN}$ 后，再求此起重机满载时导轨对轮子的约束力 F_{NA} 和 F_{NB}。这时，起重机在 G、G_1、G_2 和 F_{NA}、F_{NB} 作用下处于平衡。应用平面平行力系的平衡方程式，有

$$\sum M_A(F) = 0, \ G_2 \times (6-2) - G \times 2 - G_1 \times (12+2) + F_{NB} \times 4 = 0 \qquad (1)$$

$$\sum F_y = 0, \ F_{NA} + F_{NB} - G - G_2 - G_1 = 0 \qquad (2)$$

由式(1)解得
$$F_{NB} = \frac{14G_1 + 3G - 4G_2}{4} = 870\text{kN}$$

代入(2)解得
$$F_{NA} = G_2 + G + G_1 - F_{NB} = 210\text{kN}$$

第三节　静定与超静定问题的概念及物体系统的平衡

一、静定与超静定问题

在前面所研究过的各种力系中，对应每一种力系都有一定数目的独立的平衡方程。例如：平面汇交力系有两个独立的平衡方程，平面任意力系有三个独立的平衡方程，平面平行力系有两个独立的平衡方程。因此，当研究刚体在某种力系作用下处于平衡时，若问题中需求的未知量的数目等于该力系独立平衡方程的数目，则全部未知量可由静力学平衡方程求得，这类平衡问题称为静定问题。前面所研究的例题都是静定问题，例如图 3-13a 表示的水平杆 AB 的平衡问题就是静定问题。但如果问题中需求的未知量的数目大于该力系独立平衡方程的数目，只用静力学平衡方程不能求出全部未知量，这类平衡问题称为超静定问题，或称为

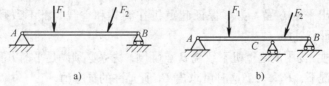

a)　　　　　　　　　　　　b)

图　3-13

静不定问题。如图 3-13b 所示，杆在 C 处增加了一个活动铰支座，则未知量数目有四个，而独立的平衡仅有三个，所以它是超静定问题。超静定问题中，总未知量数与独立的平衡方程总数之差称为超静定次数。图 3-13b 所示为一次超静定问题，或称一次静不定问题。这类问题静力学无法求解，需借助于研究对象的变形规律来解决，将在材料力学中研究。

二、物体系统的平衡

前面我们讨论的都是单个物体的平衡问题。但工程实际中的机械和结构都是由若干个物体通过适当的约束方式组成的系统，力学上称为物体系统，简称物系。求解物系的平衡问题，往往不仅需要求物系的外力，而且还要求系统内部各物体之间的相互作用的内力，这些工程结构或机械都可抽象为由许多物体用一定方式连接起来的系统，称为物体系统。研究物体系统的平衡问题，不仅要求解整个系统所受的未知力，还需要求出系统内部物体之间的相互作用的未知力。我们把系统外的物体作用在系统上的力称为系统外力，把系统内部各部分之间的相互作用力称为系统内力。因为系统内部与外部是相对而言的，因此系统的内力和外力也是相对的，要根据所选择的研究对象来决定。

在求解静定的物体系统的平衡问题时，要根据具体问题的已知条件、待求未知量及系统结构的形式来恰当地选取两个（或多个）研究对象。一般情况下，可以先选取整体结构为研究对象；也可以先选取受力情况比较简单的某部分系统或某物体为研究对象，求出该部分或该物体所受到的未知量。然后再选取其他部分为研究对象，直至求出所有需求的未知量。总的原则是：使每一个平衡方程中未知量的数目尽量减少，最好是只含一个未知量，可避免求解联立方程。

例 3-4 如图 3-14a 所示，"4"字形构架，它由 AB、CD 和 AC 杆用销钉连接而成，B 端插入地面，在 D 端有一铅垂向下的作用力 F。已知 $F = 10\text{kN}$，$l = 1\text{m}$，若各杆重不计，求地面的约束力、AC 杆的内力及销钉 E 处相互作用的力。

解 这是一物体系统的平衡问题。先取整个构架为研究对象，分析并画整体受力图。在 D 端受有一铅垂向下的力 F，在固定端 B 处受有约束力 F_{Bx} 及 F_{By} 和一个约束力偶 M_B（画整体受力图时，A、C、E 处为系统内约束力，不必画出）。这样构架在 F、F_{Bx}、F_{By} 和 M_B 的作用下构成平面任意力系。由于处于平衡状态，故满足平衡方程。

取坐标系 Bxy，如图 3-14a 所示。列平衡方程：

$$\sum F_x = 0, \qquad F_{Bx} = 0$$
$$\sum F_y = 0, \qquad F_{By} - F = 0, \qquad F = 10\text{kN}$$
$$\sum M_B(\boldsymbol{F}) = 0, \qquad M_B - F \cdot ED = 0, \quad M_B = 10\text{kN} \cdot \text{m}$$

欲求系统的内力，就需要对所求内力的物体解除相互约束，选取恰当的部分作为研究对象，并在解除约束的地方画出所受约束力。这时，在整个系统中不需

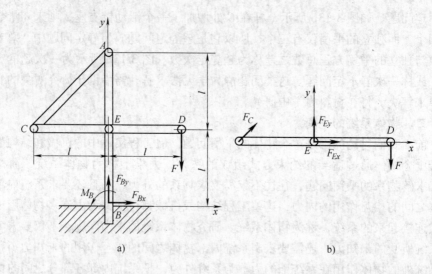

图 3-14

画出的内力，在新的研究对象中就变成了必须画出的外力。本题需要求 *AC* 杆的内力及销钉 *E* 处相互作用的力，于是就在 *C*、*E* 处解除了杆件之间的相互约束。显然，可取 *CD* 杆为研究对象。

在 *CD* 杆被解除 *C*、*E* 处的约束后，分别画出所受的约束力。因为 *AC* 杆为二力杆，故在 *C* 处所受的约束力 $\boldsymbol{F}_C$ 的方向是沿 *AC* 杆轴线并先假设为拉力；因为 *E* 处是用销钉联接的，故在 *E* 处所受的约束力方向不能确定，而用两个分力 $\boldsymbol{F}_{Ex}$、$\boldsymbol{F}_{Ey}$ 表示，如图 3-14b 所示。

取坐标系 E_{xy}，列平衡方程，有

$$\sum M_E(\boldsymbol{F}) = 0, \quad -F \times 1 - \boldsymbol{F}_C \times 1 \times \sin 45° = 0$$

$$F_C = -\sqrt{2}F = -14.14\text{kN}$$

$$\sum F_y = 0, \quad F_{Ey} - F + F_C\sin 45° = 0$$

$$\sum F_x = 0, \quad F_{Ex} + F_C\cos 45° = 0$$

$$F_{Ex} = -\frac{\sqrt{2}}{2}F_C = -\frac{\sqrt{2}}{2} \times (-14.14)\text{kN} = 10\text{kN}$$

$F_C = -14.14\text{kN}$，说明在 *CD* 杆的 *C* 处，受到 *AC* 杆约束力的实际指向与假设相反，因而 *AC* 杆的内力是压力。而在 *CD* 杆的 *E* 处，通过销钉受到 *AB* 杆的约束力，F_{Ex}、F_{Ey} 都与实际一致。

例 3-5 图 3-15a 所示为一手动水泵，图中尺寸单位均为 cm。已知 $F_P = 200\text{N}$，不计各构件的自重，试求图示位置时连杆 *BC* 所受的力、支座 *A* 的受力以及液压力 F_Q。

解 （1）分别取手柄 *ABCD*、连杆 *BC* 和活塞 *C* 为研究对象。由分析可知，

BC 杆不计自重时为二力杆，有 $F'_C = F'_B$。由作用力与反作用力原理知 $F_B = F'_B$，$F_C = F'_C$ 所以 $F_B = F_C$，各力方向如图所设。

（2）以手柄 ABD 为研究对象，受力图如图 3-15b 所示，对该平面任意力系列出平衡方程

$$\sum M_A(\boldsymbol{F}) = 0, \quad 48F_P - 8F_B\cos\alpha = 0, \quad F_B = \frac{48F_P}{8\cos\alpha} = \frac{48F_P\sqrt{20^2 + 2^2}}{8 \times 20}\mathrm{N} = 1206\mathrm{N}$$

$$\sum F_x = 0, \quad -F_{Ax} + F_B\sin\alpha = 0, \quad F_{Ax} = F_B\frac{2}{\sqrt{20^2 + 2^2}}\mathrm{N} = 120\mathrm{N}$$

$$\sum F_y = 0, \quad F_{Ay} + F_B\cos\alpha - F_P = 0, \quad F_{Ay} = F_B\frac{20}{\sqrt{20^2 + 2^2}} - F_P = 1000\mathrm{N}$$

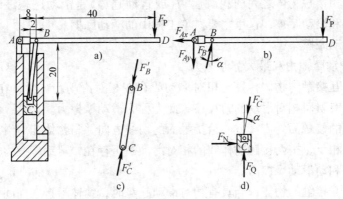

图　3-15

（3）取连杆 BC 为研究对象，受力图如图 3-15c 所示。对二力杆 BC，结合作用力与反作用力原理，有

$$F'_B = F'_C = F_B = 1206\mathrm{N}$$

（4）取活塞 C 为研究对象。由受力图（图 3-15d）可知这是一个平面汇交力系的平衡问题，列出平衡方程求解

$$\sum F_y = 0, \quad F_Q - F_C\cos\alpha = 0$$

因为 $F'_C = F_C$，于是

$$F_Q = F_C\cos\alpha = \left(1200 \times \frac{20}{\sqrt{20^2 + 2^2}}\right)\mathrm{N} = 1200\mathrm{N}$$

第四节　摩　擦

一、摩擦概述

以上各章中在研究物体平衡问题时，若物体的接触面较光滑，摩擦对物体的

运动状态(如平衡)影响不大时，为简化研究和计算，均略去了物体间的摩擦，把物体的接触面抽象为绝对光滑的。实际上，有时摩擦的存在会对物体的平衡或运动起着决定性的作用。例如，传动带的传动、车辆的开动与制动等都依靠摩擦。在精密测量和仪表的运转中，即使摩擦很小，也会对机构的灵敏度和结果的准确性带来影响。机器运转时，由于摩擦会引起机件磨损、噪声和能量消耗。所以摩擦具有两重性：有利有弊。有时摩擦不但不能忽略，甚至成了需要考虑的主要问题，因此有必要认识摩擦的基本理论和计算。

两个相互接触的物体当有相对运动或相对运动趋势时，两物体间彼此产生了相互阻碍其运动的现象，这种现象称为摩擦。摩擦在自然界普遍存在的，没有摩擦就没有世界。

根据两相接触物体之间的相对运动(或运动趋势)是滑动还是滚动，摩擦分为滑动摩擦和滚动摩擦，这里主要讨论工程中的滑动摩擦。

二、滑动摩擦

1. 静滑动摩擦力和最大静摩擦力

两个相互接触的物体，发生相对滑动或存在相对滑动趋势时，在接触面处，彼此间就会有阻碍相对滑动的力存在，此力称为滑动摩擦力。显然，滑动摩擦力作用在物体的接触面处，其方向沿接触面的切线方向并与物体相对滑动或相对滑动趋势方向相反。按两接触物体间的相对滑动是否存在，滑动摩擦力又可分为静滑动摩擦力和动滑动摩擦力。

两个相互接触的物体，当具有相对滑动趋势时，物体沿接触面间所产生的摩擦力称为静滑动摩擦力。显然，其方向与物体相对滑动的趋势相反。

下面通过如图 3-16 所示的简单实验，来分析滑动摩擦力的特征。

在水平桌面上放一重 G 的物块，用一根绕过滑轮的绳子系住，绳子的另一端挂一砝码盘。若不计绳重和滑轮的摩擦，物块平衡时，绳对物块的拉力 F_T 的大小就等于砝码及砝码盘重量的总和。拉力 F_T 使物块产生向右的滑动趋势，

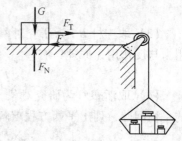

图 3-16

而桌面对物块的静摩擦力 F 阻碍物块向右滑动。当拉力 F_T 不超过某一限度时，物块静止。由物体的平衡条件可知，摩擦力与拉力大小相等，即 $F = F_T$；若拉力 F_T 逐渐增大，物块的滑动趋势随之逐渐增强，静摩擦力 F 也相应增大。

由此可见，静摩擦力具有约束力的性质，其大小取决于主动力，是一个不固定的值。然而，静摩擦力又与一般的约束力不同，不能随主动力的增大而无限增大，当拉力大到某一值时，物块处于将动未动的状态(称为临界平衡状态)，静

摩擦力也达到了极限值，该值称为**最大静滑动摩擦力**，简称**最大静摩擦力**，记作 F_{fmax}。此时，只要主动力 F_T 再增加，物块即开始滑动。这说明，静摩擦力是一种有限的约束力。通常情况下静摩擦力用 F_f 或 F_s 表示。

由实验可见，静摩擦力的大小由平衡条件（$\sum F_x = 0$）确定，其数值决定于使物体产生滑动趋势的外力，但不超过某一限度。当物体处于临界平衡状态时，摩擦力达到最大值 F_{fmax}，即

$$0 \leqslant F_f \leqslant F_{fmax}$$

大量实验证明，最大静摩擦力 F_{fmax} 的大小与两物体间的正压力（即法向压力）成正比，即

$$F_{fmax} = f_s F_N \qquad (3\text{-}7)$$

这就是静滑动摩擦定律（又称库仑定律），是工程中常用的近似理论。式中的比例常数 f_s 称为静滑动摩擦因数，简称静摩擦因数。f_s 是量纲为一的比例常数，其大小主要取决于接触面的材料及表面状况（粗糙度、温度、湿度等），其值可由实验测定，如钢与钢之间的静滑动摩擦因数为 0.10 ~ 0.15。工程中常用材料的摩擦因数可由工程手册中查得。

2. 动滑动摩擦力

在如图 3-16 所示的实验中，当 F_T 的值超过 F_{fmax} 时物体就开始滑动了。当两个相互接触的物体发生相对滑动时，接触面间的摩擦力称为**动滑动摩擦力**，简称**动摩擦力**，用 F_d 表示。显然，动摩擦力的方向与物体相对滑动的方向相反。

大量实验证明，动滑动摩擦力的大小也与物体间的正压力 F_N 成正比，即

$$F_d = f_d F_N \qquad (3\text{-}8)$$

式（3-8）即动滑动摩擦定律。式中比例系数 f_d，称为动滑动摩擦因数，简称动摩擦因数。也是量纲为一的比例常数。它除了与接触面的材料以及表面状况等有关外，还与物体相对滑动速度的大小有关，随速度的增大而减小。但当速度变化不大时，一般不予考虑速度的影响，将 f_d 视为常数。动摩擦因数 f_d 一般小于静摩擦因数 f_s，但在精度要求不高时，可近似地认为二者相等，即

$$f_d \approx f_s$$

综上所述，滑动摩擦力分三种情况：

1）物体相对静止时（只有相对滑动趋势），根据其具体平衡条件计算；

2）物体处于临界平衡状态时（只有相对滑动趋势），$F_s = F_{fmax} = f_s F_N$；

3）物体有相对滑动时，$F = F_d = f_d F_N$，

可见，在求摩擦力时，首先要分清物体处于哪种情况，然后选用相应的方法计算。

在机器中，往往用减小接触表面的粗糙度或加入润滑剂等方法，使动摩擦因数降低，以减小摩擦和磨损。

3. 摩擦角的概念和自锁现象

当有摩擦时, 支承面对物体的约束力包含法向力 F_N 和切向力 F_s (即静摩擦力)。其矢量和 $F_{Rf} = F_N + F_s$ 称为支承面的全约束力, 它的作用线与接触面的公法线成一偏角 φ。当物块处于平衡的临界状态时, 静摩擦力达到最大值, 偏角 φ 也达到最大值 φ_m, 如图 3-17 所示。全约束力与法线间的夹角的最大值 φ_m 称为摩擦角。由图可得

$$\tan\varphi_m = \frac{F_{f\max}}{F_N} = \frac{f_s F_N}{F_N} = f_s \tag{3-9}$$

即摩擦角的正切等于静摩擦因数。可见, 摩擦角与摩擦因数一样, 都是表示材料的表面性质的量。

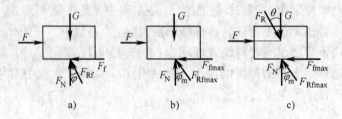

图 3-17

摩擦角的概念在工程中具有广泛应用。如果主动力的合力 F_R (图 3-17c) 的作用线在摩擦角内, 则不论 F_R 的数值为多大, 物体总处于平衡状态, 这种现象在工程上称为"自锁", 即

$$\theta \leqslant \varphi_m \tag{3-10}$$

式中, θ 为合力 F_R 的作用线与法线之间的夹角。当 $\theta < \varphi_m$ 时, 物体处于平衡状态, 也就是"自锁"; 当 $\theta > \varphi_m$ 时, 物体不平衡。工程上经常利用这一原理, 设计一些机构和夹具, 使它自动被卡住; 或设计一些机构, 保证其不被卡住。

应用摩擦角的概念可以来测定静摩擦因数。如图 3-18 所示, 物块放在一倾角可以改变的斜面上, 当物块平衡时, 全约束力 F_R 应铅垂向上与物块的重力 G 相平衡。力 F_R 与斜面法线之间的夹角等于斜面的倾角 θ。如果改变斜角 θ, 直至物块处于将动未动的临界状态, 此时量出的 θ 角就是物块与斜面间的摩擦角的最大值 φ_m。这样就可按式 (3-9) 算出静摩擦因数。该装置可用来测定物料的静摩擦因数。

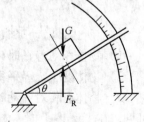

图 3-18

三、具有摩擦的平衡问题

考虑具有摩擦时的物体或物系的平衡问题, 在解题步骤上与前面讨论的平衡问题基本相同, 只不过在进行分析时必须考虑摩擦力的存在。画受力图时, 要弄

清哪些地方存在摩擦力。一般平衡状态下的摩擦力需由平衡方程求解。临界状态下的最大静摩擦力则由库仑定律确定，并以 $F_{fmax} = f_s F_N$ 作为补充方程。

例 3-6　如图 3-19a 所示，用绳拉重 $G = 500N$ 的物体，物体与地面的摩擦因数 $f_s = 0.2$，绳与水平面间的夹角 $\alpha = 30°$，试求：（1）当物体处于平衡，且拉力 $F_T = 100N$ 时，摩擦力 F_f 的大小；（2）如使物体产生滑动，求拉力 F_T 的最小值 F_{min}。

解　对物体作受力分析，它受拉力 F_T，重力 G，法向约束力 F_N 和滑动摩擦力 F_f 作用，由于在主动力作用下，物体相对地面有向右滑动的趋势，所以 F_f 的方向应向左，受力如图 3-19b 所示。

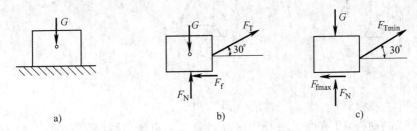

图　3-19

以水平方向为 x 轴，铅垂方向为 y 轴，若不考虑物体的尺寸，则组成一个平面汇交力系。列出平衡方程：

$$\sum F_x = 0, \qquad F_T\cos\alpha - F_f = 0$$
$$F = F_T\cos\alpha = 100 \times 0.867N = 86.7N$$

为求拉动此物体所需的最小拉力 F_{Tmin}，则考虑物体处于将要滑动但未滑动的临界状态，这时的滑动摩擦力达到最大值。受力分析和前面类似，只需将 F_f 改为 F_{fmax} 即可。受力图如 3-19c 所示。列出平衡方程：

$$\sum F_x = 0, \qquad F_{Tmin}\cos\alpha - F_{fmax} = 0 \tag{1}$$
$$\sum F_y = 0, \qquad F_{Tmin}\sin\alpha - G - F_N = 0 \tag{2}$$
$$F_{fmax} = f_s F_N \tag{3}$$

联立求解得

$$F_{Tmin} = \frac{f_s G}{\cos\alpha + f_s \sin\alpha} = \frac{0.2 \times 500}{\cos30° + 0.2\sin30°}N = 103N$$

例 3-7　图 3-20a 所示为小型起重机的制动器。已知制动器摩擦块 C 与滑轮表面间的滑动摩擦因数为 f_s，作用在滑轮上力偶的力偶矩为 M，A 和 O 分别是铰链支座和轴承，滑轮半径为 r，求制动滑轮所必需的最小力 F_{min}。

解　当滑轮刚刚能停止转动时，力 F 的值最小，而制动块与滑轮之间的滑动摩擦将达到最大值。以滑轮为研究对象。受力分析后计有法向约束力 F_N，外

力偶 M，摩擦力 $\boldsymbol{F}_{\text{fmax}}$ 及轴承 O 处的约束力 $\boldsymbol{F}_{Ox}$、$\boldsymbol{F}_{Oy}$，受力如图 3-20b 所示。列出一个力矩平衡方程

$$\sum M_O(\boldsymbol{F}) = 0, \qquad M - F_{\text{fmax}}r = 0 \qquad\qquad (1)$$

$$F_{\text{fmax}} = M/r$$

又因为 $F_{\text{fmax}} = f_s F_N$，故

$$F_N = M/(f_s r)$$

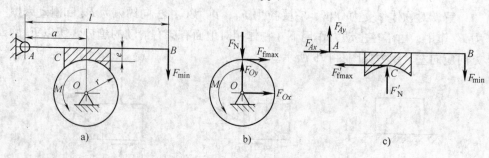

图　3-20

再以制动杆 AB 和摩擦块 C 为研究对象，画出受力图（图 3-20c），列力矩平衡方程

$$\sum M_A(\boldsymbol{F}) = 0, \qquad F_N' a - F_{\text{fmax}}' e - F_{\min} l = 0 \qquad\qquad (2)$$

由于

$$F_{\text{fmax}}' = f_s F_N' \text{ 和 } F_N = F_N' \qquad\qquad (3)$$

联立求解可得

$$F_{\min} = \frac{M(a - f_s e)}{f_s r l}$$

本 章 小 结

本章研究了平面任意力系的简化与平衡问题，它的基本理论和方法不仅是静力学的重点，而且在工程设计计算中也是非常重要的。

1. 力的平移定理

作用于刚体上的力，可平行移动到刚体内任意一点，但必须同时附加一个力偶，其力偶矩等于原来的力对新的作用点之矩。由此可知：力对其作用线外一点的作用为一个平移力和一个附加力偶的联合作用，平移力对物体产生移动效应，附加力偶对物体产生转动效应。

2. 平面任意力系向平面内的简化中心 O 点简化

一般情况下，平面任意力系向平面内的简化中心 O 点简化可得到一个力和一个力偶。这个力等于该力系的主矢，即 $\boldsymbol{F}_R' = \sum \boldsymbol{F}$，作用在简化中心 O。这个力偶的矩等于该力系对于点 O 的主矩，即 $M_O = \sum M_O(\boldsymbol{F}_i)$。

3. 平面任意力系平衡的必要与充分条件是力系主矢和对于任一点的主矩都等于零，即

$$F'_R = \sum F = 0, \quad M_O = \sum M_O(F) = 0。$$

用解析法表示的平面任意力系平衡条件为式（3-3）。该式称为平面任意力系平衡方式的基本式，即

$$\sum F_x = 0, \quad \sum F_y = 0, \quad \sum M_O(F) = 0$$

平面任意力系的平衡方程还有二力矩式和三力矩式。应用时要注意它们的限制条件。

4. 静定与静不定的概念

力系中未知量的数目少于或等于独立平衡方程数目的问题称为静定问题。力系中未知量的数目多于独立平衡方程数目时的问题称为静不定问题。

5. 物体系统的平衡问题

物系平衡问题是工程中常见的。解决这类问题的原则是：整体平衡与部分平衡相结合的求解原则。选择受力情况较简单的物体或物体系统作为研究对象；整体受力图中内力不画；拆开处其相互约束力必须满足作用力和反作用力的关系。

若整个物系处于平衡，则组成物系的各个构件也都处于平衡，因此可以选整个系统为研究对象。

6. 考虑摩擦时构件的平衡问题

（1）静滑动摩擦力 大小：在平衡状态时，$0 \leqslant F_f \leqslant F_{fmax}$，由平衡方程确定，在临界状态下 $F_f = F_{fmax} = f_s F_N$。方向：始终与相对滑动趋势的方向相反，并沿接触面作用点的切向，不能随意假定。作用点：在接触面（或接触点）摩擦力的合力作用点上。

（2）动滑动摩擦力

$$F_d = f_d F_N$$

（3）摩擦角与自锁 当静摩擦力达到最大值时，最大全约束力 F_N 与法线的夹角 φ_m 称为摩擦角，且摩擦角的正切值等于摩擦因数，即 $\tan\varphi_m = \dfrac{F_{fmax}}{F_N} = \dfrac{f_s F_N}{F_N} = f_s$。当作用于物体的主动力满足一定的几何条件时，无论怎样增加主动力 F_R，物体总能保持平衡的现象称为自锁。自锁的条件为 $\varphi \leqslant \varphi_m$。

思 考 题

1. 何谓平面任意力系？有何意义？试举例说明。

2. 何谓力的平移原理？有何意义？如何平移？

3. 怎样将平面任意力系简化？简化结果是什么？什么情况下才能平衡？平衡方程式是什么？

4. 试从平面一般力系的平衡方程推出平面内其他力系的平衡方程。

5. 既然处处有摩擦，为什么在一般工程计算中常常不予考虑？摩擦的利弊各举一例。

6. 试判断图 3-21 所示的结构哪个是静定的，哪个是静不定的。

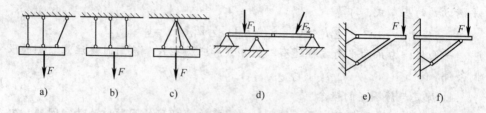

图 3-21

习 题

3-1 如图 3-22 所示，已知一重量为 $G = 100N$ 的物块放在水平面上，其摩擦因数 $f_s = 0.3$。当作用在物块上的水平推力 F 的大小分别为 10N，20N，40N 时，试分析这三种情形下物块是否平衡？摩擦力等于多少？

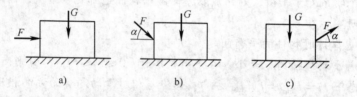

图 3-22

3-2 如图 3-23 所示，在梁的中点作用一力 $F = 20kN$，力和轴线成 45°角，若梁的重量略去不计，试分别求 a）和 b）两情形下的支座约束力。

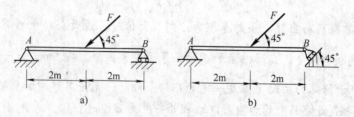

图 3-23

3-3 如图 3-24 所示，水平梁的支承受到已知力 F、力偶矩为 M 的力偶和集度为 q 的均布载荷的作用，试求支座 A 和 B 处的约束力。

3-4 如图 3-25 所示，已知载荷集度 $q = 2kN/m$，力偶矩 $M = 5kN \cdot m$，AB 长 $l = 4m$，求水平梁固定端 A 的约束力。

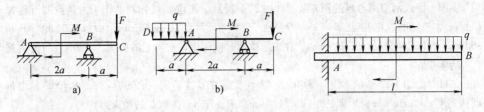

图 3-24　　　　　　　　　　　　　　图 3-25

3-5　如图 3-26 所示，管道支架在 A、B、C 处均为理想的圆柱形铰链约束。已知该支架承受的两管道的重量均为 $G=4.5\text{kN}$，试求管架中 A 处的约束力及杆 BC 所受的力。

3-6　如图 3-27 所示，三铰拱架受水平力 F 的作用，不计拱架自重，求支座 A、B 的约束力。

3-7　如图 3-28 所示，立柱的 A 端是固定端，已知 $F_1=4\text{kN}$，$F_2=6\text{kN}$，$F_3=2.5\text{kN}$，力偶矩 $M=5\text{kN}\cdot\text{m}$，求固定端 A 的约束力。

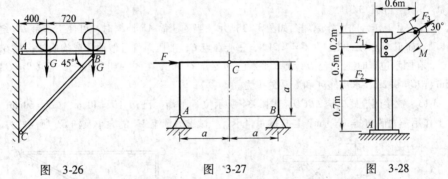

图　3-26　　　　　　　　图　3-27　　　　　　　　图　3-28

3-8　安装设备时常用起重摆杆，其简图如图 3-29 所示。起重摆杆 AB 重 $G_1=1.8\text{kN}$，作用在 AB 中点 C 处。提升的设备重量为 $G=20\text{kN}$。试求系在起重摆杆 B 端的绳 BD 的拉力及 A 处的约束力。

3-9　如图 3-30 所示，化工厂用的高压反应塔底部用螺栓与地基紧固连接。塔所受风力可近似简化为两段均布载荷，在离地面 H_1/m 高度以下，风力的平均强度为 $p_1/(\text{N}/\text{m}^2)$，$H_2/\text{m}$ 上的平均强度增 $p_2/(\text{N}/\text{m}^2)$。试求底部支承处由于风载引起的约束力。风压按迎风曲面在垂直于风向的平面上投影面积计算。

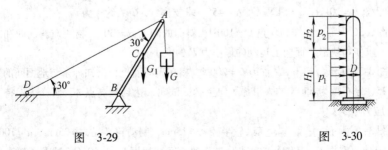

图　3-29　　　　　　　　　　　　图　3-30

3-10 卧式刮刀离心机的耙料装置如图 3-31 所示。耙齿 D 对物料的作用力是借助于重为 G 的重块产生的。耙齿装于耙杆 OD 上。已测得尺寸：$OA = 50\text{mm}$，$OD = 200\text{mm}$，$AB = 300\text{mm}$，$BC = 150\text{mm}$，$CE = 150\text{mm}$，在图示位置时使作用在耙齿上的力 $F_P = 120\text{N}$，问重块重 G 应为多少？

3-11 如图 3-32 所示，组合梁 AC 及 CE 用铰链在 C 连接成，已知 $l = 8\text{m}$，$F = 5\text{kN}$，均布载荷集度 $q = 2.5\text{kN/m}$，力偶的矩 $M = 5\text{kN}\cdot\text{m}$。求支座 A、B 和 E 的约束力。

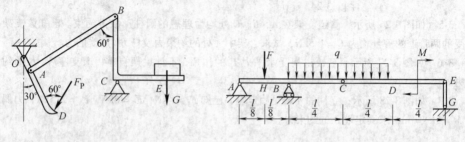

图 3-31   图 3-32

3-12 某工作台的工作原理图如图 3-33 所示。当油压筒 AB 伸缩时，可使工作台 DE 绕点 O 转动。如工作台与工件共重 $G = 1.2\text{kN}$，重心在点 C，油压筒可近似地看成均质杆，重 $G_1 = 100\text{N}$，在图示位置时工作台 DE 成水平。已知支点 O 和 A 在同一铅直线上，且 $OB = OA = 0.6\text{m}$，$OC = 0.2\text{m}$。求支座 A 和 C 的约束力。

3-13 铰接四连杆机构 $ABCD$ 在图 3-34 所示位置平衡。已知 $AB = 40\text{cm}$，$CD = 60\text{cm}$，在 AB 上作用一力偶 $M_1 = 1\text{N}\cdot\text{m}$，各杆的重量不计。试求力偶矩 M_2 的大小及杆 BC 所受的力。

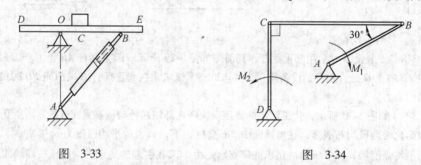

图 3-33   图 3-34

3-14 如图 3-35 所示，AB 梁和 BC 梁用中间铰 B 连接，A 端为固定端，C 端为斜面上活动铰链支座。已知 $F = 20\text{kN}$，$q = 5\text{kN/m}$，$\alpha = 45°$，求支座 A，C 的约束力。

3-15 如图 3-36 所示，已知物块重 $G = 100\text{N}$，斜面的倾角 $\alpha = 30°$，物块与斜面间和摩擦因数 $f_s = 0.38$，求使物块沿斜面向上运动的最小力 F 的大小。

3-16 如图 3-37 所示，梯子 AB 重为 $G = 200\text{N}$，靠在光滑墙上，已知梯子与地面间的摩擦因数为 $f_s = 0.25$，今有重为 650N 的人沿梯子向上爬，试问人达到最高点 A，而梯子保持平衡的最小角度 α 应为多少？

3-17 如图 3-38 所示，一铰车，其鼓轮半径 $r = 15\text{cm}$，制动轮半径 $R = 25\text{cm}$，$a = 100\text{cm}$，$b = 50\text{cm}$，$c = 50\text{cm}$，重物 $G = 1000\text{N}$，制动轮与制动块间摩擦因数 $f_s = 0.5$。试求当铰车吊着

重物时，为使重物不致下落，加在杆上的力 **F** 的大小至少应为多少?

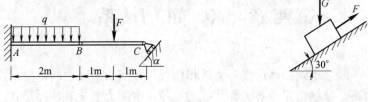

图 3-35　　　　　　　　　　　　　　　　图 3-36

3-18　重量为 G 的修理电线工人，在攀登电线杆时所用脚上套钩如图 3-39 所示，已知电线杆的直径 $d = 30\text{cm}$，套钩的尺寸 $b = 10\text{cm}$，套钩与电线杆之间的摩擦因数 $f_s = 0.3$，若套钩的重量略去不计，试求踏脚处到电线杆间的距离 a 为多少才能保证工人安全操作。

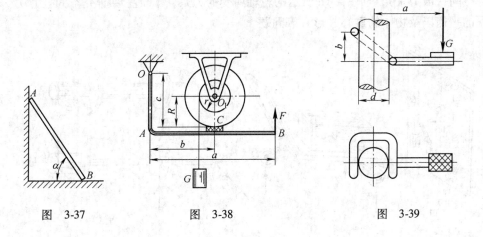

图　3-37　　　　　图　3-38　　　　　图　3-39

第四章 空间力系

在工程中，经常遇到物体所受各力的作用线不在同一平面内的情况，这种力系称为**空间力系**。根据力系中各力作用线的关系，空间力系又有各种形式：各力的作用线汇交于一点的力系称为空间汇交力系，如图 4-1a 中作用于节点 D 上的力系；各力的作用线彼此平行的力系称为空间平行力系，如图 4-1b 所示的三轮起重机所受的力系；各力的作用线在空间任意分布的力系称为空间任意力系（亦称空间一般力系），如图 4-1c 所示的轮轴所受的力系。本章主要研究空间任意力系的平衡以及物体的重心、形心等问题。

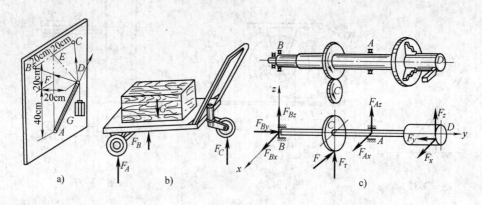

图 4-1

第一节 力在空间直角坐标轴上的投影

一、直接投影法

有一空间力 F，取空间直角坐标系如图 4-2 所示。以 F 为对角线作一正六面体，如已知力 F 与 x、y、z 轴间的夹角分别为 α、β、γ，则力 F 在坐标轴上的投影为

$$\left.\begin{aligned} F_x &= \pm F\cos\alpha \\ F_y &= \pm F\cos\beta \\ F_z &= \pm F\cos\gamma \end{aligned}\right\} \tag{4-1}$$

力在轴上的投影是代数量，符号规定为：从投影的起点到终点的方向与相应坐标轴正向一致的就取正号；反之，就取负号。

二、二次投影法

当力与坐标轴的夹角不是全部已知时，可采用二次投影法。设已知力 F 与 z 轴的夹角为 γ 以及 F 与 z 轴所形成的平面与 x 轴的夹角为 φ，如图 4-3 所示。可将力 F 先投影到坐标平面 xOy 上，得到力 F_{xy}，然后把这个力再投影到 x、y 轴上，则力 F 在三个轴上的投影分别为

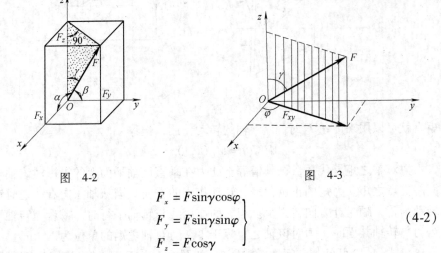

图 4-2　　　　　　　　　　　　　　　图 4-3

$$F_x = F\sin\gamma\cos\varphi$$
$$F_y = F\sin\gamma\sin\varphi \quad\quad\quad (4\text{-}2)$$
$$F_z = F\cos\gamma$$

反之，如果力 F 在坐标轴上的三个投影 F_x、F_y、F_z 是已知的，则可求得该力的大小和方向为

$$F = \sqrt{F_x^2 + F_y^2 + F_z^2}$$
$$\cos\alpha = \frac{F_x}{F}, \quad \cos\beta = \frac{F_y}{F}, \quad \cos\gamma = \frac{F_z}{F} \quad\quad (4\text{-}3)$$

第二节　力对轴之矩

一、力对轴之矩的概念

在工程中，常遇到刚体绕定轴转动的情形。为了度量力对转动刚体的作用效应，需引入力对轴之矩的概念。

现以关门动作为例，图 4-4a 中门的一边有固定轴 z，在 A 点作用一力 F。为度量此力对刚体的转动效应，可将力 F 分解为两个互相垂直的分力：一个是与转轴平行的分力 $F_z = F\sin\beta$；另一个是在与转轴 z 垂直平面上的分力 $F_{xy} = F\cos\beta$。

由经验可知，F_z 不能使门绕 z 轴转动，只有分力 F_{xy} 才对门有绕 z 轴的转动作用。

如以 d 表示 z 轴与 xy 面的交点 O 到 F_{xy} 作用线的垂直距离，则 F_{xy} 对 O 点之

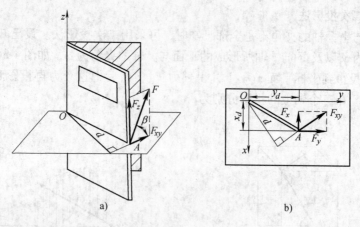

图　4-4

矩。就可以用来度量 F 对门绕 z 轴的转动作用，记作

$$M_z(F) = M_O(F_{xy}) = \pm F_{xy}d \tag{4-4}$$

力对轴之矩是代数量，其值等于此力在垂直该轴平面上的投影对该轴与此平面的交点之矩。力矩的正负代表其转动作用的方向。当从轴正向看，逆时针方向转动为正，顺时针方向转为负。当力的作用线与转轴平行时，或者与转轴相交即当力与转轴共面时，力对该轴之矩等于零。力对轴之矩的单位为 N·m。

由式(4-4)可见，空间力对轴之矩(如图4-4 力 F 对 z 轴)，可以转化为平面力(F_{xy})对点之矩来计算。

例 4-1　如图4-5a 所示，力 F 作用在圆轮的平面内，设力 F 作用线距 z 轴距离为 d，试计算力 F 对 z 轴之矩。

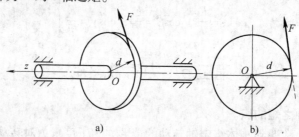

图　4-5

解　(1) 按空间力对轴之矩的概念计算

$$M_z(F) = Fd$$

(2) 按转化为平面力对点之矩来计算(图4-5a)　将力 F、圆轮和 z 轴投影到垂直于 z 轴的平面上，如图4-5b 所示。可以转化为平面力 F 对点 O 之矩来计算，即

$$M_O(F) = Fd$$

二、合力矩定理

设有一空间力系 F_1、F_2、$\cdots$、F_n，其合力为 F_R，则可证合力对某轴之矩等于各分力对同轴力矩的代数和，可写成

$$M(F_R) = \sum M(F_i) \qquad (4\text{-}5)$$

式(4-5)称为空间力系合力矩定理。常被用来计算空间力对轴之矩。

例4-2　计算图4-6所示手摇曲柄上力 F 对 x、y、z 轴之矩。已知 $F = 100\text{N}$，且力 F 平行于 xAz 平面，$\alpha = 60°$，$AB = 20\text{cm}$，$BC = 40\text{cm}$，$CD = 15\text{cm}$，A、B、C、D 处于同一平面上。

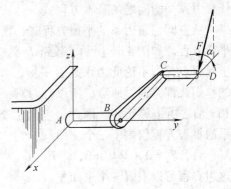

图　4-6

解　力 F 为平行于 xAz 平面的平面力，在 x 和 z 轴上有投影，其值为

$$F_x = F\cos\alpha, \quad F_y = 0, \quad F_z = -F\sin\alpha$$

力 F 对 x、y、z 各轴之矩为

$$M_x(F) = -F_z(AB + CD) = -100\sin60° \times 35\text{N} \cdot \text{cm} = -3031\text{N} \cdot \text{cm}$$

$$M_y(F) = -F_z BC = -100\sin60° \times 40\text{N} \cdot \text{cm} = -3464\text{N} \cdot \text{cm}$$

$$M_z(F) = -F_x(AB + CD) = -100\cos60° \times 35\text{N} \cdot \text{cm} = -1750\text{N} \cdot \text{cm}$$

第三节　空间任意力系的平衡方程

一、平衡基本方程

某物体上作用有一个空间任意力系 F_1、F_2、$\cdots$、F_n。如果物体不平衡，则力系可能使物体沿 x、y、z 各轴方向的移动状态发生变化，也可能使该物体绕其三轴的转动状态发生变化；若物体在力系作用下处于平衡，则物体沿 x、y、z 三轴的移动状态应不变，同时绕该三轴的转动状态也不变。因此，当物体沿 x 方向的移动状态不变时，该力系各力在 x 轴上的投影的代数和为零，即 $\sum F_x = 0$；同理可得 $\sum F_y = 0$，$\sum F_z = 0$。当物体绕 x 轴的转动状态不变时，该力系对 x 轴力矩的代数和为零，即 $M_x(F) = 0$；同理可得 $M_y(F) = 0$，$M_z(F) = 0$。由此可见，空间任意力系的平衡方程式为

$$\left.\begin{array}{lll} \sum F_x = 0 & \sum F_y = 0 & \sum F_z = 0 \\ \sum M_x(F) = 0 & \sum M_y(F) = 0 & \sum M_z(F) = 0 \end{array}\right\} \qquad (4\text{-}6)$$

式(4-6)表达了空间任意力系平衡的必要和充分条件为：各力在三个坐标轴上投影的代数和以及各力对三个坐标轴之矩的代数和都必须同时为零。

空间任意力系有六个独立的平衡方程，可以求解六个未知量，它是解决空间

任意力系平衡问题的基本方程式。

从空间任意力系的平衡方程式，很容易导出空间汇交力系和空间平行力系的平衡方程。如图 4-1a 所示，铰链 D 受空间汇交力系作用，选取空间汇交点 A 为坐标原点，则不论此力系是否平衡，各力的作用线都将通过原点。所以各力对 x、y 和 z 轴之矩恒等于零。因此，空间汇交力系的平衡方程仅剩下三个，即

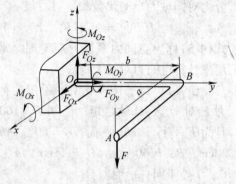

$$\sum F_x = 0, \quad \sum F_y = 0, \quad \sum F_z = 0$$

这组方程可以求解三个未知量。

例 4-3　图 4-7 所示的折杆，已知在其自由端 A 处受到力 F 的作用。试求折杆固定端 O 的约束力。

解　取折杆为研究对象，画受力图如图 4-7 所示，选直角坐标系 $Oxyz$，列平衡方程

图　4-7

$$\sum F_x = 0, \quad F_{Ox} = 0$$
$$\sum F_y = 0, \quad F_{Oy} = 0$$
$$\sum F_z = 0, \quad F_{Oz} - F = 0$$
$$\sum M_x(\boldsymbol{F}) = 0, \quad M_{Ox} - Fb = 0$$
$$\sum M_y(\boldsymbol{F}) = 0, \quad M_{Oy} + Fa = 0$$
$$\sum M_z(\boldsymbol{F}) = 0, \quad M_{Oz} = 0$$

由上述六个方程，即得折杆固定端 O 的约束力为

$$F_{Ox} = 0, \quad F_{Oy} = 0, \quad F_{Oz} = F, \quad M_{Ox} = Fb, \quad M_{Oy} = -Fa, \quad M_{Oz} = 0$$

以上约束力 M_{Oy} 的负号，表示其实际方向与受力图中所假设的方向相反。

例 4-4　起重绞车如图 4-8a 所示。已知 $\alpha = 20°$，$r = 10\text{cm}$，$R = 20\text{cm}$，$G = 10\text{kN}$。试求重物匀速上升时支座 A 和 B 的约束力及齿轮所受的力 F（力 F 在垂直于轴的平面内与水平方向的切线成 α 角）。

解　重物匀速上升时，鼓轮（包括轴和齿轮）做匀速转动，即处于平衡状态。取整个起重吊车为对象，并将力 G 和 F 平移到轴线上，如图 4-8b 所示。在轴上作用的力有：G、F、约束力 F_{Az}、F_{Bz}、F_{Ay} 和 F_{By}，这六个力组成一个空间任意力系。取坐标如图所示，由式(4-6)可列出五个平衡方程：

$$\sum F_y = 0, \qquad F\cos\alpha - F_{Ay} - F_{By} = 0 \tag{1}$$
$$\sum F_z = 0, \qquad F_{Az} + F_{Bz} - F\sin\alpha - G = 0 \tag{2}$$
$$\sum M_x(\boldsymbol{F}) = 0, \qquad -FR\cos\alpha + Gr = 0 \tag{3}$$
$$\sum M_y(\boldsymbol{F}) = 0, \qquad -30G - 60F\sin\alpha + 70F_{Bz} = 0 \tag{4}$$

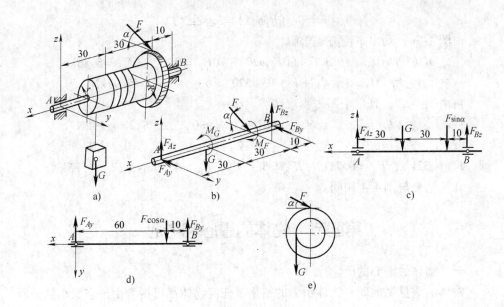

图 4-8

$$\sum M_z(\boldsymbol{F}) = 0, \qquad -60F\cos\alpha + 70F_{By} = 0 \tag{5}$$

由式(3)得 $\quad F = Gr/(R\cos\alpha) = 10 \times 10/(20\cos20°)\,\text{kN} = 5.32\,\text{kN}$

由式(4)得 $\qquad\qquad F_{Bz} = 5.85\,\text{kN}$

由式(2)得 $\qquad\qquad F_{Az} = 5.97\,\text{kN}$

由式(5)得 $\qquad\qquad F_{By} = 4.29\,\text{kN}$

由式(1)得 $\qquad\qquad F_{Ay} = 0.71\,\text{kN}$

二、空间平衡力系的平面解法

在机械工程中，常把空间的受力图投影到三个坐标平面上，画出三个视图（主视图、俯视图和侧视图），这样就得到三个平面力系，分别列出它们的平衡方程，同样可以解出所求的未知量。这种将空间平衡问题转化为三个平面平衡问题的讨论方法，就称为空间平衡力系的平面解法。其依据是物体空间力系作用处于静止平衡状态，那么该物体所受的空间力系在三个平面上的投影也是静止平衡的。

例4-5 试用空间平衡力系的平面解法重解例4-4。

解 重物匀速上升，鼓轮（包括轴和齿轮）做匀速转动，即处于平衡姿态。取鼓轮为研究对象。将力 $\boldsymbol{G}$ 和 $\boldsymbol{F}$ 平移到轴线上，如图4-8b所示。分别作垂直平面、水平平面和侧垂直平面（图4-8c、d、e）的受力图，并求轴承约束力和 $\boldsymbol{F}$ 力大小。

先由图4-8e的平衡条件

$$\sum M_O(\boldsymbol{F}) = 0, \quad FR\cos\alpha - Gr = 0$$

得 $\qquad F = Gr/(R\cos\alpha) = 5.32\text{kN}$

由图 4-8c，列出平衡方程求解

$$\sum M_A(\boldsymbol{F}) = 0, \qquad 30G + 60F\sin20° - 70F_{Bz} = 0, \qquad F_{Bz} = 5.85\text{kN}$$

$$\sum F_z = 0, \qquad F_{Az} + F_{Bz} - F\sin20° = 0, \qquad F_{Az} = 5.97\text{kN}$$

再由图 4-8d，列出平衡方程求解

$$\sum M_A(\boldsymbol{F}) = 0, \qquad 60F\cos20° - 70F_{By} = 0, \qquad F_{By} = 4.29\text{kN}$$

$$\sum F_y = 0, \qquad F_{Ay} + F_{By} - F\cos20° = 0, \qquad F_{Ay} = 0.71\text{kN}$$

即 $\quad F = 5.32\text{kN}, \ F_{Ay} = 0.71\text{kN}, \ F_{Az} = 5.97\text{kN}, \ F_{By} = 4.29\text{kN}, \ F_{Bz} = 5.85\text{kN}$。
计算结果与例 4-4 相同。

第四节 物体的重心和形心

一、物体的重心的概念

物体的重量是地球对物体引力的结果。任何物体都可视为由许多微小部分所组成，每一微小部分上都作用一个指向地球中心的力，这些引力原本应是一空间汇交力系，但由于地球的半径比所研究物体的尺寸大得多，故可认为这些力为一空间平行力系（图 4-9）。此力系的合力 G 为物体的重力，并称重力的作用点 C 为物体的重心。对刚体而言，物体的重心是一个不变的点。确定重心的位置不仅对于物体的平衡、运动的稳定性有很重要的意义，而且与生产的安全性、设备的寿命和能量的损耗都有密切关系。例如起吊重物时，为了防止倾斜和翻倒，应使绳索通过物体的重心；汽车、船舶的重心位置直接影响其运动和操纵的稳定性；机器中的转动零部件的重心若不位于其轴线上（偏心），则在转动时会产生离心力，从而使机器发生振动，严重时可能导致构件破坏；双轮运输小车的轮轴应尽可能地安装在小车重心附近，装货物时，要使货物的重心与轮轴位置一致，这样运输时才省力。

至于物体的形心则是指物体的几何中心。

二、重心和平面图形形心的确定

重心和形心可以利用相关计算公式确定。但多数情况下可以凭经验判定。

1. 利用相关计算公式确定重心

如图 4-9 所示，设物体重力作用点的坐标为 $C(x_C, y_C, z_C)$，根据合力矩定理，重力对于 y 轴取矩，则有 $Gx_C = \sum (\Delta G_i) x_i$。对于 x 轴取矩则有 $Gy_C = \sum (\Delta G_i) y_i$。

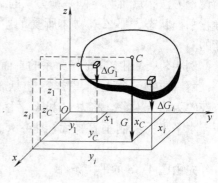

图 4-9

若将物体连同坐标系绕轴逆时针旋转 $90°$，再对 z 轴取矩，则有 $Gz_C = \sum (\Delta G_i) z_i$。由此可得物体的重心坐标公式为

$$
\left.
\begin{aligned}
x_C &= \frac{\sum \Delta G_i x_i}{\sum \Delta G_i} = \frac{\sum \Delta G_i x_i}{G} \\
y_C &= \frac{\sum \Delta G_i y_i}{\sum \Delta G_i} = \frac{\sum \Delta G_i y_i}{G} \\
z_C &= \frac{\sum \Delta G_i z_i}{\sum \Delta G_i} = \frac{\sum \Delta G_i z_i}{G}
\end{aligned}
\right\}
\tag{4-7}
$$

对于均质物体，若用 ρ 表示其密度，ΔV 表示微体积，则 $\Delta G = \rho \Delta V g$，$G = \rho V g$，代入上式得

$$
\left.
\begin{aligned}
x_C &= \frac{\sum x_i \Delta V_i}{V} = \frac{\int_V x \mathrm{d}V}{V} \\
y_C &= \frac{\sum y_i \Delta V_i}{V} = \frac{\int_V y \mathrm{d}V}{V} \\
z_C &= \frac{\sum z_i \Delta V_i}{V} = \frac{\int_V z \mathrm{d}V}{V}
\end{aligned}
\right\}
\tag{4-8}
$$

2. 平面图形的形心

由式(4-8)可见，均质物体的重心与其重量无关，只取决于物体的几何形状。所以，均质物体的重心就是其形心。

均质薄平板，若 δ 表示其厚度，ΔA 表示微体面积，且厚度 δ 取在 z 轴方向，则将 $\Delta V = \Delta A \cdot \delta$ 代入式(4-8)，可得其形心的坐标公式为

$$
\left.
\begin{aligned}
x_C &= \frac{\sum x_i \Delta A_i}{A} = \frac{\int_A x \mathrm{d}A}{A} \\
y_C &= \frac{\sum y_i \Delta A_i}{A} = \frac{\int_A y \mathrm{d}A}{A}
\end{aligned}
\right\}
\tag{4-9}
$$

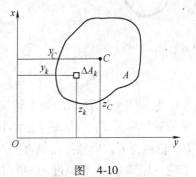

图 4-10

由(4-9)可见，形心的坐标与厚度 δ 无关。即此时的物体可以视为是平面图形，如图 4-10 所示。故式(4-9)也称为平面图形的形心坐标的计算式，该式在材料力学的研究中常用到。

式中，若记 $S_y = \sum x_i \Delta A_i = x_C A$，则 S_y 称为图形对 y 轴的静矩；$S_x = \sum y_i \Delta A_i = \sum y_i \Delta A_i = y_C A$，$S_x$ 称为图形对 x 轴的静矩。此即表明，平面图形对某坐标轴的静矩等于该图形各微面积对于同一轴静矩的代数和。

从上式可知，若 x 轴通过图形的形心，即 $y_C = 0$。由此可得结论：若某轴通过图形的形心，则图形对该轴的静矩必为零；反之，若图形对某轴的静矩为零，则该轴必通过图形的形心。

附录 A 中给出了常见的几种简单图形的形心位置。

3. 对称法求重心

对于均质物体，若在几何体上具有对称面、对称轴或对称点，则物体的重心或形心也必在此对称面、对称轴或对称点上。

4. 实验法

对于外形较复杂的物体确定重心可用实验法。这里介绍两种常用的实验法。

（1）悬挂法　外形较复杂的均质薄平板常用此法求重心（或形心）。如图 4-11 所示的平板，可先以板上一点 A 来悬挂此板，由二力平衡公理可知，其重心必位于点 A 的铅垂线 AB 上；再将板悬于另一点 D，则重心又必位于点 D 的铅垂线 DE 上。显然交点 C 即为此平板的重心（形心）。

（2）称重法　如图 4-12 所示，先用磅秤称出物体的重量 G，然后将物体的一端支于固定点 A，另一端支于秤上，量出两支点间的水平距离 l，并读出磅秤上的读数 F_B。由于力 G 和 F_B 对 A 点力矩的代数和应等于零，因此物体的重心 C 至 A 支点的水平距离为

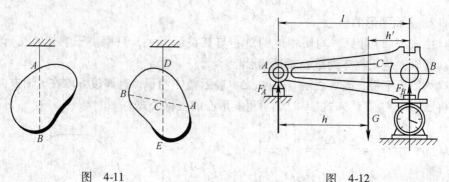

图　4-11　　　　　　　　　　　　　图　4-12

$$x_C = (F_B/G)l \tag{4-10}$$

再如图 4-13 所示的外形较复杂的小卧车，为确定汽车的重心，可分别按图示用磅秤称得 F_1、F_3 和 F_5 大小，先用地磅秤称得小卧车重为 G，已知轴距为 l_1、轮距为 l_2，后轮抬高高度 h，如图 4-13a、b、c 所示，则汽车重心 C 距后轮、右轮的距离 a、b 和高度 c，可由下列的平衡方程求出。

$$\sum M_B = 0, \ 得\ a = \frac{F_1}{G}l_1;$$

$$\sum M_E = 0, \ 得\ b = \frac{F_3}{G}l_2;$$

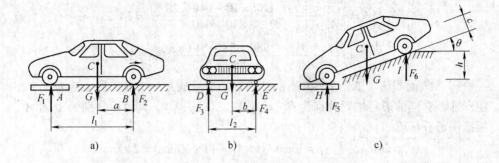

图 4-13

$$\sum M_I = 0, \ \text{得} \ -F_5 l_1 \cos\theta + G\cos\theta a + G\sin\theta c = 0$$

则有
$$c = \frac{1}{G}(F_5 l_1 - Ga)\cot\alpha = \frac{1}{Gh}(F_5 l_1 - Ga)\sqrt{l_1^2 - h^2}$$

三、组合图形的形心

有些平面图形可以看成是由几个简单形状的平面图形组成的组合图形，计算时可将组合图形分割成几个简单形状图形，并确定每个简单形状的平面图形的形心，再应用式(4-9)，就可确定整个平面图形的形心。下面举例说明。

*例 4-6 试求图 4-14 所示平面图形的形心位置。

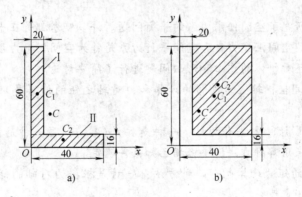

图 4-14

解 该题可用两种方法求解。

（1）分割法 如图 4-14a 所示，将该图形分解成两个矩形 I 和 II，它们的形心位置分别为 $C_1(x_1, y_1)$、$C_2(x_2, y_2)$。其面积分别为 A_1 和 A_2。根据图形分析可知，

$$x_1 = 10\text{mm} \qquad y_1 = 38\text{mm} \qquad A_1 = 20 \times 44\text{mm}^2 = 880\text{mm}^2$$
$$x_2 = 20\text{mm} \qquad y_2 = 8\text{mm} \qquad A_2 = 16 \times 40\text{mm}^2 = 640\text{mm}^2$$

根据式(4-9)则有

$$x_C = \frac{\sum A_i x_i}{\sum A_i} = \frac{A_1 x_1 + A_2 x_2}{A_1 + A_2} = \frac{880 \times 10 + 640 \times 20}{880 + 640} \text{mm} = 14.21 \text{mm}$$

$$y_C = \frac{\sum A_i y_i}{\sum A_i} = \frac{A_1 y_1 + A_2 y_2}{A_1 + A_2} = \frac{880 \times 38 + 640 \times 8}{880 + 640} \text{mm} = 25.37 \text{mm}$$

(2) 负面积法 如图 4-14b 所示，将该图形看成是一个大矩形 Ⅰ 减去一个小矩形 Ⅱ。它们的形心位置分别为 $C_1(x_1, y_1)$、$C_2(x_2, y_2)$。其面积分别为 A_1 和 A_2。根据图形分析可知，

$$x_1 = 20 \text{mm} \qquad y_1 = 30 \text{mm} \qquad A_1 = 40 \times 60 \text{mm}^2 = 2400 \text{mm}^2$$

$$x_2 = 30 \text{mm} \qquad y_2 = 38 \text{mm} \qquad A_2 = 20 \times 44 \text{mm}^2 = 880 \text{mm}^2$$

根据式(4-9)得

$$x_C = \frac{\sum A_i x_i}{\sum A_i} = \frac{A_1 x_1 - A_2 x_2}{A_1 - A_2} = \frac{2400 \times 20 - 880 \times 30}{2400 - 880} \text{mm} = 14.21 \text{mm}$$

$$y_C = \frac{\sum A_i y_i}{\sum A_i} = \frac{A_1 y_1 - A_2 y_2}{A_1 - A_2} = \frac{2400 \times 30 - 880 \times 38}{2400 - 880} \text{mm} = 25.37 \text{mm}$$

通过以上计算分析可知，两种方法求得的结果一致。

本 章 小 结

本章主要研究了空间任意力系的平衡问题。许多概念都是在平面力系的基础上加以推广的。空间汇交力系和空间平行力系是作为空间任意力系的特殊情况来处理。此外，还对物体的重心和形心问题进行了简要讨论。

1. 力在空间坐标轴上的投影的计算和力对轴之矩的计算是求解空间力系平衡问题的关键。

2. 力的投影计算方法有两种：一种是按式(4-1)；另一种是按式(4-2)。具体计算中究竟采用哪种方法，要根据已知条件确定。

3. 力对轴的矩的计算也有两种方法：一种是根据力对轴的矩的定义；另一种是根据合力矩定理。

4. 空间任意力系是物体受力最一般情况，空间力系平衡方程表示了力系平衡的一般规律。空间任意力系平衡时，可以解六个未知量。

5. 工程中对轴的受力分析和计算时，常将空间任意力系的平衡问题化为在三个坐标平面上的投影平衡问题，这样就把较复杂的空间力系化为平面力系计算，方便实用。

6. 重心是物体重力的合力作用点。形心是物体形状的几何中心。

思 考 题

1. 什么是空间力系？举例说明。

2. 空间力系的平衡方程有几个？各是什么？最多能解几个未知数？

3. 空间力系的问题可转化为三个平面任意力系的问题，根据一个平面任意力系可解三个未知数，那么三个平面任意力系是否可求出九个未知数？

4. 物体的重心是否一定在物体上？

5. 计算同一物体重心时，如选取坐标系位置不同，重心坐标是否改变？物体的重心位置是否改变？计算方法不同，重心位置是否改变？

6. 一容器中盛水，当分别进行水平放置与倾斜放置时，其重心位置是否发生改变？为什么？当容器中盛有固体时，重心位置发生改变吗？

习 题

4-1 如图 4-15 所示，已知 $F_1 = 3\text{kN}$，$F_2 = 2\text{kN}$，$F_3 = 1\text{kN}$，F_1 处于轴边长 3、4、5 的正六面体前棱边，F_2 在此六面体顶面对角上，F_3 处于正六面体的斜角线上。试计算 F_1、F_2、F_3 三力在 x、y、z 轴上的投影。

4-2 如图 4-16 所示，设在图中水平轮上 A 点作用一力 F，其作用线与过 A 点的切线成 $60°$ 角，且在过 A 点而与 z 轴平行的平面内，而点 A 与圆心 O 的连线与通过 O 点平行于 y 轴的直线成 $45°$ 角。设 $F = 1000\text{N}$，$h = r = 1\text{m}$。试求力 F 在三个坐标轴上投影及其对三个坐标轴的力矩。

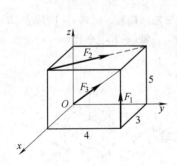

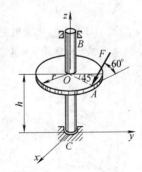

图 4-15　　　　　　　　　　图 4-16

4-3 如图 4-17 所示，挂物架三杆的重量不计，用铰链连结于 O 点，平面 BOC 是水平的，且 $BO = CO$，若在 O 点挂一重物，其重为 $G = 1000\text{N}$，求三杆所受的力。

4-4 如图 4-18 所示，悬臂刚架上作用有分别平行于 AB 与 CD 的力 F_1 与 F_2，已知 $F_1 = 5\text{kN}$，$F_2 = 4\text{kN}$，求固定端处的约束力及约束力偶。

4-5 如图 4-19 所示，水平轴上装有两个凸轮，凸轮上分别作用有已知力 $F = 800\text{N}$ 和未知力 F_1，如图所示。如轴平衡，求力 F_1 和轴承约束力。

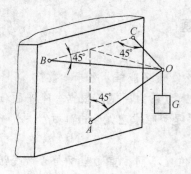

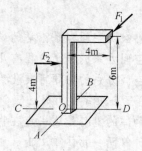

图 4-17   图 4-18

4-6 如图 4-20 所示，变速箱中间轴装有两个直齿轮，分度圆半径 $r_1 = 100$mm，$r_2 = 72$mm，啮合点分别在两齿轮最低与最高位置，如图所示。在齿轮 1 上的径向力 $F_{r1} = 0.575$kN，圆周力 $F_{\tau1} = 1.58$kN。在齿轮 2 上的径向力 $F_{r2} = 0.799$kN，试求当轴平衡时作用于齿轮 2 上的圆周力 $F_{\tau2}$ 及两轴承支约束力。

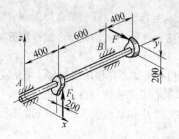

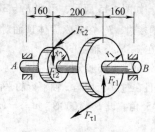

图 4-19   图 4-20

*4-7 如图 4-21 所示，电动机通过链条传动将重物匀速提起，已知 $r = 100$mm，$R = 2$m，$G = 10$kN，链条与水平线成角 $\alpha = 30°$，其拉力 $F_{T1} = 2F_{T2}$，轴线 O_1x_1 平行于 Ax。求轴承约束力及链条的拉力。

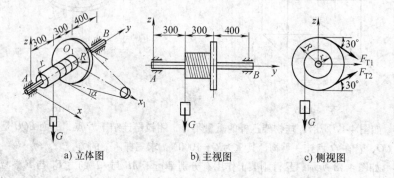

a) 立体图   b) 主视图   c) 侧视图

图 4-21

4-8 如图 4-22 所示的截面图形，试求该图形的形心位置（图中单位为 mm）。

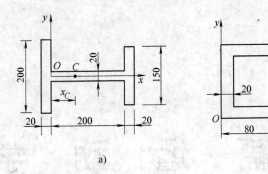

a)   b)

图 4-22

第二篇 运 动 学

运动学是从几何的角度来研究物体的机械运动，即研究物体的位置随时间的变化规律，而不考虑物体运动变化的物理原因（即物体所受的力和物体的质量）。

运动是指物体在空间的位置随时间的变化。要描述物体位置以及它的运动，必须选取另一个物体作为参考，这个用作参考的物体称为参考体。同一物体的运动对不同参考体来说，其运动是不同的。例如，在行驶的车厢内放置的物体，对车厢而言是静止的，而对地面而言则是运动的，所以，运动的描述具有相对性。在力学中，描述任何物体的运动都必须指明参考体。在参考体上固结的坐标系称为参考系。一般工程问题中，都取与地面固连的坐标系为参考系。以后如果不作特别说明，就如此理解。对于特殊的问题，将根据需要另选参考系，但必须加以指明。

前已述及，在运动学中不涉及力和质量的概念，因此，所采用的力学模型是"点"和"刚体"。所谓点，是指不计大小和质量，但在空间占有确定位置的几何点。所谓刚体，是指由无数点组成的不变形系统。点和刚体都是实际物体的抽象化。当描述一个物体的运动时，如果它的大小不起主要作用，可以把它抽象化为一个点；反之，就应把它看成刚体。例如，分析汽车在制动过程中的速度和加速度时，虽然汽车各部分的运动情况各不相同，但是我们研究的是汽车整体的运动规律，因此可以忽略其大小，将汽车的运动简化为点的运动。但是当分析汽车车轮上各点的运动时，我们必须把车轮简化为一定尺寸的刚体来研究。因此，如何将其简化，完全由所研究问题的性质而定，不取决于物体的大小和形状。

描述机械运动时，还要涉及"时间间隔"和"瞬时"的概念。时间间隔对应于物体在不停顿的运动中从某一位置移动到另一位置所经历的时间。瞬时是时间间隔趋于零的一瞬间。

学习运动学的目的首先是为学习动力学打好基础，因为只有掌握了运动分析方法，才能正确地进行物体系统的运动特性分析，并建立运动与力的关系。其次，运动学在工程技术中也具有直接指导实践的意义。例如，在机械设计中常要进行机构分析与综合，这就要求对所选机构进行运动分析，以便能达到预定的运动要求。

在运动学中，我们将依次研究点的运动、刚体的基本运动、点的合成运动以及刚体的平面运动。

第五章　运动学基础

点的运动和刚体基本运动是研究点和刚体复杂运动的基础。本章主要介绍点的运动和刚体基本运动的分析计算方法。

第一节　点的运动学

点运动时，它在空间所走过的路线，称为点的轨迹。轨迹为直线时，称该点做直线运动；为曲线时，称该点做曲线运动。由于刚体可看做无数个点的组合，所以点的运动是研究刚体运动的基础，其具有独立的应用意义。

作为点的运动基础，为简单起见，我们仅研究点做平面运动的情况。点的运动可以采用不同的坐标系进行描述。本书仅讨论自然法和直角坐标法。

研究点的运动，就是研究点在所选平面参考系上的几何位置随时间变化的规律，具体来说，就是要确定点的平面运动方程、运动轨迹、速度和加速度。

一、用自然法求点的速度、加速度

自然法是以点的运动轨迹作为自然坐标轴来确定点的位置的方法。因此，用自然法来描述点的运动规律必须已知点的运动轨迹。

点在参考系上的几何位置随时间变化的关系式称为点的运动方程。点在运动过程中所经过的路线称为点的运动轨迹。按照轨迹形状的不同，点的运动可分为直线运动和曲线运动。

如图 5-1 所示，设点 M 沿已知轨迹 AB 运动，选此轨迹为自然坐标轴，在轨迹上任取一点 O 作为坐标原点，并规定 O 点的一侧为正方

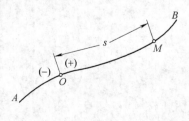

图　5-1

向，另一侧为负方向。这样，点 M 在轨迹上的位置可用它到 O 点的弧长 s 来表示，弧长 s 称为点 M 在自然坐标轴上的弧坐标。弧坐标 s 是代数量，如果点 M 在轨迹的正方向上，则弧坐标为正值，反之为负值。

当点 M 沿轨迹运动时，弧坐标 s 随时间 t 而变化，即弧坐标是时间的函数，用数学表达式表示为

$$s = f(t) \tag{5-1}$$

式(5-1)称为用自然法表示的点沿已知轨迹的运动方程，又称为弧坐标运动

方程。

二、点的速度

点的速度是描述点运动快慢和方向的物理量。速度是矢量，用符号 v 表示，其单位为 m/s。

在中学物理中知道，速度等于位移除以时间，那里的速度指的是对应于一段时间间隔的平均速度，而这里所讲的速度是对应于某一时刻的瞬时速度。

理论推导可得，当点沿已知轨迹运动时，其瞬时速度的大小等于点的弧坐标对时间的一阶导数，方向沿轨迹的切线方向，如图 5-2 所示，即

$$v = \frac{\mathrm{d}s}{\mathrm{d}t} \tag{5-2}$$

如果 v 大于零，则瞬时速度指向轨迹的正方向，表明在该瞬时点沿轨迹的正方向运动；反之，则指向轨迹的负方向，表明在该瞬时点沿轨迹的负方向运动。

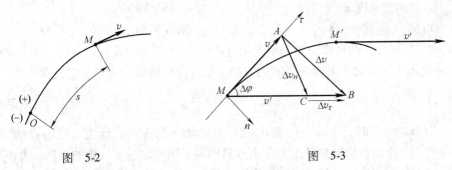

图 5-2   图 5-3

三、点的加速度

点做平面曲线变速运动时，其速度的大小和方向都随时间而变化，加速度是表示速度的大小和方向变化快慢的物理量。加速度也是矢量，用符号 **a** 表示，其单位为 $\mathrm{m/s^2}$。同样，这里所讲的加速度也是对应于某一时刻的瞬时加速度。

为了便于研究速度矢量的改变，在过轨迹曲线和动点重合的点上建立一坐标系。以过该点的切线为坐标轴 τ，其正向指向轨迹正向；以过该点的与轴 τ 正交的法线为坐标轴 n，其正向指向轨迹曲线的曲率中心。这一在轨迹曲线上建立的平面坐标，称为自然坐标系，此二坐标轴称为自然轴。

设一动点沿已知的轨迹做平面曲线运动，在经时间间隔 Δt 后，动点的位置由 M 处运动到 M' 处，其速度由 v 变成了 v'，如图 5-3 所示。此时动点速度矢量的改变量为 Δv，在时间间隔 Δt 内的平均加速度 $\boldsymbol{a}^*$ 即为

$$\boldsymbol{a}^* = \frac{\Delta v}{\Delta t}$$

当时间间隔 $\Delta t \rightarrow 0$ 时，平均加速度 $\boldsymbol{a}^*$ 的极限矢量，就是动点在瞬时 t 的加速度 $\boldsymbol{a}$，亦即为

$$a = \lim_{\Delta t \to 0} \boldsymbol{a}^* = \lim_{\Delta t \to 0} \frac{\Delta v}{\Delta t}$$

速度矢量的改变，包含速度大小和方向两方面的变化。为了清楚地看出这两方面的变化，可将速度矢量的改变量 Δv 分解为两个分量 Δv_τ 和 Δv_n，它们分别表示速度大小和方向的改变量，也就是

$$\Delta v = \Delta v_\tau + \Delta v_n$$

这样，动点的加速度 $\boldsymbol{a}$ 即表示为

$$a = \lim_{\Delta t \to 0} \frac{\Delta v}{\Delta t} = \lim_{\Delta t \to 0} \frac{\Delta v_\tau}{\Delta t} + \lim_{\Delta t \to 0} \frac{\Delta v_n}{\Delta t} = \boldsymbol{a}_\tau + \boldsymbol{a}_n \tag{5-3}$$

上式表明，加速度 $\boldsymbol{a}$ 可分解为切向加速度 $\boldsymbol{a}_\tau$ 和法向加速度 $\boldsymbol{a}_n$。前者反映速度大小的变化，后者反映速度方向的变化，现分别讨论这两个加速度的大小和方向。

1. 切向加速度 $\boldsymbol{a}_\tau$

切向加速度分量 $a_\tau = \lim |\Delta v_\tau / \Delta t|$，由图 5-3 可以看出，当 $\Delta t \rightarrow 0$ 时，$\Delta \varphi \rightarrow 0$，所以 Δv_τ 的极限方向与动点轨迹曲线在 M 点的切线重合，这一切向加速度 $\boldsymbol{a}_\tau$ 显示了速度大小的改变，它的方向沿轨迹曲线的切线方向，它的大小为

$$a_\tau = \lim_{\Delta t \to 0} \left| \frac{\Delta v_\tau}{\Delta t} \right| = \frac{\mathrm{d}v}{\mathrm{d}t} = \frac{\mathrm{d}^2 s}{\mathrm{d}t^2} \tag{5-4}$$

当 $\mathrm{d}v/\mathrm{d}t > 0$ 时，切向加速度 $\boldsymbol{a}_\tau$ 指向自然轴 τ 的正向；反之，指向自然轴 τ 的负向。须指出，切向加速度的正负号只说明了切向加速度矢量的方向，并不能说明动点是做加速运动还是做减速运动。当 $\mathrm{d}v/\mathrm{d}t$ 的正负与速度 v 的正负一致时，动点才是做加速运动；反之，动点做减速运动。

可见，切向加速度反映的是动点速度值对时间的变化率，它的代数值等于速度代数值对时间的一阶导数，或弧坐标对时间的二阶导数，方向沿轨迹切线方向。

2. 法向加速度 $\boldsymbol{a}_n$

法向加速度分量 $a_n = \lim |\Delta v_n / \Delta t|$，由图 5-3 可以看出，在 $\triangle MAC$ 中，$\angle MAC = \frac{1}{2}(\pi - \Delta \varphi)$，当 $\Delta t \rightarrow 0$ 时，$\Delta \varphi \rightarrow 0$，$\angle MAC = \frac{\pi}{2}$，所以 Δv_n 的极限方向与速度矢量 v 垂直，这一法向加速度 $\boldsymbol{a}_n$ 显示了速度方向的改变，它的方向沿动点轨迹曲线在点 M 处的法线，并指向曲线内凹一侧的曲率中心，它的大小为

$$a_n = \lim_{\Delta t \to 0} \left| \frac{\Delta v_n}{\Delta t} \right| = \lim_{\Delta t \to 0} \left| \frac{2v\sin\dfrac{\Delta \varphi}{2}}{\Delta t} \right| = \lim_{\Delta t \to 0} \left| v \cdot \frac{\sin\dfrac{\Delta \varphi}{2}}{\dfrac{\Delta \varphi}{2}} \cdot \frac{\Delta \varphi}{\Delta s} \cdot \frac{\Delta s}{\Delta t} \right|$$

$$= v \cdot \lim_{\Delta t \to 0} \left| \frac{\sin \frac{\Delta \varphi}{2}}{\frac{\Delta \varphi}{2}} \right| \cdot \lim_{\Delta t \to 0} \left| \frac{\Delta \varphi}{\Delta s} \right| \cdot \lim_{\Delta t \to 0} \left| \frac{\Delta s}{\Delta t} \right| = v \times 1 \times \frac{1}{\rho} \times v = \frac{v^2}{\rho} \quad (5\text{-}5)$$

式中，$\lim\limits_{\Delta t \to 0} \dfrac{\Delta \varphi}{\Delta s} = \dfrac{1}{\rho}$，$\rho$ 为轨迹曲线在点 M 处的曲率半径，而曲率 $\dfrac{1}{\rho}$ 表示了轨迹曲线在点 M 处的弯曲程度。由式(5-5)也可以看出，法向加速度 a_n 的大小恒为正值。于是得出结论，法向加速度反映点的速度方向改变的快慢程度，它的大小等于点的速度平方除以曲率半径，方向沿着法线指向曲率中心。

综上所述，动点做平面曲线运动时，加速度 a 由切向加速度 a_τ 和法向加速度 a_n 两个分量组成。由于加速度(或称全加速度)a 的这两个分量在每一瞬时总相互垂直，所以动点的全加速度的大小和方向为

$$a = \sqrt{a_\tau^2 + a_n^2} = \sqrt{\left(\frac{dv}{dt}\right)^2 + \left(\frac{v^2}{\rho}\right)^2} \quad (5\text{-}6)$$

$$\tan\alpha = \left| \frac{a_\tau}{a_n} \right| \quad (5\text{-}7)$$

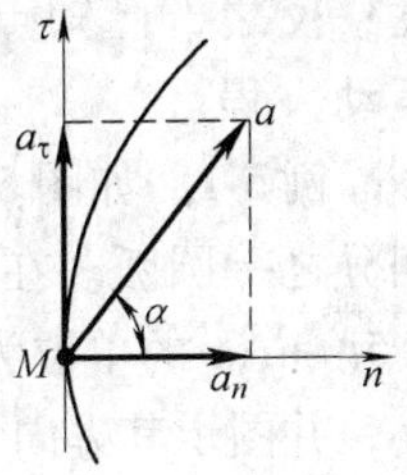

图 5-4

式(5-7)中 α 是全加速度 a 与自然轴 n 的夹角(图5-4)。

四、点运动的几种特殊情况

1. 匀速直线运动

当点做匀速直线运动时，由于 v 为常量，$\rho \to 0$，故 $a_\tau = 0$，$a_n = 0$。此时 $a = 0$。

2. 匀速曲线运动

当点做匀速曲线运动时，由于 v 为常量，故 $a_\tau = 0$，$a_n \neq 0$。此时 $a = a_n$。

3. 匀变速直线运动

当点做匀变速直线运动时，a 为常量，故 a_n 为零。若已知运动的初始条件，即当 $t = 0$ 时，$v = v_0$、$s = s_0$。由 $dv = adt$、$ds = vdt$，积分可得其速度与运动方程为

$$v = v_0 + at \quad (5\text{-}8)$$

$$s = s_0 + v_0 t + \frac{at^2}{2} \quad (5\text{-}9)$$

由式(5-8)和式(5-9)消去 t 得

$$v^2 = v_0^2 + 2a(s - s_0) \quad (5\text{-}10)$$

4. 匀变速曲线运动

当点做匀变速曲线运动时，a_τ 为常量，$a_0 = v^2/\rho$。若已知运动的初始条件，

即当 $t=0$ 时，$v=v_0$、$s=s_0$。由 $\mathrm{d}v=a_\tau\mathrm{d}t$、$\mathrm{d}s=v\mathrm{d}t$，积分可得其速度与运动方程为

$$v = v_0 + a_\tau t \tag{5-11}$$

$$s = s_0 + v_0 t + \frac{1}{2}a_\tau t^2 \tag{5-12}$$

由式(5-11)和式(5-12)消去 t 得

$$v^2 = v_0^2 + 2a_\tau(s - s_0) \tag{5-13}$$

实际上式(5-6)~式(5-13)早已为大家所熟悉，引入它们的目的在于说明在研究点的运动时，已知运动方程，可应用求导的方法求点的速度和加速度；反之，已知点的速度和加速度运动的初始条件应用积分方法也可得到点运动方程。

例5-1 如图5-5所示，点 M 沿轨迹 OB 运动，其中 OA 为一条直线，AB 为四分之一圆弧。在已知轨迹上建立自然坐标轴，设点 M 的运动方程为 $s=t^3-2.5t^2+t$（s 的单位为 m，t 的单位为 s），求 $t=1\mathrm{s}$、3s 时，点的速度和加速度的大小，并图示其方向。

解 （1）求点 M 的位置 由点 M 的运动方程得，当 $t=1\mathrm{s}$、3s 时点 M 的弧坐标分别为

$$s_1 = 9.5\mathrm{m} \quad s_3 = 17.5\mathrm{m}$$

由图5-5中尺寸得，$t=1\mathrm{s}$ 时点 M 在直线 OA 部分，设其位于 M_1 点；$t=3\mathrm{s}$ 时点 M 在曲线 AB 部分，设其位于 M_3 点，如图5-5所示。

（2）求速度 由式(5-2)得

$$v = \frac{\mathrm{d}s}{\mathrm{d}t} = 3t^2 - 5t + 1$$

将 $t=1\mathrm{s}$、3s 分别代入上式，得

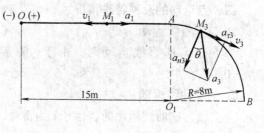

图 5-5

$$v_1 = -1\mathrm{m/s}$$

$$v_3 = 13\mathrm{m/s}$$

其方向均沿轨迹切线方向，v_1 为负值指向轨迹负方向，v_3 为正值指向轨迹正方向，如图5-5所示。

（3）求加速度 $t=1\mathrm{s}$ 时，点 M 在直线 OA 部分，其法向加速度为零，故

$$a_1 = a_{\tau1} = \frac{\mathrm{d}v}{\mathrm{d}t} = 6t - 5$$

当 $t=1\mathrm{s}$ 时，$a_1 = 1\mathrm{m/s}^2$，其方向沿轨迹切线方向，指向轨迹正方向，如图5-5所示。

$t = 3s$ 时，点 M 在曲线 AB 部分，其加速度分为切向加速度和法向加速度两个分量，其中切向加速度为

$$a_{\tau 3} = \frac{dv}{dt} = 6t - 5$$

当 $t = 3s$ 时

$$a_{\tau 3} = 13 m/s^2$$

法向加速度为

$$a_{n3} = \frac{v_3^2}{R} = \frac{13^2}{8} m/s^2 = 21.13 m/s^2$$

由式(5-5)得，$t = 3s$ 时点的全加速度为

$$a_3 = \sqrt{a_{\tau 3}^2 + a_{n3}^2} = \sqrt{13^3 + 21.13^2} m/s^2 = 24.81 m/s^2$$

$$\tan\theta = \left| \frac{a_{\tau 3}}{a_{n3}} \right| = \frac{13}{21.13} = 0.615, \quad \theta = 31.59°$$

加速度的方向如图 5-5 所示。

比较同一瞬时速度和切向加速度的符号可知，当 $t = 1s$ 时，点的速度和切向加速度的符号相反，故点做减速运动；当 $t = 3s$ 时，点的速度和切向加速度的符号相同，故点做加速运动。

例 5-2 如图 5-6 所示，飞轮以 $\varphi = 2t^2$ 的规律转动(φ 的单位为 rad，t 的单位为 s)，其半径 $R = 0.5m$。求 $t = 1s$ 时飞轮边缘上点 M 的速度和加速度。

解 (1) 求点 M 的运动方程 由题意得，点 M 的运动轨迹是 $R = 0.5m$ 的圆周。在点 M 的运动轨迹上，以 M_0 为坐标原点、M 点的运动方向为正方向建立自然坐标轴，如图 5-6 所示，则点 M 的运动方程为

$$s = R\varphi = 0.5 \times 2t^2 = t^2$$

(2) 求速度 由式(5-2)得

$$v = \frac{ds}{dt} = 2t$$

当 $t = 1s$ 时，$v = 2m/s$，速度的方向沿轨迹的切线方向，指向轨迹正方向，如图 5-6 所示。

(3) 求加速度 因为点的轨迹为曲线，所以其加速度分为切向加速度和法向加速度两个分量，其中切向加速度为

$$a_{\tau} = \frac{dv}{dt} = 2m/s^2$$

法向加速度为

$$a_n = \frac{v^2}{R} = \frac{2^2}{0.5} m/s^2 = 8m/s^2$$

由式(5-6)和式(5-7)得，$t = 1s$ 时点 M 的全加速度为

$$a = \sqrt{a_\tau^2 + a_n^2} = \sqrt{2^2 + 8^2}\,\mathrm{m/s^2} = 8.25\,\mathrm{m/s^2}$$

$$\tan\theta = \left|\frac{a_\tau}{a_n}\right| = \frac{2}{8} = 0.25, \quad \theta = 14.04°$$

速度及加速度的方向如图 5-6 所示。

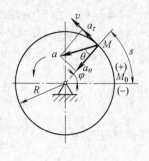

图 5-6

五、用直角坐标法求点的速度、加速度

用自然法来描述点的运动规律必须已知点的运动轨迹。如果点的运动轨迹为未知，则应采用直角坐标法。

1. 运动方程

如图 5-7 所示，设点 M 在平面内做曲线运动，建立直角坐标系 Oxy，则点 M 在任一瞬时的位置可由坐标 x、y 来确定。当点 M 运动时，坐标 x、y 随时间而变化，即 x、y 是时间的函数，用数学表达式表示为

$$\left.\begin{array}{c} x = f_1(t) \\ y = f_2(t) \end{array}\right\} \tag{5-14}$$

式(5-14)称为用直角坐标法表示的点的运动方程。

如果从式(5-14)两式中削去参数 t，可以得到点的轨迹方程

$$y = F(x) \tag{5-15}$$

根据式(5-15)即可在直角坐标系中画出点的运动轨迹。

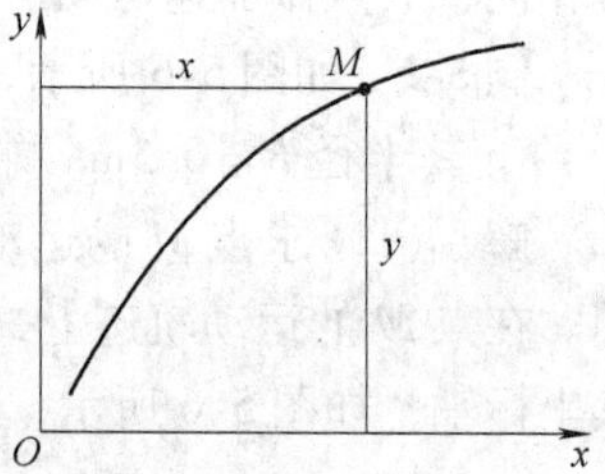

2. 速度

用直角坐标法求点的速度 v，可先求其沿直角坐标轴的两个分量 v_x 和 v_y，然后再将其合成为速度。

图 5-7

理论推导可得，动点的速度沿直角坐标轴的两个分量 v_x 和 v_y 分别等于坐标轴 x 轴和 y 轴对时间的一阶导数，即

$$\left.\begin{array}{c} v_x = \dfrac{\mathrm{d}x}{\mathrm{d}t} \\[2mm] v_y = \dfrac{\mathrm{d}y}{\mathrm{d}t} \end{array}\right\} \tag{5-16}$$

v_x 和 v_y 的方向分别平行于 x 轴和 y 轴，导数为正时，指向坐标轴的正方向；反之，则指向坐标轴的负方向。因此，若已知直角坐标形式的点的运动方程，即可求出 v_x 和 v_y，将 v_x 和 v_y 合成可以求出速度 v，如图 5-8 所示。

$$v = \sqrt{v_x^2 + v_y^2} = \sqrt{\left(\frac{\mathrm{d}x}{\mathrm{d}t}\right)^2 + \left(\frac{\mathrm{d}y}{\mathrm{d}t}\right)^2} \\ \tan\alpha = \left|\frac{v_y}{v_x}\right| \quad\quad\quad\quad\quad\quad \Biggr\}$$ (5-17)

式中，α 为 v 与 x 轴之间所夹的锐角；v 的方向由 v_x 和 v_y 的正负号决定。

3. 加速度

同理，用直角坐标法求点的加速度 $\boldsymbol{a}$，可先求其沿直角坐标轴的两个分量 $\boldsymbol{a}_x$ 和 $\boldsymbol{a}_y$，然后再将其合成为加速度 $\boldsymbol{a}$。

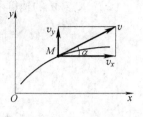

图 5-8

由理论推导可得，动点的加速度沿直角坐标轴的两个分量 $\boldsymbol{a}_x$ 和 $\boldsymbol{a}_y$ 的大小，等于其相应的速度分量的大小对时间的一阶导数，等于其相应的坐标对时间的二阶导数，即

$$a_x = \frac{\mathrm{d}v_x}{\mathrm{d}t} = \frac{\mathrm{d}^2 x}{\mathrm{d}t^2} \\ a_y = \frac{\mathrm{d}v_y}{\mathrm{d}t} = \frac{\mathrm{d}^2 y}{\mathrm{d}t^2} \quad\quad\quad \Biggr\}$$ (5-18)

$\boldsymbol{a}_x$ 和 $\boldsymbol{a}_y$ 的方向分别平行于 x 轴和 y 轴，导数为正时，指向坐标轴的正方向；反之，则指向坐标轴的负方向。

同样，求出 $\boldsymbol{a}_x$ 和 $\boldsymbol{a}_y$ 后，将 $\boldsymbol{a}_x$ 和 $\boldsymbol{a}_y$ 合成可以求出加速度 $\boldsymbol{a}$，如图5-9所示。

$$a = \sqrt{a_x^2 + a_y^2} = \sqrt{\left(\frac{\mathrm{d}v_x}{\mathrm{d}t}\right)^2 + \left(\frac{\mathrm{d}v_y}{\mathrm{d}t}\right)^2} \\ \tan\beta = \left|\frac{a_y}{a_x}\right| \quad\quad\quad\quad\quad\quad \Biggr\}$$ (5-19)

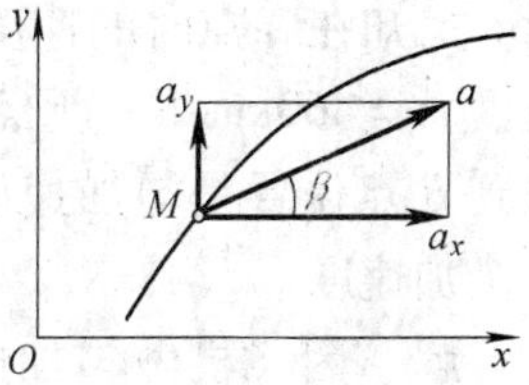

图 5-9

式中，β 为 $\boldsymbol{a}$ 与 x 轴之间所夹的锐角；$\boldsymbol{a}$ 的方向由 $\boldsymbol{a}_x$ 和 $\boldsymbol{a}_y$ 的正负号决定。

例5-3 动点 M 的运动方程由下式给定

$$\begin{cases} x = a(\sin kt + \cos kt) \\ y = b(\sin kt - \cos kt) \end{cases}$$

式中，a，b，k 均为常量。试求点 M 的运动轨迹、速度和加速度。

解 （1）从动点 M 的运动方程中消去 t，可得点 M 的运动轨迹方程为

$$\begin{cases} \sin kt = \dfrac{1}{2}\left(\dfrac{x}{a} + \dfrac{y}{b}\right) \\ \cos kt = \dfrac{1}{2}\left(\dfrac{x}{a} - \dfrac{y}{b}\right) \end{cases}$$

两式分别平方且相加得

$$\sin^2 kt + \cos^2 kt = \frac{x^2}{2a^2} + \frac{y^2}{2b^2} = 1$$

故点 M 的运动轨迹为椭圆。

（2）求点 M 的速度和加速度　点 M 的速度为

$$v_x = x'(t) = \left[a(\sin kt + \cos kt) \right]' = ak(\cos kt - \sin kt) = -\frac{aky}{b}$$

$$v_y = y'(t) = bk(\cos kt + \sin kt) = -\frac{bkx}{a}$$

所以　　　　$v = \sqrt{v_x^2 + v_y^2} = \sqrt{\left(\frac{-aky}{b}\right)^2 + \left(\frac{bkx}{a}\right)^2} = \frac{k}{ab}\sqrt{a^4 y^2 + b^4 x^2}$

点 M 的加速度为

$$\begin{cases} a_x = ak^2(\cos kt + \sin kt) = -k^2 x \\ a_y = -bk^2(\cos kt - \sin kt) = -k^2 y \end{cases}$$

所以加速度为　　　　　　$a = \sqrt{a_x^2 + a_y^2} = k^2 r$

至于点 M 的速度和加速度的方向，可由式(5-17)和式(5-19)确定(略)。

例 5-4　某歼击机飞行员做俯冲飞行训练时，若其飞行曲线 AB 近似一半径 $r = 800\text{m}$ 的圆弧，如图 5-10 所示。已知在 A 点时的速度 $v_0 = 400\text{km/h}$，到达 B 点时的速度 $v_1 = 460\text{km/h}$。所经历的时间 $t = 3\text{s}$。若飞机由 A 点到 B 点位置是匀加速度运动，试求飞机在 B 点处时的全加速度。

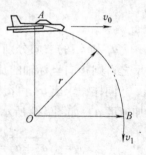

图 5-10

解　因飞机做匀加速圆弧运动，则 $a_\tau =$ 常数，且 $v = v_0 + a_\tau t$，则

$$a_\tau = \frac{v_1 - v_0}{t} = \frac{(460 - 400) \times 1000}{3 \times 3600}\text{m/s}^2 = \frac{127.78 - 111.11}{3}\text{m/s}^2$$

$$= \frac{16.67}{3}\text{m/s}^2 = 5.557\text{m/s}^2$$

$$a_n = \frac{v_1^2}{r} = \frac{127.78^2}{800}\text{m/s}^2 = 20.4\text{m/s}^2$$

飞机在 B 点处的全加速度为

$$a = \sqrt{a_\tau^2 + a_n^2} = \sqrt{5.557^2 + 20.4^2}\text{m/s}^2 = \sqrt{30.88 + 416.16}\text{m/s}^2$$

$$= \sqrt{447.04}\text{m/s}^2 = 21.143\text{m/s}^2$$

第二节 刚体的基本运动

前一节中介绍了点的运动，但在工程实际中常见的往往是刚体的运动。刚体的运动形式有很多，如机床工作台的升降，机器中轴和齿轮的旋转，火车车轮的滚动等。

刚体最简单的运动形式是平行移动和定轴转动。平行移动和定轴转动称为刚体的基本运动。刚体的复杂运动可以归结为这两种基本运动的组合。

一、刚体的平行移动

刚体在运动过程中，其上任意一条直线总是与它的初始位置保持平行，这种运动称为刚体的平行移动，简称平动。例如，图 5-11 所示在平直公路上行驶的汽车车厢的运动，图 5-12 所示的四边形机构中连杆 AB 的运动，都是刚体平动的实例。

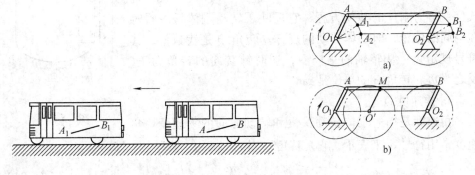

图 5-11　　　　　　　　　图 5-12

图 5-11 所示车厢上所有的点的运动轨迹都是直线，这种平动称为直线平动；图 5-12 所示连杆 AB 上所有的点的运动轨迹都是曲线，这种平动称为曲线平动。

分析图 5-11 可以发现，车厢上任意两点 A、B 的运动轨迹完全相同；再来分析图 5-12 中连杆 AB 上各点的运动轨迹，A、B 两点的运动轨迹分别是以 O_1、O_2 为圆心，O_1A、O_2B 为半径的圆周，如图 5-12b 所示。现在连杆 AB 上任取一点 M，分析可知，M 点的运动轨迹是以 O' 为圆心，以 $O'M$ 为半径的圆周，此轨迹与 A 点和 B 点的运动轨迹完全相同。因此，刚体平动时，其上各点具有相同的运动轨迹、相同的运动方程，在同一瞬时，刚体上各点具有相同的速度和加速度。

上述结论表明，刚体的平动可以用其上任一点的运动来代替，即刚体平动的运动学问题可以归结为点的运动学问题来研究。

二、刚体绕定轴转动

刚体运动时，其上或其延伸部分有一条直线始终固定不动，而这条直线外的各点都绕该直线上的点做圆周运动，刚体的这种运动称为刚体绕定轴转动，简称转动。位置保持不变的那条直线称为转动轴，简称轴。工程中齿轮、带轮、飞轮的转动，电动机转子、机床主轴、传动轴的转动等，都是刚体绕定轴转动的实例。

1. 转动方程

为确定转动刚体在空间的位置，如图 5-13 所示，过转轴 z 作一固定平面 I 为参考面，半平面 II 过转轴 z 且固连在刚体上，初始半平面 I、II 共面。当刚体绕轴 z 转动的任一瞬时，刚体在空间的位置都可以用固定的半平面 I 与 II 之间的夹角 φ 来表示，φ 称为刚体的转角。刚体转动时，转角 φ 随时间 t 变化，是时间 t 的单值连续函数，即

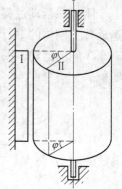

$$\varphi = \varphi(t) \tag{5-20}$$

式(5-20)为刚体的转动方程，它反映了转动刚体任一瞬时在空间的位置，即刚体转动的规律。转角 φ 是代数量，其符号规定为：从转轴的正向看，逆时针转向的转角为正，反之为负。转角 φ 的单位是 rad。

2. 角速度 ω

角速度是描述刚体转动快慢和转动方向的物理量。角速度常用符号 ω 来表示，它是转角 φ 对时间 t 的一阶导数，即

图 5-13

$$\omega = \frac{\mathrm{d}\varphi}{\mathrm{d}t} \tag{5-21}$$

这里，角速度可用代数量来表示，其正负表示刚体的转动方向。当 $\omega > 0$ 时，刚体逆时针转动；反之则顺时针转动。角速度的单位是 rad/s。

工程上常用每分钟转过的圈数表示刚体转动的快慢，称为转速，用符号 n 表示，单位是 r/min(转/分)。转速 n 与角速度 ω 的关系为

$$\omega = \frac{2\pi n}{60} = \frac{\pi n}{30} \tag{5-22}$$

3. 角加速度 ε

角加速度是表示角速度变化快慢的物理量，用符号 ε 表示，其单位为 rad/s²。

由理论推导可得，刚体做定轴转动时，其角加速度等于角速度对于时间的一阶导数，等于转角对于时间的二阶导数，即

$$\varepsilon = \lim_{\Delta t \to 0} \frac{\Delta \omega}{\Delta t} = \frac{\mathrm{d}\omega}{\mathrm{d}t} = \frac{\mathrm{d}^2\varphi}{\mathrm{d}^2 t} \tag{5-23}$$

ω 与 ε 的符号可能相同也可能相反，ω 与 ε 同号表示刚体做加速转动，ω 与 ε 异号表示刚体做减速转动。

三、定轴转动刚体上点的速度和加速度

在工程实际中，不仅要知道刚体转动的角速度和角加速度，还要知道刚体转动时其上某点的速度和加速度。例如设计带轮时，要知道带轮边缘上点的速度；在车削工件时，要知道工件边缘上点的速度等。

1. 速度

如图 5-14 所示，一刚体绕轴 O 做定轴转动，在刚体上任取一点 M，其到转轴的距离为 R，则点 M 的运动轨迹是以 O 为圆心，以 R 为半径的圆周。设初始时刻 $t=0$ 时，点 M 的位置为 M_0，经时间 Δt 后，刚体转过角度 φ，点 M 到达图示位置。建立自然坐标轴，则点 M 的弧坐标 s 与转角 φ 之间的关系为

$$s = R\varphi$$

用自然法求得点 M 的速度为

$$v = \frac{\mathrm{d}s}{\mathrm{d}t} = R\frac{\mathrm{d}\varphi}{\mathrm{d}t} = R\omega \tag{5-24}$$

即刚体做定轴转动时，其上任意一点速度的大小等于该点到转轴的距离与刚体角速度的乘积，方向沿轨迹的切线方向（垂直于转动半径），指向与角速度 ω 的转向一致。

由式（5-24）可知，刚体做定轴转动时，其上各点的速度与其到转轴的距离成正比。刚体上各点的速度分布规律如图 5-15 所示，从图中可以看出，点到转轴的距离越远，速度越大；点到转轴的距离越近，速度越小；点在转轴上，速度为零；所有到转轴距离相等的点，其速度大小相等。

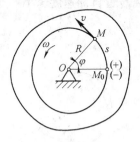

图　5-14

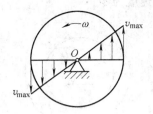

图　5-15

工程中，有很多做定轴转动的物体，如齿轮、带轮、车削的工件等，其圆周上点的速度称为圆周速度。若已知转速 n 和直径 D，则圆周速度的计算公式为

$$v = R\omega = \frac{D}{2}\frac{\pi n}{30} = \frac{\pi Dn}{60} \tag{5-25}$$

式中，直径的单位是 D，转速的单位是 r/min。

例如，车床切削工件时，其主轴的转速为 $n = 80\text{r/min}$，工件的直径 $D = 200\text{mm}$，则工件的圆周速度为 $v = \dfrac{\pi D n}{60} = \dfrac{\pi \times 0.2 \times 80}{60}\text{m/s} = 0.84\text{m/s}$

2. 加速度

刚体做定轴转动时，其上任意一点 M 的运动轨迹为圆周，所以其加速度分为切向加速度和法向加速度两个分量。其中切向加速度的大小为

$$a_\tau = \frac{\mathrm{d}v}{\mathrm{d}t} = R\,\frac{\mathrm{d}\omega}{\mathrm{d}t} = R\varepsilon \tag{5-26}$$

法向加速度的大小为

$$a_n = \frac{v^2}{R} = \frac{(R\omega)^2}{R} = R\omega^2 \tag{5-27}$$

即刚体做定轴转动时，其上任意一点切向加速度的大小等于该点到转轴的距离与刚体角加速度的乘积，方向沿轨迹的切线方向（垂直于转动半径），指向与角加速度 ε 的转向一致；法向加速度的大小等于该点到转轴的距离与刚体角速度平方的乘积，方向沿轨迹的法线方向，指向转动中心，如图 5-16 所示。点 M 的全加速度的大小和方向为

$$\left. \begin{aligned} a &= \sqrt{a_\tau^2 + a_n^2} = R\sqrt{\varepsilon^2 + \omega^4} \\ \tan\theta &= \left| \frac{a_\tau}{a_n} \right| = \left| \frac{\varepsilon}{\omega^2} \right| \end{aligned} \right\} \tag{5-28}$$

式中，θ 为 a 与 a_n 之间所夹的锐角。

由式(5-28)可知，刚体做定轴转动时，其上各点的加速度也与其到转轴的距离成正比。刚体上各点的加速度分布规律如图 5-17 所示，从图中可以看出，点到转轴的距离越远，加速度越大；点到转轴的距离越近，加速度越小；点在转轴上，加速度为零。

图 5-16　　　　　　　　　　　图 5-17

通过以上内容的介绍可以知道，刚体做定轴转动时，其上各点（转轴除外）具有相同的转动方程，在同一瞬时具有相同的角速度、相同的角加速度；但各点的速度不同、加速度也不同，其值随点到转轴距离的变化而变化。

刚体做定轴转动与点做直线运动的基本公式形式上非常相似，其对应关系见

表5-1。

表5-1 刚体做定轴转动与点做直线运动的基本公式对应关系

点的直线运动		刚体的定轴转动	
运动方程	$s = f(t)$	转动方程	$\varphi = f(t)$
速度	$v = \dfrac{\mathrm{d}s}{\mathrm{d}t}$	角速度	$\omega = \dfrac{\mathrm{d}\varphi}{\mathrm{d}t}$
加速度	$a = \dfrac{\mathrm{d}v}{\mathrm{d}t}$	角加速度	$\varepsilon = \dfrac{\mathrm{d}\omega}{\mathrm{d}t}$
匀速直线运动	$s = s_0 + vt$	匀速转动	$\varphi = \varphi_0 + \omega t$
匀变速直线运动 $(s_0 = 0)$		匀变速转动 $(\varphi_0 = 0)$	
	$v = v_0 + at$		$\omega = \omega_0 + \varepsilon t$
	$s = v_0 t + \dfrac{1}{2}at^2$		$\varphi = \omega_0 t + \dfrac{1}{2}\varepsilon t^2$
	$v^2 - v_0^2 = 2as$		$\omega^2 - \omega_0^2 = 2\varepsilon\varphi$

例5-5 如图5-18所示，曲柄导杆机构的曲柄 OA 绕固定轴 O 转动，通过滑块 A 带动导杆 BC 在水平槽内做直线往复运动。已知 $OA = r$，$\varphi = \omega t$（ω 为常量），求导杆在任一瞬时的速度和加速度。

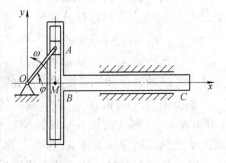

图 5-18

解 由于导杆在水平直线导槽内运动，所以其上任一直线始终与它的最初位置相平行，且其上各点的轨迹均为直线。因此，导杆做直线平动。导杆的运动可以用其上的任一点的运动来表示。选取导杆上 M 点研究，M 点沿 z 轴做直线运动，其运动方程为

$$x_M = OA\cos\varphi = r\cos\omega t$$

则 M 点的速度和加速度分别为

$$v_M = \frac{\mathrm{d}x_M}{\mathrm{d}t} = -r\omega\sin\omega t$$

$$a_M = \frac{\mathrm{d}v_M}{\mathrm{d}t} = -r\omega^2\cos\omega t$$

例5-6 图5-19所示平行四边形机构，O_1A 和 O_2B 杆均可做360°旋转。已知曲柄 O_1A 的转动方程为 $\varphi = 10\pi t$，且 $O_1A = R = 0.2\mathrm{m}$。求 $t = 0.5\mathrm{s}$ 时，连杆 AB 的中点 M 的速度和加速度。

解 由题意分析可知，曲柄 O_1A、O_2B 作定轴转动，连杆 AB 作平动，故点

M 的速度、加速度即为点 A 的速度、加速度。

（1）求曲柄 O_1A 的角速度、角加速度

$$\omega = \frac{\mathrm{d}\varphi}{\mathrm{d}t} = 10\pi\mathrm{rad/s}$$

$$\varepsilon = \frac{\mathrm{d}\omega}{\mathrm{d}t} = 0$$

即曲柄 O_1A 做匀速转动。

（2）求点 A 的速度和加速度　由式（5-24）得

$$v_A = R\omega = 0.2 \times 10\pi\mathrm{m/s} = 6.28\mathrm{m/s}$$

由式（5-27）、式（5-28）得

$$a_{A\tau} = R\varepsilon = 0$$

$$a_{An} = R\omega^2 = 0.2 \times (10\pi)^2\mathrm{m/s}^2$$
$$= 197.39\mathrm{m/s}^2$$

故

$$a_A = a_{An} = 197.39\mathrm{m/s}^2$$

所以点 M 的速度和加速度分别为

$$v_M = v_A = 6.28\mathrm{m/s}$$

$$a_M = a_A = 197.39\mathrm{m/s}^2$$

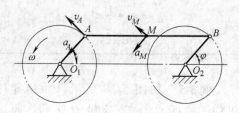

图 5-19

点 A、点 M 的速度和加速度的方向如图 5-19 所示。

例 5-7　发动机正常工作时其转子做匀速转动，已知转子的转速 $n_0 = 1200\mathrm{r/min}$，在制动后做匀减速转动，从开始制动到停止转动转子共转过 80 圈。求发动机制动过程所需要的时间。

解　制动开始时，转子的角速度为

$$\omega_0 = \frac{\pi n_0}{30} = \frac{\pi \times 1200}{30}\mathrm{rad/s} = 40\pi\mathrm{rad/s}$$

制动结束时，转子的角速度 $\omega_0 = 0$，在制动过程中，转子转过的转角为

$$\varphi = 2\pi n = 2\pi \times 80\mathrm{rad} = 160\pi\mathrm{rad}$$

由表 5-1 得匀减速转动时角加速度为

$$\varepsilon = \frac{\omega^2 - \omega_0^2}{2\varphi} = \frac{-(40\pi)^2}{2 \times 160\pi}\mathrm{rad/s}^2 = -5\pi\mathrm{rad/s}^2$$

制动时间为

$$t = \frac{\omega - \omega_0}{\varepsilon} = \frac{-40\pi}{-5\pi}\mathrm{s} = 8\mathrm{s}$$

本 章 小 结

运动学的主要任务是研究构件在空间的位置随时间的变化规律。本章主要介绍点的运动和刚体基本运动的分析计算方法。

1. 运动构件上点的运动

研究构件上点的运动，需选择合适的参考坐标系并建立点的运动方程，然后通过求导确定点的速度、加速度。自然法和直角坐标法表示点的运动规律，见表 5-2。

表5-2　自然法和直角坐标法表示点的运动规律

	自　然　法	直角坐标法
运动方程	$s = f(t)$	$x = f_1(t)$ $y = f_2(t)$
速度	$v = \dfrac{\mathrm{d}s}{\mathrm{d}t}$	$v_x = \dfrac{\mathrm{d}x}{\mathrm{d}t},\ v_y = \dfrac{\mathrm{d}y}{\mathrm{d}t}$ $v = \sqrt{\left(\dfrac{\mathrm{d}x}{\mathrm{d}t}\right)^2 + \left(\dfrac{\mathrm{d}y}{\mathrm{d}t}\right)^2}$
加速度	$a_\tau = \dfrac{\mathrm{d}v}{\mathrm{d}t} = \dfrac{\mathrm{d}^2 s}{\mathrm{d}t^2},\ a_n = \dfrac{v^2}{\rho}$ $a = \sqrt{a_\tau^2 + a_n^2} = \sqrt{\left(\dfrac{\mathrm{d}v}{\mathrm{d}t}\right)^2 + \left(\dfrac{v^2}{\rho}\right)^2}$	$a_x = \dfrac{dv_x}{dt} = \dfrac{\mathrm{d}^2 x}{\mathrm{d}t^2},\ a_y = \dfrac{dv_y}{dt} = \dfrac{\mathrm{d}^2 y}{\mathrm{d}t^2}$ $a = \sqrt{a_x^2 + a_y^2} = \sqrt{\left(\dfrac{\mathrm{d}v}{\mathrm{d}t}\right)^2 + \left(\dfrac{dv_y}{\mathrm{d}t}\right)^2}$

2. 构件的平动

构件平动时，体内各点的轨迹相同；并且在同一瞬时，体内各点的速度、加速度相同。

3. 构件绕定轴转动

转角方程、角速度、角加速度分别为

$$\varphi = f(t), \quad \omega = \frac{\mathrm{d}\varphi}{\mathrm{d}t}, \quad \varepsilon = \frac{\mathrm{d}\omega}{\mathrm{d}t} = \frac{\mathrm{d}^2\varphi}{\mathrm{d}t^2}$$

4. 转动构件上点的速度和加速度

自然法表示的定轴转动构件上一点的运动方程、速度、切向加速度、法向加速度分别为

$$s = R\varphi, \quad v = R\omega, \quad a_\tau = R\varepsilon, \quad a_n = R\omega^2$$

思 考 题

1. 点和刚体的概念是什么？为什么研究物体时，有时可视为刚体，有时可

看成点？举例说明。

2. 描述点的位置有几种方法，分别是什么？这些方法分别用在什么情况下？

3. 瞬时速度和平均速度有什么区别？平均速度为零说明物体做什么运动？

4. 已知点的运动方程，如何求点的运动轨迹、速度和加速度？

5. 刚体平动时是否可以用点的运动轨迹、速度和加速度来描述？为什么？试举出生活、生产中刚体平动、定轴转动的例子。

6. 试判断下列情况下点做何种运动。

(1) $a_\tau = 0$, $a_n = 0$；(2) $a_\tau = 0$, $a_n \neq 0$；(3) $a_\tau \neq 0$, $a_n = 0$；(4) $a_\tau \neq 0$, $a_n \neq 0$

7. 当旋转雨伞时，雨滴是沿伞缘切向飞出去，如何解释这个现象？

8. 刚体做定轴转动时，若角速度为负，是否说明刚体一定做减速转动？

习　题

5-1 皮带轮边缘上一点 A 以 50cm/s 的速度运动，在轮缘内另一点 B 以 10cm/s 的速度运动。两点到轮轴的距离相差 20cm，求皮带轮的角速度及直径。

5-2 半径 $R = 0.5$m 的飞轮由静止开始做匀加速转动，经 10s 后，轮缘上点的速度 $v = 1$m/s。求 $t = 15$s 时，轮缘上点的切向加速度、法向加速度的大小。

5-3 列车做直线运动，制动后，列车的运动方程为 $s = 16t - 0.2t^2$（s 的单位为 m，t 的单位为 s）。求制动开始时的速度、加速度、制动时间及停车前运行的距离。

5-4 图 5-20 所示平行四边形机构中，已知曲柄 O_1A 的转动方程为 $\varphi = 15\pi t$，且 $O_1A = R = 0.2$m。求 $t = 2$s 时，连杆 AB 上点 M 的速度和加速度。

5-5 台秤机构如图 5-21 所示，其中包括杠杆 AC、秤台 ABD、砝码 C、重物 M 和支撑杆 O_2B。已知 $O_1A = O_2B = l_1$，$O_1O_2 = AB$，$O_1C = l_1$。在图示位置，设砝码得到向下速度 v_0，试求重物 M 的速度。

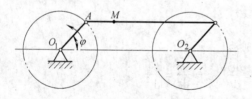

图　5-20

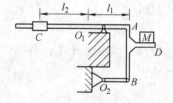

图　5-21

5-6 图 5-22 所示为一搅拌机构，已知 $O_1A = O_2B = R$，O_1A 绕 O_1 转动，转速为 n，试分析 BAM 上一点 M 的轨迹及其速度和加速度。

5-7 如图 5-23 所示，一升降机装置由半径为 $R = 50$cm 的鼓轮带动，被升降物体的运动方程 $x = 5t^2$（t 单位为 s，x 单位为 m）。求鼓轮的角速度和角加速度，并求在任意瞬时，鼓轮轮缘上一点的全加速度的大小。

5-8 如图 5-24 所示，曲柄 CB 以匀角速度 ω_0 绕轴 C 转动，其转动方程为 $\varphi = \omega_0 t$，通过

滑块 B 带动摇杆 OA 轴 O 转动。设 $OC = h$，$CB = r$，求摇杆的转动方程。

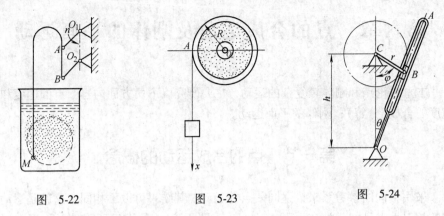

图 5-22　　　　　　图 5-23　　　　　　图 5-24

第六章　点的合成运动及刚体的平面运动

本章讨论点和刚体较复杂的运动，主要研究以下两方面内容：点的速度和加速度的合成（分解）；刚体的平面运动。

第一节　点的合成运动的概念

采用不同的参考系来描述同一点的运动，其结果可以不相同，这就是运动描述的相对性。例如，站在地面上的人，看到雨滴 M 是铅垂下落的，而坐在行驶车厢里的人，看到雨滴 M 是向车后偏斜下落的（图 6-1 中用虚线表示的方向）。产生不同结论的原因是：前者以静止的地面为参考系，而后者是以向前行驶的车厢为参考系。

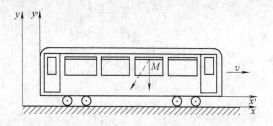

图　6-1

如图 6-2 所示，起重机起吊重物，重物相对于小车匀速上升，小车相对于横梁匀速平动，而重物相对于横梁的运动是比较复杂的运动。但是，重物相对于小车的运动和小车相对于横梁的运动都是简单的直线运动。再如图 6-3 所示，直管

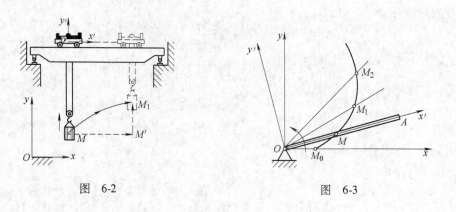

图　6-2　　　　　　　　　　　　图　6-3

OA 绕固定于机座的 O 轴转动，管内有一小球 M 沿直管向外运动，小球相对于直管做直线运动，直管相对于地面定轴转动，而小球相对于地面的运动是复杂的曲线运动。由此我们想到，对于一些复杂的运动，通过适当地选取不同的坐标系，可以看成是两个较为简单运动的合成，或者说把比较复杂的运动分解成两个比较简单的运动。这种研究方法在工程实践和理论上都具有重要意义。

为了便于分析，我们把研究的点称为动点，习惯上把固连于地面或机架的参考系称为定坐标系（简称定系），以 Oxy 表示；把固连于运动物体（如行车梁、直管）上的坐标系称为动坐标系（简称动系），以 $Ox'y'$ 表示。

由于选取了一个动点和两个参考系，因此存在三种运动：

（1）绝对运动——动点相对定系的运动。动点在绝对运动中的轨迹、速度和加速度，分别称为动点的绝对轨迹、绝对速度 v_a 和绝对加速度 a_a。

（2）相对运动——动点相对动系的运动。动点在相对运动中的轨迹、速度和加速度，分别称为动点的相对轨迹、相对速度 v_r 和相对加速度 a_r。

（3）牵连运动——动系相对定系的运动。

由上述三种运动的定义可知，点的绝对运动、相对运动的主体是动点本身，其运动可能是直线运动或曲线运动；而牵连运动的主体却是动系所固连的刚体，其运动可能是平移、转动或其他较复杂的运动。

以图 6-2 为例，在研究重物的运动时，以重物为动点，固连于地面的坐标系 Oxy 为定系，固连于小车的坐标系 $Ox'y'$ 为动系。这时重物相对于小车的匀速向上的运动就是动点的相对运动；小车相对于横梁的匀速向右的平移就是牵连运动；重物相对于地面的曲线运动就是动点的绝对运动。要想知道某一瞬时重物的绝对运动速度和加速度，必须研究动点在不同坐标系下各运动量之间的关系。

第二节　点的速度合成定理

以下讨论动点的相对速度、牵连速度与绝对速度三者之间的关系。由于点的速度是根据位移的概念导出的，因此首先分析动点的位移。

以图 6-2 所示桥式起重机为例，仍取重物为动点，静参考系 Oxy 固连于地面，动参考系 $O'x'y'$ 固连于起重小车。设在瞬时 t，重物位于 M 点；在 $t + \Delta t$ 瞬时，重物运动至 M_1 点。这一运动看做是由于小车（动参考系）沿横梁平动时带动重物沿直线 MM' 的运动（牵连运动）和重物相对于小车沿直线 $M'M_1$ 的运动（相对运动）的合成结果：也就是说，在 Δt 时间内，动点的绝对运动是牵连运动和相对运动的合成。矢量 $\overrightarrow{MM_1}$ 是动点在绝对运动中的位移；矢量 $\overrightarrow{M'M_1}$ 是动点在相对运动中的位移；而矢量$\overrightarrow{MM'}$是动参考系在瞬时 t 与动点相重合的那一点在 Δt 时间内的位移。由图可见

$$\overrightarrow{MM_1} = \overrightarrow{MM'} + \overrightarrow{M'M_1}$$

将上式两边对时间求导，则得

$$\frac{\mathrm{d}(\overrightarrow{MM_1})}{\mathrm{d}t} = \frac{\mathrm{d}(\overrightarrow{MM'})}{\mathrm{d}t} + \frac{\mathrm{d}(\overrightarrow{M'M_1})}{\mathrm{d}t}$$

根据速度的概念，可得

$$v_a = v_e + v_r \tag{6-1}$$

即动点的绝对速度等于它的牵连速度和相对速度的矢量和。

上式虽然是从一个具体的例子导出的，但可以证明它是普遍成立的，可以适用于任何情况。式(6-1)被称为点的速度合成定理。以动点在某瞬时的牵连速度矢量v_e和相对速度矢量v_r为邻边作一个平行四边形，则其对角线就是动点在该一瞬时的绝对速度矢量v_a。

应用点的速度合成定理，可以解决点的速度合成和分解问题。式(6-1)中含有三个矢量，每个矢量又有大小和方向两个要素，因此共有六个量，如果知道其中四个量，便可以求出另外两个未知量。

例 6-1 如图 6-4 所示，汽车以速度v_1沿直线行驶，雨点 M 以速度v_2铅垂下落，求雨点相对于汽车的速度。

解 （1）动点和参考系的选取 取雨点为动点，静系 Oxy 固连于地面上，动系 $O'x'y'$固连于汽车上。

（2）三种运动分析：

绝对运动——雨点对地面的运动。绝对速度$v_a = v_2$。

相对运动——雨点对汽车的运动。相对速度v_r的大小、方向未知。

牵连运动——汽车的直线运动。由于牵连运动为平动，故牵连点的速度(牵连速度)$v_e = v_1$。

（3）由上述分析可知，共有相对速度v_r的大小、方向两个未知量，可以应用速度合成定理作图，如图 6-4 所示。由图可得相对速度的大小为

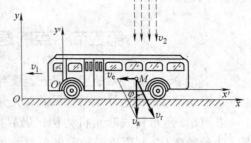

图 6-4

$$v_r = \sqrt{v_e^2 + v_a^2} = \sqrt{v_1^2 + v_2^2}$$

其方向可由下式决定

$$\tan\varphi = \frac{v_e}{v_a} = \frac{v_1}{v_2}$$

例 6-2 如图 6-5 所示，半径为 R 的半圆柱形凸轮顶杆机构中，凸轮在机架

上沿水平方向向右运动，使推杆 AB 沿铅垂导轨滑动，在 $\varphi = 60°$ 的图示位置时，凸轮的速度为 v，求该瞬时推杆 AB 的速度。

解 凸轮与推杆都做平动，且二者之间有相对运动。取推杆上与凸轮接触的 A 点为动点，动系与凸轮固连，定系与机架固连。相对运动为动点 A 相对凸轮轮廓的圆弧运动，牵连运动是凸轮相对于机架的水平直线平动，绝对运动为 A 点的铅垂往复直线运动。

速度分析如下：

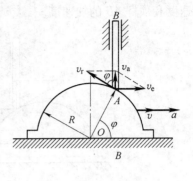

图 6-5

	v_a	v_e	v_r
大小	未知	v	未知
方向	铅垂方向	水平向右	沿轮廓切线

根据速度合成定理，画出速度平行四边形，如图 6-5 所示，由三角关系可知

$$v_a = v_e \cot\varphi = v\cot 60° = \frac{\sqrt{3}}{3}v$$

所以，推杆 AB 的速度为 $0.577V$。还可求得相对速度，即

$$v_r = \frac{v_e}{\sin\varphi} = \frac{v}{\sin 60°} = \frac{2}{\sqrt{3}}v$$

*第三节 牵连运动为平动时点的加速度合成定理

前面在推证点的速度合成定理时曾经指出，所得结论对于任何形式的牵连运动都是成立的，但对于加速度合成问题则不然，不同形式的牵连运动可以得到不同形式的加速度合成规律。本节只讨论牵连运动为平动时的加速度合成定理。

与点的速度合成定理推导类似，可以得如下关系式

$$a_a = a_e + a_r \tag{6-2}$$

这就是牵连运动为平动时点的加速度合成定理，即当牵连运动为平动时，动点在每一瞬时的绝对加速度 a_a 等于其牵连加速度 a_e 与相对加速度 a_r 的矢量和。

*例6-3 凸轮机构如图 6-6a 所示。半径为 R 的半圆形凸轮沿水平方向向右移动，使顶杆 AB 沿铅直导槽上下运动。在凸轮中心 O 和点 A 的连线 AO 与水平方向的夹角 $\varphi = 60°$ 时，凸轮的速度为 v_0，加速度为 a_0，试求该瞬时点 A 的相对

速度和顶杆 AB 的加速度。

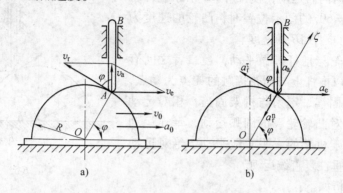

图 6-6

解 取顶杆 AB 上的点 A 为动点,将动系固连于凸轮,定系固连于机架。则动点 A 的绝对运动是沿导槽的上下运动,绝对速度 v_a 和绝对加速度 a_a 皆为铅垂方向。由于动点 A 始终与凸轮表面相接触,可以看出动点 A 的相对轨迹就是凸轮曲线,因此相对速度 v_r 沿相对轨迹在点 A 处的切线方向,而相对加速度 a_r 应有切向和法向两个分量:切向分量 a_r^τ 沿相对轨迹在点 A 处的切线方向,大小未知;法向分量 $a_r^n = v_r^2/R$,方向由点 A 指向点 O。牵连运动为凸轮的水平直线平动,动点 A 的牵连速度 v_0 和牵连加速度 a_0 皆为已知。根据点的速度合成定理,作速度平行四边形如图 6-6a 所示。由图中几何关系得

$$v_r = \frac{v_e}{\sin\varphi} = \frac{v_0}{\sin\varphi}$$

再由牵连运动为平动时的加速度合成定理

$$a_a = a_e + a_r^n + a_r^\tau$$

画出各加速度矢量关系图,如图 6-6b 所示。上式中只有 a_a 和 a_r 的大小两个未知要素,而题意只求顶杆 AB 的加速度 a_{AB},因杆 AB 做平动,故选坐标 τ、ζ。为计算 a_n 的大小,可将上式投影到 ζ 轴上,得

$$a_a \sin\varphi = a_e \cos\varphi - a_r^n$$

解得

$$a_a = \frac{1}{\sin\varphi}\left(a_0 \cos\varphi - \frac{v_r^2}{R} \right)$$

第四节　刚体的平面运动

一、刚体的平面运动概念

在刚体的运动过程中,如果刚体内部任意点到某固定的参考平面的距离始终保持不变,如图 6-7 所示,那么称此刚体的运动为平面运动。刚体的平面运动是

工程上常见的一种运动，如图 6-8a 所示的曲柄连杆机构中连杆 AB 的运动，由于点 A 做圆周运动，点 B 做直线运动，因此，杆 AB 的运动既不是平动也不是定轴转动，而是平面运动。又如，在直道上行走的汽车轮子的运动，如图 6-8b 所示，也是平面运动。

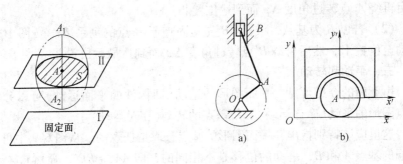

图　6-7　　　　　　　　　　图　6-8

由于做平面运动的刚体上任意点都在与固定参考平面平行的某一平面内运动，所以刚体的平面运动可以简化为平面图形与在其自身平面内的运动（见图 6-7），即在研究平面运动时，不需考虑刚体的形状和尺寸，只需研究平面图形 S 和其延展部分的运动即可。

刚体的平面运动是一种较为复杂的运动。对它的研究可以在研究刚体的平动和定轴转动的基础上，通过运动合成和分解的方法，将平面运动分解为上述两种基本运动。然后应用合成运动的理论，推导出平面运动刚体上任意点的速度和加速度的计算公式。

二、刚体的平面运动运动方程

如图 6-9 所示，设平面图形 S 做平面运动，其位置可以由平面图形 S 内任一线段 AB 的位置来确定。选定系 Oxy 固连于地面，若动系 $Ax'y'$ 固连在平面图形 S 的任一点 A 上。A 点即称为**基点**。显然线段 AB 的平面位置（亦即平面图形 S 的位置）用 x、y、φ 三个参数就能完全确定。由于 x、y、φ 都随时间 t 在不断地变化，可表示为时间 t 的单值连续函数，即

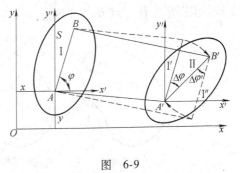

$$\left. \begin{array}{l} x = f_1(t) \\ y = f_2(t) \\ \varphi = f_3(t) \end{array} \right\} \qquad (6\text{-}3)$$

图　6-9

式(6-3)即为刚体平面运动方程。可以看出，如果平面图形 S 上 A 点固定不动，则刚体做定轴转动。如果平面图形的 φ 角保持不变，则刚体做平动。故刚体的

平面运动可以看成是平动和转动的合成运动。设瞬时 t，线段 AB 在位置 Ⅰ，经过时间间隔 Δt 后的瞬时 $(t + \Delta t)$，线段 AB 从位置 Ⅰ 到位置 Ⅱ。整个运动过程，可按以下两种情况讨论。

（1）若以 A 为基点，线段 AB 先随固连于基点 A 的动系 $Ax'y'$ 平动至位置 Ⅰ'，然后再绕 A' 点转过角度 $\Delta\varphi$ 而到达位置 Ⅱ。

（2）若以 B 为基点，线段 AB 先随固连于 B 点的动系 $Bx'y'$（图中未画出）。平动至位置 Ⅰ"，然后再绕 B' 点转过角度 $\Delta\varphi'$ 而到达最后位置 Ⅱ。

三、平动和转动

由上面的介绍可见，平面图形的运动（即构件的平面运动）可以分解为随同基点图形的平动（牵连运动）和绕基点的转动（相对运动）。

这里应该特别指出，平面图形的基点选取是任意的。从图 6-9 中可知，选取不同的基点 A 和 B，平动的位移是不相同的，即 $AA' \neq BB'$，显然 $v_A \neq v_B$，同理，$a_A \neq a_B$。所以，平动的速度和加速度与基点位置的选取有关。

选取不同的基点 A 和 B，转动的角位移是相同的，即：$\Delta\varphi = \Delta\varphi'$，显然，$\omega = \omega'$，同理 $\varepsilon = \varepsilon'$。即在同一瞬时，图形绕其平面内任选的基点转动的角速度相同，角加速度相同。平面图形绕基点转动的角速度、角加速度分别称为**平面角速度、平面角加速度**。所以，平面图形的角速度、角加速度与基点的选取无关。

四、平面图形上点的速度分析

1. 基点法（速度合成）

从前节知道，刚体的平面运动可分解为随同基点的平动和绕基点的转动。随同基点的平动是牵连运动，绕基点的转动是相对运动。因而平面运动刚体上任一点的速度，可用速度合成定理来分析。

设一平面运动的图形如图 6-10 所示，已知 A 点速度为 v_A。瞬时平面角速度为 ω，求图形上任一点 B 的速度。

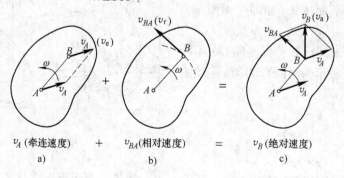

v_A（牵连速度）　＋　v_{BA}（相对速度）　＝　v_B（绝对速度）

a)　　　　　　　b)　　　　　　　c)

图 6-10

图形上 A 点的速度已知，所以选 A 点为基点，则图形的牵连运动是随同基点的平动，B 点的牵连速度 v_e 就等于基点 A 的速度 v_A，即 $v_e = v_A$（图6-10a）。图形的相对运动是绕基点 A 的转动，B 点的相对速度 v_r 等于 B 点以 AB 为半径绕 A 点做圆周运动的速度 v_{BA}，即 $v_r = v_{BA}$，其大小 $v_{BA} = AB \cdot \omega$，方向与 AB 连线垂直，指向与角速度 ω 转向一致（图6-10b）。

由速度合成定理，如图6-10c 所示，得

$$v_B = v_A + v_{BA} \tag{6-4}$$

由此得出结论：在某一瞬时，平面图形上任一点的速度，等于基点的速度与该点相对于基点转动速度的矢量和。用速度合成定理求解平面图形上任一点速度的方法，称为速度合成的基点法。

例6-4　在图6-11 所示四杆机构中，已知曲柄 $AB = 20\text{cm}$，转速 $n = 50\text{r/min}$，连杆 $BC = 45.4\text{cm}$，摇杆 $CD = 40\text{cm}$。求图示位置连杆 BC 和摇杆 CD 的角速度。

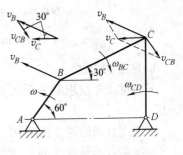

图　6-11

解　在图示机构中，曲柄 AB 和摇杆 CD 做定轴转动，连杆 BC 做平面运动。取连杆 BC 为研究对象，B 点为基点，则 $v_C = v_B + v_{CB}$，其中，v_B 大小为 $AB \cdot \omega$，方向垂直于 AB，v 的方向垂直于 AB，在 C 点作速度合成图，由图中几何关系知

$$v_C = v_{CB} = \frac{v_B}{2\cos 30°} = \frac{AB \cdot \omega}{2\cos 30°} = 60.4\text{cm/s}$$

连杆 BC 的角速度为

$$\omega_{BC} = \frac{v_{CB}}{BC} = \frac{60.4}{45.4}\text{rad/s} = 1.33\text{rad/s}$$

根据 v_{CB} 的指向确定 ω_{BC} 为顺时针转向。

摇杆 CD 角速度为

$$\omega_{CD} = \frac{v_C}{CD} = \frac{60.4}{40}\text{rad/s} = 1.51\text{rad/s}$$

根据 v_C 的指向确定 ω_{CD} 为逆时针转向。

2. 速度投影法

如果把式（6-4）所表示的各个矢量投影到 AB 轴上（图6-12），由于 v_{BA} 垂直于 AB，投影为零，因此得到

$$[v_B]_{AB} = [v_A]_{AB} \tag{6-5a}$$

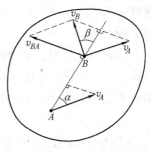

图　6-12

或
$$v_A\cos\alpha = v_B\cos\beta \tag{6-5b}$$

式中，α、β 分别表示 v_A 和 v_B 与 AB 的夹角。上式表明，平面图形上任意两点的速度在这两点的连线上的投影相等，这就是**速度投影定理**。利用速度投影定理求平面图形上某点速度的方法称为速度投影法。用速度投影定理求解点的速度极其简单。但是，仅用速度投影定理是不能求出 AB 杆的转动角速度 ω_{AB} 的。

例 6-5 在图 6-13 中的 AB 杆，A 端沿墙面下滑，B 端沿地面向右运动。在图示位置，杆与地面的夹角为 30°，这时 B 点的速度 $v_B = 10\text{cm/s}$，试求该瞬时端点 A 的速度。

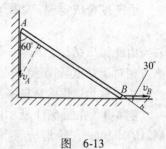

解 AB 杆在做平面运动。根据速度投影定理有
$$v_A\cos 60° = v_B\cos 30°$$
$$v_A = \frac{\cos 30°}{\cos 60°}v_B = \sqrt{3}\times 10\text{cm/s} = 17.3\text{cm/s}$$

图 6-13

3. 速度瞬心法

下面重点介绍求解平面图形上点的速度和转动角速度都很方便的"速度瞬心法"。

由速度合成的基点法可知，平面运动构件上任一点的速度，等于基点的速度与该点绕基点转动速度的矢量和。其平动部分与基点的选择有关，若基点选在该瞬时速度为零的点上，则平面运动构件上任一点的速度就等于该点绕基点转动的速度。把构件上某瞬时速度为零的点称为构件平面运动在该瞬时的**瞬时速度中心**，简称**速度瞬心**。

下面证明一般情形下，刚体平面运动时，速度瞬心是确实存在的。

如图 6-14 所示，设在某一瞬时，已知平面图形内 O 点的速度为 v_0，其平面角速度为 ω_0 过 O 点作速度 v_0 的垂线，则垂线上必有一点 P 的速度 v_P，按基点法可得 $v_P = v_0 + v_{PO}$。其中 $v_{PO} = OP\cdot\omega$，方向与 OP 垂直。若 P 点的相对速度 v_{PO} 与 v_0 正好等值、共线、反向，亦即 $v_{PO} = -v_0$，则 P 点的绝对速度 v_P 为零，故 P 点即为平面运动在该瞬时的速度瞬心。显然，瞬心 P 可能在构件内，也可能在构件以外。

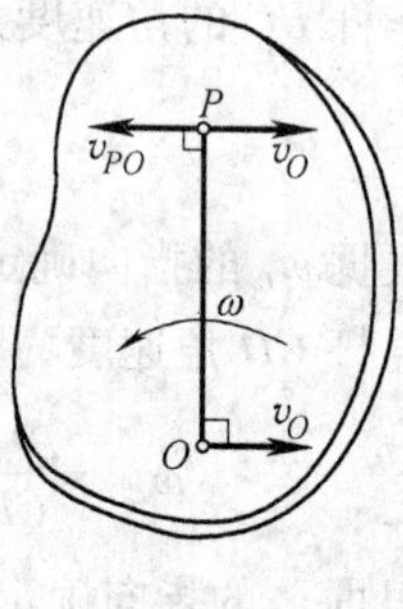

根据以上证明，速度瞬心是存在的，且是唯一的。也就是说，任一瞬时，平面运动只存在一个速度瞬心。若以速度瞬心 P 为基点，则平面图形上任一点 B 的速度就可表示为

图 6-14

$$v_B = PB\cdot\omega \tag{6-6}$$

式(6-6)表明，刚体做平面运动时，其平面图形内任一点的速度等于该点绕瞬心转动的速度。其速度的大小等于构件的平面角速度与该点到瞬心距离的乘

积，方向与转动半径垂直，并指向转动的一方。此即为刚体平面运动的速度瞬心法。

确定构件平面运动的速度瞬心，有以下几种情况：

（1）如图 6-15a 所示，已知 A、B 两点的速度方向，过两点速度作垂线，此两垂线的交点就是速度瞬心。

（2）如图 6-15b、c 所示，若 A、B 两点速度相互平行，并且速度方向垂直于两点的连线 AB，则速度瞬心必在连线 AB 与速度矢量 v_A 和 v_B 端点连线的交点 P 上。

（3）如图 6-15d、e 所示，若任意两点 A、B 的速度 $v_A /\!/ v_B$，且 $v_A = v_B$，则速度瞬心在无穷远处，平面图形做瞬时平动。该瞬时运动平面上各点的速度相同。

（4）如图 6-15f 所示，当构件做无滑动的纯滚动时，构件上只有接触点 P 的速度为零，故该点 P 为瞬心。

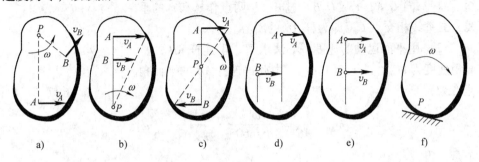

图　6-15

必须指出，瞬心的位置是不固定的，它的位置随时间变化而不断改变，可见速度瞬心是有加速度的。即平面运动在不同的瞬时，有不同的瞬心。否则，瞬心位置固定不变，那就与定轴转动毫无区别了。同样，构件做瞬时平动时，虽然各点速度相同，但各点的加速度是不同的。否则，构件就是做平动了。

例 6-6　如图 6-16 所示，车轮沿直线纯滚动而无滑动，轮心某瞬时的速度为 v_C。水平向右，车轮的半径为 R。试求该瞬时轮缘上 A、B、D 各点的速度。

解　由于车轮做无滑动的纯滚动，轮缘与地面的瞬时接触点 O 是瞬心。由速度瞬心法知，轮心速度 $v_C = R\omega$，故车轮该瞬时的平面角速度 ω 为

$$\omega = \frac{v_C}{R}$$

轮缘上 A、B、D 点的速度分别为

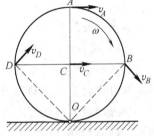

图　6-16

$$v_A = OA \cdot \omega = 2R \frac{v_C}{R} = 2v_C$$

$$v_B = OB \cdot \omega = \sqrt{2}R \frac{v_C}{R} = \sqrt{2}v_C$$

$$v_D = OD \cdot \omega = \sqrt{2}R \frac{v_C}{R} = \sqrt{2}v_C$$

例6-7 图6-17所示的四连杆机构中，$O_1A = r$，$AB = O_2B = 2$，曲柄 O_1A 以角速度 ω_1 绕 O_1 轴转动，在图示位置时 $O_1A \perp AB$，$\angle ABO_2 = 60°$。试求该瞬时摇杆 O_2B 的角速度 ω_2。

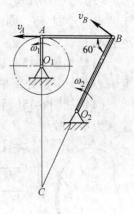

解 （1）运动分析　曲柄 O_1A 和摇杆 O_2B 做定轴转动，连杆 AB 做平面运动。因 A、B 两点速度的方向均已知，即：$v_A \perp O_1A$，$v_B \perp O_2B$。过 A、B 两点作 v_A 和 v_B 的垂线，二垂线相交点 C，即为杆 AB 的瞬心。

（2）用平面运动的速度瞬心法求解　设连杆 AB 的平面角速度为 ω_{AB}，故 $v_A = AC\omega_{AB}$，由此得连杆 AB 的平面角速度为

图　6-17

$$\omega_{AB} = \frac{v_A}{AC} = \frac{r\omega_1}{AB\tan60°} = \frac{r\omega_1}{2r \times \sqrt{3}} = \frac{\sqrt{3}}{6}\omega_1$$

于是，得

$$v_B = \omega_{AB}BC = \frac{\sqrt{3}}{6}\omega_1 \times 4r = \frac{2\sqrt{3}}{3}r\omega_1$$

由构件的定轴转动知 $v_B = O_2B\omega_2$，故

$$\omega_2 = \frac{v_B}{O_2B} = \frac{2\sqrt{3}}{3}r\omega_1 \times \frac{1}{2r} = \frac{\sqrt{3}}{3}\omega_1$$

本 章 小 结

本章讨论点和刚体的较复杂的运动。

1. 合成运动的概念

动点相对于不同参考系的运动不同，动点相对于定系的运动称为绝对运动，动点相对于动系的运动称为相对运动，动系相对于定系的运动称为牵连运动。

动点的绝对运动可看成是动点的相对运动与动点随动系的牵连运动的合成。因此，动点的绝对运动又称为点的合成运动。

动点、动系的选取原则是：动点和动系不能选在同一个构件上，一般取常接

触点为动点。

2. 速度合成定理

动点的绝对速度等于它的牵连速度与相对速度的矢量和。即动点的绝对速度可以由相对速度和牵连速度为邻边所组成的平行四边形的对角线来表示。

$$v_a = v_e + v_r$$

值得注意的是：牵连速度是某瞬时动系上与动点的重合点（牵连点）相对于定系的速度。速度合成定理适用于做任何运动的动参考系。

3. 构件平面运动的特点

构件在运动时，若体内某一运动平面与一固定平面始终保持平行，这种运动称为构件的平面运动。

构件的平面运动，可以简化为平面图形在其所选固定参考平面内的运动。此即为构件平面运动的力学模型。

平面运动可分解为随基点的平动和绕基点的转动，平动与基点的选取有关，而转动与基点的选取无关。

4. 平面图形上点的速度合成法

（1）基点法　速度合成的基点法为

$$v_B = v_A + v_{BA}$$

（2）速度投影法　当构件做平面运动时，其上任意两点 A、B 的速度在其两点连线 AB 上的投影相等。

$$[v_B]_{AB} = [v_A]_{AB}$$

（3）速度瞬心法　构件做平面运动时，其平面图形内任一点的速度等于该点绕瞬心转动的速度。速度的大小等于构件的平面角速度与该点到瞬心距离的乘积，方向与转动半径垂直，并指向转动的一方。

$$v_B = PB\omega$$

思　考　题

1. 动点和动参考系是否可以随意选取？如何选取才能使解题更方便？

2. 相对运动、牵连运动和绝对运动都是指同一个点的运动，因而它们可能是直线运动，也可能是曲线运动。这种说法是否正确？为什么？

3. 加速度合成定理对于任何形式的牵连运动都是成立的吗？

4. 刚体的平面运动是怎样分解为平动与转动的？平动和转动与基点的选择是否有关？

5. 何谓平面图形的瞬时速度中心？为什么要强调"瞬时"二字？

6. 速度瞬心的速度为零，其加速度是否也为零？为什么？

习 题

6-1 图 6-18 所示机构，以 A 为动点分别选定系和动系，试画出图瞬时的 v_a、v_r、v_e 以及 a_a、a_r、a_e。

6-2 如图 6-19 所示，在曲柄连杆机构中，曲柄 OA 以匀角速度 ω 转动。设 $OB = 2a$，$OA = AB = l$，如在曲柄上固连一动参考系 $x'y'$，试求滑块 B 的牵连速度、相对速度和绝对速度的大小。

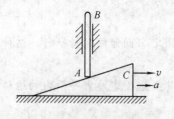

图 6-18

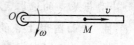

图 6-19

6-3 如图 6-20 所示，圆管长 l，以匀角速度 ω 按顺时针方向绕 O 转动。圆球 M 在管内沿管道运动，其相对速度在离开管口的瞬时为 $v = \sqrt{2}\omega l$，试求圆球此时的绝对速度。

6-4 如图 6-21 所示，连杆机构中设 AB 杆以匀速 u 向上运动，求当 $\varphi = \pi/4$ 时，摇杆 OC 的角速度。

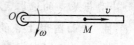

图 6-20

6-5 图 6-22 所示的瓦特离心调速器以角速度 ω 绕铅直线转动。由于机器负荷的变化，调速器重球以角速度 ω_1 向外张开。如 $\omega = 10\text{rad/s}$，$\omega_1 = 1.2\text{rad/s}$，球柄长 $l = 50\text{cm}$，悬挂球柄的支点到铅直轴的距离为 $e = 5\text{cm}$，球柄与铅直轴夹角 $\alpha = 30°$，求此时重球的绝对速度。

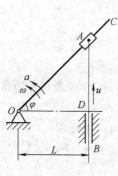

图 6-21

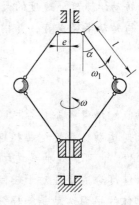

图 6-22

6-6 图 6-23 所示两种曲柄摆杆机构，已知 $O_1O_2 = 200\text{mm}$，$\omega_1 = 3\text{rad/s}$（曲柄角速转动）。试求在图示位置时，杆 O_2A 的角速度 ω_2 和角加速度 ε_2。

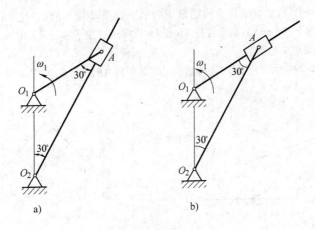

图 6-23

6-7 如图 6-24 所示，椭圆规尺由曲柄 OC 带动，曲柄以角速度 ω_0 绕 O 轴匀速转动，如 $OC = BC = AC = r$，再取 C 为基点。求椭圆规尺 AB 的平面运动方程。

6-8 如图 6-25 所示，曲柄连杆机构的曲柄 $OA = 40$mm，连杆 $AB = 1$m。曲柄 OA 绕轴 O 做匀速转动，其转速 $n = 80$r/min。求当曲柄与水平线成 $45°$ 角时，连杆的角速度和其中点 M 的速度。

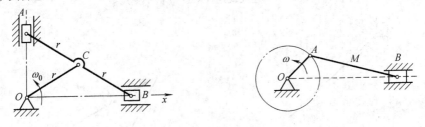

图 6-24   图 6-25

6-9 如图 6-26 所示，四连杆机构 $OABO_1$ 中 $OA = O_1B = AB/2$，曲柄 OA 以角速度 $\omega = 3$rad/s 转动。在图示位置，$\varphi = 90°$，而 O_1B 正好与 OO_1 的延长线重合。求在此瞬时杆 AB 和杆 O_1B 的角速度。

6-10 如图 6-27 所示，四连杆机构中连杆 AB 上固连一块三角板 ABD，机构由曲柄 O_1A 带动。已知曲柄的角速度 $\omega_{O_1A} = 2$rad/s，曲柄 $O_1A = 10$cm，水平距 $O_1O_2 = 5$cm，$AD = 5$cm，当 O_1A 铅直时，AB 平行于 O_1O_2，AD 与 O_1A 在同一直线上，且角 $\phi = 30°$。求三角板 ABD 的角速度和 D 点的速度。

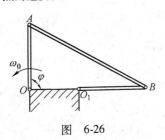

图 6-26   图 6-27

6-11 如图 6-28 所示，滚压机构的滚子沿水平面滚动而不滑动。已知曲柄 OA 长 $r = 10cm$，以匀转速 $n = 30r/min$ 转动。连杆 AB 长 $l = 17.3cm$，滚子半径 $R = 10cm$，求在图示位置时滚子的角速度及角加速度。

6-12 如图 6-29 所示，平面四连杆机构 $ABCD$ 中杆 AB 以等角速度 $\omega = 1rad/s$ 绕 A 轴动，求杆 CD 的角速度。

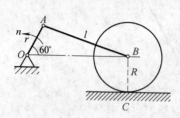

图 6-28

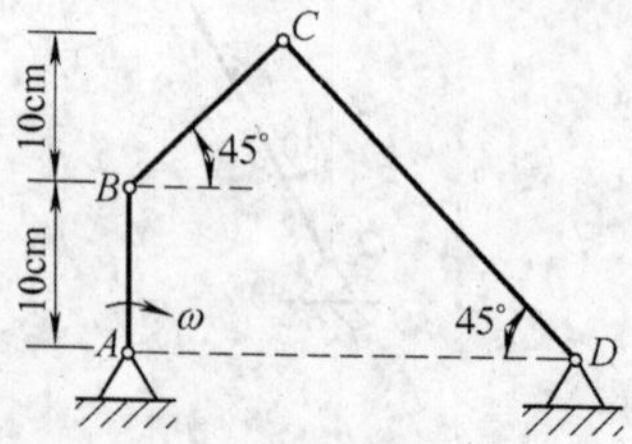

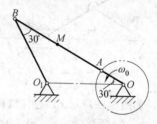

图 6-29

6-13 在图 6-30 所示曲柄连杆机构中，$OA = 20cm$，$\omega_0 = 10rad/s$，$AB = 100cm$。求在图示位置时，连杆的角速度、角加速度以及滑块 B 的加速度。

*6-14 如图 6-31 所示，四连杆机构中曲柄 $OA = r$，以匀角速度 ω_0 转动，连杆 $AB = 4r$。求图示位置时摇杆 O_1B 的角速度与角加速度及连杆中点 M 的加速度。

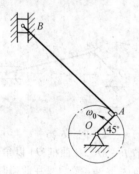

图 6-30

图 6-31

第三篇 动 力 学

　　动力学是研究物体的机械运动与作用力(力偶)之间关系的学科。在静力学里，曾经研究了作用在物体上力系的简化及平衡条件，而不涉及物体的运动。在运动学里，研究了刚体做机械运动的一些几何性质(如位移、速度、加速度等)，而不涉及所作用的力。但是，从实践经验可知，物体的运动变化和作用在其上的力有着不可分割的联系。因此，不论是静力学还是运动学，都仅仅研究了物体机械运动变化过程中的一个方面。动力学对物体的机械运动进行了全面的分析，研究了作用于一物体上的力与物体运动之间的关系，建立了物体机械运动的普遍规律。

　　动力学知识在工程实践或科学研究中，都有着极其广泛的用途。特别是在现代工业和科学技术迅速发展的今天，其重要性更为明显。例如，研究各种机械的平衡和动反力问题、振动问题等，都要以动力学的知识为基础。

　　在动力学中除了用到刚体这一力学模型外，还经常用到质点和质点系两个力学模型。所谓质点，是指具有一定质量而几何形状和尺寸大小可以忽略不计的物体。但在运动学中，由于不涉及物体的质量，所以通常将质点称为"点"(或动点)。"质点"与"点"的区别仅在于是否考虑其质量。所谓质点系，是指有限个或无限个有联系的组合。质点系具有确定质量，在空间占有确定的位置，但各质点之间的相互位置可以是固定不变的，也可以是变化的。前者称为不变质点系，后者称为可变质点系。例如：刚体就是不变质点系；机器则是许多零件(即刚体)按一定方式连接而成的可变质点系；水流和气流可以看成是由无限个质点组成的可变的质点系。动力学可分为质点动力学和质点系动力学，而前者是后者的基础。我们在各章中都从质点动力学入手，然后再研究质点系动力学。

　　由上可见，动力学所要研究的问题是比较广泛的，但就其基本问题而言，可分为两类问题：1)已知物体的运动情况，求作用在物体上的力；2)已知作用在物体上的力和运动的初始条件，求物体的运动情况。

第七章　动力学基础

本章主要介绍在不平衡的外力作用下，物体的运动与作用力之间的关系，为刚体的动力学分析打下基础。

第一节　质点动力学基本方程

动力学的全部内容是以动力学基本定律为基础的，动力学基本方程是牛顿运动第二定律的数学形式。本章在阐述牛顿运动三定律的基础上，着重阐述应用动力学基本方程求解质点动力学两类问题的方法及注意事项。同时，还阐明与定律有关的一些基本概念。

动力学有三个基本定律，通常称为牛顿运动三定律，这些定律是人们在长期的生产实践和科学实验中有关力学方面的科学总结。

1. 第一定律(惯性定律)

任何质点如果不受力的作用，则将保持其原来静止的或匀速直线运动的状态。

物体保持其运动状态不变的特性称为**惯性**。惯性是一切物质都具有的属性。因此，匀速直线运动称为惯性运动。

第一定律定性地说明了力是改变质点运动状态的原因。如果质点的运动不是惯性运动，则在质点上必然受着其他物体作用的力。自然界根本不存在不受力的物体，通常所说的物体不受力的作用，实际上是物体受到平衡力系的作用。

2. 第二定律(力与加速度关系定律)

质点受到力的作用时，所获得的加速度值与力的大小成正比，与质点的质量成反比，加速度的方向与力的方向相同。 用方程表示为

$$a = F/m \quad 或 \quad F = ma \tag{7-1}$$

式中，F 表示作用于质点上力系的合力；加速度 a 的方向与质点合力 F 的方向相同；m 为质点的质量。按法定计量单位，式(7-1)中，质量的单位是千克(kg)，加速度的单位是米/秒²(m/s^2)，力的单位是牛顿(N)。

式(7-1)称为质点动力学基本方程。基本方程具有下列几个方面的含义：

(1) 作用在质点上的力与质点的加速度是瞬时关系。两者同瞬时产生，同瞬时消失；力变化时，加速度随着变化；若合力为零，质点作惯性运动，这与第一定律相符合。

(2) 加速度的方向与合力的方向一致。即无论质点的运动方向如何，加速

度方向始终与质点所受的合力方向相同。

值得注意的是，基本方程虽然指出了质点作用力与加速度的方向相同，但质点的速度方向并不一定与合力的方向一致。因此，合力的方向不一定就是质点运动的方向。

（3）质量 m 是质点惯性大小的度量。相同的力作用在两个不同的质点上，质量大的获得的加速度小，质量小的获得的加速度大。即质点的质量越大，越不容易改变其原有的运动状态。也就是说质点的质量越大，惯性也越大，质量是质点惯性大小的度量。

3. 第三定律（作用力与反作用力定律）

两个质点相互作用的作用力与反作用力总是同时存在、大小相等、方向相反，并沿同一作用线分别作用在这两个质点上。这一定律，不仅适用于平衡的物体，也适用于运动的物体；对于互相接触或不直接接触的物体也都适用。

一、质点运动微分方程

1. 自然坐标式表示的微分方程

将质点动力学基本方程 $\boldsymbol{F} = m\boldsymbol{a}$ 沿自然坐标轴投影，如图 7-1b 所示，并由质点运动学的知识可推出，质点动力学微分方程的自然坐标式为

$$\left.\begin{array}{l} F_\tau = ma_\tau = m\dfrac{\mathrm{d}v}{\mathrm{d}t} = m\dfrac{\mathrm{d}^2 s}{\mathrm{d}t^2} \\[4mm] F_n = ma_n = m\dfrac{v^2}{\rho} \end{array}\right\} \tag{7-2}$$

式中，F_τ 表示作用于质点上的合力在切向的投影；F_n 表示合力在法向的投影；a_τ 表示切向加速度；a_n 表示法向加速度。

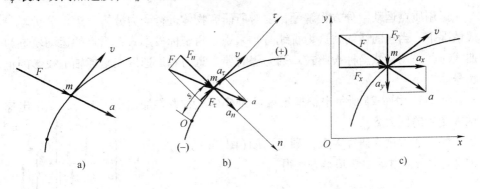

图 7-1

2. 直角坐标式表示的微分方程

将质点动力学基本方程 $\boldsymbol{F} = m\boldsymbol{a}$ 沿直角坐标轴投影，如图 7-1c 所示，并由质点运动学的知识可推出，质点动力学微分方程的直角坐标式为

$$F_x = ma_x = m\frac{dv_x}{dt} = m\frac{d^2 x}{dt^2}$$
$$F_y = ma_y = m\frac{dv_y}{dt} = m\frac{d^2 y}{dt^2}$$
$$\tag{7-3}$$

式中，F_x 表示作用于质点上的合力沿 x 轴方向的投影，F_y 表示合力沿 y 轴方向的投影，a_x 表示加速度在 x 轴方向的投影，a_y 表示加速度在 y 轴方向的投影。

二、质点动力学的两类问题

以上所述的基本方程及微分方程可以求解质点动力学的两类问题。

1. 质点动力学的第一类问题——已知运动求作用力

已知质点的运动（运动方程、速度方程和加速度），将运动方程或速度方程对时间求导得到加速度，将加速度代入基本方程，可求解出质点上的作用力。这类问题一般求解较容易。

2. 质点动力学第二类问题——已知作用于质点上的力，求质点的运动情况

由于力往往是时间、速度、位移的函数，因此从数学意义上说求解第二类问题一般需要将微分方程式进行积分，并要事先给出运动的初始条件。此类问题由于涉及高等数学的有关知识，与第一类问题相比有时要难得多。

所谓初始条件，就是质点的初位置和初速度。如采用定积分形式进行解题，则需要由初始条件决定其积分限。有些时候由于题目给定的条件带有隐蔽性，其初始条件的确定十分重要。

第二节　质点动力学的应用举例

运用质点运动微分方程解题，要对所研究物体进行受力分析和运动分析。一般情况下，当点的运动轨迹为直线时，采用直角坐标投影式；当点的运动轨迹为曲线时，采用自然坐标投影式。列方程时要注意力和加速度在坐标轴上投影的正负号。

例 7-1　图 7-2a 所示电梯携带重量为 G 的重物以匀加速度 a 上升，试求电梯地板受到的压力 F_N。

解　取重物为研究对象，画受力图（图 7-2b）。选图示的坐标轴 x，由动力学基本方程得

$$F_N - G = \frac{G}{g}a$$

$$F_N = G + \frac{G}{g}a = G\left(1 + \frac{a}{g}\right)$$

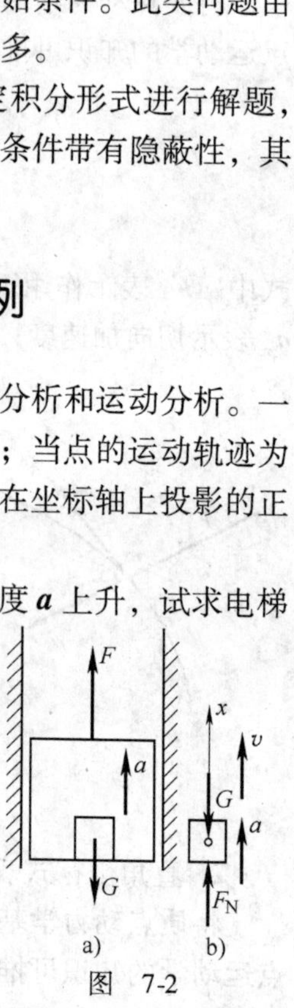

由计算结果知，重物对电梯地板的压力由两部分组成，

图　7-2

一部分是重物的重量 G，它是电梯处于静止或匀速直线运动时的压力，一般称为静压力；另一部分是由于物体加速运动而附加产生的压力，称为附加动压力。全部压力 F_N 称为动压力。

若电梯加速上升时动压力大于静压力，这种现象称为**超重**。

超重不仅使地板所受压力增大，而且也使物体内部压力增大。如人站在加速上升的电梯内，由于附加动压力使人体内部的压力增大，就会有沉重的感觉。

若电梯加速下降时，由于上述计算可知，动压力为 $F_N = G\left(1 - \dfrac{a}{g}\right)$，即动压力小于静压力。电梯加速下降，人体内部压力减小，会感觉轻飘飘的。

特别是当下降的加速度 $a = g$ 时，这相当于物体与电梯各自自由下落，同时物体内部由于重力引起的压力也随之消失，这种现象称为**失重**。

超重与失重是一种普通存在的物理现象。如飞机起降时，乘客会有一些不良的反应，感觉到头晕胸闷。宇航员必须经过专门训练，以适应航天飞行中的超重和失重状态。

例7-2 图 7-3 所示为桥式起重机的平面力学简图，小车连同重 G 的重物沿横梁以匀速 v_0 向右运动。当小车因故紧急制动时，重物将向右摆动，已知钢绳长为 l，求紧急制动时，钢绳的拉力 F。

解 取重物为研究对象，制动后重物向右摆动做圆周曲线运动。任意瞬时法向加速度 $a_n = v^2/l$。选取自然坐标轴。其中有重力 G 和钢绳拉力 F 作用，画出受力图。由微分方程的自然坐标式向法向投影得

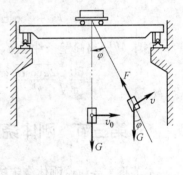

图 7-3

$$F - G\cos\varphi = \frac{G}{g}a_n$$

$$F = G\cos\varphi + \frac{G}{g}a_n = G\cos\varphi + \frac{G}{g}\frac{v^2}{l} = G\left(\cos\varphi + \frac{v^2}{gl}\right)$$

式中，v 及 φ 均为变量。由于制动后重物做减速运动，摆角 φ 越大速度 v 越小。因此，当 $\varphi = 0$ 时，即制动的一瞬时，钢绳中的拉力有最大值

$$F_{max} = G\left(1 + \frac{v_0^2}{gl}\right)$$

计算结果表明，紧急制动时钢绳拉力 F_{max} 是物重 G 的 $(1 + v_0^2/gl)$ 倍。因此，在实际操作中应尽量避免紧急制动，同时小车的行走速度也不宜太快。一般在不影响吊装工作安全的条件下，钢绳尽量放得长一些，以减小钢绳的最大拉力。

例7-3　研磨细矿石所用的球磨机可简化为如图7-4所示。当圆筒绕水平纵轴转动时，带动筒内的许多钢球一起运动，当钢球转到一定角度时，开始和筒壁脱离而沿抛物线下落，借以打击矿石。打击力与 α 角有关，且已知 $\alpha = 50°40'$ 时，可以得到最大的打击力。设圆筒内径 $d = 3.2\text{m}$，问圆筒转动的转速 n 应为多大？

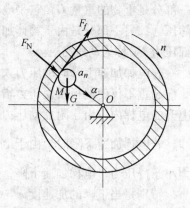

图　7-4

解　（1）确定钢球 M 为对象。

（2）受力分析　重力 G、法向约束力 F_N、摩擦力 F_f，如图7-4所示。

（3）运动分析　钢球 M 在脱离筒壁之前做匀速圆周运动，其加速度即法向加速度 $a_n = \dfrac{v^2}{\rho} = \dfrac{d}{2}\omega^2$。

（4）列微分方程并求未知物理量，即

$$F_N + G\cos\alpha = ma_n = \frac{G}{g}\frac{d}{2}\omega^2 = \frac{G}{g}\frac{d}{2}\left(\frac{\pi n}{30}\right)^2 \qquad (a)$$

钢球 M 脱离筒壁条件是 $F_N = 0$，将其代入式（a）中，则

$$n = \frac{30}{\pi}\sqrt{\frac{2g\cos\alpha}{d}} = \frac{30}{\pi}\sqrt{\frac{2 \times 9.8\cos 50°40'}{3.2}}\text{r/min} = 18\text{r/min}$$

第三节　刚体绕定轴转动的微分方程及其应用

本节将主要讨论刚体绕定轴转动时的动力学问题。

一、定轴转动动力学基本方程

设一质量为 m 的构件，在外力 $F_1^e, F_2^e, \cdots, F_n^e$ 作用下，绕 z 轴作定轴转动，如图7-5所示。由质点动力学基本方程的自然坐标式，有

$$m_i a_{i\tau} = F_{i\tau}^e + F_{i\tau}^i$$

即　　$m_i r_i \varepsilon = F_{i\tau}^e + F_{i\tau}^i$

将此式两边同乘以 r_i

$$m_i r_i^2 \varepsilon = M_z(\boldsymbol{F}_{i\tau}^e) + M_z(\boldsymbol{F}_{i\tau}^i)$$

式中，$M_z(\boldsymbol{F}_{i\tau}^e) = F_{i\tau}^e r_i$ 表示作用于第 i 个质点上的合外力对 z 轴的力矩；$M_z(\boldsymbol{F}_{i\tau}^i) = F_{i\tau}^i r_i$ 表示作用于第 i 个质点上的合内力对 z 轴的力矩。

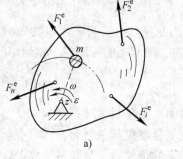

a)

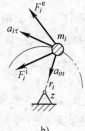

b)

图　7-5

对于刚体的 n 个质点，分别列出上式，然后求和可得

$$\sum m_i r_i^2 \varepsilon = \sum M_z(\boldsymbol{F}_{ir}^e) + \sum M_z(\boldsymbol{F}_{ir}^i)$$

由于构件的内力总是成对出现，所以各质点所有内力矩的代数和必为零，即 $\sum M_z(\boldsymbol{F}_{ir}^i) = 0$。各质点上所有外力矩的代数和 $\sum M_z(\boldsymbol{F}_{ir}^e)$，记作 $M_z = \sum M_z$ $(\boldsymbol{F}_{ir}^e)$。上式左边各项都含有角加速度 ε，可表示为 $\sum m_i r_i^2 \varepsilon = (\sum m_i r_i^2)\varepsilon$，并令式 $\sum m_i r_i^2 = J_z$，因此上述和式可写成

$$J_z \varepsilon = M_z \tag{7-4}$$

式(7-4)称为定轴转动动力学基本方程。式中，$J_z = \sum m_i r_i^2$ 称为**转动惯量**，表示转动刚体内各质点的质量与到转轴距离平方乘积的总和。

定轴转动动力学基本方程式表明，构件绕定轴转动时，其转动惯量与角加速度的乘积等于作用于刚体上所有外力对转轴力矩的代数和。

定轴转动动力学基本方程的微分形式可表示为

$$J_z \frac{\mathrm{d}\omega}{\mathrm{d}t} = M_z \ \text{或} \ J_z \frac{\mathrm{d}^2\varphi}{\mathrm{d}t^2} = M_z \tag{7-5}$$

由于刚体定轴转动动力学基本方程与质点动力学基本方程在数学表达式上相类似，故将其相应的力学参数列成表7-1，以便于比较和理解其力学意义。

表7-1　定轴转动动力学基本方程与质点动力学基本方程比较

	质点的运动		构件绕定轴转动
基本方程	$\boldsymbol{F} = m\boldsymbol{a}$		$J_z \varepsilon = M_z$
运动状态的变化量度	加速度	$\left.\begin{array}{l} a_\tau = \dfrac{\mathrm{d}v}{\mathrm{d}t} = \dfrac{\mathrm{d}^2 s}{\mathrm{d}t^2} \\[2mm] a_n = \dfrac{v^2}{\rho} \end{array}\right\} \quad \left.\begin{array}{l} a_x = \dfrac{\mathrm{d}v_x}{\mathrm{d}t} = \dfrac{\mathrm{d}^2 x}{\mathrm{d}t^2} \\[2mm] a_y = \dfrac{\mathrm{d}v_y}{\mathrm{d}t} = \dfrac{\mathrm{d}^2 y}{\mathrm{d}t^2} \end{array}\right\}$	角加速度 $\varepsilon = \dfrac{\mathrm{d}\omega}{\mathrm{d}t} = \dfrac{\mathrm{d}^2\varphi}{\mathrm{d}t^2}$
惯性的量度	质量 m		转动惯量 J_z
力的作用	合力 $\boldsymbol{F}$		合外力矩 M

二、转动惯量

1. 转动惯量的概念

由上节所述可知，刚体转动的转动惯量为

$$J = \sum m_i r_i^2$$

式中，m_i 代表各质点的质量，r_i 为各质点到转动轴线的距离。可见，转动惯量的大小不仅与刚体质量的大小有关，而且与刚体质量的分布情况有关。刚体的质量越大，或质量分布离转轴越远，则转动惯量就越大；反之，则越小。机械中常见的飞轮(图7-6)，常做成边缘厚中间薄，就是为了将大部分材料分布在远离转轴的地方，以增大转动惯量，从而使机器的角加速度减小，运转平稳。反之，对

于一般的仪表，要求它反应灵敏，这时就需要采用轻巧的结构和选用轻质材料，以减小它的转动惯量。

2. 简单形状刚体的转动惯量

计算刚体的转动惯量时，先将刚体分成无限多个微分块，其中任一微分块的质量为 dm，它离转动轴的距离的 r，则刚体的转动惯量为

$$J = \int_m r^2 dm \qquad (7-6)$$

现以均质等截面圆柱为例，说明转动惯量的求法。

设半径为 R、长为 l 的均质圆柱体(图 7-7)，质量为 m。此圆柱体对中心轴 z 的转动惯量可按下列方法求出。

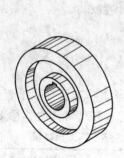

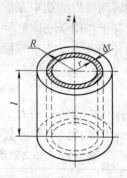

图 7-6   图 7-7

取一离转轴距离为 r，厚度为 dr 的微分圆筒，其体积为

$$dV = 2\pi r \cdot dr \cdot l$$

设圆柱体单位体积的质量为 σ，则微分圆筒的质量为

$$dm = \sigma dV = 2\pi r l dr \sigma$$

整个圆柱对中心轴 z 的转动惯量为

$$J_z = \int_m r^2 dm = \int_0^R r^2 \cdot 2\pi r l \sigma dr = \frac{1}{2}\pi R^4 l \sigma$$

因为 $\qquad\qquad\qquad\qquad \pi R^2 l \sigma = m$

故

$$J_z = \frac{1}{2}mR^2$$

此即为均质等截面圆柱对其形心轴的转动惯量。对于一些简单形体的转动惯量可查阅工程设计手册。几种常见均质形体的转动惯量见附录 B。

3. 回转半径

工程实际中，为了表达和运算方便，设想把刚体的质量集中在一点上，此点到转轴 z 的距离用 ρ 表示，ρ 称为**回转半径**。刚体的转动惯量 J_z 就表示为刚体的

质量 m 与回转半径 ρ 的平方乘积，即

$$J = m\rho^2 \tag{7-7}$$

其中，m 为刚体的质量，ρ 为刚体对转动轴的回转半径。当然也可由转动惯量来求回转半径

$$\rho = \sqrt{\frac{J}{m}} \tag{7-8}$$

值得注意的是，回转半径只是一个抽象化的概念，并不是真实存在的一个半径。

4. 平行轴定理

附录 B 中仅给出了转轴通过质心刚体的转动惯量。在工程中，有时需确定刚体对质心以外某轴的转动惯量，例如图 7-8 所示均质等截面直杆，求与质心轴平行的 z' 轴的转动惯量 $J_{z'}$，设两轴之间的距离为 a。根据转动惯量的定义可得

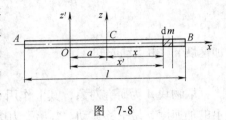

图 7-8

$$
\begin{aligned}
J_{z'} &= \int_m x'^2 \mathrm{d}m \\
&= \int_m (x + a)^2 \mathrm{d}m \\
&= \int_m x^2 \mathrm{d}m + 2a\int_m x\mathrm{d}m + a^2\int_m \mathrm{d}m
\end{aligned}
$$

式中，$\int_m x^2 \mathrm{d}m = J_z$，$\int_m x\mathrm{d}m = 0$。由此可知构件对任意轴的转动惯量为

$$J_{z'} = J_z + ma^2 \tag{7-9}$$

三、刚体定轴转动基本方程的应用

刚体定轴转动的动力学基本方程，反映了作用外力矩与转动状态改变之间的关系。与质点动力学基本方程一样，也可以解决定轴转动刚体件动力学的两类问题：1）已知刚体的转动规律求作用于刚体上的外力矩；2）已知作用于刚体的外力矩求构件的转动规律。

必须指出，刚体定轴转动的动力学基本方程只适应于选单个刚体为研究对象。对于具有多个固定转动轴的刚体系来说，需要将刚体系拆开，分别取各个刚体为研究对象，列出基本方程。求解时要根据运动学知识进行运动量的统一。

例 7-4 一个重 $G_0 = 1000\mathrm{N}$、半径为 $r = 0.4\mathrm{m}$ 的匀质圆轮绕质心 O 点铰支座做定轴转动，其转动惯量 $J_0 = 8\mathrm{kg \cdot m^2}$，轮上绕有绳索，下端挂有 $G = 10^3\mathrm{N}$ 的物块 A，如图 7-9a 所示。试求圆轮的角加速度。

解 分别取圆轮和物块 A 为研究对象。设滑块 A 有向下加速度 a，圆轮有角

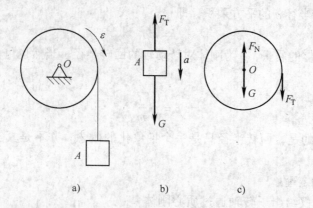

图 7-9

加速度 ε。由运动学知

$$a = r\varepsilon \quad 即 \quad a = 0.4\varepsilon \tag{a}$$

取物块 A 为研究对象，其上作用力有重力 G，绳向上的拉力 F_T，物块有向下的加速度 a 做平移运动。画出受力图如图 7-8b 所示。列出动力学基本方程

$$G - F_T = \frac{G}{g}a \quad 即 \quad 1000 - F_T = \frac{1000}{9.8}a \tag{b}$$

再取圆轮为研究对象，其上有作用力为：绳的拉力，自重 G 及支座反力 F_N。列出绕轴转动的动力学基本方程

$$F_T r = J\varepsilon \tag{c}$$

由以上三式，消去 F_T，ε 可得

$$\varepsilon = 16.45 \text{rad/s}^2$$

*例 7-5 一质量 $m = 100$kg、半径 $r = 0.6$m 的圆盘，绕通过质心 O 的铅垂轴做定轴转动，其转动惯量 $J = 18$kg·m²。盘上有一质量 $m_0 = 2$kg 小球，可在圆盘上沿径向槽滑动。驱动力矩 $M = 240$N·m 作用于圆盘，如图 7-10 所示。求当小球位于 $x = 0.2$m 及 $x = 0.6$m 时，圆盘的角加速度。

解 取圆盘及小球为研究对象。当 $x = 0.2$m 时，转动惯量为

$$J = J_0 + m_0 x^2 = (18 + 2 \times 0.2^2)\text{kg·m}^2 = 18.08\text{kg·m}^2$$

由 $M = J\varepsilon$，列出 $240 = 18.08 \cdot \varepsilon$，得到 $\varepsilon = 13.27\text{rad/s}^2$。

当 $x = 0.6$m 时，转动惯量为

$$J = J_0 + m_0 x^2 = (18 + 2 \times 0.6^2)\text{kg·m}^2 = 18.72\text{kg·m}^2$$

由 $M = J\varepsilon$，有 $240 = 18.72\varepsilon$，得到 $\varepsilon = 12.8\text{rad/s}^2$。

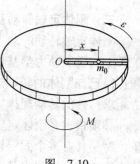

图 7-10

本 章 小 结

本章主要介绍质点和刚体的动力学基本方程。

一、质点动力学基本方程

$$\boldsymbol{F} = m\boldsymbol{a}$$

（1）微分方程的直角坐标式

$$\left.\begin{array}{l} F_x = ma_x = m\dfrac{\mathrm{d}v_x}{\mathrm{d}t} = m\dfrac{\mathrm{d}^2 x}{\mathrm{d}t^2} \\[3mm] F_y = ma_y = m\dfrac{\mathrm{d}v_y}{\mathrm{d}t} = m\dfrac{\mathrm{d}^2 y}{\mathrm{d}t^2} \end{array}\right\}$$

（2）微分方程的自然坐标式

$$\left.\begin{array}{l} F_\tau = ma_\tau = m\dfrac{\mathrm{d}v}{\mathrm{d}t} = m\dfrac{\mathrm{d}^2 s}{\mathrm{d}t^2} \\[3mm] F_n = ma_n = m\dfrac{v^2}{\rho} \end{array}\right\}$$

（3）质点动力学的两类问题：①已知运动求作用力；②已知作用力求运动。

二、定轴转动动力学基本方程

（1）基本方程 $\qquad\qquad J_z\varepsilon = M_z$

（2）微分形式 $\qquad\quad J_z\dfrac{\mathrm{d}\omega}{\mathrm{d}t} = M_z$ 或 $J_z\dfrac{\mathrm{d}^2\varphi}{\mathrm{d}t^2} = M_z$

（3）转动惯量 $\qquad\quad J_z = \sum m_i r_i^2,\quad J_z = \displaystyle\int_m r^2\mathrm{d}m$

（4）回转半径 $\qquad\qquad J_z = m\rho^2$

（5）平行轴定理　构件对任意轴的转动惯量，等于构件对与该轴平行的质心轴的转动惯量，再加上质量与两平行轴距离 a 平方的乘积。

$$J_{z'} = J_z + ma^2$$

（6）定轴转动基本方程的应用　构件定轴转动的动力学基本方程只适应于选单个构件为研究对象。对于具有多个固定转动轴的物系来说，需要将物系拆开，分别取各个构件为研究对象列出基本方程求解。

思 考 题

1. 作用于质点上的力的方向是否就是质点运动的方向？质点的加速度方向是否就是质点速度的方向？

2. 质量相同的两质点受相同作用力，两质点的运动轨迹、同一瞬时的速度、加速度是否一定相同？为什么？

3. 一圆环与一实心圆盘材料相同、质量相同，均绕其质心做定轴转动，若某一瞬时有相同的角加速度，问该瞬时作用于圆环和圆盘上的外力矩是否相同？

4. 构件做定轴转动，当角速度很大时，是否外力矩也一定很大？当角速度为零时，是否外力矩也为零？外力矩的转向是否一定与角速度的转向一致？

5. 绳子一端系总重为 **G** 的重物，当：（1）重物不动；（2）重物匀速上升；（3）重物匀速下降；（4）重物加速上升；（5）重物加速下降。问这五种不同情况下绳子所受的拉力有何不同？

习　题

7-1　如图 7-11 所示，载货的小车重 7kN，以 $v = 1.6\text{m/s}$ 的速度沿缆车轨道面下降。轨道的倾角 $\alpha = 15°$，运动之总阻力系数 $f = 0.015$。（1）求小车匀速下降时，吊小车之缆绳的张力；（2）若设小车制动的时间为 $t = 4\text{s}$，求此时缆绳的张力。设制动时小车做匀速运动。

7-2　如图 7-12 所示，汽车以匀速 v 沿曲率半径为 $\boldsymbol{\rho}$ 的圆弧路面拐弯。欲使两轮之垂直压力相等，问路面的斜度 α 应等于多少？

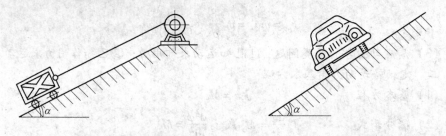

图　7-11　　　　　　　　　　　图　7-12

7-3　如图 7-13 所示，质量 $m = 2000\text{kg}$ 的汽车，以速度 $v = 6\text{m/s}$ 先后驶过曲率半径为 $\boldsymbol{\rho} = 120\text{m}$ 的桥顶（图 a 所示）和凹坑（图 b 所示）时，分别求出桥面和凹坑底面对汽车的约束力。

7-4　如图 7-14 所示，物块 A、B 的重力分别为 $G_A = 1\text{kN}$、$G_B = 3\text{kN}$。开始时两物体有高度差 $h = 19.6\text{m}$，不计滑轮、绳索的质量及各接触处的摩擦，求静止释放后，两物块到达相同高度所需的时间。

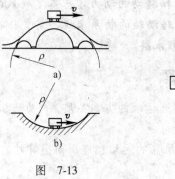
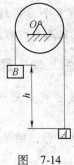
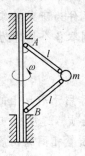

图　7-13　　　　　　　图　7-14　　　　　　　图　7-15

7-5 如图 7-15 所示，质量为 m 的球用两根各为 l 的杆支持。球和杆一起以匀角速度 ω 绕铅垂轴 AB 转动。若 $AB = 2a$，杆的两端均铰接，杆重忽略不计。求各杆所受的力。

7-6 质量 $m = 8000\text{kg}$ 的汽车以 $v = 10\text{m/s}$ 的速度沿平直道路行驶，制动后，汽车驶过 8m 的路程停车。设制动期间汽车做匀减速运动，求作用在汽车上的制动力（包括各种阻力在内）。

7-7 列车（不连机车）质量为 200t，以等加速度沿水平轨道行驶，由静止开始经 60s 后达到 54km/h 的速度。设摩擦力等于车重的 0.005 倍；求机车与列车之间的拉力。

7-8 自行车以等速 $v = 8\text{m/s}$ 沿曲率半径 $\rho = 30\text{m}$ 的圆弧路拐弯。不计摩擦，求路面的侧向倾角 α。

7-9 桥式起重机如图 7-16 所示，已知重物的质量 $m = 100\text{kg}$。求下列两种情况下吊索的拉力：（1）重物匀速上升时；（2）重物在上升过程中以 $a = 2\text{m/s}^2$ 的加速度突然刹车时。

7-10 如图 7-17 所示，两个重物 M_1、M_2 的重量分别为 G_1、G_2，且 $G_1 < G_2$，分别系于两根重量不计的细绳上，绳子则分别卷绕在半径为 r_1 和 r_2 的塔轮上。若塔轮的重量略去不计，试求在重物作用下塔轮的角加速度。

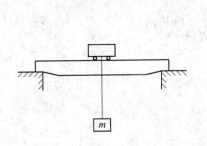

图 7-16

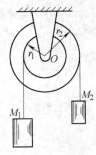

图 7-17

7-11 如图 7-18 所示，重量为 G 的连杆绕过固定轴心 O 的水平轴 z 做微幅摆动。已测得其摆动周期为 T，连杆的质心与其两端圆孔的中心距离分别为 $OC = a$，$O_1C = b$，试求此连杆对于圆孔中心 O_1 的转动惯量。

7-12 如图 7-19 所示，质量为 15kg 空心套管绕铅直轴转动，管内放一质量为 10kg 的小球，用细绳与转动轴连接，细绳能承受的最大拉力为 8N。问套管角速度多大恰可将细绳拉断？细绳断后，小球滑至管端时，套管的角速度是多少？套管的转动惯量按均质细杆计。

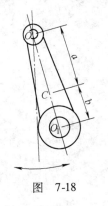

图 7-18

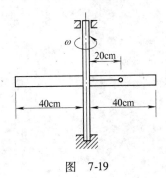

图 7-19

7-13 如图 7-20 所示，质量为 100kg、半径为 1m 的均质制动轮以转速 $n = 120\text{r/min}$ 绕 O 轴转动。设有一常力 F 作用于杆使制动轮经 10s 后停止转动。已知动摩擦因数 $f = 0.1$，求力 F 的大小。

7-14 如图 7-21 所示，两带轮用传动带连接并绕各自的固定轴心转动。两带轮的半径分别为 R_1 和 R_2，重量分别为 G_1 和 G_2，左边的主动轮作用有一力偶矩 M，右边的从动轮受到阻力矩 M' 作用。若两轮均可视为均质圆盘，传动带的质量略去不计，且与轮缘间无相对滑动，试求此时从动轮的角加速度。

7-15 卷扬机如图 7-22 所示。轮 D、C 的半径分别为 R、r，对水平转动轴的转动惯量分别为 J_1、J_2；物体 A 重 G，设在轮 C 点作用一常力矩 M。试求物体 A 上升加速度。

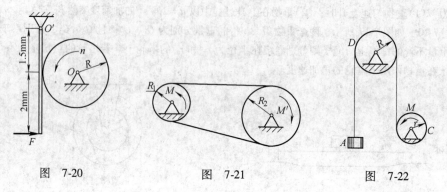

图 7-20   图 7-21   图 7-22

第八章　动静法（达朗贝尔原理）

动静法是一种求解动力学问题较为简便而有效的方法，它的原理是应用静力学研究平衡问题的方法去求解动力学问题。

动静法在分析物体运动与力之间的关系，以及构件的动荷应力等问题中得到广泛的应用。本章将介绍惯性力与质点的达朗贝尔原理、质点系的达朗贝尔原理、刚体惯性力系的简化，以及定轴转动刚体轴承的附加动反力。

第一节　惯性力与质点的达朗贝尔原理

一、惯性力的概念

在水平的直线轨道上，人用水平推力 F 推动质量为 m 的小车，使小车获得加速度 a（图 8-1a），由于小车具有保持其原有运动状态不变的惯性，因此给人一反作用力 F_g（图 8-1b），因为这个反作用力与小车的质量有关，所以称 F_g 为小车的惯性力。根据作用力与反作用力定律，有 $F_g = -F$。若不计直线轨道的摩擦，则由牛顿第二定律，得

$$F_g = -F = -ma \tag{8-1}$$

式中负号表示惯性力 F_g 的方向与加速度 a 的方向相反。

a)　　　　　　　b)

图　8-1

由此可见：当质点 m 受力作用而改变其运动状态时，由于质点的惯性，质点必将给施力体一反作用力，这个反作用力称为质点的惯性力。质点的惯性力大小等于质点的质量与加速度的乘积，方向与质点加速度的方向相反，作用在使质点改变运动状态的施力物体上。如在上述实例中，小车的惯性力是作用在人手上的。又如图 8-2 所示系在绳端质量为 m 的一个球 M，在水平面内做匀速圆周运动，此小球在水平面内所受到的只有绳子对它的拉力 F，正是这个力迫使小球改变运动状态，产生了向心加速度 a_n。这个力 $F = ma_n$ 称为向心力。而小球对绳子

的反作用力为 $F_g = -F = -ma_n$，它同样也是由于小球具有惯性，力图保持原有的运动状态不变，对绳子进行反抗而产生的，故称为小球的惯性力。此力与 a_n 方向相反，背离圆心 O，因此，习惯上称为离心惯性力。

由以上两例可见，若质点的运动状态不发生改变，质点加速度为零，则不会有惯性力。只有当质点的运动状态发生改变时才会有惯性力。

二、质点的动静法

设一非自由质点的质量为 m，加速度为 a，作用在这个质点上的主动力为 F、约束力为 F_N，如图 8-3 所示。由质点动力学基本方程得

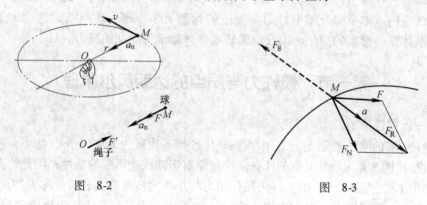

图 8-2　　　　　　　　　　　　　　　图 8-3

$$F + F_N = ma$$

上式移项后，得

$$F + F_N - ma = 0$$

令

$$F_g = -ma$$

则

$$F + F_N + F_g = 0 \tag{8-2}$$

式(8-2)表明，质点在运动的每一瞬时，作用于质点上的主动力、约束力与假想地在质点上的惯性力，在形式上构成一平衡力系。此即质点的达朗贝尔原理。

式(8-2)虽然与质点动力学基本方程似乎只有形式上的差别，但它却引出了一个新的方法，即用静力学的方法来研究动力学问题，故又称为动静法。必须注意，惯性力并不作用在质点上，质点并非处于平衡状态，所以动静法所谓的"平衡"并无实际的物理意义，实质上还是动力学问题。在质点上假想地加上惯性力，只是借用熟知的静力学方法求解动力学问题而已，它在分析工程动力学问题，尤其是在求解动反力和动应力问题时，显得特别地方便。

若质点沿已知平面做曲线运动，则可将式(8-2)投影到自然轴上，得

$$F_\tau + F_{N\tau} + F_{g\tau} = 0 \atop F_N + F_{Nn} + F_{gn} = 0 \Bigg\} \tag{8-3}$$

式中，$F_{g\tau} = -ma_\tau$，称为切向惯性力；$F_{gn} = -ma_n$，称为法向惯性力（也称离心惯性力）。负号表示它们分别与切向加速度和法向加速度的方向相反。

三、质点系的动静法

对由 n 个质点组成的非自由质点系，设其中任一质点的质量为 m_i，某瞬时加速度为 a_i，作用其上的主动力 F_i，约束力 F_{Ni}。假想在该质点上加上惯性力 $F_{gi} = -ma_i$，由质点达朗贝尔原理，则

$$F_i + F_{Ni} + F_{gi} = 0 \quad (i = 1,2\cdots,n) \tag{8-4}$$

式（8-4）表明，如果假想地把相应的惯性力加在每一个质点上，则质点系的主动力、约束力和惯性力在形式上组成平衡力系。就是质点系动静法，也称质点系的达朗贝尔原理。同时须说明的是，质点系动静法也是将其动力学问题在形式上转化为静力学平衡问题，建立的所谓平衡方程仍然是质点系的运动与受力之间的关系，即动力学方程。

第二节　刚体惯性力系的简化

应当指出，应用质点系达朗贝尔原理求解刚体动力学问题时，对刚体内每一个质点都需要加上相应的惯性力，则惯性力必然分布在整个刚体的体积内并组成惯性力系。为求解问题的方便，应首先对刚体惯性力系进行简化。

一、刚体平移时惯性力系的简化

当刚体平移时，任一瞬时体内各点的加速度相等。若记某瞬时刚体质心加速度为 a_C，则该瞬时体内任一质量为 m 的质点的加速度 $a_i = a_C$，虚加在该点上的惯性力以 $F_{gi} = -m_i a_i = -m_i a_C$。刚体内每一点都加上相应的惯性力，且每一点惯性力方向相同，组成同方向的空间平行力系。由静力学知，该空间平行力系可简化为过质心的合力，即

$$F_{gR} = \sum F_{gi} = \sum(-m_i a_C) = -a_C \sum m_i = -ma_C \tag{8-5}$$

其中，m 为刚体的总质量。

结论　对平移的刚体，惯性力系可简化为通过质心的合力，其大小等于刚体的质量与质心加速度的乘积，合力的方向与质心加速度的方向相反。

二、刚体绕固定轴转动时惯性力系的简化

此处讨论的刚体具有质量对称面（如齿轮、圆盘、飞轮等），且转轴与质量对称面垂直的特殊情况。在这种情况下，刚体内惯性力的分布对于质量对称面是完全对称的，因此可以简化为质量对称面内的平面一般力系。

设定轴转动刚体的质量对称面为 S，与转轴的交点记为 O，某瞬时角速度和

角加速度分别为 ω 和 ε，转向如图 8-4a 所示，质心为点 C。取 S 内任一质量为 m_i（即为刚体内过该点且垂直于 S 面的线段上所有点的质量）的点，记该点加速度为 $\boldsymbol{a}_i$，则该点的惯性力为 $\boldsymbol{F}_{gi} = -m_i\boldsymbol{a}_i$，则 $\boldsymbol{F}_{gi} = \boldsymbol{F}_{gi}^{\tau} + \boldsymbol{F}_{gi}^{n}$，其中 $\boldsymbol{F}_{gi}^{\tau} = -m_i\boldsymbol{a}_i^{\tau}$，$\boldsymbol{F}_{gi}^{n} = -m_i\boldsymbol{a}_i^{n}$。

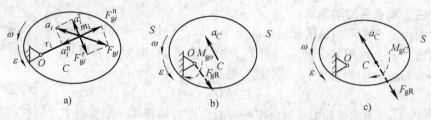

图 8-4

对 S 内所有点，组成平面一般力系。由静力学知，向点 O 进行简化，可得到一个力和一个力偶，该力为原力系的主矢量，即惯性力系的主矢为

$$\boldsymbol{F}_{gR} = \sum \boldsymbol{F}_{gi} = -\sum m_i\boldsymbol{a}_i$$

该力偶的力偶矩等于惯性力系对点 O 的主矩为

$$M_{gO} = \sum M_O(\boldsymbol{F}_{gi})$$

记刚体质量为 m，由质心坐标计算公式 $m\boldsymbol{r}_C = \sum m_i\boldsymbol{r}_i$，对时间求二阶导数，有 $m\boldsymbol{a}_C = \sum m_i\boldsymbol{a}_i$，则

$$\boldsymbol{F}_{gR} = -m\boldsymbol{a}_C \tag{8-6}$$

惯性力 $\boldsymbol{F}_{gi}$ 对点 O 的矩 $M_O(\boldsymbol{F}_{gi})$ 的计算，由于法向惯性力 $\boldsymbol{F}_{gi}^{n} = -m_i\boldsymbol{a}_i^{n}$ 作用线过点 O，对点 O 的矩为零，而切向惯性力 $\boldsymbol{F}_{gi}^{\tau}$ 大小为 $m_i a_i^{\tau} = m_i r_i \varepsilon$，则 $M_O(\boldsymbol{F}_{gi}) = M_O(\boldsymbol{F}_{gi}^{\tau}) = -m_i r_i^2 \varepsilon$。对整个刚体 $M_{gO} = \sum M_O(\boldsymbol{F}_{gi}) = -\sum m_i r_i^2 \varepsilon$。而 $\sum m_i r_i^2$ 为刚体对转轴 z 的转动惯量 J_z，则

$$J_z\varepsilon = M_z, \quad M_{gO} = -J_z\varepsilon \tag{8-7}$$

结论 当刚体有质量对称面，且绕垂直于质量对称面的定轴转动时，惯性力系可以简化为对称面内的一个力和一个力偶。该力等于刚体的质量与质心加速度的乘积，方向与质心加速度方向相反，且力的作用线通过转轴；该力偶的力偶矩等于刚体对转轴的转动惯量与角加速度的乘积，其转向与角加速度转向相反。惯性力系向点 O 简化的结果如图 8-4b 所示。

将惯性力系向 S 上的质心 C 简化，由于主矢与简化主心的位置无关，而主矩与简化中心的位置有关。其结果

$$\boldsymbol{F}_{gR} = -m\boldsymbol{a}_C \tag{8-8}$$

$$J_z\varepsilon = M_z, \quad M_{gC} = -J_C\varepsilon \tag{8-9}$$

其中，$\boldsymbol{F}_{gR}$ 的大小和方向不变，只是其作用线通过质心 C。而主矩与简化中心位

置有关，大小发生了变化，转向仍与角加速度转向相反，以 M_{gC} 表示。式中 J_C 为刚体对过质心且与转轴 z 平行的轴的转动惯量。简化结果如图8-4c所示。

当转轴 z 通过质心，惯性力系的简化结果为一力偶，该力偶的力偶矩

$$J_z\varepsilon = M_z, \quad M_g = -J_z\varepsilon \tag{8-10}$$

当刚体匀速转动，转轴不通过质心 C 时，惯性力系简化为过简化中心的力。即

$$F_{gR} = -ma_C^n \tag{8-11}$$

其大小为 $mr_C\omega^2$，其中 r_C 为质心到简化中心 O 的距离，方向与质心 C 的法向加速度方向相反。若转轴过质心，即刚体绕过质心的轴做匀速转动，惯性力系向 S 内任一点简化的主矢和主矩都等于零，则惯性力系是一平衡力系。

三、刚体做平面运动时惯性力系的简化

此处只讨论具有质量对称面刚体，且刚体在平行于此对称面内运动的情况。该条件下，刚体的惯性力系仍可简化为对称面内的平面一般力系。

取质量对称面 S，如图 8-5 所示。由运动学知，刚体的平面运动可分解平面图形跟随基点的平动和绕基点的转动。取质心 C 作为基点，设某瞬时质心加速度为 a_C，平面图形的角加速度为 ε，转向如图 8-5 所示。将平面内的惯性力系向质心 C 简化，由两部分组成：一是随质心平动而产生的惯性力系，可简化为过质心的一个力；二是绕质心转动而产生的惯性力系，可简化一个力偶。该力为惯性力系的主矢，该力偶的力偶矩为惯性力系对简化中心的主矩。分别由下面两式确定，即

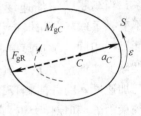

图 8-5

$$F_{gR} = -ma_C \tag{8-12}$$
$$M_{gC} = -J_C\varepsilon \tag{8-13}$$

其中，J_C 是刚体对过质心且垂直质量对称面轴的转动惯量，负号表示主矩与角加速度的转向相反。

结论 对有质量对称面的刚体，且该刚体平行于质量对称面做平面运动时，其惯性力系可以简化为在质量对称面内的一个力和一个力偶。该力作用线通过质心，大小等于刚体的质量与质心加速度的乘积，方向与质心加速度的方向相反；该力偶的力偶矩等于对通过质心且垂直于质量对称面的轴的转动惯量与角加速度的乘积，转向与角加速度的转向相反。

由上分析可知，刚体的运动形式不同，惯性力系的简化结果也不相同。因此在利用达朗贝尔原理研究刚体动力学问题时，必须分析刚体的运动形式，求得惯性力系的简化结果，然后建立主动力系、约束力系以及惯性力系的形式上的平衡方程。但应注意这种形式上的平衡方程实质上反映了系统的运动与力之间的关系。

第三节　用动静法解质点系统动力学问题的应用举例

用动静法求解系统的动力学问题的解题步骤为：①明确指出研究对象；②正确地进行受力分析，画出所有主动力和外约束力；③正确地画出惯性力系的等效力系；④根据平衡条件列出研究对象在此瞬时的平衡方程；⑤求解平衡方程。

例8-1　测定列车的加速度，采用一种称为加速度测定摆的装置。这种装置就是在车厢顶上用绳悬挂一重球，如图8-6所示。当车厢做匀加速直线运动时，摆将偏向一方，与铅垂线成不变的角θ，求车厢θ加速度a与θ的关系。

解　（1）选取研究对象，画受力图　以摆球M为研究对象，并视为质点。它受有重力G和绳的拉力F_T的作用。

（2）分析运动，加惯性力　以地面为参考系，当车厢以匀加速度a向前运动时，偏角θ不变，重球与车厢保持相对静止，摆球M与车厢具有相同的加速度。根据达朗贝尔原理，在摆球上加惯性力F_g，其大小为$F_g = ma$，方向与加速度a的方向相反，m为摆球的质量。于是作用在摆球M上的主动力G、约束力F_T和惯性力F_g在形式上组成一平衡力系。

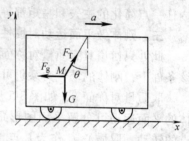

图　8-6

（3）列平衡方程，求未知量　由汇交力系的平衡方程得

$$\sum F_x = 0, \qquad F_T\sin\theta - ma = 0$$
$$\sum F_y = 0, \qquad F_T\cos\theta - mg = 0$$

消去未知力F_T后，得

$$\tan\theta = \frac{a}{g}$$

所以

$$a = g\tan\theta$$

由上式根据摆球偏离铅垂线的角度θ，就可以算出车厢的加速度。

例8-2　如图8-7所示，质量为m的汽车以加速度a做水平直线运动。试求汽车前后轮的正压力以及欲保证前后轮正压力相等时汽车的加速度。

解　取汽车为研究对象，汽车

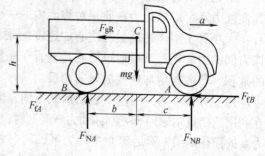

图　8-7

受力有重力 mg，地面的正压力 F_{NA}、F_{NB} 和摩擦力 F_{fA}、F_{fB}。因汽车做平动，所以惯性力系的合力 F_{gR} 通过质心 C，其大小 $F_{gR} = ma$，方向与加速度方向相反，如图 8-7 所示。

由动静法可知以上这些力在形式上组成平衡力系，列平衡方程，即有

$$\sum M_A = 0, \quad F_{gR}h - mgb + F_{NB}(b+c) = 0$$
$$\sum M_B = 0, \quad F_{gR}h + mgc - F_{NA}(b+c) = 0$$

代入 $F_{gR} = ma$，得

$$F_{NB} = \frac{m(gb - ah)}{b+c}, \qquad F_{NA} = \frac{m(gc + ah)}{b+c}$$

欲保证汽车前后轮的压力相等，即 $F_{NA} = F_{NB}$，由此求得汽车的加速度为

$$a = \frac{g(b-c)}{2h}$$

***例 8-3** 一圆锥摆，如图 8-8 所示。质量 $m = 0.1\text{kg}$ 的小球系于长 $l = 0.3\text{m}$ 的绳上，绳的另一端系在固定点 O，并与铅垂线成 $\alpha = 60°$ 角。如小球在水平面内做匀速圆周运动，求小球的速度与绳子的张力大小。

解 取小球作为研究对象（质点）。小球在水平面内做匀速圆周运动，只有法向加速度，作用在小球上的力有重力 mg，绳子的约束力 F_T 以及虚加的法向惯性力 F_g^n，如图 8-8 所示。

$$F_g^n = ma_n = m\frac{v^2}{l\sin\alpha}$$

由达朗贝尔原理，以上三力形式上组成平衡力系，即

$$F + mg + F_g^n = 0$$

在自然坐标中的投影式为

$$\sum F_b = 0, \qquad F\cos\alpha - mg = 0$$
$$\sum F_n = 0, \qquad F\sin\alpha - F_g^n = 0$$

解得

$$F = \frac{mg}{\cos\alpha} = 19.6\text{N}, \qquad v = \sqrt{\frac{Fl\sin^2\alpha}{m}} = 2.1\text{m/s}$$

绳子张力大小与 F 相等。

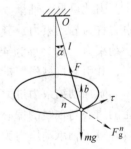

图 8-8

第四节 定轴转动刚体轴承的附加动反力

刚体在给定的主动力作用下绕定轴转动时，一般说来刚体的惯性力不能自成平衡力系，这主要是因为刚体的质量对于转轴的分布在实际中不可能很对称。工程机械中许多机件是做高速旋转运动，如电动机转子、汽轮机转子、纺纱机的锭

子等。纺纱机的锭子转速可达 10000r/min 以上，这样高的转速会产生很大的惯性力，对轴承产生很大的附加动压力，同时轴承给转轴以同样大小的附加动反力。下面通过工程实例说明这一问题。

例8-4 图8-9 所示传动轮质量为 10kg，由于材质、制造或安装等原因，造成转子的质心偏离转轴，偏心距 $e = 0.1$mm，转子安装于轴的中部，若转子以转速 $n = 3000$r/min 绕轴做匀速转动，求当转子重心处于最低位置时轴承 A、B 的动约束力。

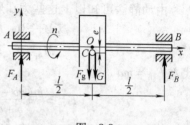

图 8-9

解 取整个转子为研究对象，转子受到重力 G、轴承约束力 F_A、F_B 作用。由于转子做匀速转动，其惯性力 $F_g = ma$。应用动静法列平衡方程

$$\sum M_A(\boldsymbol{F}) = 0, \qquad F_B l - \frac{Gl}{2} - \frac{F_g l}{2} = 0$$

$$\sum F_y = 0, \qquad F_A + F_B - G - F_g = 0$$

解得

$$F_A = F_B = \frac{F_g}{2} + \frac{G}{2} = \left[\frac{1}{2} \times 10 \times 0.1 \times 10^{-3} \times \left(3000 \times \frac{2\pi}{60} \right)^2 + \frac{1}{2} \times 10 \times 9.8 \right] \mathrm{N} = 98.3\mathrm{N}$$

由此可见，轴承 A、B 的约束力由两部分组成。一部分是由重力 G 引起的约束力称为静约束力，其大小为 49N；另一部分是由惯性力引起的约束力称为附加动约束力，其大小为 49.3N。由于转子偏心引起的动约束力，会加速轴承的磨损，并引起机械的振动而产生噪声。

附加动约束力过大时还将导致机械故障或使机械损坏。例如该例 8-3 中传动轮的质心与轴线的偏心矩 $e = 0.1$mm，但当传动轮的转速高达 15000r/min 时，可以计算出轴承动压力为 1258.88N，相当于静反力 49N 的 25.69 倍。

此例表明，附加动约束力主要是由质心与轴线的偏心造成的。要消除高速转动刚体的附加动约束力，应尽可能地消除转动零部件的偏心，使转动部件的质心落在转轴上。

本 章 小 结

本章介绍工程上应用比较广泛的解决动力学问题的一种方法——动静法。它把动力学问题转化为静力学问题来求解。

1. 惯性力

惯性力是由于物体(或质点)运动状态的改变而产生的对施力物体的反作用

力，作用在施力物体上。其大小与方向可用如下的矢量式表达

$$F_g = -ma$$

2. 质点的动静法

如果作用于质点上的主动力、约束力与质点的惯性力组成平衡力系，那么质点动力学问题就以运用静力学平衡方程来求解，这种将动力学问题应用静力学平衡方程求解的方法称为动静法。其矢量表达式为

$$F + F_N + F_g = 0$$

动静法的自然坐标式和直角坐标式分别为

$$\left. \begin{array}{l} F_\tau + F_{N\tau} + F_{g\tau} = 0 \\ F_n + F_{Nn} + F_{gn} = 0 \end{array} \right\}, \quad \left. \begin{array}{l} F_x + F_{Nx} + F_{gx} = 0 \\ F_y + F_{Ny} + F_{gy} = 0 \end{array} \right\}$$

3. 刚体动静法

应用质点系达朗贝尔原理求解刚体动力学问题时，为求解问题的方便，应首先对刚体惯性力系进行简化。

当刚体在平行于质量对称平面内做平面运动时，其惯性力系可向质心简化，所得结果为一主矢和一主矩。其主矢为 $F_{gR} = -ma_C$，且通过质心；主矩为 $M_{gC} = -J_C\varepsilon$。

刚体做平动和定轴转动是刚体做平面运动的特殊情况，平面运动刚体惯性力系的简化结果同样适用。由于平动刚体的 $a = 0$，所以平动刚体的惯性力系简化结果为一个力 $F_{gR} = -ma_C$，作用于质心；定轴转动刚体的惯性力系简化结果为一个力和一个力偶矩，其主矢为 $F_{gR} = -ma_C$，通过质心，主矩为 $M_{RC} = -J_C\varepsilon$。定轴转动刚体的惯性力系还可以进一步向转轴简化，结果为一个力和一个力偶矩，其主矢 $F_{gR} = -ma_C$，主矩 $M_{gC} = -J_C\varepsilon$。这里有两点特别要注意，即①力通过转轴；②J_C 是刚体对转轴的转动惯量。

4. 动静法是在不平衡的质点(质点系)上虚加惯性力(惯性力系)，就可使其处于虚拟的平衡状态，从而使较复杂的动力学问题得以在形式上转化成简单的静力平衡问题。

5. 用动静法解动力学问题的步骤

(1) 根据问题的已知条件和所求量选定研究对象。

(2) 分析研究对象上所受的主动力和约束力，画出受力图。

(3) 分析研究对象的运动状态，并在受力图上虚加上经简化后的惯性力与惯性力偶矩，在形式上构成一平衡力系。

(4) 用静力学平衡方程求解未知量。

思 考 题

1. 什么是惯性力？怎样确定惯性力的大小和方向？做匀速直线运动的质点，

其惯性力为若干?

2. 是否运动的物体都有惯性力? 质点做匀速圆周运动时有无惯性力?

3. 什么是动静法? 用动静法解题方法是什么?

4. 轴承上所受的动反力与哪些因素有关? 在什么条件下动反力等于零?

习 题

8-1 如图 8-10 所示,当列车以匀加速度 a 沿直线轨道运动时,一端固定在车厢顶部的单摆偏斜 θ 角。已知摆球的质量为 m,求列车的加速度及摆线的张力大小。

8-2 如图 8-11 所示,载货的小车重 10kN,以 $v = 2\text{m/s}$ 的速度沿缆车轨道而下降,轨道的倾角 $\alpha = 20°$,运动之总阻力系数 $\mu = 0.015$。求(1)小车匀速下降时,牵引小车之缆绳的张力;(2)若小车制动时做匀减速运动,制动时间为 $t = 4$ 秒,求此时绳的张力。

8-3 如图 8-12 所示,质量为 m 的小车在水平拉力 F 作用下沿水平轨道运动,质心 C 到 F 作用线的距离为 e,到轨道平面的距离为 h,两轮与水平面接触点到重力作用线的距离分别为 a、b。设车轮与轨道间的总摩擦力为 fmg。求两轮受到的约束力及小车获得的加速度。

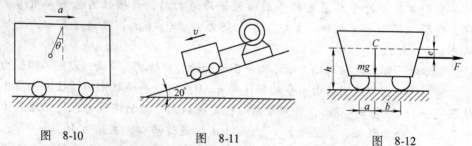

图 8-10   图 8-11   图 8-12

8-4 如图 8-13 所示,滑动门的质量为 60kg 质心为 C,相应的几何尺寸如图所示。门上的滑轮 A 和 B 可沿固定的水平梁滑动,若已知动滑动摩擦因数 $f = 0.25$,欲使门获得加速度 $a = 0.49\text{m/s}^2$,求作用在门上的水平力 F 的大小以及作用在滑轮 A 和 B 上的法向约束反力。

8-5 如图 8-14 所示,球磨机滚筒内装有钢球和矿石,滚筒绕固定水平轴以匀转速 n 做顺时针方向转动,带动钢球和矿石在滚筒中运动,设转到一定角度 α 时钢球离开滚筒内壁沿抛物线轨迹落下可以得到最大的打击力。设滚筒的直径 D,求钢球离开滚筒时的角度 α 应为多少。

8-6 如图 8-15 所示,物块的质量为 m,放置于匀速转动的水平台上,与转台表面的摩擦因数为 f,距转轴的距离为 r,当水平台转动时,求物块不滑动的最大转速。

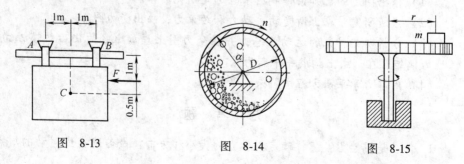

图 8-13   图 8-14   图 8-15

8-7　如图 8-16 所示，砂轮 I 质量 1kg，偏心距 $e_1 = 0.5\text{mm}$；砂轮 II 质量 0.5kg，偏心距 $e_2 = 1\text{mm}$。电动机转子 III 质量 8kg，带动砂轮旋转，转速 $n = 300\text{r/min}$。求转动时轴承 A、B 上的附加动约束力。

8-8　如图 8-17 所示，钢丝绳跨过半径为 $r = 10\text{cm}$ 的滑轮，钢丝绳两端分别悬挂物块 A 和 B。设物块 A 重 $G_1 = 4\text{kN}$，物块 B 重 $G_2 = 1\text{kN}$，滑轮上作用一力偶，其矩为 $M = 0.41\text{kN} \cdot \text{m}$，设绳不可伸长，并略去绳和滑轮的质量及轴承摩擦，求物块 A 的加速度和轴承 O 的约束力。

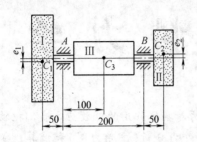

图　8-16

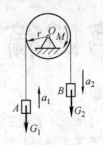

图　8-17

*8-9　游乐场的航空乘坐设备如图 8-18 所示。伸臂长 $a = 5\text{m}$，吊篮的质心到伸臂端点的距离 $l = 10\text{m}$。不计伸臂和吊杆的重量，并将吊篮看做一质点。如果要使吊杆与铅直线间的夹角保持为 $\theta = 60°$，问伸臂绕铅直轴转动的角速度应多大？

8-10　如图 8-19 所示，质量为 20kg 的砂轮，因安装不正，使重心偏离转轴 $e = 0.1\text{mm}$。试求当转速 $n = 10000\text{r/min}$ 时，作用于轴承 OO 上的附加动约束力。

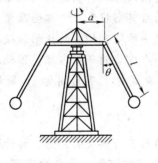

图　8-18

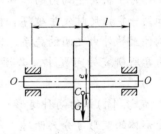

图　8-19

第四篇 材料力学

在前面的理论力学研究中，主要是研究力对物体作用的外效应。我们把物体（构件）假设是不变形的刚体，并对其进行了外力分析（画受力图）和计算，搞清了作用在物体上所有外力的大小和方向。但在这些外力作用下，构件是否破坏，是否产生大于允许的变形，以及能否保持原有的平衡状态等问题，则需要利用材料力学的理论来解决。本篇我们将进行材料力学的研究。

一、材料力学的研究对象

1. 变形（固）体

机器和工程结构都由构件组成。构件一般是用固体材料制成，当机器或工程结构工作时，构件受到力的作用。任何构件受力后其形状和尺寸都会改变，并在力增加到一定程度时发生破坏。材料力学正是进一步研究构件的变形、破坏与作用在构件上的外力之间的关系。这里，变形是一个重要的研究内容，因此我们在材料力学所研究的问题中，必须把构件如实地看成是"变形固体"，简称为**变形体**。

2. 变形（固）体的两种变形

变形体的变形可分为两种：一种是除去外力后自行消失的变形，称为**弹性变形**；另一种是除去外力后不能消失的变形，称为**塑性变形**或**永久性变形**。例如，将一根弹簧拉长，当拉力不太大时，将拉力除去，弹簧可恢复到原有长度；但若拉力过大，则拉力除去后，弹簧的长度就不能完全恢复到原有长度，这时弹簧就产生了塑性变形。

二、对变形固体的基本假设

在材料力学中还对变形固体作了四个基本假设：

（1）**连续性假设**：即认为在物体的整个体积内毫无空隙地充满了构成该物体的物质。

（2）均匀性假设：即认为物体内各点的材料性质都相同，不随点的位置变化而改变。

（3）各向同性假设：即认为物体受力后，在各个方向上都具有相同的性质。

（4）小变形假设：即认为构件受力后所产生的变形与构件的原始尺寸相比小得多。

显然，这样的变形固体是很理想化的。然而采用这些基本假设，可使问题的分析和计算得到简化。例如，图Ⅳ-1所示的尺寸和角度的变形量很小，根据小变形的假设，在进行平衡计算时不必考虑这种小变形的影响，仍然用原尺寸和角度。实践证明，这些假设是符合实际的。

在材料力学中，主要研究构件的强度及其材料的弹性变形问题，而且只研究小变形的情况。

三、材料力学主要研究构件中的杆件问题

生产实践中遇到的构件有各种不同的形状，按构件的几何形状分为杆、板和壳等。当构件的长度远大于横截面尺寸时，这类构件称为**杆件**（或简称为**杆**）。杆的各横截面形心的连线，称为杆的轴线。轴线为直线的杆，称为直杆（图Ⅳ-2a）。轴线为曲线的杆，称为曲杆（图Ⅳ-2b）。垂直于杆轴线的截面，称为杆的横截面。根据杆的各横截面相等或不相等分别称为等直杆（图Ⅳ-2a）和变截面杆（图Ⅳ-2b）。

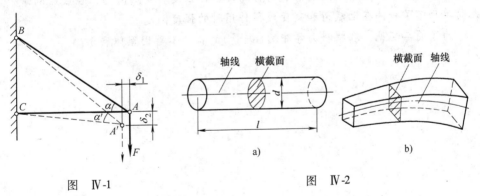

图　Ⅳ-1　　　　　　　　　　　　　　图　Ⅳ-2

四、杆件变形的基本形式

杆件在外力作用下，将发生各种各样的变形，但基本变形有四种形式（图Ⅳ-3）：

（1）轴向拉伸及轴向压缩（图Ⅳ-3a、b）；

（2）剪切（图Ⅳ-3c）；

（3）扭转（图Ⅳ-3d）；

（4）弯曲（图Ⅳ-3e）。

在工作实践中，有时杆件的变形较为复杂，不过总可以看成是由上述几种基本变形组合而成的，并称为**组合变形**。

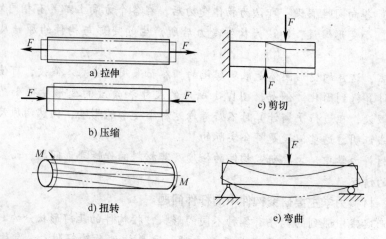

图 Ⅳ-3

五、静载荷

所谓静载荷是指很缓慢地加到构件上的载荷，而且加上去之后就不再改变，或者改变得很缓慢。也就是说，可以认为物体各部分都处于静力平衡状态。本书研究的材料力学，主要研究受静载荷作用的杆件强度和变形问题，在最后两章中也简单介绍了杆件在动载荷和交变载荷作用时的强度问题。

为了简单起见，在材料力学中力(矢量)的符号不再用黑体表示。

第九章　拉伸与压缩

第一节　轴向拉伸与压缩的概念与实例

工程实际中，经常遇到因外力作用产生拉伸或压缩变形的杆件。例如，简易起重机(图 9-1)起吊重物 G 时，钢丝绳受拉力，斜杆 AB、水平杆 BC 受拉力或压力；又如，内燃机的连杆在燃气爆炸冲程中受压(图 9-2)。再如，紧固的螺栓受拉、千斤顶的螺杆在顶起重物时受到压缩等，这些受拉或受压杆件的结构形式各有差异，加载方式也并不相同，但若将这些杆件的形状和受力情况进行简化，都可得到如图 9-3 所示的受力简图。图中用实线表示受力前杆件的外形，双点画线表示受力变形后的形状。拉伸或压缩杆件的受力特点是：作用在杆件上的外力合力作用线与杆的轴线重合。杆件的变形特点是：杆件产生沿轴线方向的伸长或缩短。这种变形形式称为**轴向拉伸**(图 9-3a)或**轴向压缩**(图 9-3b)，简称为**拉伸**或**压缩**。

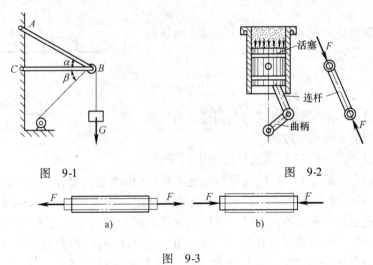

图　9-1　　　　　　　　　　　　　　　图　9-2

a)　　　　　　　　　　　　b)

图　9-3

第二节　轴向拉伸或压缩时横截面上的内力

一、构件内力的概念

物体在未受外力作用时，内部各质点之间就已有相互作用的内部力，正因为这种内力的作用，使得各质点之间保持一定的相对位置，物体保持一定的形状和尺寸。当物体受到外力作用后，伴随着物体的变形，其内部各质点之间的相互位置就将发生改变。这时，物体的内力也有变化，即在原有的内力基础上又增添了新的内力，这种由于外力作用后引起的内力改变量（附加内力），称为**内力**。内力的分析计算是解决杆件的强度和刚度等问题的基础。

二、截面法、轴力

如图 9-4a 所示，在杆的两端沿轴线方向受到一对拉力 F 的作用，使杆件产生拉伸变形。为了求得拉杆的任一横截面 $m—m$ 上的内力，可假想将此杆沿该横截面"截开"，分为左、右两部分（图 9-4a），将其内力"暴露"出来。由于对变形固体作了连续性假设，所以杆件左、右两段在横截面 $m—m$ 上相互作用的内力是一个分布力系（图 9-4b、c），其合力为 F_N。在图中用 F_N 表示被移去的右（左）段对留下的左（右）段的作用。由于原来的直杆处于平衡状态，所以截开后的各段仍然保持平衡，即作用于横截面 $m—m$ 上的内力的合力（简称内力）应与外力平衡。因此，可根据静力学平衡条件算出横截面 $m—m$ 上的内力。

如果考虑左段杆（图 9-4b），由该部分的平衡方程 $\sum F_x = 0$，可得

$$F_N - F = 0$$

即

$$F_N = F$$

如果考虑右段杆（图 9-4c），则可由该部分的平衡方程 $\sum F_x = 0$，得到

$$F - F'_N = 0$$

即

$$F'_N = F$$

由此可见，不论考虑横截面的左侧还是右侧部分，得到结果都是一致的。

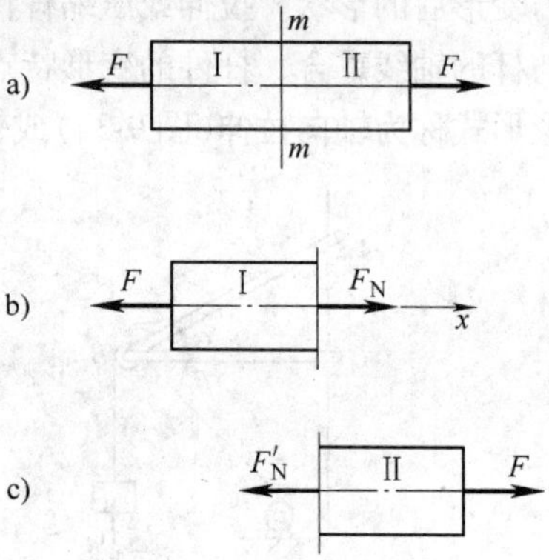

由于 F_N 和 F'_N 的作用线与杆的轴线重合，故称为轴力。不过 F_N 和 F'_N 的符号却是相反的（因为它们是作用力与反作用力的关系），若还沿用静力学对于力的正负号的规定，则 F_N 为正号，F'_N 为负号。显然，在确定某一截面的内力时，仅仅因保留不同的侧面而出现符号的矛盾是不妥的。在材料力学的研究中往往对内力的正负符号根据杆件变形情况作了人为规定。轴力正负号规定是：杆件被拉伸时，轴力的指向"离开"横截面，规定为正；杆件被压缩时，轴力则"指向"横截面，规定为负。有了这样的规定，不论考虑横截面的哪一侧，同一个截面上求得的轴力的正负号都相同。

轴力的单位为牛顿（N）或千牛顿（kN）。

这种假想地用一截面将杆件截开从而揭示和确定内力的方法，称为**截面法**。截面法是材料力学中求内力的基本方法，也适用于其他变形时的内力计算。截面

图 9-4

法包括下述三个步骤，即

（1）假想截开：在需要求内力的截面处，假想用一平面将杆件截开成两部分。

（2）保留代换：将两部分中的任一部分留下，而将另一部分移去，并以作用在截面上的内力代替移去部分对留下部分的作用。

（3）平衡求解：对留下部分写出静力学平衡方程，即可确定作用在截面上的内力大小和方向。

由以上的讨论可知，用截面法求任一横截面上的内力，实质上与前面用平衡方程求杆件未知约束力的方法是一致的，只不过此处的约束力是内力。

三、轴力图

下面利用截面法分析较为复杂的拉（压）杆的内力。如图 9-5a 所示的杆，由于在截面 C 上有外力，因而 AC 段和 CB 段的轴力将不相同，为此应分段分析。利用截面法，沿 AC 段的任一截面 1—1 将杆切开成两部分，取左段来研究，其受力图如图 9-5b 所示，由平衡方程

$$\sum F_x = 0, \ F_{N1} + 2F = 0$$
$$F_{N1} = -2F$$

结果为负值，表示所设 F_{N1} 的方向与实际受力方向相反，即为压力。

沿 CB 段的任一截面 2—2 将杆截开成两部分，取右段研究，其受力图如图 9-5c 所示，由平衡方程

$$\sum F_x = 0, \ F - F_{N2} = 0$$

得

$$F_{N2} = F$$

结果为正，表示假设 F_{N2} 为拉力是正确的。

由上例分析可见，杆件在受力较为复杂的情况下，各横截面的轴力是不同的。为了更直观、更形象地表示轴力沿杆轴线的变化情况，常采用图线法。作图时以沿杆轴线方向的坐标 x 表示横截面的位置，以垂直于杆轴线的坐标 F_N 表示轴力，这样，轴力沿杆轴

a)

b)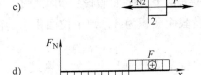

c)

d)

图 9-5

的变化情况即可用图线表示，这种图称为**轴力图**。从该图上即可确定最大轴力的数值及所在截面的位置。习惯上将正值的轴力画在上侧，负值的轴力画在下侧。上例的轴力图如图 9-5d 所示。由图可见，绝对值最大的轴力在 AC 段内，其值为

$$|F_N|_{max} = 2F$$

第三节　轴向拉伸或压缩时横截面上的应力

一、应力的概念

应用截面法仅能求得横截面上分布内力的合力，如拉(压)时，求出轴力 F_N 以后，还不能判断杆件会不会被拉断或被压坏，也就是说还不能断定杆件的强度是否满足要求。因为，对于用同一材料制成的杆件，尽管轴力 F_N 较大，但若杆件横截面面积较大，也不一定破坏；反之。尽管轴力 F_N 很小，但若杆件很细(即横截面面积很小)，也有可能破坏。这是因为两杆横截面上内力的分布集度并不相同。因此，在研究拉(压)杆的强度问题时，应该同时考虑轴力 F_N 和横截面面积 A 两个因素，这就需要引入应力的概念。

所谓**应力**就是指作用在截面上各点的内力值。或者简单地说，应力就是单位面积上的内力。应力的大小反映了内力在截面上集聚程度。应力的基本单位为牛/米^2(N/m^2)，又称为帕斯卡(简称帕,代号 Pa)。在实际应用中，Pa 这个单位太小，往往取 10^6Pa(即 MPa)，有时也可用 10^9Pa(即 GPa)表示。

二、轴向拉伸与压缩时横截面上的应力

为了确定杆件拉(压)变形时内力在横截面上的分布，现取一等截面直杆，在其表面画许多与轴线平行的纵线和与轴线垂直的横线(图 9-6a)，在两端施加一对轴向拉力 F 之后，我们发现，所有纵线的伸长都相等，而横线保持为直线，并仍与纵线垂直(图 9-6b)。据此现象，如果把杆设想为无数纵向纤维组成，根据各纤维的伸长都相同，可知它们所受的力也相等(图 9-6c)。于是，我们可作出如下假设：直杆在轴向拉(压)时横截面仍保持为平面，通常称为**平面假设**。根据这个"平面假设"可知，内力在横截面上是均匀分布的，若杆轴力为 F_N，横截面面积为 A，则单位面积上的内力为

$$\sigma = F_N/A \tag{9-1}$$

这就是横截面上的应力计算式。

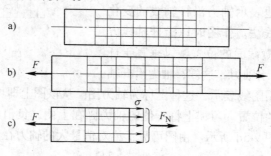

图　9-6

由于轴力是垂直于横截面的，故应力 σ 也必垂直于横截面，这种垂直于横截面的应力称为**正应力**。其正负号的规定和轴力的符号一样，拉伸时为正号，而压缩时为负号。

例9-1　阶梯形钢杆受力如图9-7a所示，已知 $F_1 = 20\text{kN}$，$F_2 = 30\text{kN}$，$F_1 = 10\text{kN}$，AC 段横截面面积为 400mm^2，CD 段横截面面积为 200mm^2。试绘制杆的轴力图，并求各段杆横截面上的应力。

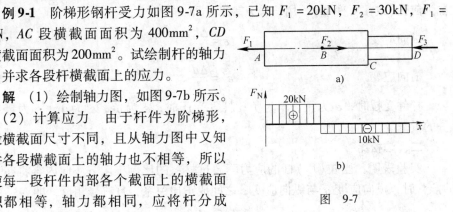

图　9-7

解　（1）绘制轴力图，如图9-7b所示。

（2）计算应力　由于杆件为阶梯形，各段横截面尺寸不同，且从轴力图中又知杆件各段横截面上的轴力也不相等，所以为使每一段杆件内部各个截面上的横截面面积都相等，轴力都相同，应将杆分成 AB、BC 和 CD 三段，分别进行计算。

AB 段　$\sigma_{AB} = \dfrac{F_{NAB}}{A_{AB}} = \dfrac{20 \times 10^3}{400}\text{MPa} = 50\text{MPa（拉应力）}$

BC 段　$\sigma_{BC} = \dfrac{F_{NBC}}{A_{BC}} = \dfrac{-10 \times 10^3}{400}\text{MPa} = -25\text{MPa（压应力）}$

CD 段　$\sigma_{CD} = \dfrac{F_{NCD}}{A_{CD}} = \dfrac{-10 \times 10^3}{200}\text{MPa} = -50\text{MPa（压应力）}$

第四节　轴向拉伸或压缩时的应变

一、变形和应变的概念

杆件在轴向拉伸和压缩时，所产生的变形是沿轴向伸长或缩短的。与此同时，杆的横截面各尺寸还会有缩小或增大。前者称为纵向变形，后者称为横向变形。这两种变形都是绝对变形。

设杆的原长为 l，直径为 d，受到拉伸后长度为 l_1，直径为 d_1，如图9-8所示。则绝对变形为

纵向变形　$\Delta l = l_1 - l$

横向变形　$\Delta d = d_1 - d$

杆件受拉时，Δl 为正，Δd 为负；杆件受压时，Δl 为负，Δd 为正。绝对变形的单位是 mm。在相等的轴向拉（压）力作用下，杆件的

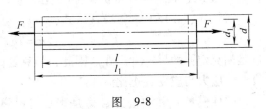

图　9-8

原始长度不同，其绝对变形的数值也不一样，因此绝对变形不能确切地反映杆件的变形程度。对于轴力为常量的等直杆，由于材料是连续均匀的，其变形处处相等。所以，为了比较变形的程度，工程上常用应变的概念，单位长度上的变形量称为**应变**（或相对变形），用符号 ε 表示。即

纵向应变 $\qquad\qquad\qquad \varepsilon = \dfrac{\Delta l}{l}$ $\qquad\qquad\qquad$ (9-2)

横向应变 $\qquad\qquad\qquad \varepsilon' = \dfrac{\Delta d}{d}$ $\qquad\qquad\qquad$ (9-3)

杆件受拉时，ε 为正，ε' 为负；杆件受压时，ε 为负，ε' 为正。ε 为量纲为一的量。

二、泊松比

实验表明：当拉（压）杆的应力不超过材料的比例极限 σ_p（此内容将在下节讨论）时，横向应变 ε' 与纵向应变 ε 之间成正比关系，且符号相反，即

$$\varepsilon' = -\mu\varepsilon$$

式中，μ 称为泊松比或横向变形系数，其值为

$$\mu = \left| \frac{\varepsilon'}{\varepsilon} \right| \qquad\qquad\qquad (9-4)$$

μ 为量纲为一的量，其值随材料而异，由实验测定。

三、胡克定律

实验研究表明，在轴向拉伸（压缩）时，当杆件横截面上的正应力不超过某一限度时，杆件的绝对伸长（缩短）Δl 与轴力 F_N 及杆长 l 成正比，而与横截面面积成反比，即

$$\Delta l \propto \frac{F_N l}{A}$$

引进比例常数 E，则

$$\Delta l = \frac{F_N l}{EA} \qquad\qquad\qquad (9-5)$$

式 (9-5) 称为胡克定律。比例常数 E 称为材料的弹性模量。对同一种材料而言，E 为常数。

弹性模量具有和应力相同的单位，常用 GPa 表示。分母 EA 为杆件的抗拉（压）刚度，它表示杆件抵抗拉伸（或压缩）变形能力的大小。

若将式 (9-1) 和式 (9-2) 代入式 (9-5)，可得

$$\sigma = E\varepsilon \qquad\qquad\qquad (9-6)$$

这是胡克定律的另一种形式。因此，胡克定律又可简述为：若应力不超过某一限度时，应力与应变成正比。

弹性模量 E 和泊松比 μ 都是表征材料弹性的常数，可由实验测定。几种常

用材料的 E 和 μ 值见表9-1。

表 9-1　几种常用材料的 E 和 μ 值

材 料 名 称	弹性模量 E/GPa	泊松比 μ
低碳钢	200 ~ 210	0. 25 ~ 0. 33
16 锰钢	200 ~ 220	0. 25 ~ 0. 33
合金钢	190 ~ 220	0. 24 ~ 0. 33
灰铸铁、白口铸铁	115 ~ 160	0. 23 ~ 0. 27
可锻铸铁	155	
硬铝合金	71	0. 33
铜及其合金	74 ~ 130	0. 31 ~ 0. 42
铅	17	0. 42
混凝土	14. 6 ~ 36	0. 16 ~ 0. 18
木材(顺纹)	10 ~ 12	
橡胶	0. 08	0. 47

　　例 9-2　M12 的螺栓(图 9-9)，内径 $d_1 = 10.1\,\text{mm}$，拧紧时在计算长度 $l = 80\,\text{mm}$ 上产生的总伸长为 $\Delta l = 0.03\,\text{mm}$。钢的弹性模量 $E = 210 \times 10^9\,\text{N/m}^2$，试计算螺栓内的应力和螺栓的预紧力。

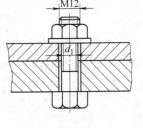

图　9-9

　　解　拧紧后螺栓的应变为

$$\varepsilon = \frac{\Delta l}{l} = \frac{0.03}{80} = 0.00375$$

由胡克定律求出螺栓的拉应力为

$$\sigma = E\varepsilon = 210 \times 10^9 \times 0.000375\,\text{N/m}^2 = 78.8 \times 10^6\,\text{N/m}^2$$

螺栓的预紧力为

$$F = \sigma A = 78.8 \times 10^6 \times \frac{\pi}{4} \times (10.1 \times 10^{-3})^2\,\text{kN} = 6.3\,\text{kN}$$

　　以上问题求解时，也可先由胡克定律的另一表达式 $\left(\Delta l = \dfrac{Fl}{EA} \right)$ 求出预紧力 F，然后再由 F 计算应力 σ。

第五节　材料在拉伸或压缩时的力学性质

　　为了进行构件的强度计算，必须了解材料的力学性质。所谓材料的力学性质就是材料在受力过程中，在强度和变形方面所表现出的特性。

材料的力学性质是通过试验得出的。试验不仅是确定材料力学性质的方法，而且也是建立理论和验证理论的重要手段。

材料的力学性质，首先由材料的内因来确定，其次还与外因，如温度、加载速度等有关。这里主要介绍材料在常温（就是指室温）、静载（就是指加载速度缓慢平稳）情况下的拉伸和压缩试验所获得力学性质。

一、拉伸时材料的力学性质

拉伸试验一般是在万能试验机上进行的。试验时采用标准件，如图 9-10a 所示。通常将圆截面标准件的工作长度（也称标距）l 与其截面直径 d 的比例规定为

$$l = 5d（短试件） \quad 或 \quad l = 10d（长试件）$$

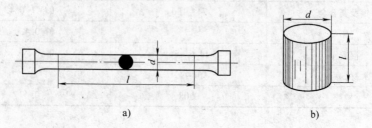

图 9-10

a) 拉伸试件 b) 压缩试件

1. 低碳钢拉伸试验

低碳钢试件在拉伸试验过程中，标距范围内的伸长 Δl 与试件抗力（常称为"荷载"）F 之间的关系曲线如图 9-11a 所示，该图习惯上称为**拉伸图**。

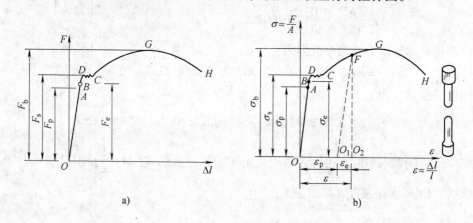

图 9-11

a) 拉伸曲线 b) 应力-应变曲线

拉伸图的横坐标和纵坐标均与试件的几何尺寸有关，用同一材料做成的尺寸不同的试件，由拉伸试验所得到的拉伸图存在着量的差别。若将拉伸图的纵坐标

即抗力，除以试件横截面的原面积 A，并将其横坐标即伸长量 Δl 除以试件标距的原长度 l，便可消除试件尺寸的影响，所得图线就代表了材料的力学性能。此图线称为材料的**应力-应变曲线**，即 $\sigma\text{-}\varepsilon$ 曲线（图 9-11b）。

如 $\sigma\text{-}\varepsilon$ 曲线所示，低碳钢的力学性能在整个拉伸过程中表现为 OB，DC、CG 和 GH 四个不同的阶段。

（1）弹性阶段 OB　在这一阶段如果卸去荷载，变形即随之消失。也就是说，在荷载作用下所产生的变形是弹性的。弹性阶段对应的最高应力称为弹性极限，常以 σ_e 表示。精密的量测表明，低碳钢在弹性阶段内工作时，只有当应力不超过另一个称为比例极限的 σ_p 值时，应力与应变才呈线性关系（图 9-11b）中的斜直线 OA，即材料才服从胡克定律，而有 $\sigma = E\varepsilon$。Q235 钢的比例极限：$\sigma_p \approx 200\text{MPa}$。弹性极限 σ_e 与比例极限 σ_p 虽然意义不同，但它们的数值非常接近，工程上通常不加以区别。

（2）屈服阶段 DC　应力超过弹性极限后，材料便开始产生不能消除的永久变形（塑性变形），随后在 $\sigma\text{-}\varepsilon$ 图线上便呈现一条大体水平的锯齿形线段 DC，即应力几乎保持不变而应变却大量增长，它标志着材料暂时失去了对变形的抵抗能力，这种现象称为**屈服**。材料在屈服阶段所产生的变形为不能消失的塑性变形。对于 Q235 钢，$\sigma_s \approx 235\text{MPa}$。

（3）强化阶段 CG　在试件内的晶粒滑移终了时，屈服现象便告终止，试件恢复了继续抵抗变形的能力，即发生**强化**。图 9-11b 中的曲线线段 CG 所显示的便是材料的强化阶段。

$\sigma\text{-}\varepsilon$ 曲线上的最高点 G 所对应的名义应力，即试件在拉伸过程中所产生的最大抗力 F 除以初始横截面面积 A 的值，称为材料的强度极限 σ_b。对于 Q235 钢，$\sigma_b \approx 400\text{MPa}$。

（4）局部变形阶段 GH　名义应力达到强度极限后，试件便发生局部变形，即在某一横截面及其附近出现局部收缩即所谓"缩颈"的现象。在试件继续伸长的过程中，由于缩颈部分的横截面面积急剧缩小，试件对于变形的抗力因而减小，于是按初始横截面面积计算的名义应力随之减小。当缩颈处的横截面收缩到某一程度时，试件便断裂。

屈服极限 σ_s 和强度极限 σ_b 是低碳钢重要的强度指标。

2. 塑性指标

为了比较全面地衡量材料的力学性能，除了强度指标，还需要知道材料在拉断前产生塑性变形（永久变形）的能力。

工程上常用的塑性指标有断后伸长率 δ 和断面收缩率 Ψ。

断后伸长率 δ 表示试件拉断后标距范围内平均的塑性变形百分率，即

$$\delta = \frac{l_1 - l}{l} \times 100\% \tag{9-7}$$

式中，l 为试件拉伸前的标距，l_1 为试件拉断后标点之间的距离。容易看出，由于计算伸长率 δ 时所用的 l_1 包括了缩颈部分的局部伸长在内，因此当采用不同的标距 l 时，即使在同一试件上，所得的 δ 亦不相同，例如采用 $l = 10d$ 所得的 δ_{10} 必小于采用 $l = 5d$ 所得的 δ_5。这在比较材料的塑料指标时是必须注意的。对于断后伸长率 δ，如果未加说明，通常是指 δ_{10}。

断面收缩率 Ψ 是指试件断口处横截面面积的塑性收缩百分率，即

$$\Psi \approx \frac{A - A_1}{A} \times 100\% \tag{9-8}$$

式中，A 是拉伸前试件的横截面面积；A_1 是拉断后断口处的横截面面积。

对于 Q235 钢，$\delta \approx 25\% \sim 30\%$，$\Psi \approx 60\%$。

δ 和 Ψ 越大，说明材料的塑性越好。工程材料按断后伸长率分成两大类：$\delta \geqslant 5\%$ 的材料称为**塑性材料**，如碳钢、黄铜、铝合金等；$\delta < 5\%$ 的材料称为**脆性材料**，如灰铸铁、陶瓷等。

对于塑性材料，还有一个值得注意的力学性能，即卸载和再加载规律。如图9-11b 所示，当材料进入强化阶段而应力达到某点（如图中 F 点）所对应的值时，若进行卸载，则在卸载过程中应力与应变将按线性关系减小，图线沿着与 OA 平行的直线 FO_1 下降。当卸载完毕后只有如图中线段 O_1O_2 所代表的那部分应变消失，而线段 OO_1 所代表的那部分应变并不消失，即它是残余应变。

这就是说，当加载而应力达到图中 F 点所对应的值时，相应的应变 ε 包括了弹性应变 ε_e 和塑性应变 ε_p 两部分，即 $\varepsilon = \varepsilon_e + \varepsilon_p$。

卸载后有了残余变形的试件如果重新加载，则应力-应变图线将沿着卸载直线 O_1F 上升，直到 F 点后才变为曲线，当应力达到原来的屈服极限时不再发生屈服。倘若卸载后经过一段时间再加载，则应力-应变图线甚至会在超过卸载应力一定值后才变为曲线。工程实践中有时就利用卸载再加载规律将碳钢进行预张拉以提高材料的比例极限。当然，经过预张拉的钢材，比例极限是提高了，但塑性却降低了。材料在室温下经受塑性变形后强度提高而塑性降低的过程叫做"冷作硬化"。

3. 其他塑性材料拉伸时的力学性能

由图9-12 可见，是锰钢在弹性阶段后，没有明显的屈服阶段，而是由直线部分直接过渡到曲线部分。对于这类能发生很大塑性变形，而又没有明显屈服阶段的材料，通常规定取试件产生 0.2% 塑性应变所对应的应力作为屈服极限，称为**名义屈服强度**，用 $\sigma_{0.2}$ 表示，如图9-13 所示。

4. 铸铁拉伸时的力学性能

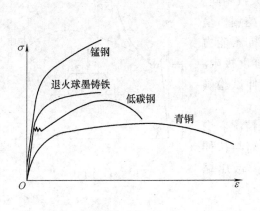

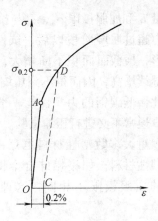

图　9-12　　　　　　　　　　　　　图　9-13

灰铸铁是典型的脆性材料，其 $\sigma\text{-}\varepsilon$ 曲线是一段微弯曲线，如图 9-14a 所示，没有明显的直线部分，没有屈服和颈缩现象，拉断前的应变很小，断后伸长率也很小。强度极限 σ_b 是其唯一的强度指标。铸铁等脆性材料的抗拉强度很低，$\sigma_b \approx 150\text{MPa}$，所以不宜作为受拉零件的材料。

在低应力下铸铁可看做近似服从胡克定律。通常取 $\sigma\text{-}\varepsilon$ 曲线的割线代替这段曲线，如图 9-14a 中的虚线所示，并以割线的斜率作为弹性模量。

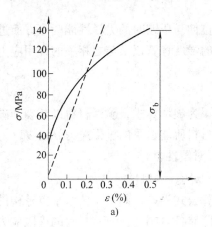

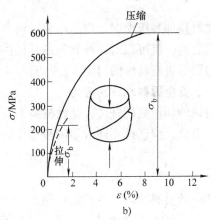

图　9-14

a）拉伸时　b）压缩时

二、材料在压缩时的力学性能

金属材料的压缩试件一般制成很短的圆柱，以免被压弯。圆柱高度约为直径的 $1.5 \sim 3$ 倍，如图 9-10b 所示。

1. 低碳钢压缩试验

低碳钢压缩时的 $\sigma\text{-}\varepsilon$ 曲线如图 9-15 所示。试验表明：低碳钢压缩时的弹性

模量 E 和屈服极限 σ_s，都与拉伸时大致相同。应力超过屈服阶段以后，试件越压越扁，呈鼓形，横截面面积不断增大，试件抗压能力也继续增高，因而得不到压缩时的强度极限。因此，低碳钢的力学性能一般由拉伸试验确定，通常不必进行压缩试验。

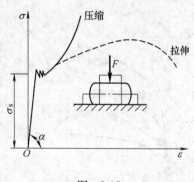

图 9-15

对大多数塑性材料也存在上述情况。少数塑性材料，如铬钼硅合金钢，压缩与拉伸时的屈服极限不相同，这种情况需做压缩实验。

2. 铸铁压缩试验

图 9-14b 表示铸铁压缩时的 $\sigma\text{-}\varepsilon$ 曲线。试件仍然在较小的变形下突然破坏，破坏断面的法线与轴线大致成 45°~55° 的倾角。铸铁的抗压强度极限 $\sigma_b \approx$ 600MPa，比其抗拉强度极限高 4~5 倍。因此，铸铁广泛用于机床床身、机座等受压零部件。

第六节 拉伸和压缩的强度计算

在对拉伸和压缩时的应力以及材料在拉伸与压缩时的力学性能两个方面进行了研究之后，就可以对拉伸和压缩时杆件的强度计算以及与之相关的许用应力和安全因数等进行具体的讨论了。

一、安全因数和许用应力

对拉伸和压缩的杆件，塑性材料以屈服为破坏标志，脆性材料以断裂为破坏标志，因此，应选择不同的强度指标作为材料所能承受的极限应力 σ^0，即

$$\sigma^0 = \begin{cases} \sigma_s(\sigma_{0.2}) & \text{对塑性材料} \\ \sigma_b & \text{对脆性材料} \end{cases}$$

考虑到材料缺陷、载荷估计误差、计算公式误差、制造工艺水平以及构件的重要程度等因素，设计时必须有一定的强度储备。因此，应将材料的极限应力除以一个大于 1 的系数，所得的应力称为许用应力，用 $[\sigma]$ 表示，即

$$[\sigma] = \frac{\sigma^0}{n} \tag{9-9}$$

式中，n 称为安全因数。安全因数的选取是个较复杂的问题，要考虑多个方面的因素。一般机械设计中 n 的选取范围大致为

$$n = \begin{cases} 1.2 \sim 1.5 & \text{对塑性材料} \\ 2.0 \sim 4.5 & \text{对脆性材料} \end{cases}$$

脆性材料的安全因数一般取得比塑性材料要大一些。这是由于脆性材料的失效表现为脆性断裂，而塑性材料的失效表现为塑性屈服，两者的危险性显然不同。因此，对脆性材料有必要多一些强度储备。

多数塑性材料拉伸和压缩时的 σ_s 相同，因此许用应力 $[\sigma]$ 对拉伸和压缩可以不加区别。

对脆性材料，拉伸和压缩的 σ_b 不相同，因而许用应力亦不相同。通常用 $[\sigma_s]$ 表示许用拉应力，用 $[\sigma_y]$ 表示许用压应力。

二、拉伸和压缩时的强度条件

为保证轴向拉伸（压缩）杆件的正常工作，必须使杆件的最大工作应力不超过材料的许用的拉伸（或压缩）应力，即

$$\sigma_{max} = \frac{F_N}{A} \leq [\sigma] \tag{9-10}$$

式（9-10）称为拉（压）杆的强度条件。σ_{max} 所在的面称为危险截面。

利用强度条件，可以解决下列三种强度计算问题。

（1）校核强度　已知杆件的尺寸、所受载荷和材料的许用应力，根据式（9-10）校核杆件是否满足强度条件。

（2）设计截面　已知杆件所承受的载荷及材料的许用应力，由式（9-10）确定杆件所需的最小横截面面积。

（3）确定承载能力　已知杆件的横截面尺寸及材料的许用应力，由式（9-10）确定杆件所能承受的最大轴力，然后由轴力即可求出结构的许用载荷。

例 9-3　如图 9-16 所示的空心圆截面杆，外径 $D = 20\text{mm}$，内径 $d = 15\text{mm}$，承受轴向载荷 $F = 20\text{kN}$ 的作用，材料的屈服应力 $\sigma_s = 235\text{MPa}$，安全因数 $n = 1.5$。试校核杆的强度。

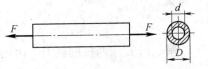

图　9-16

解　杆件横截面上的正应力为

$$\sigma = \frac{4F}{\pi(D^2 - d^2)} = \frac{4 \times 20 \times 10^3}{\pi \times [20^2 - 15^2]}\text{MPa} = 145\text{MPa}$$

根据式（9-9）可知，材料的许用应力为

$$[\sigma] = \frac{\sigma_s}{n} = \frac{235\text{MPa}}{1.5} = 156\text{MPa}$$

可见，工作应力小于许用应力，说明杆件能够安全工作。

例 9-4　如图 9-17a 所示的圆截面杆，已知承受的轴向载荷 $F = 4\text{kN}$，杆件材料的许用应力 $[\sigma] = 80\text{MPa}$。试确定杆的直径。

解　（1）画轴力图　用截面法求得 AB 段和 BC 段的轴力分别为 $F_{NAB} = 8\text{kN}$，

$F_{NBC} = -4\text{kN}$，画出杆的轴力图，如图9-17b所示。

（2）设计杆的直径　从轴力图上可以看出，最大轴力发生在 AB 段内，根据强度条件

得
$$A = \frac{\pi d^2}{4} \geqslant \frac{F_{NAB}}{[\sigma]} = \frac{8 \times 10^3}{80} \text{mm}^2 = 100 \text{mm}^2$$

$$d \geqslant \sqrt{\frac{4 \times 100}{\pi}} \text{mm} = 11.2\text{mm}$$

取杆的直径 $d = 12\text{mm}$。

例9-5　如图9-18a所示的三角构架，AB 为圆截面钢杆，直径 $d = 30\text{mm}$，BC 为矩形截面木杆，尺寸 $b \times h = 60\text{mm} \times 120\text{mm}$。已知钢的许用应力 $[\sigma]_钢 = 170\text{MPa}$，木材的许用应力 $[\sigma]_木 = 10\text{MPa}$。求该结构的许用载荷 $[F]$。

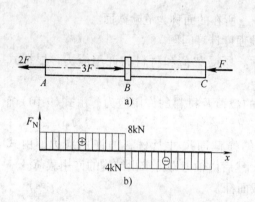

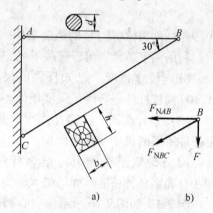

图　9-17　　　　　　　　　　　图　9-18

解　（1）求两杆的轴力　由图9-18b中节点 B 处的两个平衡方程
$$-F_{NAB} - F_{NBC}\cos30° = 0$$
$$-F_{NBC}\sin30° - F = 0$$

可解出
$$F_{NAB} = \sqrt{3}F, \quad F_{NBC} = -2F（压力）$$

（2）各杆允许的最大轴力
$$F_{NAB} \leqslant [\sigma]_钢 A_{AB} = 170 \times \frac{\pi \times 30^2}{4}\text{N} = 120.1\text{kN}$$

$$F_{NBC} \leqslant [\sigma]_木 A_{BC} = 10 \times 60 \times 120\text{N} = 72\text{kN}$$

（3）求结构的许用载荷　必须根据两杆允许的最大轴力分别计算结构的许用载荷，然后取其数值小的为结构的实际许用载荷
$$F_{AB} = \frac{F_{NAB}}{\sqrt{3}} = \frac{120.1}{\sqrt{3}}\text{kN} = 69.3\text{kN}$$

$$F_{BC} = \frac{F_{NBC}}{2} = \frac{72}{2}\text{kN} = 36\text{kN}$$

比较之下，可知整个结构的许用载荷为36kN。此时，BC杆的应力恰好等于许用应力，而AB杆的强度还有富余。

第七节 应力集中的概念

在工程上由于实际需要，常在一些构件上钻孔、开槽（如退刀槽、键槽等）及车削螺纹等，还有些构件需要做成阶梯形杆，以致在这些部位上截面尺寸发生急剧变化。根据研究知道，杆件在截面突变处附近的小范围内，应力的数值急剧增加，而离开这个区域较远处，应力就大为降低，并趋于均匀分布，这种现象称为**应力集中**。例如，当拉伸具有小圆孔的杆件（图9-19a）时，在离孔较远的截面B—B上，应力是均匀分布的（图9-19b）。但在截面A—A，靠近孔边的小范围内，应力就很大，而离孔稍远处的应力就小得很多，其分布情况如图9-19c所示。

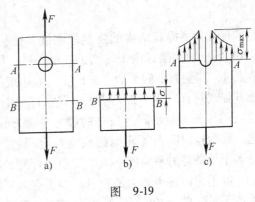

图 9-19

发生应力集中的截面上的最大应力σ_{max}与同一截面上的平均应力σ_m之比，称为理论应力集中因数，常用a_σ表示，即

$$a_\sigma = \frac{\sigma_{max}}{\sigma_m} \tag{9-11}$$

它反映了应力集中的程度，是一个大于1的因数。分析指出，若截面尺寸的改变越急剧，应力集中的现象就越显著，最大的局部应力σ_{max}就越大。所以，零件上要尽量避免开孔或开槽；在截面尺寸改变处如阶梯杆或凸肩，要用圆弧过渡。

*第八节 简单拉（压）静不定问题

一、拉（压）静不定结构的概念

在前面研究的杆件或杆系问题中，杆件或杆系的约束力以及杆件的内力都能用静力平衡方程求得。这类问题称为静定问题。

例如，图9-20a所示的构架，若仅是由1和2两杆组成，在节点A受到载荷

G 的作用，求两杆的未知内力，可以选节点 A 为研究对象，画出受力图，按汇交力系的两个静力平衡方程得到解决，所以是静定问题。

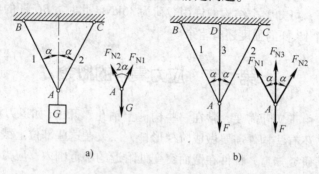

图 9-20

有时为了提高结构的强度和刚度，往往需要增加一些约束或杆件。例如图 9-20b 所示的构架，由于增加了一根 3 杆，使整个系统得到加强。然而，这时的节点 A，其受力由四个力平面汇交力系组成的平衡力系，平面汇交力系有效的平衡方程式只有二两个，无法求出三根杆件中的未知力 F_{N1}、F_{N2} 和 F_{N3}。对于这类拉(压)未知力数目超过独立的静力平衡方程数目，仅用平衡方程不能求解的问题，称为拉(压)静不定问题或超静定问题。由此可见，在静不定问题中，存在着多于维持静力平衡所必需的支座或杆件，习惯上称之为"多余"约束。

静不定问题未知力的数目，多于有效平衡方程的数目，二者之差称为静不定度。可见，图 9-20b 所示结构为一度静不定。

二、简单拉(压)静不定问题的解法

求解静不定问题，除了根据静力平衡条件列出平衡方程外，还必须根据杆件变形之间的相互关系，即变形谐调条件，列出变形的几何方程，再由力和变形之间的物理条件(如胡克定律)建立所需的补充方程。

下面通过一个简单的例子说明静不定问题的解法。

例 9-6 图 9-21a 所示为两端固定的杆。在 C、D 两截面处有一对力 F 作用，杆的横截面面积为 A，弹性模量为 E，求 A、B 处支座约束力，并作轴力图。

解 假设 A、B 处的约束力如图 9-21b 所示，从形式上看，此杆为受到四个外力作用而处于平衡状态的拉(压)杆，但其中 F_A 和 F_B 是未知力，而有效的平衡方程式只一个。可见，此杆为一度静不定杆。

据此，先列出平衡方程，再列一个补充方程。

(1) 平衡方程 $\sum F_x = 0$ $F_A - F + F - F_B = 0$

得

$$F_A = F_B \tag{a}$$

(2) 补充方程   杆件各段变形后，由于约束的限制，总长度保持不变，故

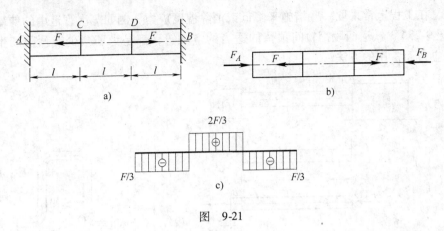

图 9-21

变形谐调条件为

$$\Delta l_1 + \Delta l_2 + \Delta l_3 = 0$$

由此，根据胡克定律，得到变形的几何方程为

$$\frac{-F_A l}{EA} + \frac{(F - F_A)l}{EA} + \frac{-F_B l}{EA} = 0$$

整理后得

$$2F_A + F_B = F \tag{b}$$

将式(a)代入式(b)，可解得

$$F_A = F_B = \frac{F}{3}$$

于是可作出杆的轴力图，如图9-21c所示。

求得"多余"约束力后，其他的计算，如求应力、变形等就可按静定杆处理了。解决构件的装配应力问题与求解静不定问题一样，需建立所需的补充方程，与应有的有效平衡方程联立求解。

*三、温度应力的概念

温度变化将引起物体的膨胀或收缩，使构件尺寸发生微小改变。静定结构可以自由变形，所以温度变化时在杆内不会产生温度应力。但在静不定结构中由于存在"多余"约束，构件不能自由变形，由温度引起的变形就会在杆内引起应力。例如在图9-22中，AB杆代表高压蒸汽锅炉与原动机间的管道，两端可简化为固定端。当管道中通过高压蒸汽，就相当于两端固定杆的温度发生了变化。因为固定端杆件的膨胀或收缩，势必有约束力 F_A 和 F_B 作用于两端。这将引起杆内的应力，这种应力称为热应力或温度应力。

构件的温度应力仍按静不定问题的解法求得，其关键在于变形协调方程的建立。对于两端固定的杆件，当温度升高 ΔT 时，在杆内引起的温度应力为

$$\sigma = E\alpha\Delta T \tag{9-12}$$

式中，E 为材料的弹性模量；α 为材料的线膨胀系数。

在工程上常采取一些措施来降低或消除温度应力，例如蒸汽管道中的伸缩节（图9-23）、铁道两段钢轨间预留的适当的空隙等，都是为了减少或预防产生温度应力而常用的方法。

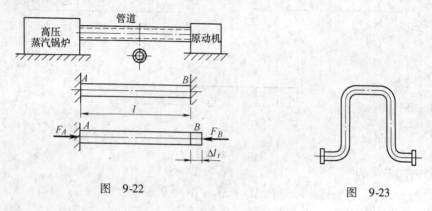

图 9-22　　　　　　　　　　　　　　　　图 9-23

本 章 小 结

本章及第四篇的引言，较全面地阐述了材料力学的基本概念、基本内容和基本方法，内容丰富，是材料力学的基础。这些知识掌握的情况如何，将直接影响以下各章的学习。因此，对这部分知识的学习应予以高度重视。

1. 材料力学是研究构件的变形、破坏与作用在构件上的外力之间的关系。这里，变形是一个重要的研究内容，因此在材料力学所研究的问题中，把构件看成是"变形固体"，简称为变形体。

2. 材料力学研究中对变形固体作了四个基本假设。采用这些基本假设，可使问题的分析和计算得到简化。

3. 材料力学主要研究构件中的杆件问题，杆件由于外力作用方式不同，将发生四种形式基本变形——轴向拉伸或压缩、剪切、扭转和弯曲。

4. 拉伸与压缩基本概念

受力特点：所有外力或外力的合力沿杆轴线作用。

变形特点：杆沿轴线伸长或缩短。

5. 内力

材料力学所研究的内力是指构件在受外力作用后引起的构件内力改变量。

6. 轴力

轴向拉伸与压缩时横截面上的内力称为轴力，一般用 F_N 表示。

7. 应力

单位面积上的内力称为应力，它反映了杆件受力后内力在截面上的集聚程度。应力通常分解为垂直截面的正应力 σ 和沿截面的切应力 τ。

拉(压)杆件横截面上只有正应力，且正应力沿横截面均匀分布，截面上任意点的应力为

$$\sigma = \frac{F_N}{A}$$

8. 应变

应变为单位长度的伸长或缩短。杆轴向拉伸或压缩时，轴向的应变称为纵向线应变；横向的应变称为横向线应变。

$$纵向线应变 \qquad \varepsilon = \frac{\Delta l}{l}$$

$$横向线应变 \qquad \varepsilon' = \frac{\Delta b}{b}$$

9. 泊松比

对于同一种材料，当应力不超过比例极限时，横向线应变与纵向线应变之比的绝对值为常数。比值称为泊松比，即

$$\mu = \left| \frac{\varepsilon'}{\varepsilon} \right|$$

10. 胡克定律

当杆件横截面上的正应力不超过比例极限时，杆件的伸长量 Δl 与轴力 F_N 及杆原长 l 成正比，与横截面面积 A 成反比，同时与材料的性能有关，即

$$\Delta l = \frac{F_N l}{EA}$$

胡克定律的另一种表达形式 $\qquad \sigma = E\varepsilon$

11. 轴向拉(压)杆的强度计算

(1) 强度条件 $\qquad \sigma = \dfrac{F_N}{A} \leqslant [\sigma]$

(2) 强度条件可解决工程中的三类问题：强度校核、设计截面尺寸、确定许可载荷。

12. 材料的力学性能

材料通常分为塑性材料($\delta \geqslant 5\%$)和脆性材料($\delta < 5\%$)。塑性材料抗拉、抗压性能基本相同，而脆性材料抗压性能大大优于抗拉性能，因此常用作承压构件。

材料的主要力学性能指标

(1) 强度指标——屈服极限 $\sigma_s(\sigma_{0.2})$、强度极限 σ_b；

(2) 刚度指标——弹性模量 E、泊松比 μ；

(3) 塑性指标——断后延伸率 δ、断面收缩率 ψ。

13. 拉(压)静不定结构的概念及解法

拉(压)结构中，未知力数目超过结构独立的静力平衡方程数目，仅用平衡方程不能求解的问题，称为拉(压)超静定问题或静不定问题。求解静不定问题必须通过建立相应所需的补充方程，与原结构的静力平衡方程联立求解获得解决。

思 考 题

1. 什么是弹性变形？什么是塑性变形？

2. 在材料力学中的对所研究的杆件作了哪些基本假设？有何意义？

3. 何谓杆件？杆件由于外力作用方式不同，将发生哪些基本变形？

4. 轴向拉(压)的受力特点和变形特点是什么？什么叫内力？

5. 什么是弹性变形？什么是塑性变形？

6. 何谓截面法？用截面法求内力的方法和步骤如何？

7. 什么叫轴力？轴力的正负号是怎样规定的？

8. 若两根材料和截面面积都不同的拉杆，受相同的轴向拉力作用，它们的内力是否相同？

9. 轴力和截面面积相等而截面形状和材料不同的拉杆，它们的应力是否相等？

10. 如何衡量材料的塑性指标？用什么指标来区分塑性材料和脆性材料？

11. 工作应力、许用应力和危险应力有什么区别？它们之间又有什么关系？

12. 根据轴向拉伸(压缩)时的强度条件，可以计算哪三种不同类型的强度问题？

习 题

9-1 试求图 9-24 所示各杆 1—1、2—2、3—3 截面上的轴力，并作轴力图。

9-2 试求图 9-25 所示钢杆各段内横截面上的应力和杆的总变形。设杆的横截面面积等于 $1cm^2$，钢的弹性模量 $E = 200GN/m^2$。

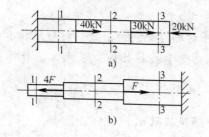

图 9-24

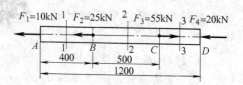

图 9-25

9-3 试求图 9-26 所示阶梯形钢杆两段内横截面上的应力，以及杆的总伸长。已知截面为圆形的，钢的弹性模量 $E = 200\text{GN/m}^2$。

9-4 阶梯形杆受载荷如图 9-27 所示。粗段杆是铜的，横截面面积 $A_1 = 20\text{cm}^2$，$E_1 = 100\text{GN/m}^2$；细段杆是钢的，横截面面积 $A_2 = 10\text{cm}^2$，$E_2 = 200\text{GN/m}^2$。试求各段横截面上的轴力、应力及总变形量。

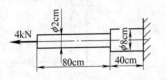

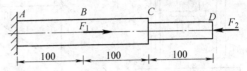

图 9-26　　　　　　　　　　图 9-27

9-5 如图 9-28 所示，链条由两层钢板组成，每层钢板厚度 $t = 4.5\text{mm}$，宽度 $H = 65\text{mm}$，$h = 40\text{mm}$，钢板材料许用应力 $[\sigma] = 80\text{MPa}$，若链条的拉力 $F = 25\text{kN}$，试校核它的拉伸强度。

9-6 如图 9-29 所示，滑轮最大起吊重量为 300kN，材料为 20 钢，许用应力 $[\sigma] = 44\text{MPa}$，求上端螺纹内径 d。

9-7 图 9-30 所示结构中，刚性杆 AC 受到均布载荷 $q = 20\text{kN/m}$ 的作用。若钢制拉杆 AB 的许用应力 $[\sigma] = 150\text{MPa}$，试求其所需的横截面面积。

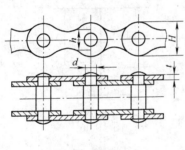

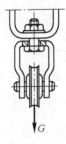

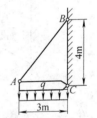

图 9-28　　　　　图 9-29　　　　图 9-30

9-8 如图 9-31 所示，作用于图示零件上的拉力 $F = 38\text{kN}$，试问零件内最大拉应力发生于哪个截面上？并其求值。

9-9 图 9-32 所示为一手动压力机，在物体 C 上所加最大压力为 150kN，已知手动压力机的立柱 A 和螺杆 B 所用材料为 Q235 钢，许用应力 $[\sigma] = 160\text{MPa}$。（1）试按强度要求设计立柱 A 的直径 D；（2）若螺杆 B 的内径 $d = 40\text{mm}$，试校核其强度。

9-10 如图 9-33 所示，三角形构架中杆 AB 和 BC 均为圆截面，杆 AB 直径 $d_1 = 20\text{mm}$，杆 BC 直径 $d_2 = 40\text{mm}$，两者都由 Q235 钢制成。设重物的重量 $G = 20\text{kN}$，钢的的许用应力 $[\sigma] = 160\text{MPa}$，问此构架是否满足强度条件。

9-11 图 9-34 所示为一水塔的结构简图，水塔重量 $G = 400\text{kN}$，支承于杆 AB、BD 及 CD 上，并受到水平方向的风力 $F = 100\text{kN}$ 作用。设备杆材料为钢，许用应力都为 $[\sigma] = 100\text{MN/m}^2$，

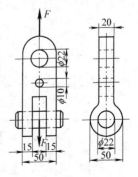

图 9-31

求各杆所需的横截面面积。

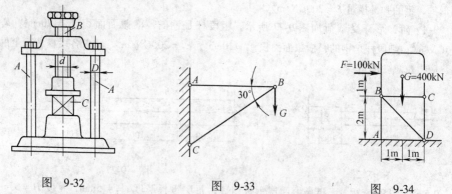

图 9-32　　　　　　　　图 9-33　　　　　　　　图 9-34

*9-12　如图 9-35 所示，BC 杆的许用应力 $[\sigma] = 160\text{MPa}$，AC 杆的许用应力 $[\sigma] = 100\text{MN/m}^2$，两杆截面面积均为 $A = 2\text{cm}^2$，求许可载荷 $[F]$。

*9-13　如图 9-36 所示，刚性杆 AB 重 35kN，挂在三根等长度、同材料钢杆的下端。各杆的横截面面积分别为 $A_1 = 1\text{cm}^2$、$A_2 = 1.5\text{cm}^2$、$A_3 = 2.25\text{cm}^2$。试求各杆的应力。

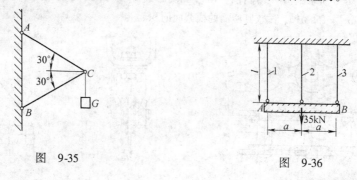

图　9-35　　　　　　　　　　　图　9-36

第十章　剪切与挤压

本章将介绍剪切构件的受力和变形特点以及可能的破坏形式，并通过铆钉、键等联接件讨论剪切和挤压强度计算。

第一节　剪　切　变　形

一、剪切的概念与工程实例

1. 剪切的概念

我们以剪床剪钢板为例来阐明剪切的概念。当剪床剪钢板时(图10-1a)，剪床的上下两个刀刃以大小相等、方向相反、作用线相距很近的两个力 F 作用于钢板上，迫使钢板在 m—n 截面的两侧部分沿 m—n 截面发生相对错动，当 F 增加到某一极限值时，钢板将沿截面 m—n 被剪断(图10-1b)。构件在这样一对大小相等、方向相反、作用线相隔很近的外力(或外力的合力)作用下，截面沿着力的方向发生相对错动的变形，称为**剪切变形**。

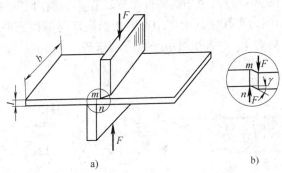

图　10-1

在变形过程中，产生相对错动的截面(如 m—n)称为剪切面。它位于方向相反的两个外力之间，与外力的作用线平行。

2. 剪切变形的工程实例

工程中构件之间起联接作用的构件称为联接件，它们担负着传递力或运动的任务。如图10-2a、b所示的铆钉(或销钉、螺栓)和键。将它们从联接部分取出(图10-2c、d)，加以简化便得到剪切的受力和变形简图(图10-2e、f)。

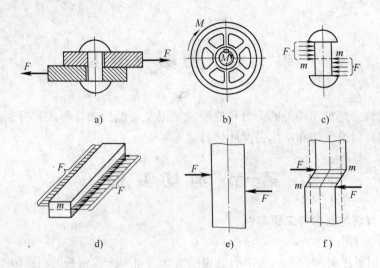

图　10-2

二、剪切内力——剪力

为了对剪切变形构件进行应力计算，首先要计算剪切面上的内力。现以图 10-3a 所示铆钉联接为例，进行分析。

假想将铆钉沿 m—m 截面截开，分为上下两部分，如图 10-3c 所示，任取一部分为研究对象(图 10-3d)，由平衡条件可知，在剪切面内必然有与外力 F 大小相等、方向相反的内力存在，这个作用在剪切面内部与剪切面平行的内力称为剪力，用 F_Q 表示。剪力 F_Q 的大小可由平衡方程求得

$$\sum F = 0 \qquad F_Q = F$$

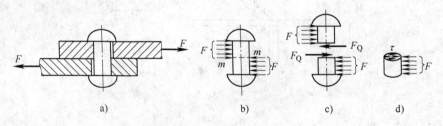

图　10-3

三、切应力

剪切面上内力 F_Q 分布的集度称为**切应力**，其方向平行于剪切面与 F_Q 相同，用符号 τ 表示，如图 10-3d 所示。切应力的实际分布规律比较复杂，很难确定，工程上通常采用建立在实验基础上的实用计算法，即假定切应力在剪切面上是均匀分布的。故

$$\tau = \frac{F_Q}{A} \tag{10-1}$$

式中，F_Q 为剪切面上的剪力；A 为剪切面面积。

四、切应变和剪切胡克定律

为了分析剪切变形，在构件的受剪部位，绕 A 点取一直角六面体如图 10-4a 所示，并把该六面体放大，如图 10-4b 所示。当构件发生剪切变形时，直角六面体的两个侧面 *abcd* 和 *efgh* 将发生相对错动，使直角六面体变为平行六面体。图 10-4b 中线段 *ee′*（或 *gg′*）为相对的滑移量，称为绝对剪切变形。而矩形直角的微小改变量

$$\gamma \approx \tan\gamma = \frac{ee'}{ae} = \frac{ff'}{bf}$$

称为切应变，即相对剪切变形。

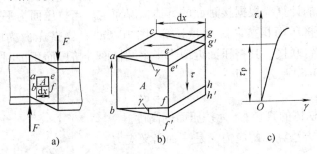

图　10-4

实验证明：当切应力不超过材料的剪切比例极限 τ_p 时，切应力 τ 与切应变 γ 成正比，如图 10-4c 所示，这就是材料的剪切胡克定律，可用下式表示：

$$\tau = G\gamma \tag{10-2}$$

式中，G 为材料的切变模量。

因 γ 是一个量纲为一的量，所以 G 的量纲与 τ 相同，常用的单位是 GPa。钢的切变模量 G 值约为 80GPa。

另外，对于各向同性材料，切变模量 G、弹性模量 E 和泊松比 μ 三个弹性常数之间存在下列关系（证明略）：

$$G = \frac{E}{2(1+\mu)} \tag{10-3}$$

第二节　挤 压 变 形

一、挤压的概念与工程实例

杆件在发生剪切变形的同时，常伴随有挤压变形。如图 10-5 所示的铆钉与

钢板接触处，很小的面积上需要传递很大的压力，极易造成接触部位的压溃，构件的这种变形称为**挤压变形**。因此，在进行剪切计算的同时，也须进行挤压计算。

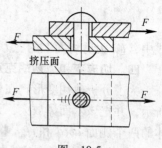

二、挤压应力的实用计算法

挤压变形只发生于联接构件的某一局部，而且外力也作用在此局部附近，所以其受力和变形都比较复杂，难以从理论上计算它们的真实工作应力。

图 10-5

工程上仍然采用实用计算法，即假定挤压应力在挤压面上是均匀分布的，故

$$\sigma_{jy} = \frac{F_{jy}}{A_{jy}} \qquad (10\text{-}4)$$

式中，F_{jy} 为挤压面上的挤压力；A_{jy} 为挤压面面积。

挤压面积的计算要根据接触面的具体情况而定。当挤压面为平面时，例如普通平键联接，挤压面积按实际面积计算（图 10-6a）；当挤压面为曲面时，如螺栓、铆钉和销钉联接，其挤压面近似为半个圆柱面，挤压面积按圆柱体的正投影计算，如图 10-6d 所示。即

$$A_{jy} = dt$$

式中，d 为圆柱体的直径；t 为挤压面的高度。

根据这种方法算出的应力只是一种名义应力。

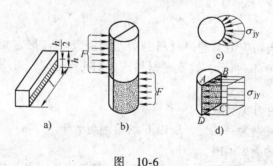

图 10-6

第三节 剪切和挤压的强度计算

一、剪切强度条件

为了保证构件在工作中不被剪断，必须使构件的工作切应力不超过材料的许用切应力，即

$$\tau = \frac{F_Q}{A} \leq [\tau] \qquad (10\text{-}5)$$

式(10-4)称为剪切强度条件。式中，[τ]为材料的许用切应力，其大小等于材料的抗剪强度 τ_b 除以安全因数 n，即

$$[\tau] = \frac{\tau_b}{n}$$

工程中常用材料的许用切应力，可从有关手册中查取，也可按下列经验公式确定：

塑性材料 $\qquad [\tau] = (0.6 \sim 0.8)[\sigma]$

脆性材料 $\qquad [\tau] = (0.8 \sim 1.0)[\sigma]$

式中，[σ]为材料拉伸时的许用应力。

与拉伸(或压缩)强度条件一样，剪切强度条件也可以解决剪切变形的三类强度计算问题：强度校核、设计截面尺寸和确定许可载荷。

二、挤压强度条件

为了保证构件不产生局部挤压压溃，必须使构件的工作挤压应力不超过材料的许用挤压应力，即

$$\sigma_{jy} = \frac{F_{jy}}{A_{jy}} \le [\sigma_{jy}] \qquad (10\text{-}6)$$

式(10-7)称为挤压强度条件。式中，[σ_{jy}]表示材料的许用挤压应力，其值由试验测定，设计时可由有关手册中查取。

根据实验积累的数据，一般情况下，许用挤压应力[σ_{jy}]与许用拉应力[σ]之间存在下述关系：

塑性材料 $\qquad [\sigma_{jy}] = (1.5 \sim 2.5)[\sigma]$

脆性材料 $\qquad [\sigma_{jy}] = (0.9 \sim 1.5)[\sigma]$

当联接件和被联接件材料不同时，应对材料的许用应力低者进行挤压强度计算，这样才能保证结构安全可靠地工作。

应用挤压强度条件仍然可以解决三类问题，即：强度校核，设计截面尺寸和确定许可载荷。

由于挤压变形总是伴随剪切变形产生的，因此在进行剪切强度计算的同时，也应进行挤压强度计算，只有既满足剪切强度条件又满足挤压强度条件，构件才能正常工作。

需要说明的是，尽管剪切和挤压实用计算是建立在假设基础上的，但它以实验为依据，以经验为指导，因此剪切和挤压实用计算方法在工程中具有很高的实用价值，被广泛采用，并已被大量的工程实践证明是安全可靠的。

例 10-1 齿轮用平键与传动轴联接，如图 10-7a 所示。已知轴的直径 $d = 50\text{mm}$，键的尺寸 $b \times h \times l = 16\text{mm} \times 10\text{mm} \times 50\text{mm}$，键的许用切应力[$\tau$] $= 60\text{MPa}$，许用挤压应力[σ_{jy}] $= 100\text{MPa}$，作用在轴上的外力偶矩 $M = 0.5\text{kN} \cdot \text{m}$。试校核键的强度。

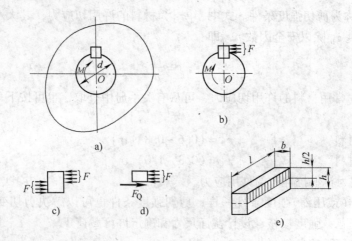

图 10-7

解 （1）求作用在键上的外力 F　选轴和键整体为研究对象，进行受力分析，画受力图，如图 10-7b 所示。列平衡方程

$$\sum M_O(F) = 0, \quad F\frac{d}{2} - M = 0$$

得

$$F = \frac{M}{\dfrac{d}{2}} = \frac{0.5 \times 10^3}{\dfrac{50}{2}} \text{kN} = 20\text{kN}$$

（2）校核键的抗剪强度　选键为研究对象，进行受力分析，画受力图，如图 10-7c 所示。用截面法求剪切面上的内力 F_Q，如图 10-7d 所示。

$$F_Q = F$$

由剪切强度条件得

$$\tau = \frac{F_Q}{A} = \frac{F}{bl} = \frac{20 \times 10^3}{16 \times 50} \text{MPa} = 25\text{MPa} < [\tau]$$

故键的抗剪强度足够。

（3）校核键的挤压强度　由图 10-7c 可知挤压面有两个，它们的挤压面积相同，所受挤压力也相同，故产生的挤压应力相等，如图 10-7e 所示挤压面为平面，故挤压面积按实际面积计算。由挤压强度条件得

$$\sigma_{jy} = \frac{F_{jy}}{A_{jy}} = \frac{F}{\dfrac{lh}{2}} = \frac{20 \times 10^3}{50 \times \dfrac{10}{2}} \text{MPa} = 80\text{MPa} < [\sigma_{jy}]$$

故键的挤压强度足够。

例 10-2　汽车与拖车之间用挂钩的销钉联接如图 10-8a 所示，已知挂钩的厚度 $t = 8\text{mm}$，销钉材料的许用切应力 $[\tau] = 60\text{MPa}$，许用挤压应力 $[\sigma_{jy}] = 200\text{MPa}$，

机车的牵引力 $F = 20\text{kN}$。设计销钉的直径。

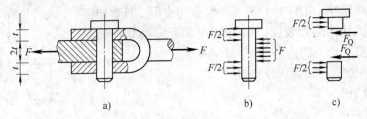

图 10-8

解 （1）选销钉为研究对象，进行受力分析，画受力图，如图10-8b所示。由图中可知销钉有两个横截面同时受到剪切，通常称为**双剪**。

（2）根据剪切强度条件设计销钉直径 d_1　如图10-8c所示，用截面法求剪切面上的内力 F_Q，由图中可得两个剪切面上的内力相等，均为

$$F_Q = \frac{F}{2}$$

可见，双剪时剪切内力是外力的 $1/2$。

由剪切强度条件得
$$\tau = \frac{F_Q}{A} = \frac{\dfrac{F}{2}}{\dfrac{\pi d_1^2}{4}} \leqslant [\tau]$$

故
$$d_1 \geqslant \sqrt{\frac{2F}{\pi[\tau]}} = \sqrt{\frac{2 \times 20 \times 10^3}{\pi \times 60}}\text{mm} = 14.57\text{mm}$$

（3）根据挤压强度条件设计销钉直径 d_2　由图10-8b可见，有三个挤压面，分析可得三个挤压面上的挤压应力均相等，故可取任意一个挤压面进行计算，这里取中间的挤压面（力 F 的作用面）进行挤压强度计算。由挤压强度条件得

$$\sigma_{jy} = \frac{F_{jy}}{A_{jy}} = \frac{F}{d_2 \times 2t} \leqslant [\sigma_{jy}]$$

故
$$d_2 \geqslant \frac{F}{[\sigma_{jy}] \times 2t} = \frac{20 \times 10^3}{200 \times 2 \times 8}\text{mm} = 6.25\text{mm}$$

因为 $d_1 > d_2$，销钉既要满足剪切强度条件又要满足挤压强度条件，故其直径应取大者，d_1 圆取整 $d = 15\text{mm}$。

在对联接结构的强度计算中，除了要进行剪切、挤压强度计算外，有时还应对被联接件进行拉伸（或压缩）强度计算，因为在联接处被联接件的横截面受到削弱，往往成为危险截面。在受到削弱的截面上存在着应力集中现象，故对这样的截面进行的拉伸（或压缩）强度计算也是必需的。通常也是用实用计算法。

例 10-3　在厚度 $t = 8\text{mm}$ 的钢板上冲裁直径 $d = 25\text{mm}$ 的工件，如图10-9所示，已知材料的抗剪强度 $\tau_b = 314\text{MPa}$。问最小冲裁力为多大？冲床所需冲力为

多大?

解 冲床冲压工件时，工件产生剪切变形，其剪切面
为冲压件圆柱体的外表面，如图 10-9 所示。剪切面面积
$A = \pi dt$，剪切面上的内力

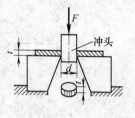

$$F_Q = F$$

图 10-9

由式(10-1)得

$$\tau = \frac{F_Q}{A} = \frac{F}{\pi dt} > \tau_b$$

则最小冲裁力 $\quad F_{min} = \pi dt \tau_b = \pi \times 25 \times 8 \times 314\text{N} = 1.97 \times 10^5 \text{N} = 197\text{kN}$

为保证冲床工作安全，一般将最小冲裁力加大 30% 计算冲床所需冲力。因
此，冲床所需冲力为

$$F = 1.3 F_{min} = 256\text{kN}$$

本 章 小 结

本章主要研究构件受剪切变形和挤压时的应力和强度计算问题，还简要介绍
了剪切胡克定律。

1. 剪切变形

剪切变形指受剪构件变形时截面间发生相对错动的变形。发生相对错动的截
面称为剪切面。

受剪构件的受力特点：作用在构件两侧面上的分布力的合力，大小相等，方
向相反，力的作用线垂直构件轴线，相距很近但不重合，并各自推着自己所作用
的部分沿着力的作用线间的某一横截面发生相对错动。

在剪切面内有与外力 F 大小相等、方向相反的内力，称为剪力，用 F_Q 表示，
单剪时 $F_Q = F$；双剪时剪力 $F_Q = F/2$。剪切面上分布内力的集度，称为剪应力。

$$\tau = \frac{F_Q}{A}$$

2. 挤压变形

两构件接触处，由于相互之间的压力过大而造成接触部位的压溃，构件的这
种变形称为挤压变形。

挤压面：构件局部受压的接触面，用 A_{jy} 表示。

挤压力：挤压面上的压力，用 F_{jy} 表示。

挤压应力：挤压面上的压强，即 $\quad \sigma_{jy} = \dfrac{F_{jy}}{A_{jy}}$

3. 剪切与挤压强度计算

剪切强度条件 $$\tau = \frac{F_Q}{A} \leqslant [\tau]$$

挤压强度条件 $$\sigma_{jy} = \frac{F_{jy}}{A_{jy}} \leqslant [\sigma_{jy}]$$

4. 剪切胡克定律

当剪应力不超过材料的剪切比例极限 τ_p 时，剪应力 τ 与剪应变 γ 成正比，即

$$\tau = G\gamma$$

思考题

1. 说明机械中联接件承受剪切时的受力与变形特点。
2. 单剪切与双剪切，实际剪切应力与名义剪切应力之间有什么区别？
3. 何谓挤压应力？它与一般的轴向压缩应力有何区别？
4. 如何建立联接件的剪切强度条件和挤压强度条件？
5. 何谓切应变？何谓剪切胡克定律？

习题

10-1 如图 10-10 所示夹剪，销子 C 的直径 $d = 5\text{mm}$。当用力 $F = 200\text{N}$ 剪直径与销子直径相同的铜丝时，若 $a = 30\text{mm}$，$b = 150\text{mm}$，求铜丝与销子横截面上的平均剪应力各为多少。

10-2 如图 10-11 所示，两块钢板用 3 个铆钉联接。已知 $F = 50\text{kN}$，板厚 $t = 6\text{mm}$，材料的许用应力为 $[\sigma] = 100\text{MPa}$，$[\sigma] = 280\text{MPa}$。试求铆钉直径 d。若利用现有的直径 $d = 12\text{mm}$ 的铆钉，则铆钉数 n 应该是多少？

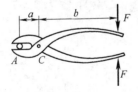

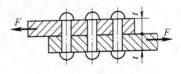

图　10-10　　　　　　　　　图　10-11

10-3 如图 10-12 所示，一个直径 $d = 40\text{mm}$ 的拉杆，上端为直径 $D = 60\text{mm}$，高为 $h = 10\text{mm}$ 的圆头。受力 $F = 100\text{kN}$。已知 $[\tau] = 50\text{MPa}$，$[\sigma_{jy}] = 90\text{MPa}$，$[\sigma] = 80\text{MPa}$，试校核拉杆的强度。

10-4 如图 10-13 所示，宽为 $b = 0.1\text{m}$ 的两矩形木杆互相连接。若载荷 $F = 50\text{kN}$，木杆的许用剪应力为 $[\tau] = 1.5\text{MPa}$，许用挤压应力 $[\sigma_{jy}] = 12\text{MPa}$，试求尺寸 a 和 l。

10-5 如图 10-14 所示，齿轮与轴通过平键联接。已知轴的直径 $d = 70\text{mm}$，所用平键的尺寸为：$b = 20\text{mm}$，$h = 12\text{mm}$，$t = 100\text{mm}$。传递的力偶矩 $M = 2\text{kN·m}$。键材料的许用应力 $[\tau] = 80\text{MPa}$，$[\sigma_{jy}] = 220\text{MPa}$。试校核平键的强度。

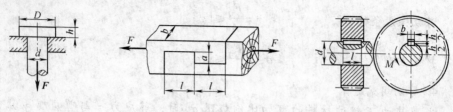

图 10-12   图 10-13   图 10-14

10-6 如图 10-15 所示，手柄与轴用平键联接，已知键的长度 $l = 35\text{mm}$，横截面为正方形，边长 $a = 5\text{mm}$，轴的直径 $d = 20\text{mm}$。材料的许用剪应力 $[\tau] = 100\text{MPa}$，许用挤压应力 $[\sigma_{jy}] = 220\text{MPa}$，试求作用在手柄上力 F 最大许可值。

10-7 如图 10-16 所示，铆接头受拉力 $F = 24\text{kN}$ 作用，上下钢板尺寸相同，厚度 $t = 10\text{mm}$，宽 $b = 100\text{mm}$。许用应力 $[\tau] = 170\text{MPa}$，铆钉的 $[\tau] = 140\text{MPa}$，$[\sigma_{jy}] = 320\text{MPa}$，试校核该铆接头强度。

10-8 如图 10-17 所示，冲床的冲头在 F 力作用下冲剪钢板，设板厚 $t = 10\text{mm}$，板材料的剪切强度到 $\tau_b = 360\text{MPa}$，当需冲剪一个直径 $d = 20\text{mm}$ 的圆孔时，试计算所需的冲力 F 等于多少？

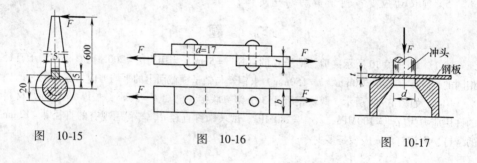

图 10-15   图 10-16   图 10-17

第十一章　圆轴的扭转

第一节　扭转的概念与实例

　　扭转也是杆件常见的变形形式。现以汽车转向盘的转向轴 AB 为例（图 11-1）来说明扭转变形的特点。驾驶员通过转向盘把力偶作用于转向轴的 A 端，在转向轴的 B 端，则受到来自转向器给它的反力偶。这样，就使转向轴 AB 产生扭转。又如搅拌机中的搅拌轴（图 11-2），在这些构件的两端各受到一个在垂直于轴线平面内的力偶 M 作用，使构件产生扭转。上述实例共同的受力特点是：杆件两端垂直于杆轴线的平面内作用两个大小相等、转向相反的外力偶；其变形特点是：杆件的任意两个横截面都将发生绕杆件轴的相对转动。这种

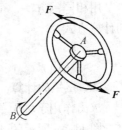

图　11-1

形式的变形即为扭转变形。其受力简图如图 11-3 所示。任意两横截面上相对转过的角度，称为扭转角，用 φ 表示。图中的 φ_{AB} 表示截面 B 对截面 A 的相对扭转角。

　　以扭转为主要变形的杆件，工程中常称为轴。本章只讨论工程中最常见的圆轴的扭转问题。

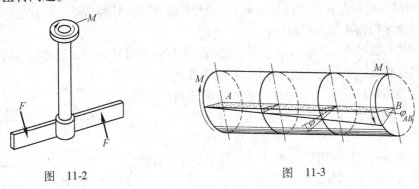

图　11-2　　　　　　　　　　　图　11-3

第二节　外力偶矩和扭矩的计算

　　研究圆轴扭转时的强度和刚度问题，首先必须计算作用于轴上的外力偶矩 M

及横截面上的内力。

一、外力偶矩的计算

工程实际中，常常不是直接给出作用于轴上的外力偶矩 M 的数值，而是给出轴的转速和轴所传递的功率。我们可以利用功率、转速和外力偶矩的关系，求出作用在轴上的外力偶矩

$$M = 9549 \frac{P}{n} (\text{N} \cdot \text{m}) \tag{11-1}$$

式中，M 为作用在轴上的外力偶，其单位为牛·米（$\text{N} \cdot \text{m}$）；P 为轴所传递的功率，其单位为千瓦（kW）；n 为轴每分钟的转数，其单位为转/分（r/min）。

用相同的方法，可以求得当功率为 PS（马力，$1\text{PS} = 735.5\text{W}$）时，外力偶矩 M 的计算方式为

$$M = 7024 \frac{P}{n} (\text{N} \cdot \text{m}) \tag{11-2}$$

二、扭矩的计算

求出作用于轴上的所有外力偶矩以后，就可运用截面法计算横截面上的内力。图 11-4a 所示的 AB 轴，两端作用着一对大小相等、转向相反的外力偶 M，如要求任意横截面 n—n 上的内力，可以假想将轴沿该截面切开，分为左、右两段，并取左段为研究对象，如图 11-1b 所示。为保持平衡，n—n 截面上的分布内力必组成一个力偶 T，它是右段对左段作用的力偶。由平衡条件

$$\sum M_x = 0, \quad T - M = 0$$
$$T = M$$

上式中 T 是横截面上的内力偶矩，称为扭矩。

同样，由右段的平衡（图 11-4a），也可得扭矩 $T = M$ 的结果，只是扭矩 T 的方向与由左段得出的方向相反。

为了使圆轴左、右两段在同一横截面上的扭矩符号都一致，故将扭矩的正负号按右手螺旋法则作出规定：以右手握圆轴之四指代表扭矩的转向，当拇指的指向与横截面外法线方向一致时，扭矩为正（图 11-5a），反之为负（图 11-5b）。按照此规定，对于图 11-4 中横截面 n—n 上的扭矩的方向，无论是在左段还是在右段上，均为正号。

三、扭矩图

以上研究了轴上受两个外力偶作用的情况，这时各横截面上的扭矩是相同的。若轴上有多于两个外力偶作用时，各横截面上的扭矩

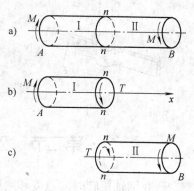

图 11-4

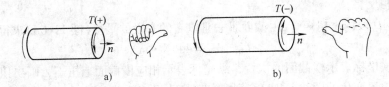

图　11-5

不尽相同，这时应以外力偶作用平面为界，分段计算扭矩。例如某轴受到三个外力偶作用，则应分为两段，才能使同一段内扭矩相同。为了清楚地表示扭矩随横截面位置的变化情况，通常以横坐标 x 表示截面的位置，纵坐标表示扭矩 T 的大小，从而作出扭矩随截面位置而变化的图线，称为扭矩图。现举例说明扭矩的计算和扭矩图的画法。

例 11-1　传动轴如图 11-6a 所示。已知主动轮 A 输入功率为 $P_A = 36000\text{W}$，从动轮 B、C、D 输出功率分别为 $P_B = P_C = 11000\text{W}$，$P_D = 14000\text{W}$，轴的转速为 $n = 300\text{r/min}$。试画出传动轴的扭矩图。

解　先将功率单位换算成 kW，按式(11-1)算出作用于各轮上外力偶的力偶矩大小

$$M_A = 9549 \frac{P_A}{n} = 9549 \times \frac{36}{300} \text{N} \cdot \text{m} = 1146 \text{N} \cdot \text{m}$$

$$M_B = M_C = 9549 \times \frac{P_B}{n} = 9549 \times \frac{11}{300} \text{N} \cdot \text{m} = 350 \text{N} \cdot \text{m}$$

$$M_D = 9549 \times \frac{P_D}{300} = 9549 \times \frac{14}{300} \text{N} \cdot \text{m} = 446 \text{N} \cdot \text{m}$$

将传动轴分为 BC、CA、AD 三段。先用截面法求出各段的扭矩。在 BC 段内，以 T_I 表示横截面 Ⅰ—Ⅰ 上的扭矩，并设扭矩的方向为正(图 11-6b)。由平衡方程

$$\sum M_x = 0, \quad T_\text{I} + M_B = 0$$

即得

$$T_\text{I} = -M_B = -350 \text{N} \cdot \text{m}$$

式中，负号表示扭矩 T_I 的实际方向与假设方向相反。可以看出，在 BC 段内各横截面上的扭矩均为 T_I。在 CA 段内，设截面 Ⅱ—Ⅱ 的扭矩为 T_II，由图 11-6c 得

$$\sum M_x = 0, \quad T_\text{II} + M_C + M_B = 0$$

$$T_\text{II} = -M_C - M_B = -700 \text{N} \cdot \text{m}$$

式中，负号表示扭矩 T_II 的实际方向与假

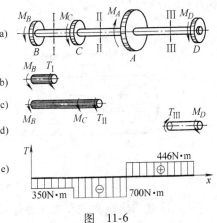

图　11-6

设方向相反。

在 AD 段内，扭矩 T_{III} 由截面Ⅲ—Ⅲ以右的右段的平衡(图 11-6d)求得，即

$$T_{\text{III}} = M_D = 446\text{N} \cdot \text{m}$$

以横坐标表示横截面的位置，纵坐标表示相应横截面上扭矩，画出扭矩大小随截面位置变化的图线，即 BC 段的扭矩图如图 11-6e 所示。从图中可以看出，在 CA 段内有最大扭矩

$$|T|_{\max} = 700\text{N} \cdot \text{m}$$

第三节　圆轴扭转时的应力与强度计算

为了研究圆轴扭转横截面上的应力，需要从圆轴扭转时的变形几何关系、材料的应力应变关系(又称物理关系)以及静力平衡关系三个方面进行综合考虑。为简单起见，本书对圆轴扭转时的应力公式不作详细推导，重点讨论圆轴扭转应力计算与强度计算。

一、圆轴扭转时的应力

为了研究圆轴横截面上应力分布的情况，可进行扭转实验。在圆轴表面画若干垂直于轴线的圆周线和平行于轴线的纵向线，两端施加一对方向相反、力偶矩大小相等的外力偶，使圆轴扭转。当扭转变形很小时，可观察到：

1）各圆周线的形状、大小及两圆周线的间距均不改变，仅绕轴线作相对转动；各纵向线仍为直线，且倾斜同一角度，使原来的矩形变成平行四边形(图 11-7)。

根据观察的现象，可做以下假设：圆轴的各横截面在扭转变形后保持为平面，且形状、大小及间距都不变。这一假设称为圆轴扭转的平面假设。由于圆周线间的距离未发生变化，由此可以推论：圆轴扭转变形时横截面上不存在正应力。

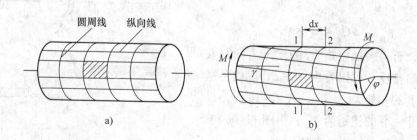

图　11-7

2）任意两横截面间发生相互错动的变形时，其半径仍为直线，且长度无任

何变化。可视为任意两横截面为刚性平面间产生互相错动的变形，故圆轴扭转时横截面上有切应力 τ。

进一步观察错动变形时横截面各点变形程度，发现变形不均匀：距离中心越远处的点变形越大，距离中心越近处的点变形越小，中心点处没有变形。由此可以推论：各点的切应变与该点至截面形心的距离有关。由剪切胡克定律可知，横截面上各点切应力也与该点至截面形心的距离有关。

理论推导可得，横截面上各点扭转切应力计算公式为

$$\tau_\rho = \frac{T\rho}{I_p} \tag{11-3}$$

式中，τ_ρ 为横截面上任意点扭转切应力；T 为该横截面上扭矩；ρ 为该任意点到转动中心 O 的距离；I_p 为该横截面对转动中心 O 的极惯性矩，是一个仅与截面形状和尺寸有关的几何量，单位为长度 4 次方，常用 mm^4。

对于直径为 d 的实心圆截面，其 I_p 为

$$I_p = \frac{\pi d^4}{32} \tag{11-4}$$

对于内外径为 d 和 D 的空心圆截面，其 I_p 为

$$I_p = \frac{\pi D^4}{32} - \frac{\pi d^4}{32} = \frac{\pi}{32}(D^4 - d^4) = \frac{\pi D^4}{32}(1 - \alpha^4) \tag{11-5}$$

式中，$\alpha = d/D$ 为内、外径之比。

由公式(11-3)可知，当横截面和该截面上的扭矩确定时，其上任意一点的切应力 τ_ρ 的大小与该点到圆心的距离 ρ 成正比。实心圆截面上的切应力分布规律如图11-8 所示。由图可见，扭转切应力在横截面上的分布规律，与定轴转动刚体上速度的分布规律相同，即点到转动中心距离越远，切应力越大；点到转动中心距离越近，切应力越小；点在转动中心处，切应力为零；所有到转动中心距离相等的点，其切应力大小均相等。切应力的方向垂直于该点转动半径的方向，且与横截面上扭矩 T 的转向一致。

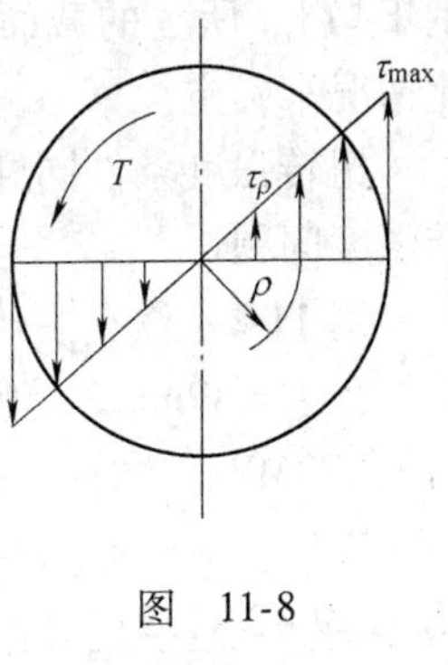

图 11-8

对于直径为 d 的圆轴，同一横截面边缘上各点到转动中心 O 的距离最大，即 $\rho = \rho_{max} = d/2$，因此在这些点上具有该横截面的最大切应力 τ_{max}。将 ρ_{max} 代入式(11-3)得

$$\tau_{max} = T\rho_{max}/I_p \tag{11-6}$$

在式(11-6)中若令 $W_p = I_p/\rho_{max}$，故上式可改写为

$$\tau_{max} = \frac{|T|}{W_p} \tag{11-7}$$

式中，W_p 为该横截面的抗扭截面系数，定义为 $W_p = I_p/\rho_{max}$，也是仅与截面的形状和尺寸有关的几何量，单位是长度 3 次方，如 mm^3。

对于直径为 d 的实心圆截面，其 W_p 为

$$W_p = \frac{I_p}{d/2} = \frac{1}{16}\pi d^3 \tag{11-8}$$

对于内外径为 d 和 D 的空心圆截面，其 W_p 为

$$W_p = \frac{\pi \times D^3}{16}(1 - \alpha^4) \tag{11-9}$$

式(11-6)和式(11-7)均为圆轴产生扭转变形时其任意一横截面上最大切应力的计算公式。

二、圆轴扭转强度条件

对于等截面轴，最大工作应力 τ_{max} 发生在最大扭矩 $|T|_{max}$ 所在截面的边缘上，最大扭矩 $|T|_{max}$ 可由轴的受力情况用截面法或在扭矩图上确定。于是，对于等截面轴可以把强度条件写成

$$\tau_{max} = \frac{T_{max}}{W_p} \leqslant [\tau] \tag{11-10}$$

式中的扭转许用剪应力 $[\tau]$ 是根据扭转试验并考虑适当的安全因数确定的。在静载荷作用下，它与许用拉应力 $[\sigma]$ 之间存在下列关系：

对于塑性材料　　$[\tau] = (0.5 \sim 0.6)[\sigma]$

对于脆性材料　　$[\tau] = (0.8 \sim 1.0)[\sigma]$

需要指出：对于工程中常用的阶梯圆轴，因为 W_p 不是常量，τ_{max} 不一定发生于 $|T|_{max}$ 所在的截面上。这就要综合考虑扭矩 T 和抗扭截面模量 W_p 两者的变化情况来确定。

扭转强度条件同样可以用来解决强度校核、截面设计和确定许用载荷三类扭转强度问题。

例 11-2　汽车主传动轴 AB（图 11-9）传递的最大扭矩 $T = 1930N \cdot m$，传动轴用外径 $D = 89mm$，壁厚 $\delta = 2.5mm$ 的钢管制成，材料为 20 号钢，其许用剪应力 $[\tau] = 70MPa$。试校核此轴的强度。

解　（1）计算抗扭截面系数　$\alpha = \frac{d}{D} = \frac{8.9 - 2 \times 0.25}{8.9} = 0.945$

代入式(11-9)，得

$$W_p = \frac{\pi \times 8.9^3}{16}(1 - 0.945^4) cm^3 = 28.1 cm^3$$

（2）强度校核　由强度条件式(11-10)，得

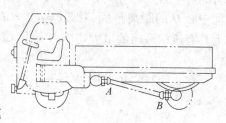

图　11-9

$$\tau_{max} = \frac{T}{W_p} = \frac{1930}{28.1 \times 10^{-6}} = 68.7 \times 10^6 \ Pa = 68.7 \ MPa < [\tau]$$

所以 AB 轴满足强度条件。

（3）讨论　此例中，如果传动轴不用钢管而采用实心圆轴，使其与钢管有同样的强度（即两者的最大切应力相同）。试确定其直径，并比较实心轴和空心轴的重量。

由

$$\tau_{max} = \frac{T}{W_p} = \frac{T}{\pi d^3 / 16} = 68.7 \ MPa$$

可得

$$d = \sqrt[3]{\frac{1930 \times 16}{\pi \times 68.7 \times 10^6}} \ m = 0.0523 \ m$$

实心轴横截面面积为

$$A_{实} = \frac{\pi d^2}{4} = \frac{\pi \times 0.0523^2}{4} \ m^2 = 21.5 \times 10^4 \ cm^2$$

空心轴截面面积为

$$A_{空} = \frac{\pi (D^2 - d^2)}{4} = \frac{\pi}{4} \times (89^2 - 84^2) \times 10^{-6} \ m^2 = 6.79 \times 10^4 \ cm^2$$

在两轴长度相等，材料相同的情况下，两轴重量之比等于截面面积之比，得

$$\frac{G_{空}}{G_{实}} = \frac{A_{空}}{A_{实}} = \frac{6.79}{21.5} = 0.316$$

由此可见，在材料相同，载荷相同的条件下，空心轴的重量只有实心轴的31.6%，其减轻重量节约材料是非常明显的。这是因为圆轴扭转时横截面上的切应力沿半径按线性规律分布（图11-10a），当截面边缘处的最大切应力达到许用切应力值时，圆心附近各点处的切应力还很小，这部分材料没有充分发挥作用。如果将轴心附近的材料移向边缘处，即制成空心轴（图11-10b），同样的截面面

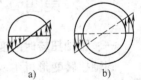

a)　　　　b)

图　11-10

积，其 I_p 和 W_p 都将大幅增大，从而大大提高了轴的承载能力，充分利用材料。因此，工程中应尽量采用空心圆轴。

例 11-3　图 11-11a 所示为阶梯形圆轴。其中 AB 段为实心部分，直径为40mm；BD 段为空心部分，外径 D = 55mm，内径 d = 45mm。轴上 A、D、C 处为带轮，已知主动轮 C 输入的外力偶矩为 $M_C = 1.8 \ kN \cdot m$，从动轮 A、D 传递的外力偶矩分别为 $M_A = 0.8 \ N \cdot m$，$M_D = 1 \ kN \cdot m$，材料的许用切应力 $[\tau] = 80 \ MPa$。试校核该轴的强度。

解　（1）画扭矩图　用截面法可作出该阶梯形圆轴的扭矩图，如图 11-11b 所示。

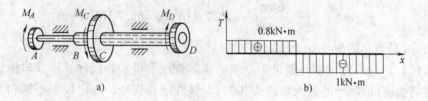

图 11-11

（2）强度校核　由于两段轴的截面面积和扭矩值不同，故要分别进行强度校核。

AB 段：

$$\tau_{max} = \frac{T}{W_p} = \frac{0.8 \times 10^3}{\frac{\pi}{16} \times (40 \times 10^{-3})^3} Pa = 63.7 MPa < [\tau]$$

CD 段：轴的内外径之比

$$\alpha = \frac{d}{D} = \frac{45}{55} = 0.818$$

其最大切应力为

$$\tau_{max} = \frac{T}{W_p} = \frac{1 \times 10^3}{\frac{\pi}{16} \times (55 \times 10^{-3})^3 \times (1 - 0.818^4)} Pa = 55.5 MPa < [\tau]$$

由强度条件知 AB 段和 CD 段强度足够，所以此阶梯形圆轴满足强度条件。

第四节　圆轴扭转时的变形和刚度条件

一、圆轴扭转时的变形计算

圆轴扭转变形可用两个横截面间相对转动的角 φ 来表示（图 11-3），称之为相对扭转角。理论推导可知，若在长为 l 的一段轴内，各横截面上的扭矩 T 数值不变，则对同一种材料的等直圆轴来讲，数值 GI_p 为常数，则该轴的扭转角可由下式计算，即

$$\varphi = \frac{Tl}{GI_p} \tag{11-11}$$

φ 的单位为弧度（rad），其转向与扭矩的转向相同，所以扭转角 φ 的正负号随扭矩正负号而定。

式(11-11)表明：扭转角 φ 与扭矩 T、轴长 l 成正比，而与 GI_p 成反比。当扭矩 T 和轴长 l 为一定值时，GI_p 越大，φ 越小。GI_p 反映了圆轴抵抗扭转变形的能力，称为圆轴的抗扭刚度。

由式(11-11)算出的扭转角 φ 与轴的长度 l 有关，为消除长度的影响，工程

上常用单位长度扭转角 θ 来表示扭转变形的程度。即

$$\theta = \frac{\varphi}{l} = \frac{T}{GI_{\mathrm{p}}} \qquad (11\text{-}12)$$

式中，θ 的单位为弧度/米（rad/m）

二、圆轴扭转时的刚度条件

很多受扭圆轴，除了必须满足强度条件外，还必须保证其扭转变形不能过大。例如桥式起重机的传动轴，若变形过大，运转时易发生振动，不能正常运转。又如机械钟表里的一系列的轴，若扭转变形过大，会影响钟表的精度。因此，对受扭圆轴的扭转变形必须加以限制，也就是说要满足刚度条件。

为了保证轴的刚度，通常规定轴的最大单位长度扭转角 $\theta_{\max}$ 不得超过规定的允许值 $[\theta]$。因此，等直圆轴扭转时刚度条件为

$$\theta_{\max} = \frac{T_{\max}}{GI_{\mathrm{p}}} \leqslant [\theta] \qquad (11\text{-}13)$$

在工程中，$[\theta]$ 的单位常用度/米 $[(°)/\mathrm{m}]$，故式（11-13）也应将 $\theta_{\max}$ 的单位变换成度/米，可改写为

$$\theta_{\max} = \frac{T_{\max}}{GI_{\mathrm{p}}} \times \frac{180°}{\pi} \leqslant [\theta] \qquad (11\text{-}14)$$

$[\theta]$ 的数值，可根据轴的工作条件和机器的精度要求，按实际情况从有关手册中查得。这里列举常用的一般数据：

精密机械的轴　　　　　$[\theta] = 0.25 \sim 0.5 (°)/\mathrm{m}$
一般传动轴　　　　　　$[\theta] = 0.5 \sim 1.0 (°)/\mathrm{m}$
精密较低传动轴　　　　$[\theta] = 2 \sim 4 (°)/\mathrm{m}$

这里仍需指出，式（11-14）是对等截面轴刚度条件，对于阶梯轴，其 $\theta_{\max}$ 值还可能发生在较细的轴段上，要加以比较判断。

例 11-4　传动轴受到扭矩 $T = 2300\mathrm{N} \cdot \mathrm{m}$ 的作用，若 $[\tau] = 40\mathrm{MPa}$，$[\theta] = 0.8 (°)/\mathrm{m}$，$G = 80\mathrm{GPa}$，试按强度条件和刚度条件设计轴的直径。

解　根据强度条件式（11-10）

$$\tau_{\max} = \frac{T}{W_{\mathrm{p}}} = \frac{16T}{\pi d^3} \leqslant [\tau]$$

$$d \geqslant \sqrt[3]{\frac{16 \times 2300}{\pi \times 40 \times 10^6}}\mathrm{m} = 0.0664\mathrm{m} = 66.4\mathrm{mm}$$

根据刚度条件式（11-14），得

$$\theta_{\max} = \frac{T}{GI_{\mathrm{p}}} \times \frac{180}{\pi} \leqslant [\theta]$$

将 $I_{\mathrm{p}} = \dfrac{\pi d^4}{32}$ 代入，得

$$d \geqslant \sqrt[4]{\frac{32T \times 180}{G\pi^2[\theta]}} = \sqrt[4]{\frac{32 \times 2300 \times 180}{80 \times 10^9 \times \pi^2 \times 0.8}} \text{m} = 0.0677\text{m} = 67.7\text{mm}$$

为了同时满足强度和刚度的要求，应在两个直径中选择较大者，即取轴的直径 $d = 68\text{mm}$。

本 章 小 结

本章主要研究圆轴扭转的扭矩、切应力、变形、强度和刚度计算问题。

1. 圆轴扭转的概念

受力特点：圆轴受到一对等值、反向、作用面垂直于轴线的外力偶作用。

变形特点：圆轴各截面间有相对转动。

2. 外力偶矩计算

若已知轴所传递的功率 P 及转速 n，则扭矩

$$M = 9550 \frac{P}{n} (\text{N} \cdot \text{m})$$

3. 扭转时的内力——扭矩（T）

（1）扭矩大小：用截面求。

（2）扭矩正负：可用右手螺旋法则来判定。

4. 应力和强度计算

（1）圆轴扭转时横截面上任一点的切应力与该点到圆心的距离成正比。最大切应力发生在截面边缘各点处。其计算公式如下

$$\tau = \frac{T\rho}{I_\text{p}}, \quad \tau_{\max} = \frac{T}{W_\text{p}}$$

（2）圆轴扭转的切应力强度条件为

$$\tau_{\max} = \frac{T_{\max}}{W_\text{p}} \leqslant [\tau]$$

应用强度条件可以校核强度、设计截面尺寸和确定许可载荷。

5. 变形和刚度计算

圆轴扭转的刚度条件为

$$\theta_{\max} = \frac{T_{\max}}{GI_\text{p}} \times \frac{180°}{\pi} \leqslant [\theta]$$

应用刚度条件可以校核刚度、设计截面尺寸和确定许可载荷。

思 考 题

1. 在减速箱中，我们常看到高速轴的直径较小，而低速轴的直径较大，这

是为什么?

2. 直径和长度相同而材料不同的轴,在相同的扭矩作用下,它们的最大剪切应力是否相同? 扭转角是否相同? 为什么?

*3. 用 Q235 钢制成的圆轴,发现原设计的扭转角大大地超过了许可扭转角。试讨论下列两种修改方案中哪一种更有效? 为什么? (1)改用优质钢; (2)加大直径。

4. 空心圆轴的外径为 D,内径为 d,它的抗扭截面系数 W_p,能否用式

$$W_p = W_{p外} - W_{p内} = \frac{\pi D^3}{16} - \frac{\pi d^3}{16}$$

计算? 为什么?

习　题

11-1　用截面法求图 11-12 所示各杆在截面 1—1、2—2、3—3 上的扭矩,并于截面上表示出该截面上扭矩的转向。

11-2　作图 11-13 所示各杆的扭矩图。

图　11-12

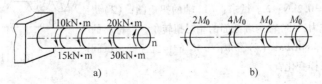

图　11-13

11-3　如图 11-14 所示,实心圆轴的直径 $d = 100mm$,长 $l = 1m$,两端受力偶矩 M 作用,设材料的切变模量 $G = 80GPa$,求(1)最大剪应力及两端截面间的相对扭转角;(2)图示截面上 A、B、C 三点剪应力的数值及方向。

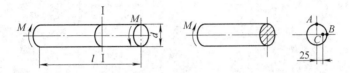

图　11-14

11-4　一直径为20mm 的钢轴,若$[\tau] = 100MPa$,求此轴承受的扭矩。如转速为100r/min,求此轴能传递的功率是多少。

11-5　某化工厂的螺旋输送机主轴采用外径 $D = 5cm$,内径 $d_1 = 4cm$,输入功率 $P =$

7200W，若不考虑传动中的功率损耗，且轴做匀速转动，转速 $n = 150$r/min。材料的许用剪应力$[\tau] = 50$ MPa，问强度是否足够？

11-6 如图 11-15 所示，切割机主轴由电动机经皮带轮带动。已知电动机的功率为 55kW，主轴转速为 $n = 580$r/min，直径 $D = 60$mm，材料为 45 号钢，其许用剪应力$[\tau] = 40$MPa。若不考虑传动中的功率损耗，试验算主轴的扭转强度。

11-7 如图 11-16 所示，阶梯形圆轴直径 $d_1 = 4$cm，$d_2 = 7$cm。轴上装有三个带轮。已知由轮 3 输入的功率为 $P_3 = 30$kW，轮 1 输出的功率为 $P_1 = 13$kW，轴做匀速转动，转速 $n = 200$r/min，材料的许用剪应力$[\tau] = 60$ MPa，$G = 80 \times 10^9$ Pa，许用单位扭转角$[\theta] = 2(°)/$m。试校核轴的强度和刚度。

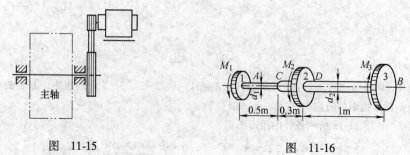

图 11-15

图 11-16

11-8 一圆轴以 300r/min 的转速传递 33.1kW 的功率。如$[\tau] = 40$MPa，$[\theta] = 0.5(°)/$m，$G = 80$GPa，求轴的直径。

*11-9 如图 11-17 所示，在一直径为 75mm 的等截面圆轴上，作用着外力偶矩：$M_1 = 1$kN · m，$M_2 = 0.6$kN · m，$M_3 = 0.2$kN · m，$M_4 = 0.2$kN · m。试求：（1）轴的扭矩图；（2）每段内的最大剪应力；（3）轴两端截面的相对扭转角，设材料的剪切弹性模量 $G = 80$GPa；（4）若 M_1 和 M_2 的位置互换，试问最大剪应力将怎样变化？

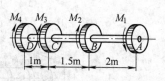

图 11-17

第十二章　直梁的弯曲

弯曲是工程实际中最常见的一种基本变形。本章重点研究直梁平面弯曲变形。

第一节　弯曲和平面弯曲的概念与实例

在日常生活和工程实际中，经常遇到发生弯曲变形的构件。例如桥式起重机的横梁在被吊物体的重力 G 和横梁自重 q 的作用下发生的变形(图 12-1)，火车轮轴在车厢重量作用下发生的变形(图 12-2)，悬臂管道支架在管道重物作用下发生的变形(图 12-3)等，都是弯曲的实例。这些构件尽管形状各异，加载的方式也不尽相同，但它们所发生的变形却有共同的特点：即所有作用于这些杆件上的外力都垂直于杆的轴线，这种外力称为横向力；在横向力作用下，杆的轴线将弯曲成一条曲线，这种变形形式称为**弯曲**。凡是以弯曲变形为主的杆件习惯上称为**梁**。工程中的梁包括结构物中的各种梁，也包括机械中的转轴和齿轮轴等。

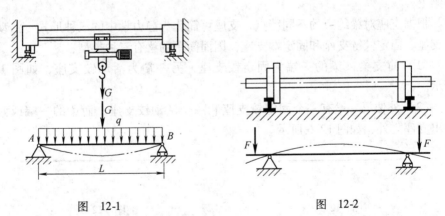

图　12-1　　　　　　　　　　　　　　　图　12-2

工程中的梁一般都具有纵向对称平面(图 12-4a)，当作用于梁上的所有外力(包括支座)都作用在此纵向对称平面(图 12-4b)内时，梁的轴线就在该平面内弯成一平面曲线，这种弯曲称为**平面弯曲**。平面弯曲是弯曲中较简单的情况。本章只讨论平面弯曲问题。

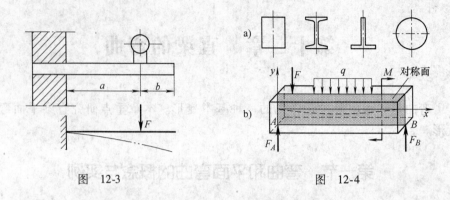

图 12-3　　　　　　　　　　　　　图 12-4

第二节　梁的计算简图及分类

工程上梁的截面形状、载荷及支承情况都比较复杂，为了便于分析和计算，必须对梁进行简化，包括梁本身的简化、载荷的简化以及支座的简化等。

对于梁的简化，不管梁的截面形状有多复杂，都简化为一直杆，如图12-1～图12-3所示。并用梁的轴线来表示。

作用于梁上的外力（包括载荷和支座约束力），可以简化为集中力、分布载荷和集中力偶三种形式。若载荷的作用范围较小，则简化为集中力；若载荷连续作用于梁上，则简化为分布载荷；集中力偶可理解为力偶的两力分布在很短的一段梁上。

根据支座对梁约束的不同特点，支座可简化为静力学中的三种形式：活动铰链支座、固定铰链支座和固定端支座，因而简单的梁有三种类型：

（1）简支梁　梁的一端为固定铰支座，另一端为活动铰支座，如图12-5所示。

（2）外伸梁　梁有一个固定铰支座和一个活动铰支座，而梁的一端或两端伸出支座之外，如图12-6所示。

图　12-5　　　　　　　　　　　　　图　12-6

（3）悬臂梁　梁的一端固定，另一端自由，如图12-7所示。

简支梁或外伸梁的两个铰支座之间的距离称为跨度，用 l 来表示。悬臂梁的跨度是固定端到自由端的距离。

以上三种梁，其支座约束力皆可用静力学平衡方程来确定，故统称为**静定梁**（图12-8a）。支座约束力不能完全由

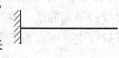

图　12-7

静力平衡方程确定的梁，称为**静不定梁**或**超静定梁**(图 12-8b)。

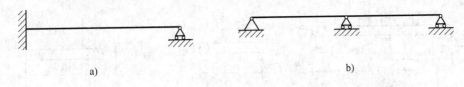

a)   b)

图 12-8

第三节 梁的内力——剪力和弯矩

为了计算梁的应力和变形，首先应该确定梁在外力作用下任意横截面上的内力。为此，应先根据平衡条件求得静定梁在载荷作用下的全部约束力。当作用在梁上的全部载荷(包括外力和支座约束力)均为已知时，用截面法就可以求出任意截面上的内力。

一、剪力和弯矩的概念

如图 12-9a 所示的简支梁，已知 $F_1 = 1\text{kN}$，$F_2 = 2\text{kN}$，$l = 5\text{m}$，$a = 1.5\text{m}$，$b = 3\text{m}$。用平面平行力系的平衡方程求得两端支座的约束力 $F_{NA} = 1.5\text{kN}$，$F_{NB} = 1.5\text{kN}$。现欲求距 A 端 $x = 2\text{m}$ 处的横截面 m—m 上的内力。用截面法假想地将梁沿截面 m—m 截开，分为左右两部分。因为梁原来处于平衡状态，所以截开以后任意一部分也必然处于平衡状态。现取左部分为研究对象，画受力图，如图 12-9b 所示。显然左部分梁在 F_1 和 F_{NA} 的作用下不能保持平衡。为了保持左部分梁的平衡，截面 m—m 上必然有力 F_Q 和力偶矩 M。其中，力 F_Q 作用在截面内部与截面相切，其作用线平行于外力，称为**剪力**；力偶矩 M 作用面垂直于横截面，称为**弯矩**。

二、剪力和弯矩的求法

剪力 F_Q 和弯矩 M 的大小和方向可根据平面平行力系的平衡方程确定。

由 $\sum F_y = 0$，$F_{NA} - F_1 - F_Q = 0$

得 $$F_Q = F_{NA} - F_1 = 1.5\text{kN} - 1\text{kN} = 0.5\text{kN}$$

由 $\sum M_C(\boldsymbol{F}) = 0$，$-F_{NA}x + F_1(x - a) + M = 0$

得 $M = F_{NA}x - F_1(x - a)$

$$= 1.5 \times 2\text{kN} \cdot \text{m} - 1 \times (2 - 1.5)\text{kN} \cdot \text{m}$$

$$= 2.5\text{kN} \cdot \text{m}$$

如果取右部分梁为研究对象，如图 12-9c 所示，则 m—m 截面上的剪力和弯矩以 F_Q' 和 M' 表示，可以求得 $F_Q' = F_Q = 0.5\text{kN}$，$M' = M = 2.5\text{kN} \cdot \text{m}$，即它们大小相等、方向相反。这是因为它们之间是作用与反作用的关系。

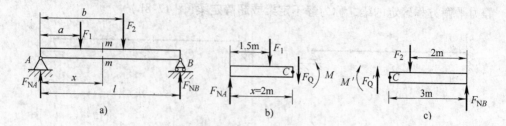

图 12-9

为了使上述两种算法得到的同一截面上的剪力和弯矩不仅数值相同而且符号也一致，我们把剪力和弯矩的符号规则与梁的变形联系起来，规定如下：

(1) 剪力的符号规则　剪力 F_Q 绕保留部分顺时针方向为正(图 12-10a)，反之为负(图 12-10b)。

(2) 弯矩的符号规则　在截面 n—n 处弯曲变形向下凸或使梁的上表面纤维受压时(图 12-10c)，截面 n—n 上的弯矩规定为正；反之为负(图 12-10d)。

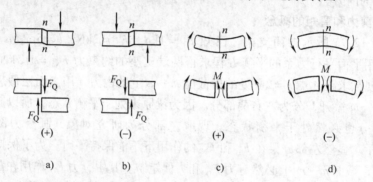

图　12-10

按上述关于符号的规定，任意截面上的剪力和弯矩，无论根据这个截面左侧还是右侧来计算，所得结果的数值和符号都是一样的。

例 12-1　求图 12-11a 所示简支梁截面 1—1 及 2—2 剪力和弯矩。

解　(1) 计算梁的支座约束力　由平衡方程 $\sum M_A = 0$，$F_B \times 10 - F \times 6 - q \times 10 \times 5 = 0$

得　　　　$F_B = 34\text{kN}$

$\sum F_y = 0$，$F_A + F_B - 40\text{kN} - 2 \times 10\text{kN} = 0$

得　　　　$F_A = 26\text{kN}$

(2) 求截面 1—1 的剪力 F_{Q1} 及弯矩 M_1　截面 1—1 左边部分梁段上的外力和截面上正向

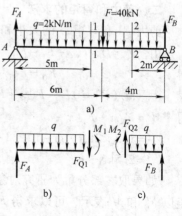

图　12-11

剪力 F_{Q1}、弯矩 M_1 如图 12-11b 所示，由平衡方程可得

$$F_{Q1} = (26 - 2 \times 5)kN = 16kN$$

$$M_1 = \left(26 \times 5 - 2 \times 5 \times \frac{5}{2}\right)kN \cdot m = 105kN \cdot m$$

（3）求截面 2—2 的剪力 F_{Q2} 及弯矩 M_2　截面 2—2 右边部分梁段上外力较简单，故求截面 2—2 的剪力和弯矩时，取该截面的右边梁段为研究对象较适宜。设截面 2—2 上有正向剪力 F_{Q2} 和正向弯矩 M_2，如图 12-11c 所示，由平衡方程可得

$$F_{Q2} = (2 \times 2 - 34)kN = -30kN$$

$$M_2 = (34 \times 2 - 2 \times 2 \times 1)kN \cdot m = 64kN \cdot m$$

F_{Q2} 得负值，说明与图示假设方向相反，即为负剪力。

由上面的例子可以总结出计算梁的内力—剪力 F_Q 和弯矩 M 的一般步骤如下：

（1）用假想截面从被指定的截面处将梁截为两部分。

（2）以其中任意部分为研究对象，在截开的截面上按 F_Q 和 M 的符号规则先假设为正，画出未知的 F_Q 和 M 的方向。

（3）应用平衡方程计算 F_Q 和 M 的值。

（4）根据计算结果，结合题意判断 F_Q 和 M 的方向。

由以上的分析计算可以看出，一般来说，弯曲时任一截面上既有剪力 F_Q 又有弯矩 M，而且不同的截面上有不同的剪力和弯矩，情况是比较复杂的。为了了解全梁中剪力和弯矩变化情况并获得梁中最大剪力和最大弯矩，一般需画剪力图和弯矩图。下面介绍梁的剪力图和弯矩图的绘制方法，并主要讨论弯矩图。

第四节　剪力图和弯矩图

一、剪力图和弯矩图绘制的基本方法

一般情况下横截面上的剪力和弯矩随截面位置而变化。如果以横坐标 x 表示横截面在梁轴线上的位置，则各横截面上的剪力和弯矩，可以表示为 x 的函数，即

$$F_Q = F_Q(x)$$

$$M = M(x)$$

以上函数式称为梁的剪力方程和弯矩方程。在列方程时，一般将坐标 x 的原点取在梁的左端。为了显示剪力和弯矩沿梁轴线的变化情况，可根据剪力方程和弯矩方程用图线把它们表示出来。作图时，要选择一个适当的比例尺，以横截面位置 x 为横坐标，剪力和弯矩 M 值为纵坐标，并将正剪力和正弯矩画在 x 轴的上边，负的画在下面，这样所得的图线，称为剪力图和弯矩图。

根据剪力图和弯矩图，既可了解全梁中弯矩变化情况，又可很容易地找出梁内最大剪力和弯矩所在的横截面及数值。只有知道了这些数据之后，才能进行梁

的强度计算和刚度计算。

作剪力图和弯矩图的基本方法是列出剪力方程和弯矩方程，然后根据方程作图。下面用例题来说明这一过程。

例 12-2 如图 12-12a 所示，一悬臂梁 AB 在自由端受集中力 **F** 作用。试作此梁的剪力图和弯矩图。

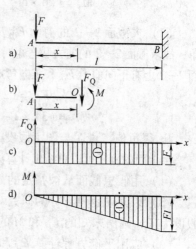

解 （1）列剪力方程和弯矩方程 以梁左端 A 点取作坐标原点，在求此梁距离左端为 x 的任意横截面上剪力和弯矩时，不必求出梁支座约束力，而可根据截面左侧梁的平衡求得（图 12-12b）

$$F_Q = -F \quad (0 < x < l) \qquad (a)$$

$$M = -Fx \quad (0 \leqslant x < l) \qquad (b)$$

式（a）和（b）这就是此梁的剪力方程和弯矩方程。

（2）画剪力图和弯矩图 式（a）表明，剪力 F_Q 与 x 无关，故剪力图是水平线；式（b）表明，弯矩 M 是 x 的一次函数，故弯矩图是一条倾斜直线，需要由图线的两个点来确定这条直线。当 $x = 0$ 时，$M = 0$；当 $x = l$ 时，$M = -Fl$。由此可画出梁的剪力图和弯矩图，分别如图 12-12c、d 所示。由图 12-12d 可见，此悬梁的弯矩的最大值出现在固定端 B 处，其绝对值为

$$|M|_{max} = Fl$$

显然，此弯矩在数值上等于梁固定端的约束力偶矩。

图 12-12

例 12-3 如图 12-13a 所示，简支梁 AB 受均布载荷 q 的作用。试作此梁的剪力图和弯矩图。

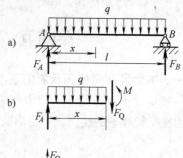

解 （1）求支座约束力 由载荷及支座约束力的对称性可知两个支座约束力相等，故

$$F_A = F_B = \frac{ql}{2}$$

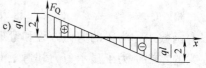

（2）列剪力方程和弯矩方程 以梁左端 A 点为坐标原点，距左端为 x 的任意横截面（图 12-13b）上的剪力和弯矩为

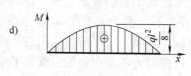

图 12-13

$$F_Q = F_A - qx \quad (0 < x < l) \tag{a}$$

$$M = F_A x - qx\,\frac{x}{2} = \frac{ql}{2}x - \frac{qx^2}{2} \quad (0 \leqslant x < l) \tag{b}$$

式(a)和式(b)即为梁的弯矩方程。

（3）作剪力图和弯矩图   由剪力方程知剪力 F_Q 是 x 的一次函数，故剪力图是一条斜直线，只需确定两点的剪力值（如截面 A 和 B），剪力方程为

$$F_{QA} = \frac{ql}{2}, \ F_{QB} = -\frac{ql}{2}$$

由剪力图（图 12-13c）可知，最大剪力在 A、B 两截面处，$|F_Q|_{max} = \dfrac{ql}{2}$。

由弯矩方程知弯矩 M 是 x 的二次函数，故弯矩图是一条二次抛物线。为了画出此抛物线，要适当地确定曲线上几个点的弯矩值，即

$$x = 0, \ M = 0$$

$$x = \frac{l}{4}, \ M = \frac{ql}{2}\frac{l}{4} - \frac{q}{2}\left(\frac{l}{4}\right)^2 = \frac{3}{32}ql^2$$

$$x = \frac{l}{2}, \ M = \frac{ql}{2}\frac{l}{2} - \frac{q}{2}\left(\frac{l}{2}\right)^2 = \frac{1}{8}ql^2$$

$$x = \frac{3}{4}, \ M = \frac{ql}{2}\frac{3l}{4} - \frac{q}{2}\left(\frac{3}{4}\right)^2 = \frac{3}{32}ql^2$$

$$x = l, \ M = \frac{ql}{2}l - \frac{q}{2}l^2 = 0$$

通过这几个点，就可较准确地画出梁的弯矩图，如图 12-13d 所示。

由弯矩图可以看出，在跨度中点横截面上的弯矩最大，其值为 $M_{max} = \dfrac{ql^2}{8}$。

例 12-4   如图 12-14 所示，简支梁 AB 在 C 点处受集中力 G 作用，试作此梁的剪力图和弯矩图。

解 （1）求支座约束力   由平衡方程

$$\sum M_B = 0, \ Gb - F_{Ay}l = 0$$

$$\sum M_A = 0, \ F_{By}l - Ga = 0$$

求得支座约束力

$$F_{Ay} = \frac{Gb}{l}, \ F_{By} = \frac{Ga}{l}$$

（2）列剪力方程和弯矩方程   以横梁的左端 A 为坐标原点，选定坐标系 Axy。因 C 处作用有集中力 G，故横梁在 AC 段和 CB 段内的剪力和弯矩不能用同一方程式来表达，应分段列出 AC 和 CB 段梁的剪力方程和弯矩方程。

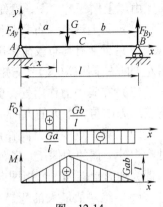

图 12-14

AC 段：在 AC 段内取距 A 端为 x 的任意一横截面，列出剪力方程和弯矩方程分别为

$$F_{Q1}(x) = F_{Ay} = \frac{Gb}{l} \quad (0 < x < a)$$

$$M_1(x) = F_{Ay}x = \frac{Gb}{l}x \quad (0 \leqslant x \leqslant a)$$

CB 段：在 CB 段内取距 A 端为 x 的任意一横截面（图中未画出），列出剪力方程和弯矩方程分别为

$$F_{Q2}(x) = F_{Ay} - G = -\frac{Ga}{l} \quad (a < x < l)$$

$$M_2(x) = F_{Ay}x - G(x-a) = \frac{Ga}{l}(l-x) \quad (a \leqslant x \leqslant l)$$

（3）画剪力图和弯矩图　由 AC 段和 CB 段的剪力方程可知，这两段的剪力图皆为水平线，确定水平线一端点的坐标，即可作出全梁的剪力图；而由弯矩方程可知，弯矩图为两条斜直线，确定直线两端点的坐标，即可作出全梁的弯矩图。在集中力 G 作用的 C 处横截面上弯矩最大，其值为 $M_{max} = Gab/l$。

从以上例题可以看出，在集中力作用截面两侧，剪力有一突然变化，变化的数值就等于集中力。在集中力偶作用截面两侧，弯矩有一突然变化，变化的数值就等于集中力偶矩。这种现象的出现，好像在集中力和集中力偶矩作用处的横截面上剪力和弯矩没有确定的数值。但事实上并非如此。这是因为：所谓集中力实际上不可能"集中"作用于一点，它实际上是分布于一个微段 Δx 内的分布力经简化后得出的结果（图 12-15a）。若在此范围内把载荷看做是均布的，则剪力将连续地从 F_{Q1} 变到 F_{Q2}（图 12-15b）。对集中力偶作用的截面，也可做同样的解释。

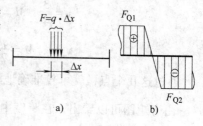

图　12-15

由以上例题剪力图、弯矩图的绘制，可归纳出剪力图和弯矩图有以下特点：

（1）梁上没有均布载荷作用的部分，剪力图为水平线，弯矩图为倾斜直线。

（2）梁上有均布载荷作用的一段，剪力图为斜直线，均布载荷向下时，直线由左上向右下倾斜（↘）；弯矩图为抛物线，均布载荷向下时抛物线开口向下（⌒）。

（3）在集中力作用处，剪力图上有突变，突变之值即为该处集中力的大小，突变的方向与集中力的方向一致；弯矩图上在此出现折角（即两侧斜率不同）。

（4）梁上集中外力偶作用处剪力图不变，弯矩图有突变，突变的值即为该处集中外力偶的力偶矩。若外力偶为顺时针转向，弯矩图向上突变；反之，若外力偶为逆时针转向，弯矩图向下突变（左至右）。

（5）绝对值最大的弯矩总是出现在下述截面上：$F_Q = 0$ 的截面上；集中力

作用处；集中力偶作用处。

剪力图与弯矩图的上述特点，见表 12-1。

表　12-1

	$q(x)=0$ 的区间	$q(x)=C$ 的区间	集中力 F 作用处	力偶 M 作用处
F_Q 图	水平线	$q(x)>0$，斜直线，斜率 >0 $q(x)<0$，斜直线，斜率 <0	有突变， 突变量 $=F$	无影响
M 图	$F_Q>0$，斜直线，斜率 >0 $F_Q<0$，斜直线，斜率 <0 $F_Q=0$，水平线，斜率 $=0$	$q(x)>0$，抛物线，上凹 $q(x)<0$，抛物线，下凹 在 $F_Q=0$ 处，抛物线有极值	斜率有突变， 图形成折线	有突变， 突变量 $=M$

利用上述特点，可检查所绘制剪力图、弯矩图的正确性。

二、剪力图和弯矩图的查表法与叠加法

以上各例所作剪力图、弯矩图都是首先列出剪力方程、弯矩方程，然后按方程画剪力图和弯矩图。当梁上外力有变化时，还需要分段列出弯矩方程，分段画出剪力图和弯矩图来，有时是较麻烦的。工程实际计算中常用查表法。表 12-2 中列举了几种受单一载荷作用梁的剪力图和弯矩图。

表 12-2　几种受单一载荷作用梁的剪力图和弯矩图

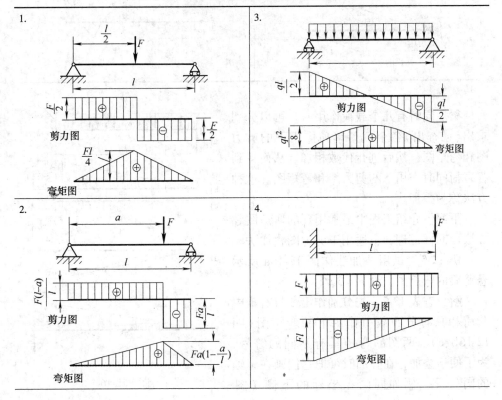

（续）

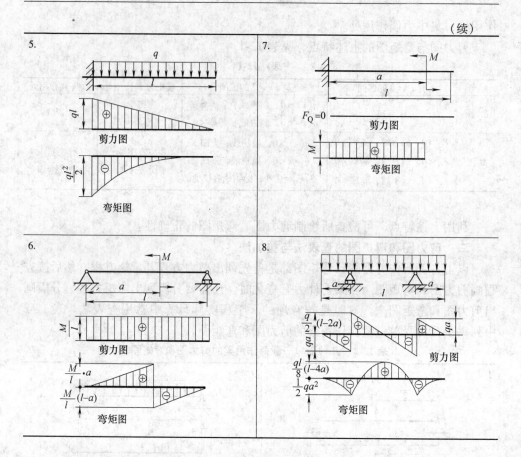

梁上同时有几个载荷作用时，可以分别求出（或查出）各个载荷单独作用下的剪力图和弯矩图，然后进行代数相加，从而得到各载荷同时作用下的剪力图和弯矩图。这种方法称为叠加法。

下面仅介绍工程中最常用到的弯矩图叠加法。同样道理，也适用于剪力图叠加法。

例 12-5 试用叠加法作图 12-16a 所示悬臂梁的弯矩图。设 $F = 3q/8$。

解 查表 12-2，先分别作出梁只有集中载荷和只有分布载荷作用下的弯矩图（图 12-16b、c）。两图的弯矩具有不同的符号，为了便于叠加，在叠加时可把它们画在 x 轴的同一侧，例如同画在坐标的下侧（图

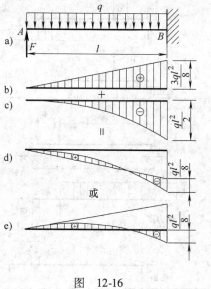

图 12-16

12-12d）。于是，两图共同部分，其正值和负值的纵坐标互相抵消。剩下的图形即代表叠加后的弯矩图。如将其改为以水平线为基线的图，即得通常形式的弯矩图（图 12-12e）。最大弯矩值

$$|M|_{\max} = \frac{ql^2}{8}$$

发生在根部截面上。

第五节　弯曲时的正应力

在前节中已经研究了如何计算梁横截面上的内力。为了进行梁的校核和设计工作，必须进一步研究梁横截面上的应力情况。

梁弯曲时，横截面上一般存在两种内力：剪力和弯矩，这种弯曲称为**剪力弯曲**，如图 12-17 所示的 *AC* 和 *DB* 两段梁发生的变形即为剪力弯曲。在某些情况下，梁的某区段或整个梁内横截面上剪力为零（即无剪力）而弯矩为常量，这种梁的弯曲称为**纯弯曲**。如图 12-17a 所示梁的 *CD* 区段发生的变形即为纯弯曲。由于剪力弯曲梁有两种内力，因此与之相应的应力也有两种。但是，当梁比较细长时，弯矩引起的应力往往是决定梁是否被破坏的主要因素，而剪力引起的应力一般可以不考虑。

一、纯弯曲时梁横截面上的正应力

如图 12-18a 所示，取一梁段，该梁的两端只受到一对外力偶的作用（图12-18b），

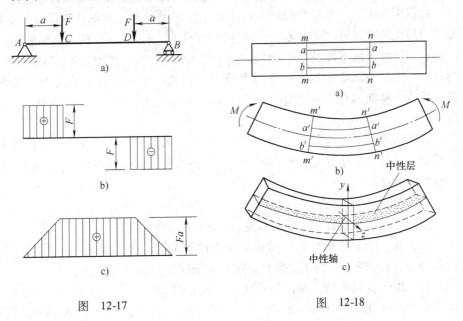

图　12-17　　　　　　　图　12-18

显然该梁段的弯曲为纯弯曲。下面先针对纯弯曲的情况来分析应力，由于分析方法仍需考虑几何、物理和静力学等方面，所以应力公式推导比较复杂。为简单起见，本书对梁纯弯曲时的应力公式不作详细讨论，只扼要介绍纯弯曲应力公式推导过程，重点讨论弯曲应力计算方法。

1. 梁在纯弯曲时的实验观察

为了分析计算梁在纯弯曲情况下的正应力，必须先研究梁在纯弯曲时的变形现象。为此，先作一个简单的实验。取容易变形的材料做成一根矩形截面的梁，在梁的表面上画出两条与轴线平行的纵向直线 aa 和 bb，以及与轴线垂直的横向直线 m—m 和 n—n，如图 12-18a 所示。设想梁是由无数层纵向纤维组成的，于是纵向直线代表纵向纤维，横向直线代表各个横截面的周边。当梁发生纯弯曲变形时，可观察到下列一些现象(图 12-18b)：

（1）两条纵线都弯成曲线 $a'a'$ 和 $b'b'$，且靠近底面的纵线 bb 伸长了，而靠近顶面的纵线 aa 缩短了。

（2）两条横线仍保持为直线，只是相互倾斜了一个角度，但仍垂直于弯成曲线的纵线。

2. 推断和假设

根据上述矩形截面梁的纯弯曲实验，可以作出如下假设：

（1）梁在纯弯曲时，各横截面始终保持为平面，并垂直于梁轴。此即弯曲变形的平面假设。

（2）纵向纤维之间没有相互挤压，每根纵向纤维只受到简单拉伸或压缩。

根据平面假设，当梁弯曲时其底部各纵向纤维伸长，顶部各纵向纤维缩短。而纵向纤维的变形沿截面高度应该是连续变化的。所以，从伸长区到缩短区，中间必有一层纤维既不伸长也不缩短。这一长度不变的过渡层称为中性层(图 12-18c)，中性层与横截面的交线称为中性轴。显然在平面弯曲的情况下，中性轴必然垂直于截面的纵向对称轴，而且可以证明中性轴必是通过截面形心(证明略)。

概括地说，在纯弯曲的条件下，所有横截面仍保持平面，只是绕中性轴做相对转动，横截面之间并无互相错动的变形，而每根纵向纤维则处于简单的拉伸或压缩的受力状态。

3. 纯弯曲时梁的正应力

根据上述实验观察和推断与假设，再进一步分析得：

（1）由于直梁纯弯曲时，横截面绕中性轴的转动使得梁内的纤维只发生了伸长和缩短的变形，因此横截面上必定只有正应力 σ 而无切应力。

（2）由于直梁纯弯曲时，横截面绕中性轴转动，从图 12-18b、c 可以看出，m—m 和 n—n 截面转到 m'—m' 和 n'—n' 处，$m'n'$ 便是上下边缘处 mn 的变形后的长度，该两处变形最大，此时上边缘有最大压缩变形，下边缘有最大拉伸变形，中性层处长度没有变化。因为纵向纤维伸长或缩短的大小与该纵向纤维到中性层的距离成正比，由此可以推论出正应力的分布规律（图 12-19a）。横截面上各点产生的正应力 σ 与该点到中性轴的距离成正比。在中性轴处正应力为零，离中性轴最远的截面上、下边缘正应力最大。当横截面上、下对称（即中性轴同时是截面的对称轴）时，上、下边缘的最大正应力在数值上相等。弯曲时截面上的弯矩 M 可以看成是由整个截面上各点的内力对中性轴的力矩所组成（图 12-19b）。综合考虑梁的变形几何条件、物理条件和平衡条件，可以推导梁在纯弯曲时横截面上任一点的正应力计算公式（推导过程略）

$$\sigma = \frac{My}{I_z} \tag{12-1}$$

式中，σ 为横截面上任一点处的正应力；M 为横截面上的弯矩；y 为横截面上任一点到中性轴的距离；I_z 为横截面对中性轴 z 的惯性矩。与 I_p 一样，I_z 也是一个与横截面形状和尺寸有关的几何性质的量。单位是长度的四次方，如 cm^4。

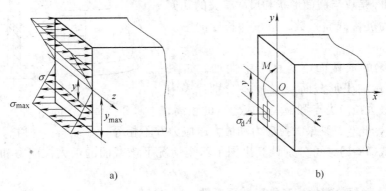

a)　　　　　　　　　b)

图　12-19

应用公式（12-1）时，应以弯矩 M 和坐标 y 的代数值代入。但在实际计算中，可以用 M 和 y 的绝对值计算正应力 σ 的数值，再根据梁的变形情况直接判断 σ 是拉应力还是压应力，即以中性轴为界，靠凸边一侧为拉应力，靠凹边一侧为压应力；也可根据弯矩的正负来判断。当弯矩为正时，中性轴以下部分受拉；当弯矩为负时，情况则相反。

二、纯弯曲梁正应力公式的推广

如上所述，公式（12-1）是以平面假设为基础，并按直梁受纯弯曲的情况下求得的，但梁一般为剪切弯曲，这是工程实际中最常见的情况。此时，梁的横截面不再保持为平面，同时在与中性层平行的纵截面上还有横向力引起的挤压应力。但由弹性力学证明，对跨长 l 与横截面高度 h 之比 $l/h > 5$ 的梁，虽有上述因素，但横截面上的正应力分布规律与纯弯曲的情况几乎相同。这就是说，剪力和挤压的影响甚少，可以忽略不计。因而平面假设和纤维之间互不挤压的假设，在剪切弯曲的情况下仍可适用。工程实际中常见的梁，其 l/h 的值远大于 5。因此，纯弯曲时的正应力公式可以足够精确地用来计算直梁在剪切弯曲时横截面上的正应力，对曲梁也可应用。

三、梁弯曲时任一截面上弯曲正应力的最大值

由公式(12-1)可以看出，对于横截面对称于中性轴的梁，当 $y = y_{max}$，即在横截面上离中性轴最远的上、下边缘各点，弯曲正应力最大，其值为

$$\sigma_{max} = \frac{My_{max}}{I_z} \tag{12-2}$$

若令

$$\frac{I_z}{y_{max}} = W_z$$

则有

$$\sigma_{max} = \frac{M}{\dfrac{I_z}{y_{max}}} = \frac{M}{W_z} \tag{12-3}$$

式中，W_z 是仅与截面形状和尺寸有关的几何量，称为抗弯截面系数，单位为长度的三次方，如 cm^3。

若梁的横截面不对称于中性轴，如图 12-20 所示的 T 形截面，y_1 和 y_2 分别代表中性轴到最大拉应力点和最大压应力点的距离，

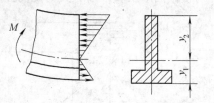

图 12-20

且 y_1 不等于 y_2，则最大拉应力和最大压应力并不相等。令 $y_1 = y_{1max}$ 和 $y_2 = y_{2max}$，利用公式(12-1)，可分别计算出图示弯矩情况下该截面的最大拉应力和最大压应力。

四、截面的惯性矩和抗弯截面系数

截面的轴惯性矩和抗弯截面系数是衡量截面抗弯能力的几何参数，可以用积分法和有关定理推导出的公式计算。如直径为 d 的实心圆截面，其对中性轴 z 的惯性矩和抗弯截面系数分别为

$$I_z = \frac{\pi}{64}d^4$$

$$W_z = \frac{I_z}{y_{max}} = \frac{\dfrac{\pi}{64}d^4}{\dfrac{d}{2}} = \frac{\pi}{32}d^3$$

常见简单几何形状截面的惯性矩和抗弯截面系数等几何参数列于附录 A。型钢的这些几何参数载于附录型钢表中。

例 12-6 一矩形截面梁，如图 12-21 所

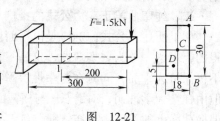

图 12-21

示。计算 1—1 截面上 A、B、C、D 各点处的正应力，并指明是拉应力还是压应力。

　　解　(1) 计算 1—1 截面上弯矩

$$M_1 = -F \times 200 = (-1.5 \times 10^3 \times 200 \times 10^{-3}) \mathrm{N \cdot m} = -300 \mathrm{N \cdot m}$$

　　(2) 计算 1—1 截面惯性矩

$$I_z = \frac{bh^3}{12} = \frac{1.8 \times 3^3}{12} \mathrm{cm}^4 = 4.05 \mathrm{cm}^4 = 4.05 \times 10^{-8} \mathrm{m}^4$$

　　(3) 计算 1—1 截面上各指定点的正应力

$$\sigma_A = \frac{M_1 y_A}{I_z} = \frac{300 \times 1.5 \times 10^{-2}}{4.05 \times 10^{-8}} \mathrm{Pa} = 111 \mathrm{MPa} \quad (拉应力)$$

$$\sigma_B = \frac{M_1 y_B}{I_z} = \frac{300 \times 1.5 \times 10^{-2}}{4.05 \times 10^{-8}} \mathrm{Pa} = 111 \mathrm{MPa} \quad (压应力)$$

$$\sigma_C = \frac{M_1 y_C}{I_z} = \frac{M_1 \times 0}{I_z} = 0$$

$$\sigma_D = \frac{M_1 y_D}{I_z} = \frac{300 \times 1 \times 10^{-2}}{4.05 \times 10^{-8}} \mathrm{Pa} = 74.1 \mathrm{MPa} \quad (压应力)$$

　　例 12-7　一简支木梁受力如图 12-22a 所示。已知 $q = 2\mathrm{kN/m}$，$l = 2\mathrm{m}$。试比较梁在竖放(图 12-22b)和平放(图 12-22c)时横截面 C 处的最大正应力。

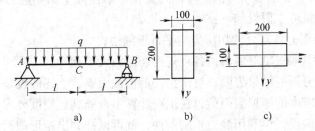

图　12-22

　　解　首先计算横截面 C 处的弯矩，有

$$M_C = \frac{q(2l)^2}{8} = \frac{2 \times 10^3 \times 4^2}{8} \mathrm{N \cdot m} = 4000 \mathrm{N \cdot m}$$

梁在竖放时，其抗弯截面系数为

$$W_{z1} = \frac{bh^2}{6} = \frac{0.1 \times 0.2^2}{6} \mathrm{m}^3 = 6.67 \times 10^{-4} \mathrm{m}^3$$

故横截面 C 处的最大正应力为

$$\sigma_{max1} = \frac{M_C}{W_{z1}} = \frac{4000}{6.67 \times 10^{-4}} \mathrm{Pa} = 6 \times 10^6 \mathrm{Pa} = 6 \mathrm{MPa}$$

梁在平放时，其抗弯截面系数为

$$W_{z2} = \frac{bh^2}{6} = \frac{0.2 \times 0.1^2}{6} \mathrm{m}^3 = 3.33 \times 10^{-4} \mathrm{m}^3$$

故横截面 C 处的最大正应力为

$$\sigma_{max2} = \frac{M_C}{W_{z2}} = \frac{4000}{3.33 \times 10^{-4}} \text{Pa} = 12 \times 10^6 \text{Pa} = 12 \text{MPa}$$

显然，有 $\sigma_{max1}/\sigma_{max2} = 1/2$，也就是说，梁在竖放时其危险截面处承受的最大正应力是平放时的一半。因此，在建筑结构中，梁一般采用竖放形式。

第六节 梁弯曲横截面上的切应力

在剪力弯曲的情形下，梁的横截面上除了有弯曲正应力外，还有弯曲切应力。切应力在截面上的分布规律较正应力要复杂，本节不对其做详细讨论，仅对矩形截面梁、工字形截面梁、圆形截面梁和薄壁环形截面梁的最大切应力计算作一简单介绍，具体的推导过程可参阅其他较详细的材料力学教材。

1. 矩形截面梁

一矩形截面梁的横截面如图 12-23a 所示，其宽为 b，高为 h，截面上作用有剪力 F_Q 和弯矩 M。为了强调切应力，图中未画出正应力。对于狭长矩形截面，由于梁的侧面上没有切应力，故横截面上侧边各点处的切应力必然平行于侧边，z 轴处的切应力必然沿着 y 方向。考虑到狭长矩形截面上的切应力沿宽度方向的变化不大，于是可作假设如下：

（1）横截面上各点处的切应力均平行于侧边；

（2）距中性轴 z 轴等距离的各点处的切应力大小相等。

弹性理论分析的结果表明，对于狭长矩形截面梁，上述假设是正确的；对于一般高度大于宽度的矩形截面梁，在工程计算中也能满足精度要求。

根据以上假设，再利用静力平衡条件，就可以推导出矩形截面等直梁横截面上任一点处切应力的计算公式

$$\tau = \frac{F_Q}{2I_z}\left(\frac{h^2}{4} - y^2\right) \tag{12-4}$$

由式（12-4）可知，矩形截面上的切应力沿着截面高度按二次抛物线规律变化，即 $\tau = f(y^2)$，如图 12-23b 所示，当 $y = 0$ 时，$\tau = \tau_{max}$。即中性轴处有最大切应力

$$\tau_{max} = \frac{F_Q h^2}{8I_z} \tag{12-5}$$

已知矩形截面对中性轴的惯性矩 $I_z = \frac{bh^3}{12}$，将其代入上式，即得

$$\tau_{max} = \frac{3}{2}\frac{F_Q}{bh} = \frac{3}{2}\frac{F_Q}{A} \tag{12-6}$$

式中，$A = bh$，为矩形截面的面积。从式（12-6）可以看出，矩形截面梁的最大切应力为其平均切应力的 1.5 倍。

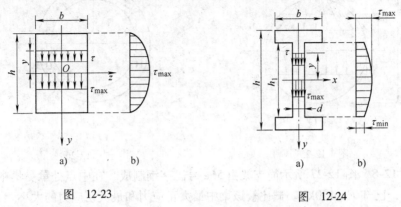

图　12-23　　　　　　　　　　　　图　12-24

2. 工字形截面梁

在工程中经常要用到工字形截面梁。工字形截面可以简化为图 12-24a 所示的图形，由翼缘和腹板组成。在工字形截面的翼缘和腹板上的切应力分布是不同的，需要分别研究。首先分析工字形截面翼缘上的切应力分布。由于翼缘上、下表面上没有切应力的存在，而且翼缘的厚度很薄，因此翼缘上的切应力主要是水平方向的切应力分量，平行于 y 轴方向的切应力分量则是次要的。研究表明，翼缘上的最大切应力比腹板上的最大切应力要小得多，如图 12-24b 所示，因此在强度计算时一般不予考虑。整个横截面上的最大切应力为

$$\tau_{max} = \frac{F_Q}{dh_1} = \frac{F_Q}{A_1} \tag{12-7}$$

式中，$A_1 = dh_1$，为腹板的面积。

3. 圆形截面梁

圆形截面梁的切应力分布规律如图 12-25 所示，截面上的最大切应力为截面上平均切应力的 4/3 倍。即

$$\tau_{max} = \frac{4}{3}\tau_{均} \approx \frac{1.33F_Q}{A} \tag{12-8}$$

4. 薄壁环形截面梁

环形截面梁上的切应力分布规律如图 12-26 所示。截面上的最大切应力为截面上平均切应力的 2 倍，即

$$\tau_{max} = 2\tau_{均} = \frac{2F_Q}{A} \tag{12-9}$$

从上面的分析可以看出，对于等直梁而言，其最大切应力发生在最大剪力所在横截面上，一般位于该截面的中性轴上。

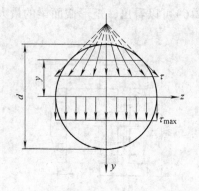

图 12-25

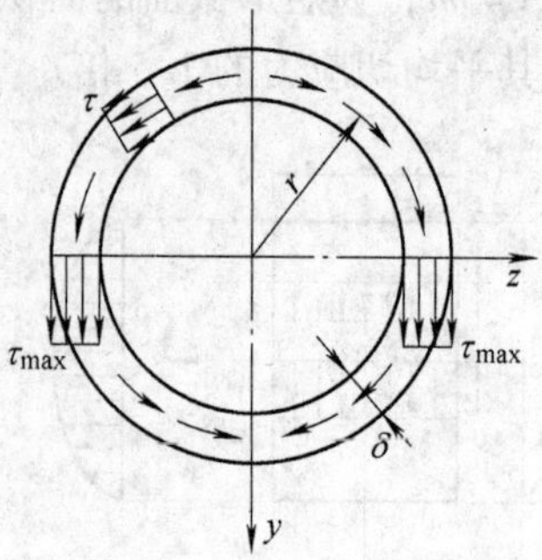

图 12-26

例 12-8 图 12-27 所示简支梁由 56a 号工字钢制成，在中点处承受集中力 F 的作用，已知 $F = 150\text{kN}$。试比较该梁中最大正应力和最大切应力的大小。

解 查表 12-1，可得该梁所承受的最大弯矩和最大剪力分别为

$$M_{max} = 375\text{kN} \cdot \text{m}$$

$$F_{Qmax} = 75\text{kN}$$

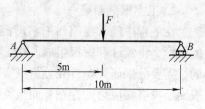

图 12-27

现在来求梁内的最大正应力。查工字型钢规格表，可知 56a 号工字钢的 $W_z = 2342.31\text{cm}^3$。于是可得梁内的最大正应力为

$$\sigma_{max} = \frac{M_{max}}{W_z} = \frac{375 \times 10^3}{2342.31 \times 10^{-6}}\text{Pa} = 160.1\text{MPa}$$

最大切应力为

$$\tau_{max} \approx \frac{F_{Qmax}}{dh_1} = 12.6\text{MPa}$$

最后进行比较，可得

$$\frac{\sigma_{max}}{\tau_{max}} = \frac{160.1}{12.6} = 12.7$$

由此可见，梁中的最大正应力比最大切应力要大得多。因此在校核梁的强度时，大部分情况下只需考虑正应力强度条件而忽略切应力强度条件。

第七节 梁的强度计算

前面已提到，梁在横力弯曲时其横截面上同时存在着弯矩和剪力。因此，一般应从正应力和切应力两个方面来考虑梁的强度计算。

在实际工程中使用的梁以细长梁居多，一般情况下梁很少发生剪切破坏，往

往都是弯曲破坏。也就是说，对于细长梁，其强度主要是由正应力控制的，按照正应力强度条件设计的梁，一般都能满足切应力强度要求，不需要进行专门的切应力强度校核。但在少数情况下，比如对于弯矩较小而剪力很大的梁（如短粗梁和集中荷载作用在支座附近的梁）、铆接或焊接的组合截面钢梁、或者使用某些抗剪能力较差的材料（如木材）制作的梁等，除了要进行正应力强度校核外，还要进行切应力强度校核。

一、梁弯曲正应力强度条件

1. 弯曲时全梁中最大正应力

由梁弯曲时梁内正应力公式（12-1）知道，对梁上某一横截面来说，最大正应力位于距中性轴最远的地方。由于梁弯曲时各横截面上的弯矩一般是随截面的位置而变的，对于等截面直梁（即梁的截面形状和尺寸无变化）来说，全梁的最大正应力必定发生在弯矩绝对值最大的危险截面上，且在距中性轴最远的上下边缘处，其计算式为

$$\sigma_{max} = \frac{M_{max} y_{max}}{I_z} \qquad (12\text{-}10)$$

或

$$\sigma_{max} = \frac{M_{max}}{W_z} \qquad (12\text{-}11)$$

但是，公式 $\sigma_{max} = \frac{My}{I_z}$ 表明，正应力不只是与弯矩有关，而且还与截面形状有关，因而在某些情况下，σ_{max} 并不一定发生在弯矩最大的截面上，要加以判断分析。

还需注意的是式（12-3）和式（12-11）虽然写法一样，但其代表的含义是有区别的。

2. 弯曲时的正应力强度条件

求得最大弯曲正应力 σ_{max}，若使其不超过材料的许用弯曲应力 $[\sigma]$，就可以保证安全。

对等截面直梁来说，梁弯曲时的正应力强度条件为

$$\sigma_{max} = \frac{M_{max}}{W_z} \leqslant [\sigma] \qquad (12\text{-}12)$$

对抗拉和抗压强度相等的塑性材料（如碳钢），只要使梁内绝对值最大的正应力不超过许用应力即可；对抗拉和抗压强度不相等的脆性材料（如铸铁），则要求最大拉应力不超过材料的弯曲许用拉压应力 $[\sigma_1]$，同时最大压应力也不超过弯曲许用压应力 $[\sigma_y]$。

关于材料的许用弯曲正应力 $[\sigma]$，一般可近似用拉伸（压缩）许用拉（压）应力来代替，或按设计规范选取。

二、梁的切应力强度条件

前面已提到，等直梁的最大正应力发生在最大弯矩所在横截面上距中性轴最远的各点处，该处的切应力为零；最大切应力则发生在最大剪力所在横截面的中性轴上各点处，梁的最大工作切应力不得超过材料的许用切应力，即切应力强度条件是：

$$\tau_{max} \leq [\tau] \tag{12-13}$$

材料的许用切应力$[\tau]$在有关的设计规范中有具体的规定。

三、梁的强度条件计算举例

根据强度条件可以解决下述三类问题：

（1）强度校核　验算梁的强度是否满足强度条件，判断梁的工作是否安全。

（2）设计截面尺寸　根据梁的最大载荷和材料的许用应力，确定梁截面的尺寸和形状或选用合适的标准型钢。

（3）确定许用载荷　根据梁截面的形状和尺寸及许用应力，确定梁可承受的最大弯矩，再由弯矩和载荷的关系确定梁的许用载荷。

在校核梁的强度时，先按正应力强度条件计算，必要时再进行切应力强度校核。

例 12-9　一吊车（图 12-28a）用 32c 工字钢制成，将其简化为一简支梁（图 12-28b），梁长 $l = 10$m，自重不计。若最大起重载荷为 $F = 35$kN（包括葫芦和钢丝绳），许用应力为 $[\sigma] = 130$MPa，试校核梁的强度。

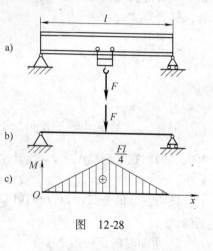

图　12-28

解　（1）求最大弯矩　当载荷在梁中点时，该处产生最大弯矩。从表 12-1 中可查得

$$M_{max} = \frac{Fl}{4} = \frac{35 \times 10}{4} \text{kN} \cdot \text{m} = 87.5 \text{kN} \cdot \text{m}$$

（2）校核梁的强度　查型钢表得 32c 工字钢的抗弯截面系数 $W_z = 760 \text{cm}^3$，所以

$$\sigma_{max} = \frac{M_{max}}{W_z} = \frac{87.5 \times 10^3}{760 \times 10^{-6}} \text{Pa} = 115.1 \text{MPa} < [\sigma]$$

说明梁的工作是安全的。

例 12-10　某设备中要一根支承物料重量的梁，可简化为受均布载荷的简支梁（图 12-29）。

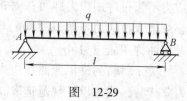

图　12-29

已知梁的跨长 $l=2.83\text{m}$，所受均布载荷的集度 $q=23\text{kN/m}$，材料为 45 号钢，许用弯曲正应力 $[\sigma]=140\text{MPa}$，问该梁应该选用几号工字钢？

解　这是一个设计梁的截面问题，为此先求出梁所需的抗弯截面系数。在梁跨中点横截面上的最大弯矩为

$$M_{max}=\frac{1}{8}ql^2=\frac{23\times(2.83)^2}{8}=23\text{kN}\cdot\text{m}$$

所需的抗弯截面系数为

$$W_z=\frac{M_{max}}{[\sigma]}=\frac{23\times10^3}{140\times10^6}\text{m}^3=165\text{cm}^3$$

查型钢规格表，选用 18 号工字钢，$W_z=185\text{cm}^3$。

例 12-11　如图 12-30a 所示，一螺旋压板夹紧装置。已知压紧力 $F=3\text{kN}$，$a=50\text{mm}$，材料的许用弯曲应力 $[\sigma]=150\text{MPa}$。试校核压板的强度。

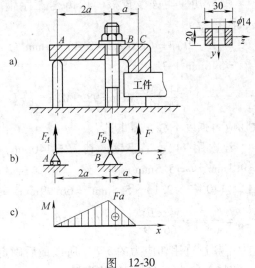

图　12-30

解　压板可简化为一简支梁（图 12-30b），绘制弯矩图如图 12-30c 所示。最大弯矩在截面 B 上

$$M_{max}=Fa=3\times10^3\times0.05\text{N}\cdot\text{m}=150\text{N}\cdot\text{m}$$

欲校核压板的强度，需计算 B 处截面对其中性轴的惯性矩

$$I_z=\frac{30\times20^3}{12}\text{mm}^4-\frac{14\times20^3}{12}\text{mm}^4=10.67\times10^{-9}\text{m}^4$$

抗弯截面系数为

$$W_z=\frac{I_z}{y_{max}}=\frac{10.67\times10^{-9}}{0.01}\text{m}^3=1.067\times10^{-6}\text{m}^3$$

最大正应力则为

$$\sigma_{max}=\frac{M_{max}}{W_z}=\frac{150}{1.067\times10^{-8}}=141\times10^6\text{Pa}=141\text{MPa}<150\text{MPa}$$

故压板的强度足够。

例 12-12　图 12-31a 所示为简支梁，材料的许用正应力 $[\sigma]=140\text{MPa}$，许用切应力 $[\tau]=80\text{MPa}$。试选择合适的工字钢型号。

解　（1）由静力平衡方程求出梁的约束力 $F_A=54\text{kN}$，$F_B=6\text{kN}$，并作剪力图和弯矩图如图 12-31b、c 所示，得 $F_{max}=54\text{kN}$，$M_{max}=10.8\text{kN}\cdot\text{m}$。

（2）选择工字钢型号　由正应力强度条件得

$$W_z \geqslant \frac{M_{max}}{[\sigma]} = \frac{10.8 \times 10^3}{140 \times 10^6} \text{m}^3 = 77.1 \times 10^3 \text{mm}^3$$

查型钢表，选用 12.6 号工字钢，$W_z = 77.529 \times 10^3 \text{mm}^3$，$H = 126\text{mm}$，$t = 8.4\text{mm}$，$b = 5\text{mm}$。

（3）切应力强度校核　12.6 号工字钢腹板面积为

$$A = (H - 2t)b = (126 - 2 \times 8.4) \times 5\text{mm}^2$$
$$= 546\text{mm}^2$$

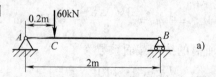

$$\tau_{max} = \frac{F_{Qmax}}{A} = \frac{54 \times 10^3}{546}\text{MPa} = 98.9\text{MPa} > [\tau]$$

故切应力强度不够，需重选。

若选用 14 号工字钢，其 $H = 140\text{mm}$，$t = 9.1\text{mm}$，$b = 5.5\text{mm}$，则

$$A = (140 - 2 \times 9.1) \times 5.5\text{mm}^2 = 669.9\text{mm}^2$$

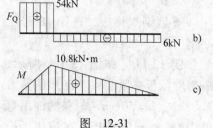

图　12-31

$$\tau_{max} = \frac{F_{Qmax}}{A} = \frac{54 \times 10^3}{669.9}\text{MPa} = 80.6\text{MPa} > [\tau]$$

应力不超过许用切应力的 5%，所以最后确定选用 14 号工字钢。

*例 12-13　T 形截面外伸梁尺寸及其受力情况如图 12-32a、b 所示，截面对形心轴 z 的惯性矩 $I_z = 86.8\text{cm}^4$，$y_1 = 38\text{cm}$，材料为铸铁，其许用拉应力 $[\sigma_t] = 23\text{MPa}$，许用压应力 $[\sigma_c] = 40\text{MPa}$。试校核其强度。

解　（1）由静力平衡方程求出梁的约束力 $F_A = 0.6\text{kN}$，$F_B = 2.2\text{kN}$，并作弯矩图如图 12-32c 所示，可知最大正弯矩在截面 C

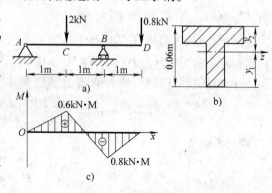

图　12-32

处，$M_C = 0.6\text{kN} \cdot \text{m}$，最大负弯矩在截面 B 处，$M_B = -0.8\text{kN} \cdot \text{m}$。

（2）校核梁的强度　显然截面 C 和截面 B 均为危险截面，都要进行强度校核。

截面 B 处：最大拉应力发生于截面上边缘各点处，得

$$\sigma_t = \frac{M_B y_2}{I_z} = \frac{0.8 \times 10^6 \times 2.2 \times 10}{86.8 \times 10^4}\text{MPa} = 20.3\text{MPa} < [\sigma_t]$$

最大压应力发生于截面下边缘各点处，得

$$\sigma_c = \frac{M_B y_1}{I_z} = \frac{0.8 \times 10^6 \times 3.8 \times 10}{86.8 \times 10^4} \text{MPa} = 35.2\text{MPa} < [\sigma_c]$$

截面 C 处：虽然 C 处的弯矩绝对值比 B 处的小，但最大拉应力发生于截面下边缘各点处，而这些点到中性轴的距离比上边缘处各点到中性轴的距离大，且材料的许用拉应力 $[\sigma_t]$ 小于许用压应力 $[\sigma_c]$，所以还需校核最大拉应力

$$\sigma_t = \frac{M_C y_1}{I_z} = \frac{0.6 \times 10^6 \times 38}{86.8 \times 10^4} \text{MPa} = 26.4\text{MPa} < [\sigma_t]$$

所以梁的工作是安全的。

从此例题可以看出，对于中性轴不是截面对称轴的用脆性材料制成的梁，其危险截面不一定就是弯矩最大的截面。当出现与最大弯矩反向的较大弯矩时，如果此截面的最大拉应力边距中性轴较远，算出的结果就有可能超过许用拉应力，故此类问题考虑要全面。T 字形截面梁是工程中常用的梁，应注意合理放置，尽量使最大弯矩截面上受拉边距中性轴较近。此外，在设计 T 字形截面的尺寸时，为了充分利用材料的抗拉（压）强度，应该使中性轴至截面上下边缘的距离之比恰好等于许用拉、压应力之比。

第八节 梁的弯曲变形计算和刚度校核

前面研究了梁的弯曲强度问题。在实际工程中，某些受弯构件在工作中不仅需要满足强度条件以防止构件破坏，还要求其有足够的刚度。例如图 12-33a 所示的车床主轴，若弯曲变形过大，应会引起轴颈急剧地磨损，使齿轮间啮合不良，而且影响加工件的精度；又如起重机的大梁起吊重物时，若其弯曲变形过大就会使起重机在运行时产生爬坡现象，引起较大的振动，破坏起吊工作中的平稳性。再如输液管道若弯曲变形过大，将影响管内液体的正常输送，出现积液、沉淀和管道连接处不密封等现象。因此必须限制构件的弯曲变形。但在某些情况下，也可利用构件的弯曲变形来为生产服务。例如汽车轮轴上的叠板弹簧（图12-33b），就是利用其弯曲变形来缓和车辆受到的冲击和振动，这时就要求弹簧有较大的弯曲变形了。

根据工程上的需要，为了限制或利用弯曲构件的变形，必须研究弯曲变形的规律。此外，在求解超静定梁的问题时，也需要用到梁的变形条件。

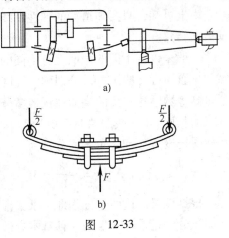

a)

b)

图 12-33

一、挠度和转角

梁受外力作用后，它的轴线由原来的直线变成了一条连续而光滑的曲线（图 12-34），称为挠曲线。因为梁的变形是弹性变形，所以梁的挠曲线也称为弹性曲线。弹性曲线可以表示为 $y = f(x)$，称为弹性曲线方程（又称挠度方程）。

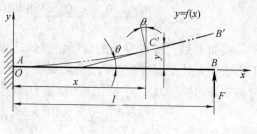

图　12-34

梁的变形程度可用两个基本量来度量：

挠度——梁上距离坐标原点 O 为 x 的截面形心（图 12-34），沿垂直于 x 轴方向的位移 y，称为该截面的挠度。其单位为 mm。通常选取坐标系 Oxy，原点在梁的左端，y 轴正向向上，所以位移向上时挠度为正，向下时挠度为负。

转角——梁的任一横截面在弯曲变形过程中，绕中性轴转过的角位移 θ，称为该截面的转角。因为变形前后横截面垂直于梁的轴线，也可把轴与弹性曲线上某点（对应一截面）切线的夹角看成是梁上该截面的转角（图 12-34）。转角的单位是弧度（rad）。

由图 12-34 可知，梁的弹性曲线在 C' 点的切线斜率为

$$\tan\theta = \frac{\mathrm{d}y}{\mathrm{d}x}$$

在工程实际中，θ 一般都很微小，故可认为 $\tan\theta \approx \theta$，即有

$$\theta = \frac{\mathrm{d}y}{\mathrm{d}x} \tag{12-14}$$

式（12-14）表明，梁任一横截面转角 θ 等于该截面的挠度 y 对截面位置坐标 x 的一阶导数。

由上可知，只要知道梁的弹性曲线方程，就可求得轴上任一点的挠度和任一横截面转角。

一般来说，不同的截面上有不同的挠度和不同的转角，所以挠度和转角都是截面位置坐标 x 的函数，分别称为挠度方程 $y = f_1(x)$ 和转角方程 $\theta = f_2(x)$。可以通过高等数学建立梁的挠曲线近似微分方程。例如图 12-34 所示的悬臂梁，若已知梁的长度为 l，截面轴惯性矩为 I，材料的拉（压）弹性模量为 E，经数学推导可解得挠度方程和转角方程分别为

$$y = -\frac{Fx^2}{6EI}(3l - x)，\quad \theta = -\frac{Fx}{2EI}(2l - x)$$

根据该梁的这两个方程即可求梁任意截面的挠度和转角。

积分法是求梁变形的一种基本方法，但运算过程繁琐。因此，在一般设计手

册中，已将常见梁的挠度方程、梁端面转角和最大挠度计算公式列成表格，以备查用。表 12-3 给出了几种简单载荷作用下梁的挠度和转角。

表 12-3 梁在简单载荷作用下的变形

序号	梁 的 简 图	挠曲线方程	短截面转角	最 大 挠 度
1		$y = \dfrac{-mx^2}{2EI}$	$\theta_B = -\dfrac{ml}{EI}$	$y_B = -\dfrac{ml^2}{2EI}$
2		$y = -\dfrac{Fx^2}{6EI}(3l - x)$	$\theta_B = -\dfrac{Fl^2}{2EI}$	$y_B = -\dfrac{Fl^3}{3EI}$
3		$y = \dfrac{-Fx^2}{6EI}(3a - x) \quad 0 \leqslant x \leqslant a$ $y = \dfrac{-Fa^2}{6EI}(3x - a) \quad a \leqslant x \leqslant l$	$\theta_B = -\dfrac{Fa^2}{2EI}$	$y_B = -\dfrac{Fa^2}{6EI}(3l - a)$
4		$y = -\dfrac{qx^2}{24EI}(x^2 - 4lx + 6l^2)$	$\theta_B = -\dfrac{ql^3}{6EI}$	$y_B = -\dfrac{ql^4}{8EI}$
5		$y = -\dfrac{mx}{6EIl}(l - x)(2l - x)$	$\theta_A = -\dfrac{ml}{3EI}$ $\theta_B = \dfrac{ml}{6EI}$	$x = \left(l - \dfrac{1}{\sqrt{3}}l\right),$ $y_{max} = -\dfrac{ml^2}{9\sqrt{3}EI}$ $x = \dfrac{1}{2},\ y_{\frac{l}{2}} = -\dfrac{ml^2}{16EI}$
6		$y = -\dfrac{mx}{6EIl}(l^2 - x^2)$	$\theta_A = \dfrac{ml}{6EI}$ $\theta_B = \dfrac{ml}{3EI}$	$x = \dfrac{l}{\sqrt{3}}$ $y_{max} = -\dfrac{ml^2}{9\sqrt{3}EI}$ $x = \dfrac{1}{2},\ y_{\frac{l}{2}} = -\dfrac{ml^2}{16EI}$
7		$y = \dfrac{mx}{6EIl}(l^2 - 3b^2 - x^2)$ $\quad 0 \leqslant x \leqslant a$ $y = \dfrac{mx}{6EIl}\big[-x^3 + 3l(x - a)^2$ $\quad + (l^2 - 3b^2)x \big]$ $\quad a \leqslant x \leqslant l$	$\theta_A = \dfrac{m}{6EIl}(l^2 - 3b^2)$ $\theta_B = \dfrac{m}{6EIl}(l^2 - 3a^2)$	

（续）

序号	梁 的 简 图	挠曲线方程	短截面转角	最 大 挠 度
8		$y = -\dfrac{Fx}{48EI}(3l^2 - 4x^2)$ $a \leqslant x \leqslant \dfrac{l}{2}$	$\theta_A = -\theta_B = -\dfrac{Fl^3}{16EI}$	$y_{max} = -\dfrac{Fl^3}{48EI}$
9		$y = -\dfrac{Fbl}{6EIl}(l^2 - x^2 - b^2)$ $0 \leqslant x \leqslant a$ $y = -\dfrac{Fb}{6EIl}\left[\dfrac{1}{b}(x-a)^3\right.$ $\left. + (l^2 - b^2)x - x^3\right]$ $a \leqslant x \leqslant l$	$\theta_A = \dfrac{Fab(l+b)}{6EIl}$ $\theta_B = \dfrac{Fab(l+a)}{6EIl}$	设 $a > b$, $x = \sqrt{\dfrac{l^2 - b^2}{3}}$ 处 $y_{max} = -\dfrac{Fb}{9\sqrt{3}EIl}\sqrt{(l^2-b^2)^3}$ 在 $x = \dfrac{1}{2}$ 处 $y\dfrac{l}{2} = -\dfrac{Fb(3l^2 - 4b^2)}{48EI}$
10		$y = \dfrac{-qx}{24EI}(l^3 -$ $2lx^2 + x^3)$	$\theta_A = -\theta_B =$ $-\dfrac{ql^3}{24EI}$	$y_{max} = -\dfrac{5ql^4}{384EI}$
11		$y = \dfrac{Fax}{6EIl}(l^2 - x^2)$ $0 \leqslant x \leqslant l$ $y = -\dfrac{F(x-l)}{6EI}$ $[a(3x-l) - (x-l)^2]$ $l \leqslant x \leqslant (l+a)$	$\theta_A = -\dfrac{1}{2}\theta_B = \dfrac{Fal}{6EI}$ $\theta_C = -\dfrac{Fa}{6EI}(2L \mid 3a)$	$y_C = -\dfrac{Fa^2}{3EI}(l+a)$
12		$y = -\dfrac{mx}{6EIl}(x^2 - l^2)$ $0 \leqslant x \leqslant l$ $y = -\dfrac{m}{6EI}[3x^2 - 4xl + l^2]$ $l \leqslant x \leqslant (l+a)$	$\theta_A = -\dfrac{1}{2}\theta_B = \dfrac{ml}{6EI}$ $\theta_B = -\dfrac{m}{3EI}(l+3a)$	$y_C = -\dfrac{ma}{6EI}(2l+3a)$

二、用叠加法求梁的变形

在材料服从胡克定律且变形很小的前提下，梁的挠度和转角均与载荷成线性关系。因为变形很小，可略去梁上各点 x 方向的位移，认为支座的间距和外载荷的作用线都没有变化。因此，每个载荷产生的支座约束力、梁的弯矩、挠度和转角都不受其他载荷的影响。于是求梁的变形时，可采用叠加法。即当梁上同时受几个垂直于梁轴线的载荷作用时，任一截面的挠度和转角，等于各载荷单独作用时该截面的挠度和转角的代数和。

当作用在梁上的载荷比较复杂，而梁在单载荷作用下的变形又易于求得时，利用叠加法求梁的变形就更加方便。

例 12-14　图 12-35a 所示为一悬臂梁，其上作用有集中载荷 F 和集度为 q 的均布荷载，试求自由端 B 处的挠度和转角。已知 $EI =$ 常数。

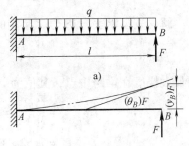

解　查表 12-3，因集中力 F 和均布荷载 q 单独作用下（图 12-35b、c），自由端的挠度和转角分别为

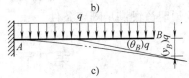

$$(y_B)_F = +\frac{Pl^3}{3EI}, \quad (y_B)_q = -\frac{ql^4}{8EI}$$

$$(\theta_B)_F = +\frac{Pl^2}{2EI}, \quad (\theta_B)_q = -\frac{ql^3}{6EI}$$

由叠加法可求得端的总挠度和总转角分别为

图　12-35

$$y_B = (y_B)_P + (y_B)_q = \frac{Pl^3}{3EI} - \frac{ql^4}{8EI}$$

$$\theta_B = (\theta_B)_P + (\theta_B)_q = \frac{Pl^2}{2EI} - \frac{Pl^3}{6EI}$$

三、梁的刚度条件

工程设计中，根据机械或结构的工作要求，常对挠度或转角加以限制，对梁进行刚度计算。梁的刚度条件为

$$|f|_{\max} \leqslant [f] \tag{12-15}$$

$$|\theta|_{\max} \leqslant [\theta] \tag{12-16}$$

式中，$|f|_{\max}$ 和 $|\theta|_{\max}$ 分别为梁的最大挠度和最大转角的绝对值；$[f]$ 和 $[\theta]$ 则为规定的许可挠度和转角。视工作要求不同，$[f]$ 和 $[\theta]$ 的数值可由有关规范中查得。例如：

架空管道　　　　　　　$[f] = \dfrac{l}{500}$

吊车梁　　　　　　　　$[f] = \left(\dfrac{1}{750} \sim \dfrac{1}{400}\right)l$

一般的轴　　　　　　　$[f] = (0.0003 \sim 0.0005)l$

刚度要求高的轴　　　　$[f] = 0.0002l$

装滑动轴承处　　　　　$[\theta] = 0.001\,\mathrm{rad}$

装向心球轴承处　　　　$[\theta] = 0.005\,\mathrm{rad}$

装齿轮处　　　　　　　$[\theta] = (0.001 \sim 0.002)\,\mathrm{rad}$

式中，l 为梁的跨度，即支承间的距离。

例 12-15 试校核例 12-10 所选择的 18 号工字钢截面简支梁的刚度。设材料的弹性模量 $E = 206\text{GPa}$，梁的许用挠度 $[y] = \dfrac{l}{500}$。

解 查型钢表，18 号工字钢的惯性矩 $I = 16.6 \times 10^{-6} \text{m}^4$。梁的许用挠度为

$$[y] = \frac{l}{500} = \frac{2830}{500} = 5.66\text{mm}$$

而最大挠度在梁跨中点，其值为

$$|y|_{max} = \frac{5ql^4}{384EI} = \frac{5 \times 23 \times 10^3 \times (2.83)^4}{384 \times 206 \times 10^9 \times 16.6 \times 10^{-6}}\text{m}$$
$$= 5.62 \times 10^{-3}\text{m} = 5.62\text{mm} < [y]$$

这说明该梁满足刚度条件。

*第九节　简单超静定梁的解法

一、超静定梁的概念

在前面所讨论的梁的约束力都可以通过静力平衡方程求得，这种梁称为静定梁。在工程实际中，有时为了提高梁的强度和刚度，除维持平衡所需的约束外，再增加一个或几个约束，当未知约束力的数目超过了所能列出的独立平衡方程的数目时，仅用静力平衡方程已不能完全求解，这样的梁称为超静定梁（或静不定梁）。那些超过维持平衡所必需的约束，习惯上称为多余约束；与其相应的约束力（包括约束力偶），称为多余约束力。而未知约束力的数目与独立的静定平衡方程数目的差数，称为超静定次数。解超静定梁问题与解拉（压）超静定问题一样，需要利用变形的协调条件和力与变形间的物理关系，建立补充方程，然后与平衡方程联立求解。支座约束力求得后，其余的计算，如求弯矩、画弯矩图、进行梁的强度和刚度计算等与静定梁并无区别。

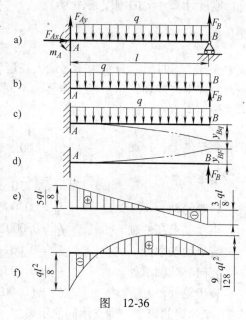

图　12-36

*二、用变形比较法解超静定梁

图 12-36a 所示的梁为一次超静定梁，若将支座 B 看做是多余约束，设想将它解除，而以未知约束力 F_B 代替。这时，AB 梁在形式上相当于受均

布载荷 q 和未知约束力 F_B 作用的静定梁（图 12-36b），这种形式上的静定梁称为基本静定梁。

上述基本静定梁上作用这两个力 q 和 F_B，若以 $(y_B)_q$ 和 $(y_B)_F$ 分别表示 q 和 F_B 各自单独作用时 B 端的挠度（图 12-35c、d），则 q 和 F_B 共同作用时，B 端的挠度应为

$$y_B = (y_B)_q + (y_B)_F$$

实际上，B 端是铰支座，且 A 与 B 始终在同一水平线上，它不应有任何垂直位移，即

$$y_B = (y_B)_q + (y_B)_F = 0 \qquad\qquad (a)$$

这就是变形协调条件。从这一变形条件，就可列出一个补充方程，用以求出多余约束力 F_B。由于这一变形协调条件是通过基本静定梁与超静定梁在 B 端的变形相比后得到的，故用这一条件求解超静定梁约束力的方法，称为变形比较法。

查表 12-3，得出力与变形间的物理关系，即

$$(y_B)_q = -\frac{ql^4}{8EI}, \quad (y_B)_F = +\frac{F_B l^3}{3EI}$$

代入（a）式，得到补充方程

$$-\frac{ql^4}{8EI} + \frac{F_B l^3}{3EI} = 0 \qquad\qquad (b)$$

由此可解得多余约束力

$$F_B = \frac{3}{8}ql$$

求得 F_B 后，再按已有的三个独立的静力平衡方程求出其他约束力，得

$$F_{Ax} = 0, \quad F_{Ay} = \frac{5ql}{8}, \quad M_A = \frac{1}{8}ql^2.$$

支座约束力求出后就可用与静定梁相同的方法进行其他的计算。例如，作出超静定梁 AB 的剪力图和弯矩图，如图 12-36e、f 所示。最大弯矩在固定端邻近的截面上，其大小为 $|M|_{max} = \frac{1}{8}ql^2$。

第十节　提高梁承载能力的措施

由强度条件式（12-12）可知，降低最大弯矩 M_{max} 或增大抗弯截面系数 W_z 均能提高强度。又从表 12-2 可见，梁的变形量与跨度 l 的高次方成正比，与截面轴惯性 I_z 成反比。由此可见，为提高梁的承载能力，除合理的布置载荷和安排支承位置以减小弯矩和变形外，主要应从增大 I_z 和 W_z 方面采取措施，以使梁的设计经济合理。

一、采用合理的截面形状

1. 采用 I_z 和 W_z 大的截面

在截面面积（即材料重量）相同时，应采用 I_z 和 W_z 较大的截面形状，即截面积分布应尽可能远离中性轴。因为离中性轴较远处正应力较大，而靠近中性轴处正应力很小，这部分材料没的被充分利用。若将靠近中性轴的材料移到离中性轴较远处，如将矩形改成工字形截面（图 12-37），则可提高惯性矩和抗弯截面系数，即提高抗弯能力。同理，实心圆截面改为面积相等的圆环形截面也可提高抗弯能力。

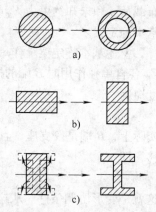

图　12-37

此外，合理的截面形状应使截面上最大拉应力和最大压应力同时达到相应的许用应力值。对于抗拉强度和抗压强度相等的塑性材料，宜采用对称于中性轴的截面（如工字形）。对于抗拉和抗压强度不等的材料，宜采用不对称于中性轴的截面，如铸铁等脆性材料制成的梁，其截面常做成 T 字形或槽形。并使梁的中性轴应偏于受拉的一边（图 12-38）。

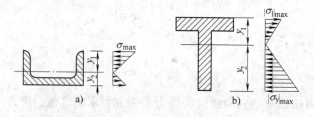

图　12-38

2. 采用变截面梁

除上述材料在梁的某一截面上如何合理分布的问题外，还有一个材料沿梁的轴线如何合理安排的问题。

等截面梁的截面尺寸是由最大弯矩决定的。故除 M_{max} 所在的截面外，其余部分的材料未被充分利用。为节省材料和减轻重量，可采用变截面梁，即在弯矩较大的部位采用较大的截面，在弯矩较小的部位采用较小的截面。例如桥式起重机的大梁，两端的截面尺寸较小，中段部分的截面尺寸较大（图 12-39a）、铸铁托架（图 12-39b），阶梯轴（图 12-39c）等，都是按弯矩分布设计的近似于变截面梁的实例。

二、合理布置载荷和支座位置

改善梁的受力方式可以降低梁上的最大弯矩值。如图 12-40 所示，受集中力作用的简支梁，若使载荷尽量靠近一边的支座，则梁的最大弯矩值比载荷作用在

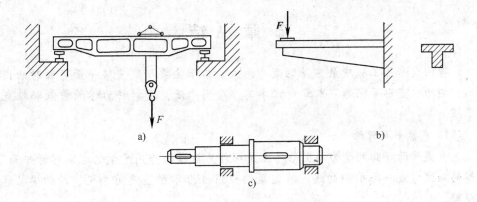

图 12-39

跨度中间时小得多。设计齿轮传动轴时，尽量将齿轮安排得靠近轴承（支座），这样设计的轴，尺寸可相应减小。

合理布置支座位置也能有效降低最大弯矩值。如受均布载荷作用的简支梁（图12-41a），其最大弯矩 $M_{max} = \dfrac{1}{8}ql^2$。若将两端支座向里移动 $0.2l$（图12-41b），则 $M_{max} = \dfrac{ql^2}{40}$ 只有前者的 $\dfrac{1}{5}$，因此梁的截面尺寸也可相应减小。实际应用中，化工卧式容器的支承点向中间移一段距离（图 12-42），就是利用此原理降低了 M_{max}，从而减轻自重，节省材料。

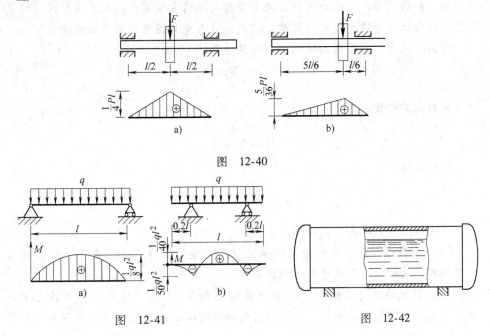

图 12-40

图 12-41

图 12-42

本 章 小 结

弯曲变形是工程中最常见的变形形式。本章主要研究直梁平面弯曲时的内力、应力、变形等问题。本章内容丰富、应用广泛，是材料力学的重点和难点章节。

1. 直梁平面弯曲

直梁平面弯曲的受力与变形特点是：外力沿横向作用于梁的纵向对称平面，梁的轴线弯成一条平面曲线。静定梁的应用性力学模型是简支梁、外伸梁、悬壁梁。

2. 弯曲的内力——剪力和弯矩

截面法是求直梁弯曲时的内力基本方法。一般情况下，梁的横截面上既有弯矩又有剪力，但弯矩是主要的。

3. 剪力图和弯矩图

剪力图和弯矩图是分析梁危险截面的重要依据。正确地画出剪力图、弯矩图是本章的重点和难点。①列剪力、弯矩方程是画剪力图、弯矩图的基本方法。②应用查表法和叠加法画剪力图、弯矩图较简捷实用。

4. 弯曲应力

一般情况下，梁的横截面上既有弯矩，又有剪力，从而在有弯曲时产生了弯曲正应力和切应力。正应力是决定梁是否被破坏的主要因素，只有在特殊的情况下才需进行切应力强度校核。因此，弯曲正应力及其强度计算是本章重点。

弯曲正应力 平面弯曲梁的应力计算公式

$$\sigma = \frac{My}{I_z}$$

等截面梁的最大弯曲正应力

$$\sigma_{max} = \frac{M_{max}}{W_z}$$

强度条件

$$\sigma_{max} = \frac{M_{max}}{W_z} \leqslant [\sigma]$$

使用以上公式时应注意以下几点：

（1）横截面上正应力的分布规律沿截面高度按直线变化，在中性轴上的正应力为零，梁的上、下边缘处正应力最大。

（2）横截面的惯性矩 I_z 及抗弯截面系数 W_z 是截面的两个重要的力学特性。为了尽量增大截面的 I_z，通常将某些构件的截面做成工字形、矩形和空心等形状。

（3）中性轴通过截面形心。

（4）根据正应力强度条件，可以解决工程上的三类问题，即梁的强度校核、截面设计及确定许用载荷。

5. 梁弯曲变形和刚度计算

梁弯曲后的轴线称为挠曲线，各截面相对原来的位置转过的角度称为转角。挠曲线方程为 $y = f(x)$，转角方程为 $\theta = \dfrac{\mathrm{d}y}{\mathrm{d}x}$。利用梁在简单载荷作用下的变形公式和叠加法，可以比较方便地解决一些较复杂的弯曲变形问题，从而进行刚度计算。

6. 提高梁的强度和刚度的措施

措施有：①合理布置梁的支撑；②合理布置梁的载荷；③合理选择梁的截面形状；④采用变截面的梁；⑤缩短跨距长增加支座；⑥合理选用材料。

思 考 题

1. 什么叫平面弯曲？试根据自己的实践经验，列举几个平面弯曲的例子。

2. 在材料力学中如何规定剪力和弯矩的正负？与静力学中关于力的投影和力矩的正负规定有何区别？

3. 在什么情况下，梁的 M 图发生突变？

4. 纯弯曲和剪切弯曲有何区别？为什么研究弯曲正应力公式时，首先从纯弯曲梁开始进行研究？纯弯曲正应力公式是否可应用于剪切弯曲？

5. 截面形状及所有尺寸完全相同的一根钢梁和一根木梁，若受外力也相同，梁的内力图是否相同？它们的横截面上的正应力变化规律是否相同？对应点处的正应力是否相同？

6. 为什么一般情况下梁不必进行剪应力强度计算？（＊什么情况下还需进行剪应力强度计算？）

7. 梁弯曲弯形程度用几个量来计算？它们之间有什么关系？

8. 何谓刚度条件？有何用途？

9. 指出下列概念的区别：轴惯性矩与极惯性矩；抗弯截面系数与抗弯刚度。

＊10. 当梁的材料的抗拉和抗压强度相同时，其截面采用何种形状较为合理？如果不同，又应当采用什么截面形状？试说明其理由。

习 题

12-1　如图 12-43 所示，利用截面法求 1—1、2—2、3—3 截面的剪力和弯矩（1—1、2—2 截面无限接近于截面 C，3—3 截面无限接近于 A、B）。

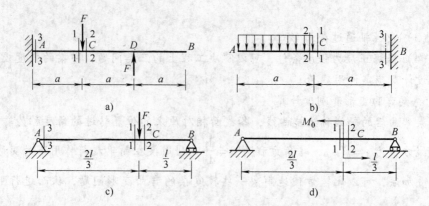

图 12-43

12-2 试列出图 12-44 所示各梁的弯矩方程，作弯矩图，求出梁的 $|M|_{max}$。

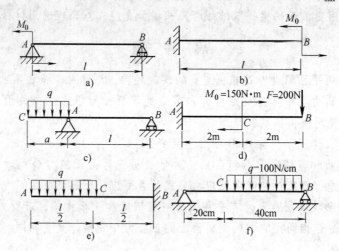

图 12-44

12-3 如图 12-45 所示，某车间需安装一台行车，行车大梁可简化为简支梁。设此梁选用 32a 工字钢，长为 $l = 8m$，其单位长度的重量为 517N/m，材料为 Q235 钢，许用应力为 $[\sigma] = 120MPa$。若起重量为 29.4kN，试按正应力强度条件校核该梁的强度。

12-4 一矩形截面梁如图 12-46 所示。已知 $F = 2kN$，横截面的高宽度比 $h/b = 3$，材料为松木。其许用应力 $[\sigma] = 8MPa$，试选择截面尺寸。

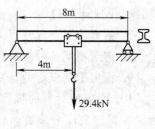

图 12-45

12-5 如图 12-47 所示，一受均布载荷的外伸钢梁，已知 $q = 12kN/m$。材料的许用应力 $[\sigma] = 160MPa$，试选择此梁所用工字钢的型号。

12-6 如图 12-48 所示，一支承管道的悬臂梁用两根槽钢组成。设两根管道作用在悬臂

梁上的重量各为 $G=5.39$kN，试选择槽钢的型号。设槽钢材料的许用拉应力为$[\sigma]=130$MPa。

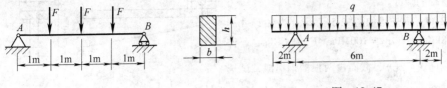

图 12-46　　　　　　　　　　　　　图 12-47

12-7　如图 12-49 所示，割刀在切割工件时受到 $F=1$kN 的切割力的作用。若已知其 $[\sigma]=220$MPa，试校核割刀的强度。

***12-8**　如图 12-50 所示，制动装置杠杆在 B 处用直径 $d=30$mm 的销钉支承。若杠杆的许用应力$[\sigma]=140$MPa，销钉的许用剪应力$[\tau]=100$MPa，试求许可的 F_1 和 F_2。

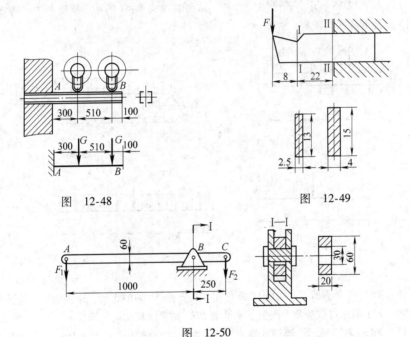

图　12-48　　　　　　　　　　　　　图　12-49

图　12-50

***12-9**　如图 12-51 所示，空气泵的操纵杆系一曲臂杠杆，用销钉和支座相连接，右端受力为 8.5kN，截面 Ⅰ—Ⅰ 和 Ⅱ—Ⅱ 相同，均为 $h/b=3$ 的矩形，若材料的许用正应力$[\sigma]=50$MPa，试设计截面 Ⅰ—Ⅰ 的尺寸。

12-10　如图 12-52 所示，铸铁轴承架受到力 $F=16$kN 作用，已知材料的许用拉应力$[\sigma_t]=30$MPa，许用压应力 $[\sigma_c]=100$MPa，试校核 A—A 截面的强度。

12-11　例 12-6 中，若将选定的 18 号工字钢改为材料相同的矩形截面，且使 $h=2b$，问其梁的重量是否增加？试求出这两种截面梁的重量比。

***12-12**　一圆轴如图 12-53 所示，其外伸部分为空心管

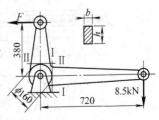

图　12-51

状。已知轴材料的弯曲许用应力 $[\sigma] = 140\text{MPa}$，试校核轴的强度。

12-13 简支梁如图 12-54 所示，已知 $l = 4\text{m}$，$q = 9.8\text{kN/m}$，$[\sigma] = 100\text{MPa}$，$E = 206\text{GPa}$，若许可挠度 $[y] = \dfrac{l}{1000}$，截面由两根槽钢组成，试选定槽钢的型号，并对自重影响进行校核。

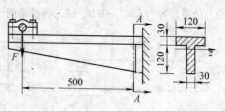

图 12-52

12-14 两端简支的输气管道，已知其外径 $D = 114\text{mm}$，壁厚 $\delta = 4\text{mm}$，单位长度重量 $q = 106\text{N/m}$，材料的弹性模量 $E = 210\text{GPa}$，设管道的许可挠度 $[y] = \dfrac{l}{500}$，管道长度 $l = 8\text{m}$，试校核管道的刚度。

12-15 如图 12-55 所示，若已知梁的 EI，试用叠加法求：（1）B 点挠度和中 C 点截面转角；（2）A 点挠度和截面转角。

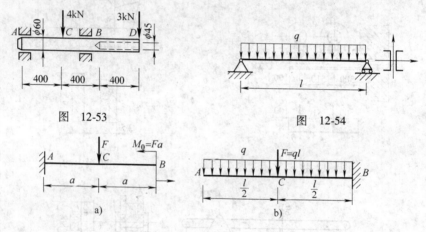

图 12-53   图 12-54

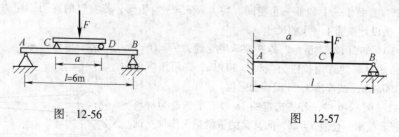

a)   b)

图 12-55

*12-16 如图 12-56 所示，当力 F 直接作用在简支梁 AB 的中点时，梁内的 $\sigma_{\max}$ 超过许用应力值 30%。为了消除过载现象，配置了辅助梁 CD。试求此辅助梁的跨度 a。

*12-17 如图 12-57 所示，梁的 A 端固定，B 端安放在活动铰链支座上。试求支座 A 处的约束力。

图 12-56   图 12-57

第十三章 组合变形的强度计算

第一节 组合变形的概念

在工程实际中，大多数杆件在荷载作用下产生的变形较为复杂，经分析可知，这些复杂变形均可看成是由若干基本变形组合而成。这类复杂变形称为组合变形。组合变形在工程中普遍存在。如图 13-1a 所示的塔器，除了受到自重作用，发生轴向压缩变形外，同时还受到了水平方向风载荷的作用，产生轴向弯曲变形，因此塔器的变形是压弯组合变形；图 13-1b 所示之钻床的立柱 AB，承受轴力 F 引起的拉伸和弯矩（$M = Fe$）引起的弯曲，其所发生的变形是拉弯组合变形；图 13-1c 所示悬臂圆轴，在自由端受到主动外力 F 和主动外力偶 M 作用，很容易判断该圆轴产生弯曲与扭转组合变形。

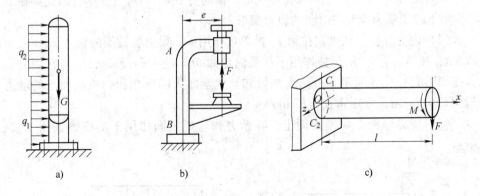

图 13-1

在组合变形的计算中，通常杆件的变形都在弹性范围内，而且都很小，因此可以假设任一载荷所引起的应力和变形都不受其他载荷的影响。这样，将作用在杆件上的载荷适当分解（或平移），使分解（或平移）后的各个截面都只产生基本变形，进而判断组合变形的类型，并进行相应的强度计算。

通常采用下列基本步骤处理组合变形的强度问题。

（1）外力分析 将作用于杆件的外力沿由杆的轴线及横截面的两对称轴所组成的直角坐标系等效分解（或平移），使杆件在每组外力作用下，只产生一种基本变形。

（2）内力分析 用截面法计算杆件横截面上的内力，画出内力图，并由此判断危险截面的位置。

（3）应力分析　根据基本变形时杆件横截面上的应力分布规律，运用叠加原理确定危险截面上危险点的位置及其应力值。

（4）强度计算　分析危险点的应力状态，结合杆件材料的性质选择适当的强度理论进行强度计算。

工程中常见的组合变形有两类：拉伸（或压缩）与弯曲的组合变形，弯曲与扭转的组合变形。下面分别对这两类组合变形的强度计算进行讨论。

第二节　拉伸（或压缩）与弯曲的组合变形

拉伸（或压缩）与弯曲的组合变形是工程中常见的基本情况。现以图 13-2 所示矩形截面悬臂梁为例，对这一类组合变形强度计算方法加以说明。

（1）外力分析　设外力 F 位于梁纵向对称面内，作用线与轴线成 α 角，梁的受力图如图 13-2a 所示。将力 F 向 x、y 轴分解（图 13-2b），得

$$F_x = F\cos\alpha, \quad F_y = F\sin\alpha$$

轴向拉力 F_x 使梁产生轴向拉伸变形，横向力 F_y 产生弯曲变形；因此梁在力 F 作用下的变形为拉伸与弯曲的组合变形。

（2）内力分析　在轴向拉力 F_x 的单独作用下，梁上各截面的轴力 $F_N = F_x = F\cos\alpha$；在横向力 F_y 的单独作用下，梁的弯曲 $M = F_y \cdot x = F\sin\alpha \cdot x$，它们的轴力图如图 13-2c、d 所示。由内力图可知，危险面为固定截面，该截面上的轴力 $F_N = F_x = F\cos\alpha$，弯矩 $M_{max} = Fl\sin\alpha$。

（3）应力分析　梁横截面上，在轴力和弯矩共同作用下的应力如图 13-2e 所示。

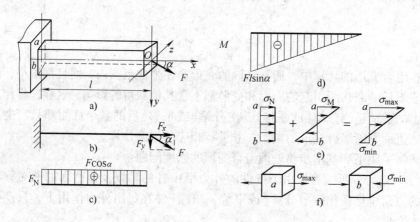

图　13-2

（4）强度计算　综合上述分析知道，对于拉、压许用应力相同的材料，拉伸与弯曲组合变形时，构件的强度条件为

$$\sigma_{\max} = \frac{F_N}{A} + \frac{M_{\max}}{W_z} \leqslant [\sigma] \tag{13-1a}$$

对于压缩与弯曲组合变形时构件的强度条件，则应将公式（13-1a）中的各项的正号变为负号，相加之和的绝对值最大应力

$$\sigma_{\max} = \left| -\frac{F_N}{A} - \frac{M_{\max}}{W_z} \right| \leqslant [\sigma] \tag{13-1b}$$

在分析问题和解决问题时，要具体问题具体分析，并与生产实践密切结合。

例 13-1　如图 13-3a 所示，最大吊重 $G = 8$kN 的起重机，若杆 AB 为工字钢，材料为 Q235 钢，$[\sigma] = 100$MPa，试选择工字钢的型号。

解　先求出杆 CD 的长度，即

$$l = \sqrt{2500^2 + 800^2}\,\text{mm} = 2620\text{mm} = 2.26\text{m}$$

由题意可知，杆 AB 的受力简图如图 13-3b 所示。设 CD 杆的拉力为 F，由平衡方程 $\sum M_A = 0$，得

$$F \times \frac{0.8}{2.26} \times 2.5 - 8 \times (2.5 + 1.5) = 0$$

解得　　　　　$F = 42$kN

把 F 分解为沿 AB 杆轴的分量 F_x 和垂直于 AB 杆轴线的分量 F_y，可见杆 AB 在 AC 段内产生压缩与弯曲的组合变形，且

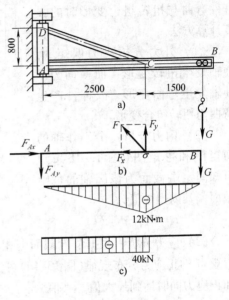

图　13-3

$$F_x = F \times \frac{2.5}{2.26} = 40\text{kN}$$

$$F_y = F \times \frac{0.8}{2.26} = 12.8\text{kN}$$

作杆 AB 的弯矩图和杆 AC 段的轴力图如图 13-3c 所示。从弯矩图和轴力图中可以看出，在 C 点左侧的截面上弯矩为最大值，$|M|_{\max} = 12$kN·m，AC 段的各个截面轴力相同 $|F_N| = 40$kN；故 C 截面为危险截面。

此时，在不考虑轴力 F_N 的影响下，根据弯曲强度条件可选取的工字钢为

$$W \geqslant \frac{M_{\max}}{[\sigma]} = \frac{12 \times 10^3}{100 \times 10^6}\text{m}^3 = 120\text{cm}^3$$

经查表可知，可选 16 号工字钢。

讨论： 本题若考虑轴力 F_N 的影响，应如何计算？请读者自行分析讨论。

第三节　弯曲与扭转的组合变形

弯曲与扭转的组合变形是机械工程中常见的情况，具有广泛的应用。如图 13-4a 所示，圆轴的左端固定、右端自由，自由端横截面内作用一个矩为 M_e 的外力偶和一个过轴心的横向力 F 的作用。现以此圆轴为例，说明杆件弯曲与扭转组合变形时的强度计算方法。

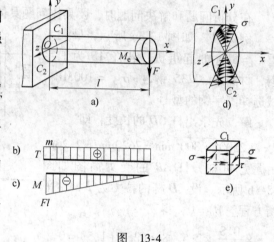

（1）外力分析　力偶矩 M_e 使轴发生扭转变形，而横向力 F 使轴发生弯曲变形，故杆件产生弯曲与扭转组合变形。

（2）内力分析　分别作轴的扭矩图和弯矩图（图 13-4b、c），可知固定端截面为该圆轴的危险截面，其内力数值为

$$T = M_e, \quad M = Fl$$

图　13-4

（3）应力分析　根据危险截面上相应于扭矩 T 的切应力分布规律和相应于弯矩 M 的正应力分布规律（图 13-4d）可知，上、下边缘的 C_1 点和 C_2 点的切应力和正应力同时达到最大值，其值为

$$\sigma = \frac{M}{W_z} \tag{a}$$

$$\tau = \frac{T}{W_p} \tag{b}$$

可知固定端截面上、下边缘的 C_1 点和 C_2 点是危险点。

（4）强度条件　如图 13-4e 所示，圆轴危险截面上的危险点 C_1 和 C_2 处同时存在扭转切应力 τ 和弯曲正应力 σ，由于 τ 和 σ 的方向不同，使得危险点的应力状态比较复杂，对其进行强度计算时，既不能采用应力的简单叠加，也不能按弯曲强度条件和扭转强度条件分别校核，而必须考虑它们的综合作用。只有对危险点的应力状态和材料破坏原因进行研究分析，提出不同的强度理论，才能建立起弯曲与扭转组合变形时的强度条件。人们通过长期的生产实践和科学实验，提出了许多不同的强度理论，根据这些强度理论可以得出不同的强度条件（详见本书

的第十五章）。

目前，对于低碳钢类的塑性材料，工程上普遍采用第三或第四强度理论。

根据第三强度理论，弯曲与扭转组合变形的强度条件为

$$\sigma_3 = \sqrt{\sigma^2 + 4\tau^2} \leqslant [\sigma] \tag{13-2}$$

根据第四强度理论，弯曲与扭转组合变形的强度条件为

$$\sigma_4 = \sqrt{\sigma^2 + 3\tau^2} \leqslant [\sigma] \tag{13-3}$$

式中，σ_3 为第三强度理论的相当应力；σ_4 为第四强度理论的相当应力；σ 为危险截面上危险点的弯曲正应力；τ 为危险截面上危险点的扭转切应力；$[\sigma]$ 为材料的许用应力。

将式（a）、式（b）代入式（13-2）和式（13-3）得

$$\sigma_3 = \sqrt{\left(\frac{M}{W_z}\right)^2 + 4\left(\frac{T}{W_p}\right)^2} \leqslant [\sigma] \tag{c}$$

$$\sigma_4 = \sqrt{\left(\frac{M}{W_z}\right)^2 + 3\left(\frac{T}{W_p}\right)^2} \leqslant [\sigma] \tag{d}$$

对于圆形截面轴，抗弯截面系数和抗扭截面系数分别为

$$W_z = \frac{\pi d^3}{32} \qquad W_p = \frac{\pi d^3}{16} = 2W_z$$

将 $W_p = 2W_z$ 代入式（c）、式（d），得到用内力表达的第三、第四强度理论的强度条件分别为

$$\sigma_3 = \frac{\sqrt{M^2 + T^2}}{W_z} \leqslant [\sigma] \tag{13-4}$$

$$\sigma_4 = \frac{\sqrt{M^2 + 0.75T^2}}{W_z} \leqslant [\sigma] \tag{13-5}$$

式中，M 为危险截面上的弯矩；T 为危险截面上的扭矩；W_z 为危险截面的抗弯截面系数。

应用式（13-2）~式（13-5）计算弯曲与扭转组合变形的强度时，应注意以下两点：

（1）式（13-4）、式（13-5）只适用于圆形截面轴产生弯曲和扭转组合变形时的强度计算，且 M 和 T 必须是同一截面（危险截面）上的弯矩和扭矩。

（2）式（13-4）、式（13-5）也可用于计算拉（或压）与扭转组合变形的强度。

例 13-2 如图 13-5a 所示，电动机带动轴 AB 转动，在轴的中点安装一带轮，已知带轮的重力 $G = 3\text{kN}$，直径 $D = 500\text{mm}$，带的紧边拉力 $F_{T1} = 6\text{kN}$，松边拉力 $F_{T2} = 4\text{kN}$，$l = 1.2\text{m}$。若轴的许用应力 $[\sigma] = 80\text{MPa}$，试按第三强度理论设计轴的直径 d。

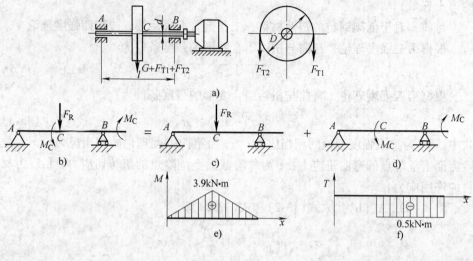

图　13-5

解（1）外力分析　将带的紧边拉力 F_{T1}、松边拉力 F_{T2} 分别向带轮的轴线平移，简化后得到一个作用于轴中点的横向力 $F = F_{T1} + F_{T2}$ 和附加力偶 M_C，轴的计算简图如图 13-5b 所示。其中

$$F_R = G + F_{T1} + F_{T2} = 3kN + 6kN + 4kN = 13kN$$

$$M_C = F_{T1}\frac{D}{2} - F_{T2}\frac{D}{2} = (6-4) \times 0.25kN \cdot m = 0.5kN \cdot m$$

显然，在横向力 F_R 的作用下，轴产生弯曲变形，如图 13-5c 所示；在力偶 M_C 的作用下，轴产生扭转变形，如图 13-5d 所示，所以轴产生弯曲与扭转的组合变形。

（2）内力分析　根据图 13-5c 绘制轴的弯矩图，如图 13-5e 所示；根据图 13-5d 绘制轴的扭矩图，如图 13-5f 所示。由图可见，轴 CB 段各横截面上的扭矩相同，弯矩不同；轴 AB 的中点 C 截面上的弯矩最大，所以 C 截面为危险截面，其上弯矩值和扭矩值分别为

$$M = \frac{F_R l}{4} = \frac{13 \times 1.2}{4}kN \cdot m = 3.9kN \cdot m$$

$$T = M_C = 0.5kN \cdot m$$

（3）按第三强度理论确定轴的直径 d　由式（13-4）得

$$\sigma_3 = \frac{\sqrt{M^2 + T^2}}{W_z} = \frac{\sqrt{M^2 + T^2}}{\frac{\pi d^3}{32}} \leqslant [\sigma]$$

则有　$d \geqslant \sqrt[3]{\dfrac{32\sqrt{M^2 + T^2}}{\pi[\sigma]}} = \sqrt[3]{\dfrac{32\sqrt{(3.9 \times 10^6)^2 + (0.5 \times 10^6)^2}}{\pi \times 80}}mm = 79.4mm$

取轴的直径为 $d = 80mm$。

有时，作用在轴上的横向力很多且方向各不相同，这时可将每一个横向力向水平和竖直两个方向进行分解，分别画出构件在水平和竖直平面内的弯矩图，再按下式计算危险截面上的合成弯矩 $M_合$

$$M_合 = \sqrt{M^2_{水平} + M^2_{竖直}}$$

*例13-3 如图13-6a所示，C 轮的皮带处于水平位置，D 轮的皮带处于铅直位内。各皮带的张力均为 $F_{T1} = 3900N$ 和 $F_{T2} = 1500N$。若两轮的直径均为 $600mm$，许用应力 $[\sigma] = 80MPa$。试分别按第三、第四强度理论设计轴的直径。

解 （1）受力分析 将皮带张力向轴的截面形心简化（图13-6b）。可以看出轴发生扭转与在 xz 平面和 xy 平面内弯曲的组合变形。在 C 轮中心的水平力 F_z 使轴产生在 xz 平面内的弯曲

$$F_z = F_{T1} + F_{T2} = 3900N + 1500N = 5400N$$

在 C 轮平面内作用一个力偶，其矩为

$$M_{eC} = (F_{T1} - F_{T2}) \cdot \frac{D}{2} = (3900 - 1500) \times \frac{600 \times 10^{-3}}{2}N \cdot m$$

$$= 720N \cdot m$$

同理，作用在 D 轮中心的铅直力 F_y，使轴产生在 xy 面内的弯曲。力 F_y 大小亦为 $5400N$，D 轮上的力偶矩与 M_{eC} 相同，即 $M_{eD} = 720N \cdot m$，但转向与 M_{eC} 相反。

（2）内力计算，确定危险截面 分别作出轴的扭矩图（13-6c）和 xz 平面及 xy 平面的弯矩图（图13-6d、e）。将 C、D 两个截面上中每一个截面的弯矩 M_y 和 M_z 按向量合成为合弯矩 M_C 和 M_D，它们的大小分别为

$$M_D = \sqrt{M^2_{yD} + M^2_{zD}} = \sqrt{1440^2 + 450^2}N \cdot m$$

$$= 1509N \cdot m$$

$$M_C = \sqrt{M^2_{yC} + M^2_{zC}} = \sqrt{1350^2 + 0^2}N \cdot m$$

$$= 1350N \cdot m$$

由于轴在 DC 段内各个横截面上的扭矩都相同。故 D 的右邻截面为危险截面。

（3）计算轴的直径 根据第三强度理论，由式（13-4）可得

$$\frac{\pi d^3}{32} \geqslant \frac{\sqrt{M^2 + T^2}}{[\sigma]}$$

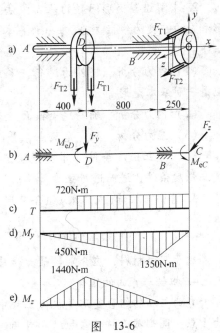

图 13-6

$$d \geqslant \sqrt[3]{\frac{32 \sqrt{M^2 + T^2}}{\pi [\sigma]}} = \sqrt[3]{\frac{32 \times \sqrt{1509^2 + 720^2}}{\pi \times 80 \times 10^6}} m$$

$$= 5.97 \times 10^{-2} m = 59.7 mm$$

取 $d = 60mm$。若按第四强度理论，由式（13-5）得

$$\frac{\pi d^3}{32} \geqslant \frac{\sqrt{M^2 + 0.75 T^2}}{[\sigma]}$$

$$d \geqslant \sqrt[3]{\frac{32 \sqrt{M^2 + 0.75 T^2}}{\pi [\sigma]}} = \sqrt[3]{\frac{32 \times \sqrt{1509^2 + 0.75 \times 720^2}}{\pi \times 80 \times 10^6}} m$$

$$= 5.92 \times 10^{-2} m = 59.2 mm$$

取 $d = 60mm$。

从以上结果可知，采用第三、第四强度理论计算结果相差不大。采用第三强度理论计算偏安全。

本 章 小 结

本章主要介绍组合变形的相关知识。

1. 杆件在载荷作用下产生的变形是两种或两种以上基本变形的组合，称为组合变形。

2. 求解组合变形问题的基本方法是叠加法。运用叠加法的条件是满足小变形和应力应变为线性关系，每一种基本变形都是各自独立，互不影响。叠加法步骤如下：

（1）外力分析　将外力进行平移或分解，使简化或分解后的每一种载荷对应着一种基本变形。

（2）内力分析　确定危险截面。

（3）应力分析　确定危险点，并围绕危险点取出危险点处的单元体。

（4）建立强度条件　根据危险点的应力状态及构件材料，选择强度理论，建立强度条件，进而进行强度计算。

3. 弯曲与拉伸（或压缩）组合变形，对于塑性材料，强度条件为

$$\sigma_{max} = \frac{|M_{max}|}{W_z} + \frac{|F_N|}{A} \leqslant [\sigma]$$

对于脆性材料，应分别按最大拉应力和最大压应力进行强度计算。

4. 扭转与弯曲的组合

弯曲与扭转组合变形是机械工程中常见的变形形式。以截面为圆形的传动轴为重点，圆形截面杆件在扭转和弯曲组合变形下强度条件：

（1）若根据第三强度理论，强度条件为

$$\sqrt{\sigma^2 + 4\tau^2} \leqslant [\sigma] ; \quad \frac{\sqrt{M^2 + T^2}}{W_z} \leqslant [\sigma]$$

（2）若按第四强度理论，强度条件为

$$\sqrt{\sigma^2 + 3\tau^2} \leqslant [\sigma] ; \quad \frac{\sqrt{M^2 + 0.75T^2}}{W_z} \leqslant [\sigma]$$

按第三强度理论计算偏于安全，按第四强度理论计算更接近于实际情况。

思 考 题

1. 何谓组合变形？组合变形构件的应力计算是依据什么原理进行的？
2. 试分析图 13-7 所示的杆件各段分别是哪几种基本变形的组合。

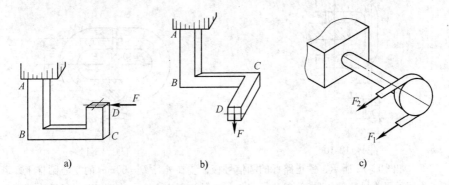

图　13-7

3. 用叠加原理处理组合变形问题，将外力分组时应注意些什么？
4. 为什么弯曲与拉伸组合变形时只需校核拉应力的强度条件，而弯曲与压缩组合变形时，脆性材料要同时校核压应力和拉应力的强度条件？
5. 由塑性材料制成的圆轴，在弯曲与扭转组合变形时怎样进行强度计算？

习 　 题

13-1　如图 13-8 所示，试判别图中折杆 ABCD 上 AB、BC 和 CD 杆将产生何种变形？

13-2　梁式吊车如图 13-9 所示，吊起的重量（包括电动葫芦重）F = 40kN，横梁 AB 为 18 号工字钢，当电动葫芦走到梁中点时，试求横梁的最大压应力。

13-3　一夹具如图 13-10 所示，已知 F = 2kN，偏心距 e = 6cm，竖杆为矩形截面，b = 1cm，h = 2.2cm，材料为 Q235 钢，其屈服极限 σ_s = 240MPa，安全因数为 1.5，试校核竖杆的强度。

13-4　如图 13-11 所示的开口链环，由直径 d = 50mm 的钢杆制成，链环中心线到两边杆中心线尺寸各为 60mm，试求链环中段（即图中下边段）的最大拉应力。又问：若将链环开口处焊住，使链环成为完整的椭圆形时，其中段的最大拉应力又为多少？从而可得什么结论？

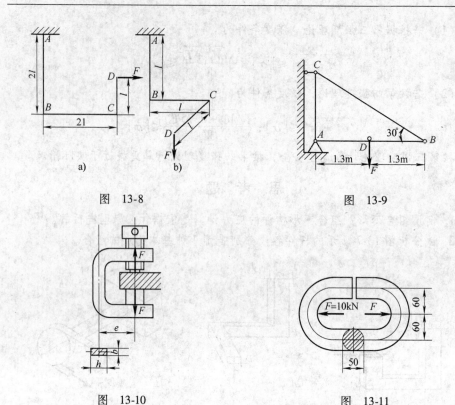

图 13-8

图 13-9

图 13-10

图 13-11

13-5 如图 13-12 所示，铁道路标的圆信号板，装在外径 $D = 60\text{mm}$ 的空心圆柱上，若信号板上作用的最大风载的压强 $p = 2\text{kPa}$，已知材料的许用应力 $[\sigma] = 60\text{MPa}$，试选定壁厚 δ。

13-6 如图 13-13 所示，电动机外伸轴上安装一带轮，带轮的直径 $D = 250\text{mm}$，轮重忽略不计。套在轮上的带张力是水平的，分别是 $2F_\text{T}$ 和 F_T。电动机轴的外伸轴臂长 $l = 120\text{mm}$，直径 $d = 40\text{mm}$。轴材料的许用应力 $[\sigma] = 60\text{MPa}$。若电动机传给轴的外力矩 $M = 120\text{N}\cdot\text{m}$，试按第三强度理论校核此轴的强度。

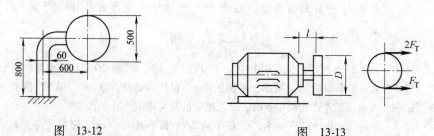

图 13-12

图 13-13

13-7 如图 13-14 所示，电动机带动的轴上装有一直径 $D = 1.2\text{m}$ 的带轮，轮重 $G = 5\text{kN}$，套在带轮上的张力分别为 $F_\text{T1} = 6\text{kN}$，$F_\text{T2} = 3\text{kN}$，已知材料的许用应力 $[\sigma] = 50\text{MPa}$，试按第三强度理论设计轴的直径 d。

13-8 如图 13-15 所示，圆轴直径为 80mm，轴的右端装有重为 5kN 的带轮，皮带轮上侧

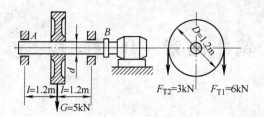

图 13-14

受水平力 $F_T = 5kN$，下侧受水平力为 $2F_T$，轴的许用应力 $[\sigma] = 70MPa$。试按第三和第四强度理论校核轴的强度。

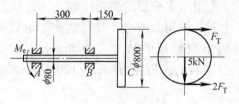

图 13-15

第十四章 压杆稳定

第一节 压杆稳定的概念及失稳分析

一、压杆稳定的概念

第九章曾讨论了杆受到压缩变形的强度问题，认为只要在杆件内的工作应力未超过它的许用应力时，便可以安全工作。这个结论只对短粗的压杆才是正确的，若用于细长杆将导致错误的结论。例如，一根宽 30mm，厚 2mm，长 400mm 的条形钢板，其材料的许用应力$[\sigma] = 120$MPa，按轴向压缩强度条件，其承载能力为

$$F \leqslant A[\sigma] = 30 \times 2 \times 120\text{N} = 7.2 \times 10^{3}\text{N} = 7.2\text{kN}$$

但实验发现，压力 F 达到 70N 时，它已经开始弯曲，如图 14-1 所示。若压力继续增大，则变形程度急剧增加直至折断，此时压力 F 远小于 7.2kN，产生破坏的原因是它不能保持原来的直线平衡状态。可见，细长压杆的承载能力不取决于它的压缩强度条件，而取决于它保持直线平衡状态的能力。压杆保持其原有直线平衡状态的能力，称为压杆的稳定性；反之，压杆丧失其原有直线平衡状态的现象，称为压杆的失稳。

机械中有许多细长压杆，如图 14-2a 所示螺旋千斤顶的螺杆，图 14-2b 所示内燃机的连杆等，都必须具有足够的稳定性，才能安全可靠地工作。

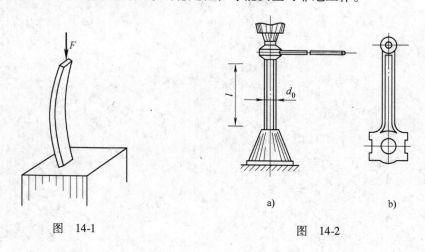

a)   b)

图 14-1   图 14-2

失稳会给工程结构带来极大的危害，甚至造成严重的事故。20世纪80年代中国社会科学院科研楼脚手架曾因没有做好安全稳定性计算而出现倒塌，造成数人伤亡；2005年北京一处建筑工地因模板支撑失稳造成人员伤亡事故。因此在设计压杆时必须进行稳定性计算。

二、压杆失稳分析

为了研究细长压杆的失稳过程，可做如下实验。如图14-3a所示，取一细长直杆，在两端施加较小的轴向压力 F，压杆处于直线平衡状态。此时，若施加一微小干扰力 F_Q，压杆将处于微弯状态，如图14-3b所示。将干扰力 F_Q 除去，可以看到压杆左右摆动，且摆动幅度越来越小，最后恢复到原来的直线平衡状态（图14-3c），将压力逐渐增加，当 F 值较大时，压杆在微小干扰力作用下微弯后，即使除去干扰力 F_Q，也不再恢复到原来的直线平衡状态，而是处于微弯平衡状态（图14-3d）所示。继续增加压力 F，压杆的弯曲变形程度将急剧增加，直至折断。

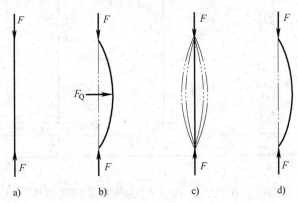

图　14-3

由此可见，对于细长压杆，其直线平衡状态是否稳定，与轴向压力 F 的大小有关。当压力 F 值较小时，压杆的直线平衡状态是稳定的；当压力 F 值较大时，压杆的直线平衡状态是不稳定的；当压力为某一数值时，压杆处于稳定的直线平衡状态和不稳定的直线平衡状态之间，这一状态称为临界状态。压杆处于临界状态的压力值，称为压杆的临界压力，简称临界力，用符号 F_{cr} 表示。临界力是压杆即将失稳时的压力，当 $0 \leqslant F < F_{cr}$ 时，压杆处于稳定的直线平衡状态，当 $F > F_{cr}$ 时，压杆就会失稳。临界力的大小表示压杆稳定性的强弱，临界力越大，则压杆的稳定性越强，越不易失稳；反之，压杆的稳定性越弱，越容易失稳。因此研究压杆的稳定性，关键在于确定临界力的大小。

应该指出，即使没有干扰力作用，当轴向压力 $F > F_{cr}$ 时，压杆也可能出现失稳现象，这是由于对压杆起干扰作用的因素常常是不可避免的，如材料的不均匀、加载的偏心或周围环境引起的微小振动等，都起着干扰力的作用。

第二节　临界力和临界应力

一、临界力的欧拉公式

科学实验和理论推导可得，细长压杆临界力的计算公式为

$$F_{cr} = \frac{\pi^2 EI}{(\mu l)^2} \tag{14-1}$$

式中，E 表示压杆材料的弹性模量；I 表示压杆横截面对中性轴的惯性矩；μ 表示与支承情况有关的长度系数，其值见表 14-1；l 表示压杆的长度。

表 14-1　细长压杆的长度系数

支承情况	两端铰支	一端固定一端铰支	两端固定	一端固定一端自由
简图	 F_{cr}	 F_{cr}	 F_{cr}	 F_{cr}
长度系数 μ	1	0.7	0.5	2

式(14-1)称为临界力的欧拉公式，其中 EI 为压杆的抗弯刚度。欧拉公式表明：

（1）压杆的临界力 F_{cr} 与其抗弯刚度 EI 成正比，EI 值越大，压杆抵抗弯曲变形的能力越强，临界力 F_{cr} 越大。

（2）压杆的临界力 F_{cr} 与压杆长度 l 的平方成反比，l 越大，压杆抵抗弯曲变形的能力越弱，临界力 F_{cr} 越小。

（3）压杆的临界力与压杆的支承情况有关，压杆两端的支承越牢固，压杆抵抗弯曲变形的能力越强，临界力 F_{cr} 越大。从表 14-1 中可见，两端固定的压杆，其长度系数 $\mu = 0.5$，一端固定、一端自由的压杆，其长度系数 $\mu = 2$，在其他条件均相同的情况下，前者的临界力为后者的 16 倍。这是因为前者的支承牢固，约束能力强，故 F_{cr} 值大。

二、临界应力的欧拉公式

压杆处于临界状态时，横截面上的平均应力称为压杆的临界应力，用 σ_{cr} 表示。若用 A 表示压杆的横截面面积，则

$$\sigma_{cr} = \frac{F_{cr}}{A} = \frac{\pi^2 EI}{(\mu l)^2 A}$$

若令

$$i = \sqrt{\frac{I}{A}} \qquad (14\text{-}2)$$

代入上式，可得

$$\sigma_{cr} = \frac{\pi^2 E}{\left(\dfrac{\mu l}{i}\right)^2}$$

又令

$$\lambda = \frac{\mu l}{i} \qquad (14\text{-}3)$$

则压杆的临界应力的计算公式为

$$\sigma_{cr} = \frac{\pi^2 E}{\lambda^2} \qquad (14\text{-}4)$$

式中，i 表示压杆横截面的惯性半径；λ 表示压杆的柔度，为量纲为一的量。

柔度 λ 综合反映了压杆的长度、支承情况、横截面形状和尺寸等因素对临界应力的影响。压杆越细长、支承情况越不牢固、横截面尺寸越小则柔度越大，临界应力越小。

式(14-4)称为临界应力的欧拉公式。公式表明，对于一定材料制成的压杆，$\pi^2 E$ 是常数，σ_{cr} 与 λ^2 成反比。因此，柔度越大，则临界应力越小，压杆越容易失稳。所以柔度 λ 是压杆稳定性计算中的一个重要的物理量。

三、欧拉公式的适用范围

欧拉公式是在材料服从胡克定律的条件下得出的，所以其适用范围是临界应力小于等于比例极限，即

$$\sigma_{cr} = \frac{\pi^2 E}{\lambda^2} \leqslant \sigma_p$$

将上面的条件用柔度表示，即

$$\lambda \geqslant \sqrt{\frac{\pi^2 E}{\sigma_p}}$$

令 $\lambda_p = \sqrt{\dfrac{\pi^2 E}{\sigma_p}}$，则欧拉公式的适用范围为

$$\lambda \geqslant \lambda_p = \sqrt{\frac{\pi^2 E}{\sigma_p}} \qquad (14\text{-}5)$$

式中，λ_p 为临界应力等于材料比例极限时的柔度，是允许应用欧拉公式的最小

柔度值。对于一定的材料，λ_p 为一常数。例如 Q235 钢，其弹性模量 $E = 200\text{GPa}$，比例极限 $\sigma_p = 200\text{MPa}$，则 λ_p 值为

$$\lambda_p = \sqrt{\frac{\pi^2 E}{\sigma_p}} = \sqrt{\frac{\pi^2 \times 200 \times 10^3}{200}} \approx 100$$

这就是说，对于 Q235 钢制成的压杆，只有当其柔度 $\lambda \geqslant 100$ 时，才能应用欧拉公式。$\lambda \geqslant \lambda_p$ 的压杆称为大柔度杆或细长杆，其临界力或临界应力可用欧拉公式计算。几种常用材料的 λ_p 值见表 14-2。

表 14-2　几种常用材料的 a、b 和 λ_p 值

材　料	a/MPa	b/MPa	λ_p	λ_s
Q235 钢	310	1.14	100	60
35 钢	469	2.62	100	60
45 钢	589	3.82	100	60
铸铁	338	1.483	80	
松木	40	0.203	59	

四、中、小柔度杆临界应力的计算

工程中有许多压杆，柔度往往都小于 λ_p。由前面的分析可知，压杆的柔度越小，其稳定性越强，越不易失稳。实验表明，当柔度 λ 小到某一程度 λ_s 时，压杆就不会失稳，其承载能力由轴向压缩强度条件决定。$\lambda \leqslant \lambda_s$ 的压杆称为小柔度杆或短粗杆，几种常用材料的 λ_s 值见表 14-2。

小柔度杆的临界应力按其制作材料不同分为两种情况：

对于塑性材料　　　　　　　　$\sigma_{cr} = \sigma_s$

对于脆性材料　　　　　　　　$\sigma_{cr} = \sigma_{by}$

工程中还有一类压杆，其柔度介于大柔度杆和小柔度杆之间，即 $\lambda_s < \lambda < \lambda_p$，这类压杆称为中柔度杆。中柔度杆也会发生失稳现象，但其临界应力已超过比例极限，不能用欧拉公式计算。中柔度杆临界应力的计算，通常采用建立在实验基础上的经验公式，经验公式有直线公式和抛物线公式等。其中，直线公式比较简单，应用方便，其形式为

$$\sigma_{cr} = a - b\lambda \tag{14-6}$$

式中，a、b 为与材料性质有关的常数，单位为 MPa。一些常用材料的 a、b 值见表 14-2。

综合上述分析，将各类压杆的临界应力计算公式归纳如下：

（1）对于大柔度杆（$\lambda \geqslant \lambda_p$），用欧拉公式计算

$$\lambda_{cr} = \frac{\pi^2 E}{\lambda^2}$$

（2）对于中柔度杆（$\lambda_s < \lambda < \lambda_p$），用经验公式计算

$$\sigma_{cr} = a - b\lambda$$

（3）对于小柔度杆（$\lambda \leqslant \lambda_s$），材料为塑性材料时，$\sigma_{cr} = \sigma_s$；材料为脆性材料时，$\sigma_{cr} = \sigma_{by}$。

例 14-1 如图 14-4 所示，用 Q235 钢制成的三根压杆，两端均为铰链支承，横截面为圆形，直径 $d = 50\text{mm}$，长度分别为 $l_1 = 2\text{m}$，$l_2 = 1\text{m}$，$l_3 = 0.5\text{m}$，材料的弹性模量 $E = 200\text{GPa}$，屈服点 $\sigma_s = 235\text{MPa}$。求三根压杆的临界应力和临界力。

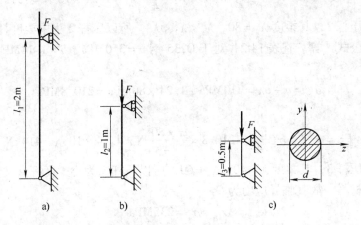

图 14-4

解 （1）计算各压杆的柔度 因压杆两端为铰链支承，查表 14-1 得长度系数 $\mu = 1$。圆形截面对 y 轴和 z 轴的惯性矩相等，均为

$$I_y = I_z = I = \frac{\pi d^4}{64}$$

故圆形截面的惯性半径为

$$i = \sqrt{\frac{I}{A}} = \sqrt{\frac{\dfrac{\pi d^4}{64}}{\dfrac{\pi d^2}{4}}} = \sqrt{\frac{d^2}{16}} = \frac{d}{4} = \frac{50}{4}\text{mm} = 12.5\text{mm}$$

由式（14-3）得各压杆的柔度分别为

$$\lambda_1 = \frac{\mu l_1}{i} = \frac{1 \times 2000}{12.5} = 160$$

$$\lambda_2 = \frac{\mu l_2}{i} = \frac{1 \times 1000}{12.5} = 80$$

$$\lambda_3 = \frac{\mu l_3}{i} = \frac{1 \times 500}{12.5} = 40$$

（2）计算各压杆的临界应力和临界力 查表 14-2，对于 Q235 钢 $\lambda_p = 100$，$\lambda_s = 60$。

对于压杆 1，其柔度 $\lambda_1 = 160 > \lambda_p$，所以压杆 1 为大柔度杆，临界应力用欧拉公式计算。

$$\sigma_{cr} = \frac{\pi^2 E}{\lambda_1^2} = \frac{\pi^2 \times 200 \times 10^3}{160^2} \text{MPa} = 77.1 \text{MPa}$$

临界力为 $\quad F_{cr} = \sigma_{cr} A = \sigma_{cr} \frac{\pi d^2}{4} = 77.1 \times \frac{\pi \times 50^2}{4} \text{N} = 1.51 \times 10^5 \text{N} = 151 \text{kN}$

对于压杆 2，其柔度 $\lambda_2 = 80$，$\lambda_s < \lambda_2 < \lambda_p$，所以压杆 2 为中柔度杆，临界应力用经验公式计算。查表 14-2，对于 Q235 钢 $a = 310 \text{MPa}$，$b = 1.14 \text{MPa}$，故临界应力为

$$\sigma_{cr} = a - b\lambda = 310 \text{MPa} - 1.24 \times 80 \text{MPa} = 210.8 \text{MPa}$$

临界力为

$$F_{cr} = \sigma_{cr} A = \sigma_{cr} \frac{\pi d^2}{4} = 210.8 \times \frac{\pi \times 50^2}{4} \text{N} = 4.14 \times 10^5 \text{N} = 414 \text{kN}$$

对于压杆 3，其柔度 $\lambda = 40 < \lambda_s = 60$，所以压杆 3 为小柔度杆。又因为 Q235 钢为塑性材料，故其临界应力为

$$\sigma_{cr} = \sigma_s = 235 \text{MPa}$$

临界力为 $\quad F_{cr} = \sigma_s A = \sigma_s \frac{\pi d^2}{4} = 235 \times \frac{\pi \times 50^2}{4} \text{N} = 4.61 \times 10^5 \text{N} = 461 \text{kN}$

由本例题可以看出，在其他条件均相同的情况下，压杆的长度越小，则其临界应力和临界力越大，压杆的稳定性越强。

例 14-2 如图 14-5 所示，一长度 $l = 750 \text{mm}$ 的压杆，两端固定，横截面为矩形，压杆的材料为 Q235 钢，其弹性模量 $E = 200 \text{GPa}$。计算压杆的临界应力和临界力。

解 （1）计算压杆的柔度 压杆两端固定，查表 14-1 得长度系数 $\mu = 0.5$。矩形截面对 y 轴和 z 轴的惯性矩分别为

$$I_y = \frac{hb^3}{12} = \frac{20 \times 12^3}{12} \text{mm}^4 = 2880 \text{mm}^4$$

$$I_z = \frac{bh^3}{12} = \frac{12 \times 20^3}{12} \text{mm}^4 = 8000 \text{mm}^4$$

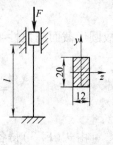

图 14-5

所以 $I_y < I_z$，因此压杆的横截面必定绕着 y 轴转动而失稳，将 I_y 代入式（14-2）中，得到截面对 y 轴的惯性半径为

$$i_y = \sqrt{\frac{I_y}{A}} = \sqrt{\frac{2880}{20 \times 12}} \text{mm} = 3.46 \text{mm}$$

由式（14-3）得，压杆的柔度为

$$\lambda = \frac{\mu l}{i_y} = \frac{0.5 \times 750}{3.46} = 108.4$$

（2）计算临界应力和临界力 查表 14-2，对于 Q235 钢 $\lambda_p = 100$，则 $\lambda > \lambda_p$，故临界应力可用欧拉公式计算。

$$\sigma_{cr} = \frac{\pi^2 E}{\lambda^2} = \frac{\pi^2 \times 200 \times 10^3}{108.4^2}\text{MPa} = 167.99\text{MPa}$$

临界力为

$$F_{cr} = \sigma_{cr}A = 167.99 \times 20 \times 12\text{N} = 4.03 \times 10^4\text{N} = 40.3\text{kN}$$

第三节 压杆的稳定性计算

对于大、中柔度的压杆需进行压杆稳定计算，通常采用安全因数法。为了保证压杆不失稳，并具有一定的稳定储备，压杆的稳定条件可表示为

$$n = \frac{F_{cr}}{F} = \frac{\sigma_{cr}}{\sigma} \geqslant [n_w] \tag{14-7}$$

式中，F_{cr} 为压杆的临界压力；F 为压杆的工作压力；σ_{cr} 为压杆的临界应力；σ 为压杆的工作压应力；n 为压杆工作安全因数；$[n_w]$ 是规定的稳定安全因数，它表示要求受压杆件必须达到的稳定储备程度。

一般规定稳定安全因数比强度安全因数要高。主要是考虑到一些难以预测的因素，如杆件的初弯曲、压力的偏心、材料的不均匀和支座的缺陷等，降低了杆件的临界压力，影响了压杆的稳定性。下面列出几种常用零件稳定安全因数的参考值：

机床丝杠	$[n_w] = 2.5 \sim 4.0$	低速发动机的挺杆	$[n_w] = 4 \sim 6$
高速发动机的挺杆	$[n_w] = 2 \sim 5$	磨床油缸的活塞杆	$[n_w] = 4 \sim 6$
起重螺旋杆	$[n_w] = 3.5 \sim 5$		

应该强调的是，压杆的临界压力取决于整个杆件的弯曲刚度。但在工程实际中，难免碰到压杆局部有截面削弱的情况，如铆钉孔、螺钉孔、油孔等，在确定临界压力或临界应力时，此时可以不考虑杆件局部截面削弱的影响，因为它对压杆稳定性的影响很小，仍按未削弱的截面面积、最小惯性矩和惯性半径等进行计算。但对这类杆件，还需对削弱的截面进行强度校核。

例 14-3 空气压缩机的活塞杆由 45 钢制成 $\sigma_s = 350\text{MPa}$，$\sigma_p = 280\text{MPa}$，$E = 210\text{GPa}$。长度 $l = 703\text{mm}$，直径 $d = 45\text{mm}$。最大压力 $F_{max} = 41.6\text{kN}$。规定的安全因数为 $[n_w] = 8 \sim 10$。试校核其稳定性。

解 （1）确定压杆类型 由式（14-5）求出

$$\lambda_p = \sqrt{\frac{\pi^2 E}{\sigma_p}} = \sqrt{\frac{\pi^2 \times (210 \times 10^9\text{Pa})}{280 \times 10^6\text{Pa}}} = 86$$

活塞杆可以简化为两端铰支压杆，$\mu = 1$。截面为圆形，$i = d/4$，柔度为

$$\lambda = \frac{\mu l}{i} = 62.5$$

$$\lambda < \lambda_p$$

$$\lambda_s = \frac{a - \sigma_s}{b} = \frac{(461 - 350)\text{MPa}}{2.568\text{MPa}} = 43.2$$

可见，活塞杆的柔度 λ 介于 λ_p 和 λ_s 之间，其属于中柔度杆，应使用经验公式算临界应力。

（2）计算临界载荷并校核　用直线公式计算临界应力为

$$\sigma_{cr} = a - b\lambda = (461\text{MPa}) - (2.568\text{MPa}) \times 62.5 = 301\text{MPa}$$

临界载荷是

$$F_{cr} = \sigma_{cr}A = \frac{\pi}{4} \times 45^2 \times 301\text{kN} = 478\text{kN}$$

活塞的工作安全因数为

$$n = \frac{F_{cr}}{F_{max}}$$

$$= \frac{478\text{kN}}{41.6\text{kN}} = 11.49 > n_{st}$$

（3）结论　由以上计算结果可知，压杆满足稳定要求。

第四节　提高压杆稳定性的措施

压杆临界应力的大小，反映了压杆稳定性的强弱。因此要提高压杆的稳定性，就必须设法增大其临界应力。由临界应力的计算公式

$$\sigma_{cr} = \frac{\pi^2 E}{\lambda^2}; \quad \sigma_{cr} = a - b\lambda$$

可知，压杆的临界应力与材料的弹性模量和压杆的柔度有关，而柔度又与压杆的长度、压杆两端的支承情况和截面的几何性质等因素有关。下面从这几方面来讨论提高压杆稳定性的一些措施。

一、合理选择材料

对于大柔度杆，临界应力 σ_{cr} 用欧拉公式计算。σ_{cr} 与材料的弹性模量 E 成正比，选 E 值大的材料可提高大柔度杆的稳定性。例如，钢杆的临界应力大于铁杆和铝杆的临界应力。但是，因为各种钢的 E 值相近，即使选用高强度钢，对其稳定性的提高作用也非常有限，并且大大地增加了成本，所以，对于大柔度杆，宜选用普通钢材。

对于中柔度杆，临界应力 σ_{cr} 用经验公式计算。a，b 与材料的强度有关，材

料的强度高，临界应力就大。所以，选用高强度钢，可提高中柔度杆的稳定性。

二、合理选择截面形状

截面的惯性半径和压杆柔度的计算公式分别为

$$i = \sqrt{\frac{I}{A}} \qquad \lambda = \frac{\mu l}{i}$$

因此，在横截面面积不变的条件下，合理选择截面形状，可以加大惯性矩，增大惯性半径，从而降低压杆的柔度，增加其临界应力。同时，当压杆的两端在各纵向平面内具有相同的支承条件时（例如两端球形铰链支承），其失稳总是发生在最小惯性矩所在的平面内，所以为了充分发挥材料的力学性能，提高压杆的承载能力，应该选择 $I_z = I_y$ 的截面，使压杆在各个平面内的稳定性相同。

三、减小压杆长度

由于柔度与压杆的长度成正比，因此，在条件允许时，应尽量减小压杆的长度或在压杆中间增加支座，以提高压杆的稳定性。

四、改善支承条件

由表 14-1 可见，压杆两端的支承越牢固，则长度系数越小，柔度越小，临界应力越大。因此，压杆与其他构件连接时，应尽可能制作成刚性连接或采用较紧密的配合，以加强杆端约束的牢固性。

本 章 小 结

本章主要内容有压杆稳定的概念、细长压杆的临界压力的计算、压杆稳定的使用计算和提高压杆稳定性的措施。

1. 受压力作用的杆件，受很微小的外界干扰力作用，而保持在微弯曲线形状的平衡状态。该压力的极限值称为临界压力或临界载荷，它是压杆即将失稳时的压力。

2. 临界应力 将临界压力 F_{cr} 除以压杆的横截面面积 A 为在临界状态下压杆横截面上的平均应力，称为压杆的临界应力。

根据柔度的不同，压杆分为大、中、小三种柔度杆：

（1）大柔度杆 $\lambda_1 \geqslant \lambda_p$，按欧拉公式计算临界应力。

（2）中柔度杆，$\lambda_p > \lambda_1 > \lambda_s$，按经验公式计算临界应力。

（3）小柔度压杆 $\lambda_1 \leqslant \lambda_s$。

3. 压杆稳定的使用计算。进行压杆稳定的使用计算时常采用安全因数法。为了保证压杆不失稳，并具有一定的稳定储备，压杆的稳定条件可表示为

$$n = \frac{F_{cr}}{F} = \frac{\sigma_{cr}}{\sigma} \geqslant [n_w]$$

4. 提高压杆稳定性的措施

(1) 合理选择材料

(2) 合理选择截面形状

(3) 减小压杆长度

(4) 改善支承条件

思 考 题

1. 如图 14-6 所示两组截面，每组中的两个截面面积相等。问：作为压杆时（两端为球形铰链支承），各组中哪一种截面形状更为合理？

2. 如图 14-7 所示截面形状的压杆，两端为球形铰链支承。问：失稳时，其截面分别绕着哪根轴转动？为什么？

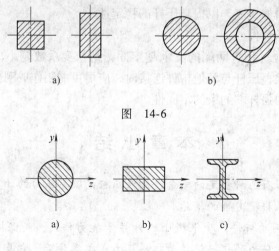

图 14-6

图 14-7

3. 细长压杆宜采用高强度钢还是普通钢？为什么？

习 题

14-1 如图 14-8 所示，压杆的材料为 Q235 钢，弹性模量 $E = 200$GPa，横截面有四种不同的几何形状，如图所示，其面积均为 3600mm^2。求各压杆的临界应力和临界力。

14-2 如图 14-9 所示支架中，$F = 60$kN，AB 杆的直径 $d = 40$mm，两端为铰链支承，材料为 45 钢，弹性模量 $E = 200$GPa，稳定安全因数 $n_w = 2$。校核 AB 杆的稳定性。

14-3 如图 14-10 所示，钢柱下端固定，上端铰支，其横截面为 22.b 号工字钢，弹性模量 $E = 206$GPa。$\sigma_s = 240$MPa，$\sigma_p = 200$MPa，试求其稳定安全因数 n_w 为多少？

14-4　由横梁 *AB* 与立柱 *CD* 组成的结构如图 14-11 所示。载荷 $F = 10\text{kN}$，$l = 60\text{cm}$，立柱的直径 $d = 2\text{cm}$，两端铰支，材料是 Q235 钢，弹性模量 $E = 200\text{GPa}$，规定稳定安全系数 $[n_{\text{w}}] = 2$。(1)试校核立柱的稳定性；(2)如已知许用应力 $[\sigma] = 120\text{MPa}$，试选择横梁 *AB* 的工字钢号码。

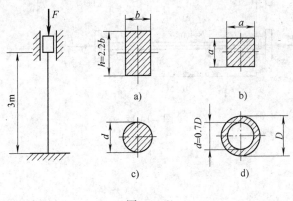

图　14-8

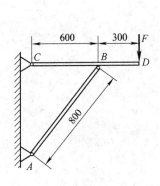

图　14-9

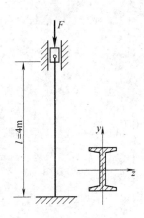

图　14-10

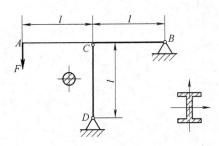

图　14-11

*14-5　如图 14-12 所示，压杆的材料为 Q235 钢，$E = 210$MPa。在正视图 a 的平面内，两端为铰支；在俯视图 b 的平面内，两端认为固定。试求此杆的临界力。

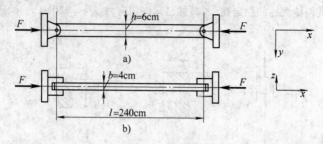

图　14-12

*第十五章　应力状态分析及强度理论

本章主要研究应力状态分析及强度理论，并从不同的侧面对这些理论进行深入研究和探讨。尤其是强度理论，它是进行工程设计与施工、加工与技术改进、新产品开发与研究的基础。加强对强度理论的学习与认识，对于将来从事工程设计、研究、开发等工作具有重要意义。

第一节　应力状态的概念

在研究杆件轴向拉伸（压缩）、扭转和弯曲时的基本变形情况下的强度问题时，都是计算杆件横截面上的应力。这时杆件的危险点均处于单向受力状态（图15-1），或处于纯剪切应力状态（图15-2）。其建立的相应强度条件分别为

$$\sigma_{max} \leqslant [\sigma], \quad \tau_{max} \leqslant [\tau]$$

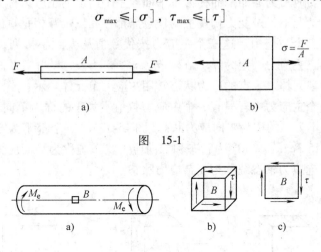

图　15-1

图　15-2

其实这是远远不够的。首先，杆件的破坏并不总是发生在横截面上。如实验观察到：低碳钢拉伸屈服时的滑移线与轴线成45°角；铸铁压缩时的断裂面与轴线成50°～55°角。其次，相当多构件的受力情况并不都像前面几章那样，或者是轴向拉压状态，或者是纯剪切状态，而是更加复杂一些。一般情况是既有正应力，又有切应力。因此，为了进一步掌握材料的破坏规律，建立复杂受力情况下构件的强度条件，必须要研究构件内各点在不同方位截面上的应力情况。

一、一点的应力状态的概念

通过受力构件上一点的所有各个不同截面上应力的集合，称为该点的应力状态。

研究一点应力状态的方法是取单元体，即围绕受力构件中该点取一微小正平行六面体。由于单元体的各边边长很小，因此，可认为单元体各面上的应力是均匀分布且在单元体任一相对面上的应力数值相等。这样，在单元体的三个互相垂直的截面上的应力就表示了单元体的应力状态。当单元体的尺寸趋于零时，单元体上的应力状态就表示了一点的应力状态。换言之，要分析一点的应力状态，只需分析过该点的单元体上的应力状态即可。

例如，在受轴向拉伸的杆件中任选一点 A（图 15-1a），围绕该点取一单元体（图 15-1b），作用在单元体各个面上的应力表示了该点的应力状态。又如圆轴受扭转时，在轴的表面任选一点 B（图 15-2a），围绕该点取单元体，其各面上的应力表示了该点的应力状态（图 15-2b、c）。

二、主平面和主应力

单元体上切应力为零的平面称为主平面。主平面上的正应力称为主应力。可以证明，一般情况下，过受力构件上的任意点都存在三个互相垂直的主平面，因而每一点都有三个主应力。这三个主应力按代数值从大到小排列，分别称为第一、第二和第三主应力，记为 σ_1、σ_2、σ_3（$\sigma_1 \geqslant \sigma_2 \geqslant \sigma_3$）。由主平面组成的单元体称为主应力单元体。一点的应力状态常用主应力单元体表示。

一点的三个主应力中若只有一个主应力数值不为零的称为单向应力状态（图 15-3a）；两个不为零的称为二向应力状态（图 15-3b）；三个都不为零的称为三向应力状态（图 15-3c）。单向应力状态和二向应力状态统称为平面应力状态。二向应力状态和三向应力状态统称为复杂应力状态。

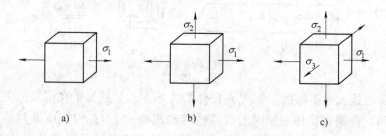

a)　　　　　　　　b)　　　　　　　　c)

图 15-3

第二节　二向应力状态分析

若已知某平面应力状态的单元体如图 15-4a 所示。由于所有应力均平行于 x、

y 轴组成的平面，单元体也可简化表示为图 15-4b 所示的形式。

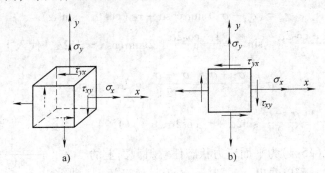

图 15-4

如 σ_x、σ_y 分别表示作用在与 x、y 轴垂直平面上的正应力。切应力的第一个下标表示其作用面，第二个下标表示其方向（如 τ_{xy} 表示作用在与 x 轴垂直的平面上且与 y 轴方向平行的切应力）。根据切应力互等定理，$\tau_{xy} = \tau_{yx}$。应力的符号规定同前，即正应力 σ 以拉应力为正，压应力为负；切应力 τ 以对单元体内任一点产生顺时针力矩为正，逆时针力矩为负。

下面先研究在 σ_x、σ_y、τ_{xy} 已知的情况下如何计算任意斜截面上的应力，然后再确定主平面、主应力及最大切应力。

一、任意斜截面上的应力

在图 15-5a 所示单元体上取任意斜截面 α，其外法线 n 与 x 轴正向的夹角为 α。规定：α 角自 x 轴正向逆时针转到 n 为正。设 $\sigma_x \geqslant \sigma_y$。截面 ef 把单元体分成两部分，现研究 aef 部分的平衡（图 15-5b）。斜截面 ef 上的应力以正应力 σ_α 和切应力 τ_α 表示。若 ef 的面积为 $\mathrm{d}A$，则 af 面和 ae 面的面积分别是 $\mathrm{d}A\sin\alpha$ 和 $\mathrm{d}A\cos\alpha$。

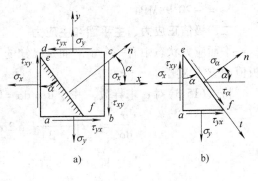

图 15-5

由静力平衡方程

$$\sum F_n = 0, \quad \sigma_\alpha \mathrm{d}A + (\tau_{xy}\mathrm{d}A\cos\alpha)\sin\alpha - (\sigma_x\mathrm{d}A\cos\alpha)\cos\alpha$$
$$+ (\tau_{yx}\mathrm{d}A\sin\alpha)\cos\alpha - (\sigma_y\mathrm{d}A\sin\alpha)\sin\alpha = 0 \tag{a}$$

$$\sum F_t = 0, \quad \tau_\alpha \mathrm{d}A - (\tau_{xy}\mathrm{d}A\cos\alpha)\cos\alpha - (\sigma_x\mathrm{d}A\cos\alpha)\sin\alpha$$
$$+ (\tau_{yx}\mathrm{d}A\sin\alpha)\sin\alpha + (\sigma_y\mathrm{d}A\sin\alpha)\cos\alpha = 0 \tag{b}$$

式中 $\tau_{xy} = \tau_{yx}$，代入上式并化简得

$$\sigma_\alpha = \sigma_x \cos^2\alpha + \sigma_y \sin^2\alpha - 2\tau_{xy}\sin\alpha\cos\alpha \tag{15-1}$$

$$\tau_\alpha = (\sigma_x - \sigma_y)\sin\alpha\cos\alpha + \tau_{xy}(\cos^2\alpha - \sin^2\alpha) \tag{15-2}$$

因为 $\cos^2\alpha = \dfrac{1+\cos2\alpha}{2}$, $\sin^2\alpha = \dfrac{1-\cos2\alpha}{2}$, $2\sin\alpha\cos\alpha = \sin2\alpha$, 代入上两式, 得

$$\sigma_\alpha = \frac{\sigma_x + \sigma_y}{2} + \frac{\sigma_x - \sigma_y}{2}\cos2\alpha - \tau_{xy}\sin2\alpha \tag{15-3}$$

$$\tau_\alpha = \frac{\sigma_x - \sigma_y}{2}\sin2\alpha + \tau_{xy}\cos2\alpha \tag{15-4}$$

式(15-3)和式(15-4)为平面应力状态任意斜截面上的
应力计算公式。可以看出, σ_α 和 τ_α 均为 α 的函数。

例 15-1　已知构件内一点的应力状态如图 15-6
所示, 求图示斜截面上的正应力和切应力。

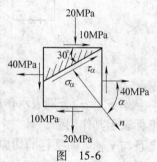

图　15-6

解　令 $\sigma_x = 40\text{MPa}$、$\sigma_y = -20\text{MPa}$、$\tau_{xy} = -10\text{MPa}$,
$\alpha = -60°$, 分别代入式(15-3)和式(15-4)可得

$$\sigma_\alpha = \left[\frac{40-20}{2} + \frac{40-(-20)}{2}\cos(-2\times60°) - (-10)\sin(-2\times60°)\right]\text{MPa}$$

$$= -13.67\text{MPa}$$

$$\tau_\alpha = \left[\frac{40-(-20)}{2}\sin(-120°) + (-10)\cos(-120°)\right]\text{MPa}$$

$$= -20.98\text{MPa}$$

二、极值正应力、主平面和主应力

平面应力状态中有一个主平面是已知的, 另外两个主平面可通过确定正应力
极值的方法求出。

将式(15-3)对 α 求导数, 并令 $\mathrm{d}\sigma/\mathrm{d}\alpha = 0$, 得

$$\frac{\mathrm{d}\sigma_\alpha}{\mathrm{d}\alpha} = -2\left[\frac{\sigma_x - \sigma_y}{2}\sin2\alpha + \tau_{xy}\cos2\alpha\right] = 0$$

或

$$\frac{\sigma_x - \sigma_y}{2}\sin2\alpha + \tau_{xy}\cos2\alpha = 0$$

将上式与式(15-4)比较, 可知极值正应力所在的平面就是切应力 τ 等于零的平
面, 即主平面。设该主平面的外法线 n 与 x 轴正向的夹角为 α_0, 可得

$$\tan2\alpha_0 = -\frac{2\tau_{xy}}{\sigma_x - \sigma_y} \tag{15-5}$$

式(15-5)有两个解, α_0 和 $\alpha_0 + \pi/2$, 说明两个主平面互相垂直, 其中一个是最
大正应力所在平面, 另一个是最小正应力所在平面。由式(15-5)解出 $\sin2\alpha_0$ 和
$\cos2\alpha_0$ 代回式(15-3), 求得最大正应力和最小正应力分别为

$$\left.\begin{array}{c}\sigma_{\max} \\ \sigma_{\min}\end{array}\right\} = \frac{\sigma_x + \sigma_y}{2} \pm \sqrt{\left(\frac{\sigma_x - \sigma_y}{2}\right)^2 + \tau_{xy}^2} \tag{15-6}$$

比较 $\sigma_{\max}$、$\sigma_{\min}$ 便可确定 σ_1、σ_2 和 σ_3。

需要注意的是,在推导以上公式时,假定了 $\sigma_x \geq \sigma_y$,在此假定下,式(15-5)确定的两个角度 α_0 中,绝对值最小的一个确定 $\sigma_{\max}$ 所在的平面。

三、极值切应力

为确定极值切应力,令 $d\tau_x/d\alpha = 0$,由式(15-4)得

$$\frac{d\tau_\alpha}{d\alpha} = (\sigma_x - \sigma_y)\cos 2\alpha - 2\tau_{xy}\sin 2\alpha = 0$$

设极值切应力所在平面外法线与 x 轴正向夹角为 α_1,则由上式

$$\tan 2\alpha_1 = \frac{\sigma_x - \sigma_y}{2\tau_{xy}} \tag{15-7}$$

式(15-7)亦有两个解 α_1 和 $\alpha_1 + \pi/2$,说明两个极值切应力所在平面互相垂直。由上式解出 $\sin 2\alpha_1$ 和 $\cos 2\alpha_1$,代回式(15-4)可得

$$\left.\begin{array}{c}\tau_{\max} \\ \tau_{\min}\end{array}\right\} = \pm\sqrt{\left(\frac{\sigma_x - \sigma_y}{2}\right)^2 + \tau_{xy}^2} \tag{15-8}$$

式(15-8)表明两极值切应力等值反号,这又一次证明了切应力互等定理。因此,可只关注其中的最大切应力 $\tau_{\max}$。

将式(15-6)与式(15-8)对比,可得下列关系

$$\tau_{\max} = \frac{\sigma_{\max} - \sigma_{\min}}{2} \tag{15-9}$$

或

$$\tau_{\max} = (\sigma_1 - \sigma_3)/2$$

再比较式(15-5)和式(15-7),可见

$$\tan 2\alpha_1 = -\frac{1}{\tan 2\alpha_0} = -\cot 2\alpha_0 = \tan\left(2\alpha_0 + \frac{\pi}{2}\right)$$

因此有

$$2\alpha_1 = 2\alpha_0 + \frac{\pi}{2}, \quad \alpha_1 = \alpha_0 + \frac{\pi}{4}$$

这说明极值切应力所在平面与主平面成 $45°$ 角。必须指出,此处所指的极值切应力是指平面应力状态下与零应力面垂直的各斜截面中的切应力的极值,并不是指三向应力状态下单元体的最大切应力。

例 15-2 试讨论图 15-7 所示圆轴扭转时的应力状态,并分析铸铁试件受扭时的破坏现象。

解 由受扭圆轴表面任一点 A 处(图 15-7a)取单元体,如图 15-7b 所示,该单元体的应力状态为纯剪切,其上切应力为 $\tau = M_e/W_p$,因此有 $\sigma_x = 0$、$\sigma_y = 0$ 和

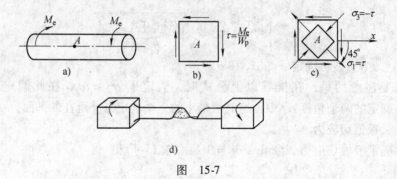

图 15-7

$\tau_{xy} = \tau$。

由式(15-6)可求得

$$\sigma_1 = \tau, \quad \sigma_2 = 0, \quad \sigma_3 = -\tau$$

再由式(15-5)可求得 σ_1、σ_3 作用面的方位为 $\alpha_0 = \pm 45°$，因此，可画出 A 点的主应力单元体如图 15-7c 所示。

圆轴扭转时最大正应力发生在与轴线成 45°角的斜截面上，为拉应力。对铸铁一类脆性材料而言，其抗拉强度较低，因此，铸铁受扭时将沿与轴线成 45°角的螺旋面被拉断(图 15-7d)。

第三节　三向应力状态简介及广义胡克定律

一、三向应力状态的最大应力

图 15-8a 所示为滚珠轴承中的一个滚珠与外圈接触情况，接触点 A 的应力状态如图 15-8b 所示。单元体 A 除在垂直方向直接受压外，由于横向变形受到周围材料的阻碍，因而侧向也受到压应力的作用，围绕该点取单元体，其各面上的应力状态如图 15-8b 所示。若过一点单元体上三个主应力均不为零，称该单元体处于三向应力状态。设三向应力状态的三个主应力为 σ_1、σ_2 和 σ_3。可以

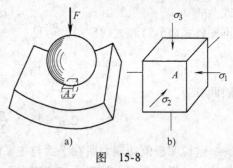

图 15-8

证明，过该点所有截面上的最大正应力为 σ_1，最小正应力为 σ_3，即

$$\sigma_{\max} = \sigma_1 \tag{15-10}$$

$$\sigma_{\min} = \sigma_3 \tag{15-11}$$

而最大切应力为

$$\tau_{\max} = \frac{\sigma_1 - \sigma_3}{2} \tag{15-12}$$

τ_{max}的作用面与σ_2平行，与σ_1、σ_3作用面夹角为45°。

二、广义胡克定律

在讨论单向拉伸和压缩时，当应力不超过材料的比例极限时，x方向的线应变可由胡克定律求得

$$\varepsilon = \frac{\sigma}{E}$$

垂直于x方向的线应变为

$$\varepsilon' = -\mu\varepsilon = -\frac{\mu\sigma}{E}$$

对三向应力状态，若材料是各向同性的且最大应力不超过材料的比例极限，则任一方向的线应变都可利用胡克定律叠加而得。以图15-9所示主应力单元体为例，对应于主应力σ_1、σ_2、σ_3方向的线应变分别为ε_1、ε_2、ε_3，称为主应变。在σ_1的单独作用下，沿σ_1方向的主应变为

$$\varepsilon'_1 = \frac{\sigma_1}{E}$$

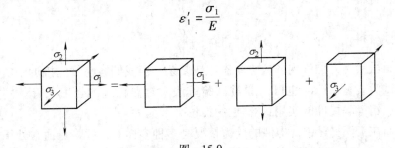

图 15-9

在σ_2和σ_3的单独作用下，在σ_1方向引起的主应变分别为

$$\varepsilon''_1 = -\mu\frac{\sigma_2}{E}, \quad \varepsilon'''_1 = -\mu\frac{\sigma_3}{E}$$

根据叠加原理，在σ_1、σ_2、σ_3三个主应力的共同作用下，沿σ_1、σ_2、σ_3方向的主应变为

$$\varepsilon_1 = \varepsilon'_1 + \varepsilon''_1 + \varepsilon'''_1 = \frac{\sigma_1}{E} - \mu\frac{\sigma_2}{E} - \mu\frac{\sigma_3}{E} = \frac{1}{E}\left[\sigma_1 - \mu(\sigma_2 + \sigma_3)\right]$$

同理，可求出沿σ_2和σ_3方向的主应变ε_2和ε_3，结果有

$$\left.\begin{aligned}
\varepsilon_1 &= \frac{1}{E}\left[\sigma_1 - \mu(\sigma_2 + \sigma_3)\right] \\
\varepsilon_2 &= \frac{1}{E}\left[\sigma_2 - \mu(\sigma_1 + \sigma_3)\right] \\
\varepsilon_3 &= \frac{1}{E}\left[\sigma_3 - \mu(\sigma_1 + \sigma_2)\right]
\end{aligned}\right\} \tag{15-13}$$

式(15-13)即为用主应力表示的广义胡克定律。它表示在复杂应力状态下，主应力与主应变之间的关系。式中σ取代数值，线应变亦为代数值，以伸长为正。由广义胡克定律算出的主应变，按代数值大小顺序排列，$\varepsilon_1 \geqslant \varepsilon_2 \geqslant \varepsilon_3$，$\varepsilon_1$是最大线应变。

第四节 强度理论简介

一、强度理论的概念

根据构件的受力情况，尤其是二向和三向应力状态的分析，我们可以求出危险点处的最大应力。根据对所用材料的实验研究，将理论分析与实验结果有效地结合在一起，只有这样才能建立正确的强度条件。

在轴向拉伸下，塑性材料是在应力达到屈服极限时才发生流动破坏，而脆性材料是在应力达到强度极限时发生断裂破坏。所以，将屈服极限 σ_s 作为塑料材料破坏的极限应力，将强度极限作为脆性材料破坏的极限应力，再除以相应的安全因数便得到许用应力。

塑性材料 $$[\sigma] = \frac{\sigma_s}{n_s} \tag{15-14}$$

脆性材料 $$[\sigma] = \frac{\sigma_b}{n_b} \tag{15-15}$$

有时虽然受力构件内的应力状态比较复杂，但我们容易找到接近于实际受力情况的试验装置，这时也可以通过试验方法来建立相应的强度条件。例如，铆钉、键、销等联接件的实用计算便是如此。

然而在工程实际中，构件的受力情况是多种多样的，危险点通常处于复杂应力状态。3 个主应力不同比值的组合，都可能导致材料破坏。试图用试验方法测出每种主应力比值下材料的极限应力，从而建立强度条件，显然是不可能的。于是，人们不得不从考察材料的破坏原因着手，研究在复杂应力状态下的强度条件。

长期的生产实践和大量试验表明，在常温静载下材料破坏主要有两种形式。一种是断裂破坏，如铸铁试件在拉伸时沿横截面断开，扭转时沿与轴线成 45°倾角的螺旋面断裂。这种破坏是由于拉应力或拉应变过大而引起的，破坏时无明显塑性变形。另一种是屈服（流动）破坏，其特点是破坏时材料发生屈服或明显的塑性变形，例如，低碳钢试件在拉伸屈服时与轴线成 45°的方向出现滑移线，而扭转屈服时则沿纵、横方向出现滑移线，这种破坏是由最大切应力引起的。

上述情况表明，材料的破坏是有规律的，即某种形式的破坏都是由同一因素引起的。因此，人们把在复杂应力状态下观察到的破坏现象同材料在简单应力状态的试验结果进行对比分析，将材料在单向应力状态达到危险状态的某一因素作为衡量材料在复杂应力状态达到危险状态的准则，先后提出了关于材料破坏原因的多种假说，这些与实验结果相符合的假说就称为强度理论。由于材料破坏主要有两种形式，相应地存在两类强度理论。一类是断裂破坏理论，主要有最大拉应力理论和最大拉应变理论等；另一类是屈服破坏理论，主要是最大切应力理论和形状改变比能理论。根据不同的强度理论可以建立相应的强度条件，从而为解决复杂应力状态下构件的强度计算提供了依据。

二、常用的四种强度理论

1. 最大拉应力理论(第一强度理论)

这一理论认为，引起材料断裂破坏的主要因素是最大拉应力。也就是说，不论材料处于何种应力状态，当其最大拉应力达到材料单向拉伸断裂时的抗拉强度时，材料就发生断裂破坏。因此，材料发生破坏的条件为

$$\sigma_1 = \sigma_b \tag{15-16}$$

相应的强度条件是

$$\sigma_1 \leqslant [\sigma] = \frac{\sigma_b}{n} \tag{15-17}$$

式中，σ_1 为构件危险点处的最大拉应力；$[\sigma]$ 为单向拉伸时材料的许用应力。

试验表明，这个理论对于脆性材料，如铸铁、陶瓷等，在单向、二向或三向拉伸断裂时，最大拉应力理论与试验结果基本一致。而在存在压应力的情况下，则只有当最大压应力值不超过最大拉应力值时，拉应力理论才是正确的。但这个理论没有考虑其他两个主应力对断裂破坏的影响。同时对于压缩应力状态，由于根本不存在拉应力，因此这个理论无法应用。

2. 最大伸长线应变理论(第二强度理论)

这一理论认为，最大伸长线应变是引起材料断裂破坏的主要因素。也就是说，不论材料处于何种应力状态，只要最大伸长应变 ε_1 达到材料单向拉伸断裂时的最大伸长应变值 ε_1^0，材料即发生断裂破坏。因此，材料发生断裂破坏的条件为

$$\varepsilon_1 = \varepsilon_1^0 \tag{15-18}$$

对于铸铁等脆性材料，从受力到断裂，其应力、应变关系基本符合胡克定律，所以相应的强度条件为

$$\sigma_1 - \mu(\sigma_2 + \sigma_3) \leqslant [\sigma] \tag{15-19}$$

式中，μ 为泊松比。

试验表明，脆性材料，如合金铸铁、石料等，在二向拉伸—压缩应力状态下，且压应力绝对值较大时，试验与理论结果比较接近；二向压缩与单向压缩强度有所不同，但混凝土、花岗石和砂岩在两种情况下的强度并无明显差别；铸铁在二向拉伸时应比单向拉伸时更安全，而试验并不能证明这一点。

3. 最大切应力理论(第三强度理论)

这一理论认为，最大切应力是引起材料屈服破坏的主要因素。也就是说，不论材料处于何种应力状态，只要最大切应力 τ_{max} 达到材料单向拉伸屈服时的最大切应力 τ_{max}^0，材料即发生屈服破坏。因此，材料的屈服条件为

$$\tau_{max} = \tau_{max}^0 \tag{15-20}$$

相应的强度条件为

$$\sigma_1 - \sigma_3 \leq [\sigma] \tag{15-21}$$

试验表明，对塑性材料，如常用的 Q235A、45 钢、铜、铝等，此理论与试验结果比较接近。

4. 形状改变比能理论(第四强度理论)

构件受力后，其形状和体积都发生变化，同时构件内部也积蓄了一定的变形能。因此，积蓄在单位体积内的变形能(即比能)，也包括因体积改变和因形状改变而产生的比能两个部分。相应的强度条件为

$$\sqrt{\frac{1}{2}\left[(\sigma_1 - \sigma_2)^2 + (\sigma_2 - \sigma_3)^3 + (\sigma_3 - \sigma_1)^2\right]} \leq [\sigma] \tag{15-22}$$

本 章 小 结

点的应力状态和强度理论是建立复杂应力状态下强度条件的理论依据。本章简要介绍了点的应力状态的分析方法和常用的强度理论。

1. 点的应力状态就是点在各个不同方位截面上的应力情况。对于二向应力状态，在任意方位截面上的应力计算公式为

$$\sigma_\alpha = \frac{\sigma_x + \sigma_y}{2} + \frac{\sigma_x - \sigma_y}{2}\cos 2\alpha - \tau_x \sin 2\alpha$$

$$\tau_\alpha = \frac{\sigma_x - \sigma_y}{2}\sin 2\alpha + \tau_x \cos 2\alpha$$

2. 微元体上切应力等于零的平面称为主平面，作用在主平面上的正应力称为主应力。围绕受力构件的任意一点，均存在三对相互垂直的主平面，通常将三个主应力用 σ_1、σ_2、σ_3 表示，并按其代数值的大小排序，即 $\sigma_1 \geq \sigma_2 \geq \sigma_3$。

3. 按主应力不等于零的数目，点的应力状态分为单向应力状态、二向应力状态和三向应力状态。

4. 对于二向应力状态，在主平面上，切应力为零，正应力为最大值或最小值，所以，主应力就是最大或最小的正应力。

最大、最小的正应力计算公式

$$\left.\begin{array}{c}\sigma_{max}\\\sigma_{min}\end{array}\right\} = \frac{\sigma_x + \sigma_y}{2} \pm \sqrt{\left(\frac{\sigma_x - \sigma_y}{2}\right)^2 + \tau_x^2}$$

最大、最小的切应力计算公式

$$\left.\begin{array}{c}\tau_{max}\\\tau_{min}\end{array}\right\} = \pm\sqrt{\left(\frac{\sigma_x - \sigma_y}{2}\right)^2 + \tau_x^2}$$

最大和最小切应力所在平面与主平面的夹角为 45°。

5. 三向应力状态的极值应力分别为:

$$\sigma_{max} = \sigma_1 , \ \sigma_{min} = \sigma_3$$

$$\tau_{max} = \frac{\sigma_1 - \sigma_3}{2}$$

6. 强度理论是关于材料破坏原因的假说,是建立复杂应力状态强度条件的理论依据。根据强度理论,可利用简单应力状态的实验结果,建立复杂应力状态的强度条件。

思 考 题

1. 何谓点的应力状态? 为什么要研究它?

2. 什么是主应力和主平面? 单元体的主应力和正应力有何区别与联系?

3. 何谓单向应力状态、二向应力状态和三向应力状态? 其单元体上各有几个应力分量?

4. 为什么要提出强度理论? 工程中常用的强度理论有几个? 指出它们的应用范围。

习 题

15-1　如图 15-10 所示,已知单元体应力状态的各侧面上的应力(单位为 MPa),求 α = 60°方向面上的应力。

15-2　如图 15-11 所示,已知各应力状态(应力单位为 MPa),试求(1)主应力大小,主平面位置;(2)在单元体上绘出主平面位置及主应力方向;(3)最大切应力。

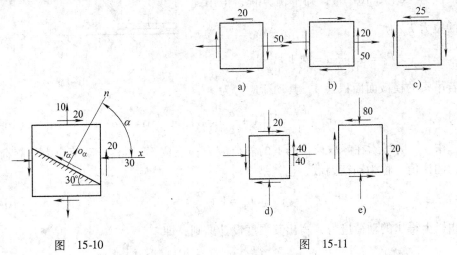

图　15-10　　　　　　　　　图　15-11

*第十六章 动荷应力与交变应力简介

此前讨论的都是构件在静载荷作用下的应力和变形，但实际上有很多构件是在动载荷和**交变**载荷作用下工作的。本章对构件在有加速度或冲击时动荷应力的计算，以及构件在对称循环交变应力作用下疲劳强度问题作简单介绍。

第一节 动 荷 应 力

本章之前所说的载荷都是静载荷，载荷的大小从零开始加到最终值，此后便不再随时间而变化。如果构件在载荷的作用下，其各部分的加速度相当显著，这种载荷即称为动载荷。因动载荷作用而引起构件产生的应力称为动荷应力。在研究动载荷作用于构件的问题时，都假定构件材料的动荷应力不超过材料的比例极限，而研究方法采用动静法。

一、构件做等加速直线运动时的动荷应力

如图 16-1a 所示，起重机以等加速度 a 起吊一重量为 G 的重物。今不计吊索的重量，取重物为研究对象，用动静法在重物上施加惯性力 $\dfrac{G}{g}a$（图 16-1b），列平衡方程，得吊绳的拉力 F_T 为

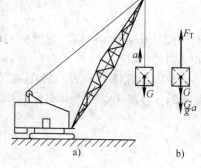

$$F_T = G + \frac{G}{g}a = G\left(1 + \frac{a}{g}\right)$$

图 16-1

若吊索的横截面面积为 A，其动荷应力为

$$\sigma_d = \frac{F_T}{A} = \frac{G}{A}\left(1 + \frac{a}{g}\right) = \sigma\left(1 + \frac{a}{g}\right) = K_d\sigma \tag{16-1}$$

式中，σ 为吊索在静载荷作用下的静荷应力，系数 K_d 代表了动荷应力与静荷应力的比值，称为动荷因数，也就是

$$K_d = 1 + \frac{a}{g} \tag{16-2}$$

由以上得出的动荷应力，写出其强度设计准则，即

$$\sigma_{dmax} = \sigma_{max}K_d \leqslant [\sigma] \quad \text{或} \quad \sigma_{dmax} \leqslant \frac{[\sigma]}{K_d} \tag{16-3}$$

式中，$[\sigma]$ 为静载荷强度计算中的许用应力。

例 16-1 起重机起吊一构件，已知构件重量 $G = 20\text{kN}$，吊索横截面面积 $A = 500\text{mm}^2$，提升加速度 $a = 2\text{m/s}^2$，试求吊索的动荷应力（不计吊索重量）。

解 此为匀加速铅垂直线运动问题，这时吊索的静荷应力 σ 是构件重量所引起的应力，即

$$\sigma = \frac{G}{A} = \frac{20 \times 10^3}{500 \times 10^{-6}}\text{Pa} = 40 \times 10^6\text{Pa} = 40\text{MPa}$$

根据式（16-2）求得动荷因数 K_d 为

$$K_d = 1 + \frac{a}{g} = 1 + \frac{2}{9.8} = 1.204$$

所以，吊索的动荷应力即为

$$\sigma_d = \sigma \cdot K_d = 40 \times 1.204\text{MPa} = 48.16\text{MPa}$$

二、构件做等角速度转动时的动荷应力

设某一机器飞轮的轮缘以等角速度 ω 转动（图 16-2a）。其轮缘的平均直径为 D，轮缘的横截面面积为 A，轮缘的材料密度为 ρ，当飞轮的轮缘以等角速度转动时，可近似地认为轮缘内各点的向心加速度大小都相等，且为 $\frac{D\omega^2}{2}$，方向指向圆心。根据达朗贝尔原理，轮缘单位长度的惯性力集度 $q_d = A\rho a_n = \frac{A\rho D}{2}\omega^2$，方向背离圆心（图 16-2b）。这里取半个轮缘为研究对象（图 16-2c），设轮缘横截面上只有轴向拉力 F_T 作用，列出平衡方程

$$\sum F_y = 0, \quad -2F_T + \int_0^\pi q_d \sin\varphi \frac{D}{2}\text{d}\varphi = 0$$

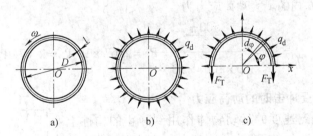

a)   b)   c)

图 16-2

由此得轮缘横截面上的应力为

$$\sigma_d = \frac{F_T}{A} = \frac{\rho D^2 \omega^2}{4} = \rho v^2 \tag{16-4}$$

式中，$v = \frac{D\omega}{2}$ 为轮缘轴线上各点的线速度。由此写出其强度设计准则，即为

$$\sigma_d = \rho v^2 \leqslant [\sigma] \tag{16-5}$$

例 16-2 如图 16-3 所示，圆轴 AB 的质量可忽略不计，轴的 A 端装有刹车制动器，B 端装有飞轮，飞轮转速 $n = 100r/min$，转动惯量 $J_x = 500kg \cdot m^2$，轴的直径 $d = 100mm$，刹车时圆轴在 10s 内以匀减速停止转动，试求圆轴 AB 内的最大动荷应力。

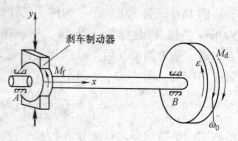

图 16-3

解 飞轮与圆轴的角速度为

$$\omega_0 = \frac{\pi n}{30} = \frac{\pi \times 100}{30}rad/s = \frac{10\pi}{3}rad/s$$

刹车时，圆轴在 10s 内减速运动的角加速度 ε 为

$$\varepsilon = \frac{\omega_1 - \omega_0}{t} = \frac{0 - \omega_0}{t} = \frac{-\dfrac{10\pi}{3}}{10} = -\frac{\pi}{3}rad/s^2$$

上式右边负号表明 ε 与 ω_0 方向相反，如图 16-3 所示。根据达朗贝尔原理（见第八章），将力偶矩为 M_d 的惯性力偶加在飞轮上，力偶矩 M_d 为

$$M_d = -J_x \varepsilon = -500 \times \left(-\frac{\pi}{3}\right)N \cdot m = \frac{500\pi}{3}N \cdot m$$

设作用于轴 A 端的摩擦力偶的力偶矩为 M_f，因圆轴 AB 两端有力偶矩为 M_d 和 M_f 的力偶作用，故扭矩为

$$T = M_f = M_d = \frac{500\pi}{3}N \cdot m$$

由此得圆轴 AB 内的最大动荷应力为

$$\tau_{dmax} = \frac{T}{W_p} = \frac{\dfrac{500\pi}{3}}{\dfrac{\pi}{16} \times 100^3 \times 10^{-9}}Pa = 2.67 \times 10^6 Pa = 2.67MPa$$

三、构件受冲击时的动荷应力

当具有一定速度的运动物体作用到静止的构件上时，物体和构件会产生很大的作用力，这种现象称为冲击。如汽锤锻造、落锤打桩、金属冲压加工、铆钉枪铆接、传动轴制动等，都是冲击的一些工程实例。

如图 16-4a、b 所示，一重量为 G 的冲击物从高度 h 处自由下落，以一定的速度冲击直杆。设使直杆产生的最大冲击位移为 Δ_d（图 16-4c），由机械能守恒定律和胡克定律可知，直杆在受冲击力 F_d 作用时产生的位移 Δ_d

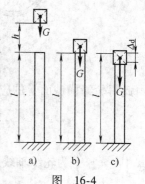

图 16-4

与在静载荷即重量 G 作用下产生的位移 Δ 成正比。直杆受冲击时的最大冲击位移 Δ_d 与静载荷作用时的位移 Δ 之比值，称为冲击动荷因数，用 K_d 表示。即

$$K_d = \frac{\Delta_d}{\Delta} = 1 + \sqrt{1 + \frac{2h}{\Delta}} \tag{16-6}$$

于是，再由静荷和静荷应力，即得动荷内力 F_d 和动荷应力 σ_d 为

$$F_d = K_d G, \quad \sigma_d = K_d \sigma \tag{16-7}$$

得出动荷应力后，即可建立构件受冲击时的强度设计准则，即

$$\sigma_{dmax} = K_d \sigma_{max} \leqslant [\sigma] \tag{16-8}$$

式中，σ_{dmax} 和 σ_{max} 分别为构件受冲击时的最大动荷应力和最大静荷应力；$[\sigma]$ 仍取静荷强度计算中许用应力。

最后应指出，这里的动荷因数，亦即式(16-6)只适用于自由落体冲击的情形，而且也只有材料在弹性范围内才适用。

还有，在设计受冲击载荷作用的构件时，除应使构件满足受冲击时的强度准则外，还应使材料符合规定的抵抗冲击的指标。工程上常用冲击韧度 a_k 作为衡量材料抵抗冲击能力的指标，并由冲击试验确定。

例 16-3 图 16-5 所示为一圆形木柱，下端固定，上端自由，在离柱顶 h 高度处有一重量 $G = 3\text{kN}$ 的重锤自由落下，试求柱内最大动荷应力 σ_{dmax}。已知柱长 $l = 6\text{m}$，直径 $d = 300\text{mm}$，弹性模量 $E = 10\text{GPa}$，$h = 0.2\text{m}$。

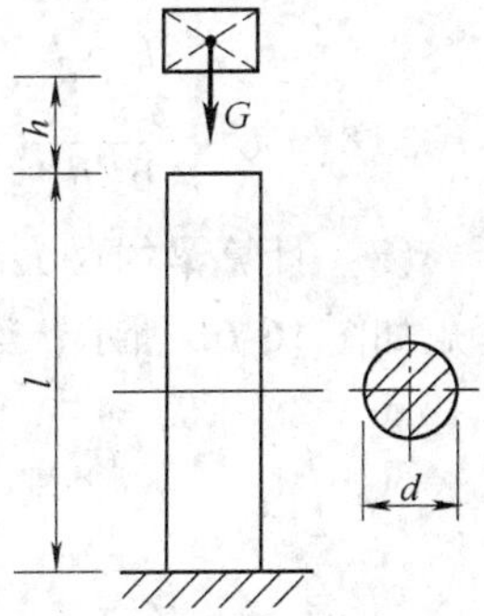

解 根据式(16-8)，最大动荷应力 σ_{dmax} 为

$$\sigma_{dmax} = K_d \sigma_{max}$$

式中，σ_{max} 为最大静荷应力，即重锤静止放在柱顶时引起的柱内最大应力为

$$\sigma_{max} = G/A$$

按式(16-6)，动荷因数为

$$K_d = 1 + \sqrt{1 + \frac{2h}{\Delta}}$$

图 16-5

式中 Δ 为静荷变形，即重锤静止放在柱顶时引起的柱的缩短为 $\Delta = \dfrac{Gl}{EA}$，于是有

$$K_d = 1 + \sqrt{1 + 2h \frac{EA}{Gl}}$$

将相应的数值代入上式，得

$$K_d = 1 + \sqrt{1 + 2 \times 0.2 \times \frac{\dfrac{10 \times 10^9 \times \pi \times 300^2 \times 10^{-6}}{4}}{3 \times 10^3 \times 6}} = 126$$

最后得木柱内最大动荷应力为

$$\sigma_{\text{dmax}} = K_{\text{d}} \frac{G}{A} = 126 \times \frac{3 \times 10^3}{\dfrac{\pi \times 300^2 \times 10^{-6}}{4}} \text{Pa} = 5.35 \times 10^6 \text{Pa} = 5.35 \text{MPa}$$

*例 16-4** 如图 16-6a 所示，物块重力为 $G = 1\text{kN}$，从高 $h = 4\text{cm}$ 处自由下落，冲击矩形截面简支梁 AB 的 C 处。设梁的跨长 $l = 4\text{m}$，横截面尺寸为 $b = 10\text{cm}$，$h = 20\text{cm}$。材料的弹性模量 $E = 100\text{GPa}$。许用应力 $[\sigma] = 40\text{MPa}$。试校核梁的强度并计算梁跨度中点的挠度。

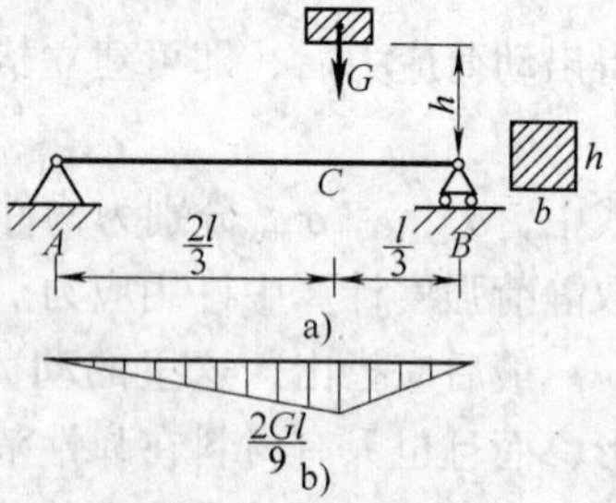

解 （1）计算冲击点 C 处的静位移　计算梁的抗弯刚度

$$EI = 100 \times 10^9 \times \frac{0.1 \times 0.2^3}{12} \text{N} \cdot \text{m}^2$$

$$= 6.67 \times 10^6 \text{N} \cdot \text{m}^2$$

将重力作为静载荷作用于 C 点时，C 点的静位移可由表 12-2 查算得为

图 16-6

$$\delta_{\text{st}} = G \cdot \frac{\dfrac{2l}{3} \cdot \dfrac{l}{3}}{6EIl}\left(l^2 - \frac{4l^2}{9} - \frac{l^2}{9}\right) = \frac{4Gl^3}{243EI} = \frac{4 \times 1000 \times 4^3}{243 \times 6.67 \times 10^6} = 0.158\text{mm}$$

（2）计算梁的最大静应力以及梁跨度中点的静挠度　在静载荷作用下梁的弯矩如图 16-6b 所示，梁的最大静应力及跨度中点的静挠度分别为

$$\sigma_{\text{stmax}} = \frac{M_{\text{max}}}{W} = \frac{2Gl}{9W} = \frac{2 \times 1000 \times 4}{9 \times \dfrac{0.1 \times 0.2^2}{6}} = 1.33\text{MPa}$$

$$f_{\text{st}}\frac{l}{2} = \frac{G\dfrac{l}{3}}{48EI}\left(3l^2 - 4\frac{l^2}{9}\right) = \frac{23Gl^3}{1296EI} = \frac{23 \times 1000 \times 4^4}{1296 \times 6.67 \times 10^6} = 0.170\text{mm}$$

（3）计算梁的冲击动荷系数　由式（16-7）可计算梁的冲击动荷系数

$$K_{\text{d}} = 1 + \sqrt{1 + \frac{2H}{\delta_{\text{st}}}} = 1 + \sqrt{1 + \frac{2 \times 0.04}{0.158 \times 10^{-3}}} = 23.5$$

（4）求梁内的最大冲击应力并校核强度梁内的最大冲击应力

$$\sigma_{\text{dmax}} = K_{\text{d}}\sigma_{\text{stmax}} = 23.5 \times 1.33 = 31.26\text{MPa} < [\sigma]$$

故梁是安全的。

（5）求梁跨度中点的动挠度

$$f_{\text{d}}\frac{l}{2} = K_{\text{d}}f_{\text{st}}\frac{l}{2} = 23.5 \times 0.170 = 4.0\text{mm}$$

第二节　交变应力与疲劳破坏的概念

一、交变载荷和交变应力的概念

机械中有许多构件在工作时所受的载荷是随时间作周期性变化的，这种载荷称为交变载荷。构件在**交变载荷**下产生的应力称为交变应力。例如图16-7a所示齿轮的齿，它可以近似地简化成悬臂梁，其端部受一集中载荷 F 的作用，轴旋转一周，各个齿啮合一次，每一次啮合过程中，齿根 A 点处的载荷随时间作周期性变化。弯曲正应力也就不断地由零变化到最大值，然后再变化到零。轴不断地旋转，A 点应力也就不断地重复上述变化。应力随时间变化的曲线如图16-7b所示。再如，火车车轮轴在载荷作用下产生弯曲变形（图16-8a），当车轮轴转动时，任意截面上任一点的应力就随时间作周期性变化。以中间截面上点 C 的应力为例，当点 C 顺次通过图16-8a中的1、2、3、4各位置时，点 C 的应力变化情况如下所述：当 C 点处于1的位置时，其应力为最大拉应力；当 C 点旋转到2的位置时，应力为零；至3的位置时，其应力为最大压应力，至4的位置时，应力又为零；再回到1的位置时，应力又为最大拉应力。由此可知，轴继续转动，C 点的应力不断地重复以上变化。若以时间 t 为横坐标，弯曲正应力 σ 为纵坐标，则应力随时间的变化如图16-8b所示。

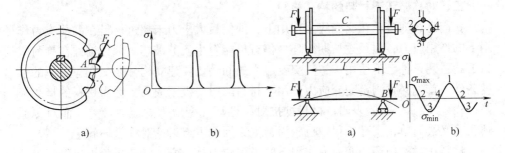

a)　　　　　　　　b)　　　　　　　　　a)　　　　　　　　b)

图　16-7　　　　　　　　　　　　　　图　16-8

从上述这些实例中可见，构件都受到交变应力的作用，但其交变情况不同。应力从某一值经最大值 σ_{max} 和最小值 σ_{min} 后回到同一值的过程称为一个应力循环。通常用最小应力与最大应力之比 r 来表示交变应力的特性，r 称为循环特征系数。即

$$r = \sigma_{min}/\sigma_{max}$$

当构件处于交变应力作用时，r 必在 $+1$ 和 -1 之间变化。当 $r = -1$ 时，称为对称循环的交变应力（图16-8b）。实践证明，对称循环交变应力是最常见、也是最危险的。除 $r = -1$ 的循环外，统称为非对称循环的交变应力。其中 $r = 0$

时，称为脉动循环交变应力(图16-7b)，这也是常见的交变应力。

二、疲劳破坏的特点

实践表明，尽管杆件的工作应力远小于强度极限，甚至低于屈服极限，但长期处在交变应力下工作，常在没有明显塑性变形的情况下发生突然断裂，这种现象称为疲劳破坏。

图16-9所示表示汽锤杆疲劳破坏后的断口。由图可见，疲劳破坏的断口表面通常有两个截然不同的区域，即光滑区和粗糙区。这种断口特征可从引起疲劳破坏的过程来解释。当交变应力中的最大应力超过一定限度并经历了多次循环后，在最大正应力处或材质薄弱处产生细微的裂纹源(如果材料有表面损伤、夹杂物或加工造成的细微裂纹等缺陷,则这些缺陷本身就成为裂纹源)。随着应力循环次数的增多，裂纹逐渐扩大。由于应力的交替变化，裂纹两侧面的材料时而压紧，时而分开，逐渐形成表面的光滑区。另一方面，

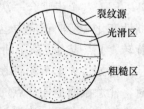

图 16-9

由于裂纹的扩展，有效的承载截面将随之削弱，而且裂纹尖端处形成高度应力集中，当裂缝扩大到一定程度后，在一个偶然的振动或冲击下，构件沿削弱了的截面发生脆性断裂，形成断口的粗糙区域。由此可见"疲劳破坏"只不过是一个惯用名词，并不反映这种破坏的实质。

三、对称循环下材料的持久极限

我们已经知道，在交变应力作用下，即使最大应力未超过材料在静荷应力作用下的许用应力，但经过长期循环，仍有可能发生疲劳破坏。可见构件在静荷应力下的强度条件已不适用于解决交变应力的问题。要建立构件在交变应力下的强度条件，首先必须测定交变应力作用下材料的另一极限应力，称为材料的持久极限，用 σ_r 表示。实验表明，材料抵抗对称循环交变应力的能力最差，而对称循环实验又最简单，实际工程中也较为常见，因此重点讨论对称循环问题。

材料在对称循环交变应力作用下的极限应力是在弯曲疲劳实验机(图16-10a)上测定的。进行疲劳实验以前，将材料做成一组(2~8根)经过仔细加工的小直径

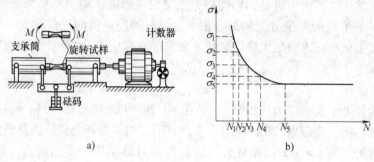

a)

b)

图 16-10

$(d = 7 \sim 10\text{mm})$ 光滑标准试样。实验时，先取一根试样装在实验机上，使其承受每分钟几千次循环的交变应力，直到破坏。记下最大应力 $\sigma'_{\max}$ 和循环次数 N'。然后减小载荷，再取一根试样进行同样实验，记下 $\sigma''_{\max}$ 和 N''。这样，依次递减载荷，重复进行试验。随着载荷的递减，最大应力逐渐变小，循环次数依次递增，从而得到一条反映 σ-N 关系的疲劳曲线，如图 16-10b 所示。当试样循环达"无限次"（通常，对黑色金属材料规定 $N = 10^7$ 次）后仍不发生疲劳破坏的最大应力 $\sigma_{\max}$，即为材料在对称循环时的持久极限，用 σ_{-1} 表示。它是建立交变应力强度条件的主要依据。在设计构件时，材料在不同循环下的持久极限可从手册中查出。

四、疲劳破坏的危害

疲劳破坏往往是在没有明显预兆情况下发生的，很容易造成事故。机械零件的损坏大部分是疲劳损坏，因此对在交变应力下工作的零件进行疲劳强度计算是非常必要的，也是较为复杂的。许多零件的使用寿命就是根据此理论确定的，具体应用将在后继课程（如机械设计）中结合具体零部件的设计时再讨论。

本 章 小 结

静载荷是指由零缓慢地增加到某一值后保持不变的载荷。静应力是指在静载荷作用下的应力。

动载荷指作用在构件上的载荷随时间有显著变化，或在载荷作用下，构件上各点产生显著的加速度的载荷。在动载荷作用下产生的应力，称为动应力。

交变应力是指在工程中的许多构件在工作时随时间作周期变化的应力。多次循环的变动载荷称为交变载荷。

1. 构件做匀加速 $\boldsymbol{a}$ 运动时的动应力强度条件

$$\sigma_{d\max} = \sigma_{\max} K_d \leqslant [\sigma] \text{ 或 } \sigma_{d\max} \leqslant \frac{[\sigma]}{K_d}$$

式中，$[\sigma]$ 为静载荷强度计算中的许用应力；K_d 为动荷因数

$$K_d = 1 + \frac{a}{g}$$

2. 构件做旋转运动的时的动应力强度条件

构件可以近似地看做是绕定轴转动的圆环。圆环强度条件为

$$\sigma_d = \rho v^2 \leqslant [\sigma]$$

3. 受冲击构件的强度条件

$$\sigma_{d\max} = K_d \sigma_{\max} \leqslant [\sigma]$$

式中，K_d 为动荷因数，若为自由落体冲击时 K_d 为动荷因数为

$$K_d = 1 + \sqrt{1 + \frac{2h}{\Delta}}$$

4. 构件交变应力时的强度计算情况较复杂，将在后续课程中研究。

思 考 题

1. 何谓静载荷？何谓动载荷？二者有何区别？就日常生活所见列举几个动载荷的例子。

2. 何谓动荷因数？它有什么物理意义？

3. 为什么转动飞轮都有一定的转速限制？如转速过高。将会产生什么后果？

4. 有一铁制圆环飞轮，在机器开动后做等速旋转时出现了轮缘破裂的现象。当重新对其进行设计时，采用了加大轮缘横截面面积的办法，试问这样是否可以防止破裂发生？

5. 冲击动荷因数与哪些因素有关？为什么弹簧可以承受较大的冲击载荷而不致损坏？

6. 何谓交变应力？什么是疲劳破坏？疲劳破坏是如何形成的？有何特点？

7. 什么是材料的持久极限？它与强度极限有何区别？

习   题

16-1　如图 16-11 所示，已知一物体的重量 $G = 40$kN。提升时的最大加速度 $a = 5$m/s^2，起吊绳索的许用应力 $[\sigma] = 80$MPa，设绳索自重不计，试确定图所示的起吊绳索的横截面积的大小。

16-2　如图 16-12 所示，飞轮的最大圆周速度 $v = 25$m/s，材料密度为 $\rho = 7.41$kg/m^3。若不计轮辐的影响，试求轮缘内的最大正应力。

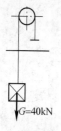

图 16-11

轮辐
轮缘

图 16-12

16-3　如图 16-13 所示，长度为 $l = 12$m 的 32a 号工字钢，每米质量为 $m = 52.7$kg/m，用两根横截面 $A = 1.12$cm^2 的钢绳起吊。设起吊时的加速度 $a = 10$m/s^2，求工字钢中最大动应力及钢绳的动应力。

*16-4　如图 16-14 所示，重量为 G 的重物自高度 h 下落冲击于梁上的 C 点。设梁的 E、I 及抗弯截面系数 W 皆为已知量。试求梁内最大正应力及梁的跨度中点的挠度。

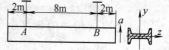

图 16-13

16-5　材料相同、长度相等的变截面杆和等截面杆如图 16-15 所示。若两杆的最大横截面

面积相同，问哪一根杆件承受冲击的能力强？为了便于比较，可以近似地把动荷因数取为

$$K_{\mathrm{d}} = 1 + \sqrt{1 + \frac{2h}{\Delta_{\mathrm{st}}}} \approx \sqrt{\frac{2h}{\Delta_{\mathrm{st}}}}$$

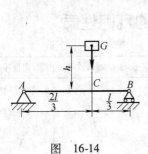

图　16-14

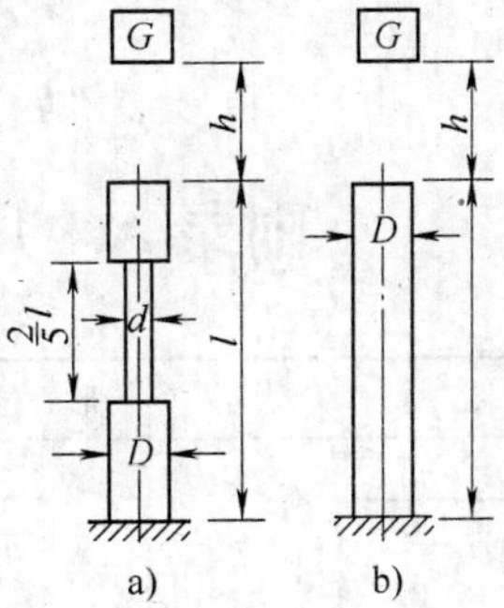

图　16-15

附　　录

附录 A　几种常见图形的几何性质

图　　形	形心位置 e	惯性矩 I_z	抗弯截面系数 W_z	惯性半径 i_z
	$\dfrac{h}{2}$	$\dfrac{bh^3}{12}$	$\dfrac{bh^2}{6}$	$\dfrac{h}{2\sqrt{3}}=0.289h$
	$\dfrac{d}{2}$	$\dfrac{\pi d^4}{64}$	$\dfrac{\pi d^3}{32}$	$\dfrac{d}{4}$
	$\dfrac{D}{2}$	$\dfrac{\pi}{64}(D^4-d^4)$	$\dfrac{\pi}{32D}(D^4-d^4)$	$\dfrac{1}{4}\sqrt{D^2+d^2}$
	$\approx\dfrac{d}{2}$	$\approx\dfrac{\pi d^4}{64}-\dfrac{bt}{4}(d-t)^2$	$\approx\dfrac{\pi d^2}{32}-\dfrac{bt}{2d}(d-t)^2$	$\sqrt{\dfrac{I_z}{A}}$

附录 B　简单形状均质刚体的转动惯量

刚 体 形 状	简　图	转 动 惯 量	回 转 半 径
细直杆		$J_z = \dfrac{1}{12}ml^2$	$\rho_z = \dfrac{l}{2\sqrt{3}}$
		$J_{z'} = \dfrac{1}{3}ml^2$	$\rho_{z'} = \dfrac{l}{\sqrt{3}}$
细圆环		$J_O = mR^2$	$\rho_O = R$
薄圆盘		$J_O = \dfrac{1}{2}mR^2$	$\rho_O = \dfrac{R}{\sqrt{2}}$
圆柱体		$J_z = \dfrac{1}{2}mR^2$	$\rho_z = \dfrac{R}{\sqrt{2}}$
空心圆柱体		$J_z = \dfrac{1}{2}m(R^2 + r^2)$	$\rho_z = \sqrt{\dfrac{R^2 + r^2}{2}}$

（续）

刚体形状	简　图	转动惯量	回转半径
球	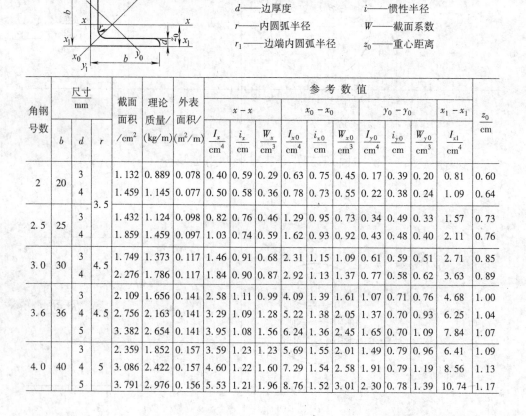	$J_O = \dfrac{2}{5}mR^2$	$\rho_O = \sqrt{\dfrac{2}{5}}R$

附录 C　型钢规格表

表1　热轧等边角钢（GB/T 9787—1988）

符号意义：

b——边宽度	I——惯性矩
d——边厚度	i——惯性半径
r——内圆弧半径	W——截面系数
r₁——边端内圆弧半径	z₀——重心距离

角钢号数	尺寸 mm			截面面积 /cm²	理论质量 /(kg/m)	外表面积 /(m²/m)	$x-x$			x_0-x_0			y_0-y_0			x_1-x_1	z_0 /cm
	b	d	r				I_x /cm⁴	i_x /cm	W_x /cm³	I_{x0} /cm⁴	i_{x0} /cm	W_{x0} /cm³	I_{y0} /cm⁴	i_{y0} /cm	W_{y0} /cm³	I_{x1} /cm⁴	
2	20	3		1.132	0.889	0.078	0.40	0.59	0.29	0.63	0.75	0.45	0.17	0.39	0.20	0.81	0.60
		4	3.5	1.459	1.145	0.077	0.50	0.58	0.36	0.78	0.73	0.55	0.22	0.38	0.24	1.09	0.64
2.5	25	3		1.432	1.124	0.098	0.82	0.76	0.46	1.29	0.95	0.73	0.34	0.49	0.33	1.57	0.73
		4		1.859	1.459	0.097	1.03	0.74	0.59	1.62	0.93	0.92	0.43	0.48	0.40	2.11	0.76
3.0	30	3	4.5	1.749	1.373	0.117	1.46	0.91	0.68	2.31	1.15	1.09	0.61	0.59	0.51	2.71	0.85
		4		2.276	1.786	0.117	1.84	0.90	0.87	2.92	1.13	1.37	0.77	0.58	0.62	3.63	0.89
3.6	36	3	4.5	2.109	1.656	0.141	2.58	1.11	0.99	4.09	1.39	1.61	1.07	0.71	0.76	4.68	1.00
		4		2.756	2.163	0.141	3.29	1.09	1.28	5.22	1.38	2.05	1.37	0.70	0.93	6.25	1.04
		5		3.382	2.654	0.141	3.95	1.08	1.56	6.24	1.36	2.45	1.65	0.70	1.09	7.84	1.07
4.0	40	3	5	2.359	1.852	0.157	3.59	1.23	1.23	5.69	1.55	2.01	1.49	0.79	0.96	6.41	1.09
		4		3.086	2.422	0.157	4.60	1.22	1.60	7.29	1.54	2.58	1.91	0.79	1.19	8.56	1.13
		5		3.791	2.976	0.156	5.53	1.21	1.96	8.76	1.52	3.01	2.30	0.78	1.39	10.74	1.17

(续)

角钢号数	尺寸 mm			截面面积 /cm²	理论质量 /(kg/m)	外表面积 /(m²/m)	参考数值										z₀ /cm
							x-x			x₀-x₀			y₀-y₀			x₁-x₁	
	b	d	r				I_x cm⁴	i_x cm	W_x cm³	I_{x0} cm⁴	i_{x0} cm	W_{x0} cm³	I_{y0} cm⁴	i_{y0} cm	W_{y0} cm³	I_{x1} cm⁴	
4.5	45	3	5	2.659	2.088	0.177	5.17	1.40	1.58	8.20	1.76	2.58	2.14	0.89	1.24	9.12	1.22
		4		3.486	2.736	0.177	6.65	1.38	2.05	10.56	1.74	3.32	2.75	0.89	1.54	12.18	1.26
		5		4.292	3.369	0.176	8.04	1.37	2.51	12.74	1.72	4.00	3.33	0.88	1.81	15.25	1.30
		6		5.076	3.985	0.176	9.33	1.36	2.95	14.76	1.70	4.64	3.89	0.88	2.06	18.36	1.33
5	50	3	5.5	2.971	2.332	0.197	7.18	1.55	1.96	11.37	1.96	3.22	2.98	1.00	1.57	12.50	1.34
		4		3.897	3.059	0.197	9.26	1.54	2.56	14.70	1.94	4.16	3.82	0.99	1.96	16.69	1.38
		5		4.803	3.770	0.196	11.21	1.53	3.13	17.79	1.92	5.03	4.64	0.98	2.31	20.90	1.42
		6		5.688	4.465	0.196	13.05	1.52	3.68	20.68	1.91	5.85	5.42	0.98	2.63	25.14	1.46
5.6	56	3	6	3.343	2.624	0.221	10.19	1.75	2.48	16.14	2.20	4.08	4.24	1.13	2.02	17.56	1.48
		4		4.390	3.446	0.220	13.18	1.73	3.24	20.92	2.18	5.28	5.46	1.11	2.52	23.43	1.53
		5		5.415	4.251	0.220	16.02	1.72	3.97	25.42	2.17	6.42	6.61	1.10	2.98	29.33	1.57
		8		8.367	6.568	0.219	23.63	1.68	6.03	37.37	2.11	9.44	9.89	1.09	4.16	47.24	1.68
6.3	63	4	7	4.978	3.907	0.248	19.03	1.96	4.13	30.17	2.46	6.78	7.89	1.26	3.29	33.35	1.70
		5		6.143	4.822	0.248	23.17	1.94	5.08	36.77	2.45	8.25	9.57	1.25	3.90	41.73	1.74
		6		7.288	5.721	0.247	27.12	1.93	6.00	43.03	2.43	9.66	11.20	1.24	4.46	50.14	1.78
		8		9.515	7.469	0.247	34.46	1.90	7.75	54.56	2.40	12.25	14.33	1.23	5.47	67.11	1.85
		10		11.657	9.151	0.246	41.09	1.88	9.39	64.85	2.36	14.56	17.33	1.22	6.36	84.31	1.93
7	70	4	8	5.570	4.372	0.275	26.39	2.18	5.14	41.80	2.74	8.44	10.99	1.40	4.17	45.74	1.86
		5		6.875	5.397	0.275	32.21	2.16	6.32	51.08	2.73	10.32	13.34	1.39	4.95	57.21	1.91
		6		8.160	6.406	0.275	37.77	2.15	7.48	59.93	2.71	12.11	15.61	1.38	5.67	68.73	1.95
		7		9.424	7.398	0.275	43.09	2.14	8.59	68.35	2.69	13.81	17.82	1.38	6.34	80.29	1.99
		8		10.667	8.373	0.274	48.17	2.12	9.68	76.37	2.68	15.43	19.98	1.37	6.98	91.92	2.03
7.5	75	5	9	7.412	5.818	0.295	39.97	2.33	7.32	63.30	2.92	11.94	16.63	1.50	5.77	70.56	2.04
		6		8.797	6.905	0.294	46.95	2.31	8.64	74.38	2.90	14.02	19.51	1.49	6.67	84.55	2.07
		7		10.160	7.976	0.294	53.57	2.30	9.93	84.96	2.89	16.02	22.18	1.48	7.44	98.71	2.11
		8		11.503	9.030	0.294	59.96	2.28	11.20	95.07	2.88	17.93	24.86	1.47	8.19	112.97	2.15
		10		14.126	11.089	0.293	71.98	2.26	13.64	113.92	2.84	21.84	30.05	1.46	9.56	141.71	2.22
8	80	5	9	7.912	6.211	0.315	48.79	2.48	8.34	77.33	3.13	13.67	20.25	1.60	6.66	85.36	2.15
		6		9.397	7.376	0.314	57.35	2.47	9.87	90.98	3.11	16.08	23.72	1.59	7.65	102.50	2.19
		7		10.860	8.525	0.314	65.58	2.46	11.37	104.07	3.10	18.40	27.09	1.58	8.58	119.70	2.23
		8		12.303	9.658	0.314	73.49	2.44	12.83	116.60	3.08	20.61	30.39	1.57	9.46	136.97	2.27
		10		15.126	11.874	0.313	88.43	2.42	15.64	140.09	3.04	24.76	36.77	1.56	11.08	171.74	2.35
9	90	6	10	10.637	8.350	0.354	82.77	2.79	12.61	131.26	3.51	20.63	34.28	1.80	9.95	145.87	2.44
		7		12.301	9.656	0.354	94.83	2.78	14.54	150.47	3.50	23.64	39.18	1.78	11.19	170.30	2.48
		8		13.944	10.946	0.353	106.47	2.76	16.42	168.97	3.48	26.55	43.97	1.78	12.35	194.80	2.52
		10		17.167	13.476	0.353	128.58	2.74	20.07	203.90	3.45	32.04	53.26	1.76	14.52	244.07	2.59
		12		20.306	15.940	0.352	149.22	2.71	23.57	236.21	3.41	37.12	62.22	1.75	16.49	293.76	2.67

(续)

角钢号数	尺寸 mm			截面面积 /cm²	理论质量/ (kg/m)	外表面积/ (m²/m)	参考数值										z₀ cm
							$x-x$			x_0-x_0			y_0-y_0			x_1-x_1	
	b	d	r				I_x cm⁴	i_x cm	W_x cm³	I_{x0} cm⁴	i_{x0} cm	W_{x0} cm³	I_{y0} cm⁴	i_{y0} cm	W_{y0} cm³	I_{x1} cm⁴	
10	100	6	12	11.932	9.366	0.393	114.95	3.01	15.68	181.98	3.90	25.74	47.92	2.00	12.69	200.07	2.67
		7		13.796	10.830	0.393	131.86	3.09	18.10	208.97	3.89	29.55	54.74	1.99	14.26	233.54	2.71
		8		15.638	12.276	0.393	148.24	3.08	20.47	235.07	3.88	33.24	61.41	1.98	15.75	267.09	2.76
		10		19.261	15.120	0.392	179.51	3.05	25.06	284.68	3.84	40.26	74.35	1.96	18.54	334.48	2.84
		12		22.800	17.898	0.391	208.90	3.03	29.48	330.95	3.81	46.80	86.84	1.95	21.08	402.34	2.91
		14		26.256	20.611	0.391	236.53	3.00	33.73	374.06	3.77	52.90	99.00	1.94	23.44	470.75	2.99
		16		29.627	23.257	0.390	262.53	2.98	37.82	414.16	3.74	58.57	110.89	1.94	25.63	539.80	3.06
11	110	7	12	15.196	11.928	0.433	177.16	3.41	22.05	280.94	4.30	36.12	73.38	2.20	17.51	310.64	2.96
		8		17.238	13.532	0.433	199.46	3.40	24.95	316.49	4.28	40.69	82.42	2.19	19.39	355.20	3.01
		10		21.261	16.690	0.432	242.19	3.38	30.60	384.39	4.25	49.42	99.98	2.17	22.91	444.65	3.09
		12		25.200	19.782	0.431	282.55	3.35	36.05	448.17	4.22	57.62	116.93	2.15	26.15	534.60	3.16
		14		29.056	22.809	0.431	320.71	3.32	41.31	508.01	4.18	65.31	133.40	2.14	29.14	625.16	3.24
12.5	125	8	14	19.750	15.504	0.492	297.03	3.88	32.52	470.89	4.88	53.28	123.16	2.50	25.86	521.01	3.37
		10		24.373	19.133	0.491	361.67	3.85	39.97	573.89	4.85	64.93	149.46	2.48	30.62	651.93	3.45
		12		28.912	22.696	0.491	423.16	3.83	41.17	671.44	4.82	76.96	174.88	2.46	35.03	783.42	3.53
		14		33.367	26.193	0.490	481.65	3.80	54.16	763.73	4.78	86.41	199.57	2.45	39.13	915.61	3.61
14	140	10	14	27.373	21.488	0.551	514.65	4.34	50.58	817.27	5.46	82.56	212.04	2.78	39.20	915.11	3.82
		12		32.512	25.522	0.551	603.68	4.31	59.80	958.79	5.43	96.85	248.57	2.76	45.02	1099.28	3.90
		14		37.567	29.490	0.550	688.81	3.28	68.75	1093.56	5.40	110.47	284.06	2.75	50.45	1284.22	3.98
		16		42.539	33.393	0.549	770.24	4.26	77.46	1221.81	5.36	123.42	318.67	2.74	55.55	1470.07	4.06
16	160	10	16	31.502	24.729	0.630	779.53	4.98	66.70	1237.30	6.27	109.36	321.76	3.20	52.76	1365.33	4.31
		12		37.441	29.391	0.630	916.58	4.95	78.98	1455.68	6.24	128.67	377.49	3.18	60.47	1639.57	4.39
		14		43.296	33.987	0.629	1048.36	4.92	90.95	1665.02	6.20	147.17	431.70	3.16	68.24	1914.68	4.47
		16		49.067	38.518	0.629	1175.08	4.89	102.63	1865.57	6.17	164.89	484.59	3.14	75.31	2190.82	4.55
18	180	12	16	42.241	35.159	0.710	1321.35	5.59	100.82	2100.10	7.05	165.00	542.61	3.58	78.41	2332.80	4.89
		14		48.896	38.383	0.709	1514.48	5.56	116.25	2407.42	7.02	189.14	621.53	3.56	88.38	2723.48	4.97
		16		55.467	43.542	0.709	1700.99	5.54	131.13	2703.37	6.98	212.40	698.60	3.55	97.83	3115.29	5.05
		18		61.955	48.634	0.708	1875.12	5.50	145.64	2988.24	6.94	234.78	762.01	3.51	105.14	3502.43	5.13
20	200	14	18	54.642	42.894	0.788	2103.55	6.20	144.70	3343.26	7.82	236.40	863.83	3.98	111.82	3734.10	5.46
		16		62.013	48.680	0.788	2366.15	6.18	163.65	3760.89	7.79	265.93	971.41	3.96	123.96	4270.39	5.54
		18		69.301	54.401	0.787	2620.64	6.15	182.22	4164.54	7.75	294.48	1076.74	3.94	135.52	4808.13	5.62
		20		76.505	60.056	0.787	2867.30	6.12	200.42	4554.55	7.72	322.06	1180.04	3.93	146.55	5347.51	5.69
		24		90.661	71.168	0.785	3338.25	6.07	236.17	5294.97	7.64	374.41	1381.53	3.90	166.55	6457.16	5.87

注：截面图中的 $r_1=\dfrac{1}{3}d$ 及表中 r 值的数据用于孔型设计，不作交货条件。

表2　热轧不等边角钢（GB 9788—1988）

符号意义：
B——长边宽度
d——边厚度
r_1——边端内圆弧半径
i——惯性半径
x_0——重心距离
b——短边宽度
r——内圆弧半径
I——惯性矩
W——截面系数
y_0——重心距离

角钢号数	尺寸 mm				截面面积 /cm²	理论质量 /(kg/m)	外表面积 /(m²/m)	参考数值														
								x-x			y-y			x_1-x_1		y_1-y_1		u-u				
	B	b	d	r				I_x cm⁴	i_x cm	W_x cm³	I_y cm⁴	i_y cm	W_y cm³	I_{x1} cm⁴	y_0 cm	I_{y1} cm⁴	x_0 cm	I_u cm⁴	i_u cm	W_u cm³	tanα
2.5/ 1.6	25	16	3	3.5	1.162	0.912	0.080	0.70	0.78	0.43	0.22	0.44	0.19	1.56	0.86	0.43	0.42	0.14	0.34	0.16	0.392
			4		1.499	1.176	0.079	0.88	0.77	0.55	0.27	0.43	0.24	2.09	0.90	0.59	0.46	0.17	0.34	0.20	0.381
3.2/2	32	20	3	3.5	1.492	1.171	0.102	1.53	1.01	0.72	0.46	0.55	0.30	3.27	1.08	0.82	0.49	0.28	0.43	0.25	0.382
			4		1.939	1.522	0.101	1.93	1.00	0.93	0.57	0.54	0.39	4.37	1.12	1.12	0.53	0.35	0.42	0.32	0.374
4/2.5	40	25	3	4	1.890	1.484	0.127	3.08	1.28	1.15	0.93	0.70	0.49	6.39	1.32	1.59	0.59	0.56	0.54	0.40	0.386
			4		2.467	1.936	0.127	3.93	1.26	1.49	1.18	0.69	0.63	8.53	1.37	2.14	0.63	0.71	0.54	0.52	0.381
4.5/ 2.8	45	28	3	5	2.149	1.687	0.143	4.45	1.44	1.47	1.34	0.79	0.62	9.10	1.47	2.23	0.64	0.80	0.61	0.51	0.383
			4		2.806	2.203	0.143	5.69	1.42	1.91	1.70	0.78	0.80	12.13	1.51	3.00	0.68	1.02	0.60	0.66	0.380
5/3.2	50	32	3	5.5	2.431	1.908	0.161	6.24	1.60	1.84	2.02	0.91	0.82	12.49	1.60	3.31	0.73	1.20	0.70	0.68	0.404
			4		3.177	2.494	0.160	8.02	1.59	2.39	2.58	0.90	1.06	16.65	1.65	4.45	0.77	1.53	0.69	0.87	0.402
5.6/ 3.6	56	36	3	6	2.743	2.153	0.181	8.88	1.80	2.32	2.92	1.03	1.05	17.54	1.78	4.70	0.80	1.73	0.79	0.87	0.408
			4		3.590	2.818	0.180	11.45	1.79	3.03	3.76	1.02	1.37	23.39	1.82	6.33	0.85	2.23	0.79	1.13	0.408
			5		4.415	3.466	0.180	13.86	1.77	3.71	4.49	1.01	1.65	29.25	1.87	7.94	0.88	2.67	0.78	1.36	0.404

（续）

角钢号数	尺寸 mm B	b	d	r	截面面积 /cm²	理论质量 (kg/m)	外表面积 (m²/m)	I_x cm⁴ (x-x)	i_x cm	W_x cm³	I_y cm⁴ (y-y)	i_y cm	W_y cm³	I_{x1} cm⁴ (x₁-x₁)	y_0 cm	I_{y1} cm⁴ (y₁-y₁)	x_0 cm	I_u cm⁴ (u-u)	i_u cm	W_u cm³	tanα
6.3/4	63	40	4	7	4.058	3.185	0.202	16.49	2.02	3.87	5.23	1.14	1.70	33.30	2.04	8.63	0.92	3.12	0.88	1.40	0.398
			5		4.993	3.920	0.202	20.02	2.00	4.74	6.31	1.12	2.71	41.63	2.08	10.86	0.95	3.76	0.87	1.71	0.396
			6		5.908	4.638	0.201	23.36	1.96	5.59	7.29	1.11	2.43	49.98	2.12	13.12	0.99	4.34	0.86	1.99	0.393
			7		6.802	5.339	0.201	26.53	1.98	6.40	8.24	1.10	2.78	58.07	2.15	15.47	1.03	4.97	0.86	2.29	0.389
7/4.5	70	45	4	7.5	4.547	3.570	0.226	23.17	2.26	4.86	7.55	1.29	2.17	45.92	2.24	12.26	1.02	4.40	0.98	1.77	0.410
			5		5.609	4.403	0.225	27.95	2.23	5.92	9.13	1.28	2.65	57.10	2.28	15.39	1.06	5.40	0.98	2.19	0.407
			6		6.647	5.218	0.225	32.54	2.21	6.95	10.62	1.26	3.12	68.35	2.32	18.58	1.09	6.35	0.98	2.59	0.404
			7		7.657	6.011	0.225	37.22	2.20	8.03	12.01	1.25	3.57	79.99	2.36	21.84	1.13	7.16	0.97	2.94	0.402
(7.5/5)	75	50	5	8	6.125	4.808	0.245	34.86	2.39	6.83	12.61	1.44	3.30	70.00	2.40	21.04	1.17	7.41	1.10	2.74	0.435
			6		7.260	5.699	0.245	41.12	2.38	8.12	14.70	1.42	3.88	84.30	2.44	25.37	1.21	8.54	1.08	3.19	0.435
			8		9.467	7.431	0.244	52.39	2.35	10.52	18.53	1.40	4.99	112.50	2.52	34.23	1.29	10.87	1.07	4.10	0.429
			10		11.590	9.098	0.244	62.71	2.33	12.79	21.96	1.38	6.04	140.80	2.60	43.43	1.36	13.10	1.06	4.99	0.423
8/5	80	50	5	8	6.375	5.005	0.255	41.96	2.56	7.78	12.82	1.42	3.32	85.21	2.60	21.06	1.14	7.66	1.10	2.74	0.388
			6		7.560	5.935	0.255	49.49	2.56	9.25	14.95	1.41	3.91	102.53	2.65	25.41	1.18	8.85	1.08	3.20	0.387
			7		8.724	6.848	0.255	56.16	2.54	10.58	16.96	1.39	4.48	119.53	2.69	29.82	1.21	10.18	1.08	3.70	0.384
			8		9.867	7.745	0.254	62.83	2.52	11.92	18.85	1.38	5.03	136.41	2.73	34.32	1.25	11.38	1.07	4.16	0.381
9/5.6	90	56	5	9	7.212	5.661	0.287	60.45	2.90	9.92	18.32	1.59	4.21	121.32	2.91	29.53	1.25	10.98	1.23	3.49	0.385
			6		8.557	6.717	0.286	71.03	2.88	11.74	21.42	1.58	4.96	145.59	2.95	35.58	1.29	12.90	1.23	4.18	0.384
			7		9.880	7.756	0.286	81.01	2.86	13.49	24.36	1.57	5.70	169.66	3.00	41.71	1.33	14.67	1.22	4.72	0.382
			8		11.183	8.779	0.286	91.03	2.85	15.27	27.15	1.56	6.41	194.17	3.04	47.93	1.36	16.34	1.21	5.29	0.380

（续）

角钢号数	尺寸/mm				截面面积 /cm²	理论质量/ (kg/m)	外表面积/ (m²/m)	参考数值													
	B	b	d	r				x-x			y-y			x₁-x₁		y₁-y₁		u-u			
								I_x/cm⁴	i_x/cm	W_x/cm³	I_y/cm⁴	i_y/cm	W_y/cm³	I_{x1}/cm⁴	y_0/cm	I_{y1}/cm⁴	x_0/cm	I_u/cm⁴	i_u/cm	W_u/cm³	$\tan\alpha$
10/6.3	100	63	6	10	9.617	7.550	0.320	99.06	3.21	14.64	30.94	1.79	6.35	199.71	3.24	50.50	1.43	18.42	1.38	5.25	0.394
			7		11.111	8.722	0.320	113.45	3.20	16.88	35.26	1.78	7.29	233.00	3.38	59.14	1.47	21.00	1.38	6.02	0.393
			8		12.584	9.878	0.319	127.37	3.18	19.08	39.39	1.77	8.21	266.32	3.32	67.88	1.50	23.50	1.37	6.78	0.391
			10		15.467	12.142	0.319	153.81	3.15	23.32	47.12	1.74	9.98	333.06	3.40	85.73	1.58	28.33	1.35	8.24	0.387
10/8	100	80	6	10	10.637	8.350	0.454	107.04	3.17	15.19	61.24	2.40	10.16	199.83	2.95	102.68	1.97	31.65	1.72	8.37	0.627
			7		12.301	9.656	0.354	122.73	3.16	17.52	70.08	2.39	11.71	233.20	3.00	119.98	2.01	36.17	1.72	9.60	0.626
			8		13.944	10.946	0.353	137.92	3.14	19.81	78.58	2.37	13.21	266.61	3.04	137.37	2.05	40.58	1.71	10.80	0.625
			10		17.167	13.476	0.353	166.87	3.12	24.24	94.65	2.35	16.12	333.63	3.12	172.48	2.13	49.10	1.69	13.12	0.622
11/7	110	70	6	10	10.637	8.350	0.354	133.57	3.54	17.85	42.92	2.01	7.90	265.78	3.53	69.08	1.57	25.36	1.54	6.53	0.403
			7		12.301	9.656	0.354	153.00	3.53	20.60	49.01	2.00	9.09	310.07	3.57	80.82	1.61	28.95	1.53	7.50	0.402
			8		13.944	10.946	0.353	172.04	3.51	23.30	54.87	1.98	10.25	354.39	3.62	92.70	1.65	32.45	1.53	8.45	0.401
			10		17.167	13.476	0.353	208.39	3.48	28.54	65.88	1.96	12.48	443.13	3.70	116.83	1.72	39.20	1.51	10.29	0.397
12.5/8	125	80	7	11	14.096	11.066	0.403	277.98	4.02	26.86	74.42	2.30	12.01	454.99	4.01	120.32	1.80	43.81	1.76	9.92	0.408
			8		15.989	12.551	0.403	256.77	4.01	30.41	83.49	2.28	13.56	519.99	4.06	137.85	1.84	49.15	1.75	11.18	0.407
			10		19.712	15.474	0.402	312.04	3.98	37.33	100.67	2.26	16.56	650.99	4.14	173.40	1.92	59.45	1.74	13.64	0.404
			12		23.351	18.330	0.402	364.41	3.95	44.01	116.67	2.24	19.43	780.39	4.22	209.67	2.00	69.35	1.72	16.01	0.400

（续）

角钢号数	尺寸 mm				截面面积 /cm²	理论质量 (kg/m)	外表面积 (m²/m)	参考数值													
								x－x			y－y			x₁－x₁		y₁－y₁		u－u			
	B	b	d	r				I_x cm⁴	i_x cm	W_x cm³	I_y cm⁴	i_y cm	W_y cm³	I_{x1} cm⁴	y_0 cm	I_{y1} cm⁴	x_0 cm	I_u cm⁴	i_u cm	W_u cm³	tanα
14/9	140	90	8	12	18.038	14.160	0.453	365.64	4.50	38.48	120.69	2.59	17.34	730.53	4.50	195.79	2.04	70.83	1.98	14.31	0.411
			10		22.261	17.475	0.452	445.50	4.47	47.31	146.03	2.56	21.22	913.20	4.58	245.92	2.12	85.82	1.96	17.48	0.409
			12		26.400	20.724	0.451	521.59	4.44	55.87	169.79	2.54	24.95	1096.09	4.66	296.89	2.19	100.21	1.95	20.54	0.406
			14		30.456	23.908	0.451	594.10	4.42	64.18	192.10	2.51	28.54	1279.26	4.74	348.82	2.27	114.13	1.94	23.52	0.403
16/10	160	100	10	13	25.315	19.872	0.512	668.69	5.14	62.13	205.03	2.85	26.56	1362.89	5.24	336.59	2.28	121.74	2.19	21.92	0.390
			12		30.054	23.592	0.511	784.91	5.11	73.49	239.06	2.82	31.28	1635.56	5.32	405.94	2.36	142.33	2.17	25.79	0.388
			14		34.709	27.247	0.510	896.30	5.08	84.56	271.20	2.80	35.83	1908.50	5.40	476.42	2.43	162.23	2.16	29.56	0.385
			16		39.281	30.835	0.510	1003.04	5.05	95.33	301.60	2.77	40.24	2181.79	5.48	548.22	2.51	182.57	2.16	33.44	0.382
18/11	180	110	10	14	28.373	22.273	0.571	956.25	5.80	78.96	278.11	3.13	32.49	1940.40	5.89	447.22	2.44	166.50	2.42	26.88	0.376
			12		33.721	26.464	0.571	1124.72	5.78	93.53	325.03	3.10	34.32	2328.38	5.98	538.94	2.52	194.87	2.40	31.66	0.374
			14		38.967	30.589	0.570	1286.91	5.75	107.76	369.55	3.08	43.97	2716.60	6.06	631.95	2.59	222.30	2.39	36.32	0.372
			16		44.139	34.649	0.569	1443.06	5.72	121.64	411.85	3.06	49.44	3105.15	6.14	726.46	2.67	248.94	2.38	40.87	0.369
20/12.5	200	125	12	14	37.912	29.761	0.641	1570.90	6.44	116.73	483.16	3.57	49.99	3193.85	6.54	787.74	2.83	285.79	2.74	41.23	0.392
			14		42.867	34.436	0.640	1800.97	4.41	134.65	550.83	3.54	57.44	3726.17	6.62	922.47	2.91	326.58	2.73	47.34	0.390
			16		49.739	39.045	0.639	2023.35	6.38	152.18	615.44	3.52	64.69	4258.86	6.70	1058.86	2.99	366.21	2.71	53.52	0.388
			18		55.526	43.588	0.639	2238.30	6.35	169.33	677.19	3.49	71.74	4792.00	6.78	1197.13	3.06	404.83	2.70	59.18	0.385

注：1. 括号内型号不推荐使用。

2. 截面图中的 $r_1 = \dfrac{1}{3}d$ 及表中 r 的数据用于孔型设计，不作交货条件。

表3　热轧工字钢（GB/T 706—1988）

符号意义：
h—高度
b—腿宽度
d—腰厚度
t—平均腿厚度
r—内圆弧半径
r₁—腿端圆弧半径
I—惯性矩
W—截面系数
i—惯性半径
S—半截面的静力矩

型号	尺寸 mm						截面面积 cm²	理论质量 (kg/m)	参考数值						
									x−x				y−y		
	h	b	d	t	r	r₁			I_x cm⁴	W_x cm³	i_x cm	$i_x:S_x$ cm	I_y cm⁴	W_y cm³	i_y cm
10	100	68	4.5	7.6	6.5	3.3	14.3	11.2	245	49	4.14	8.59	33	9.72	1.52
12.6	126	74	5	8.4	7	3.5	18.1	14.2	488.43	77.529	5.195	10.85	46.906	12.677	1.609
14	140	80	5.5	9.1	7.5	3.8	21.5	16.9	712	102	5.76	12	64.4	16.1	1.73
16	160	88	6	9.9	8	4	26.1	20.5	1130	141	6.58	13.8	93.1	21.2	1.89
18	180	94	6.5	10.7	8.5	4.3	30.6	24.1	1660	185	7.36	15.4	122	26	2
20a	200	100	7	11.4	9	4.5	35.5	27.9	2370	237	8.15	17.2	158	31.5	2.12
20b	200	102	9	11.4	9	4.5	39.5	31.1	2500	250	7.96	16.9	169	33.1	2.06
22a	220	110	7.5	12.3	9.5	4.8	42	33	3400	309	8.99	18.9	225	40.9	2.31
22b	220	112	9.5	12.3	9.5	4.8	46.4	36.4	3570	325	8.78	18.7	239	42.7	2.27
25a	250	116	8	13	10	5	48.5	38.1	5023.54	401.88	10.18	21.58	280.046	48.283	2.403
25b	250	118	10	13	10	5	53.5	42	5283.96	422.72	9.938	21.27	309.297	52.423	2.404
28a	280	122	8.5	13.7	10.5	5.3	55.45	43.4	7114.14	508.15	11.32	24.62	345.051	56.565	2.495
28b	280	124	10.5	13.7	10.5	5.3	61.05	47.9	7480	534.29	11.08	24.24	379.496	61.209	2.493

（续）

型号	尺寸/mm						截面面积 cm²	理论质量 (kg/m)	参考数值						
									x−x				y−y		
	h	b	d	t	r	r₁			I_x cm⁴	W_x cm³	i_x cm	$i_x:S_x$ cm	I_y cm⁴	W_y cm³	i_y cm
32a	320	130	9.5	15	11.5	5.8	67.05	52.7	11075.5	692.2	12.84	27.46	459.93	70.758	2.619
32b	320	132	11.5	15	11.5	5.8	73.45	57.7	11621.4	726.33	12.58	27.09	501.93	75.989	2.614
32c	320	134	13.5	15	11.5	5.8	79.95	62.8	12167.5	760.47	12.34	26.77	543.81	81.166	2.608
36a	360	136	10	15.8	12	6	76.3	59.9	15760	875	14.4	30.7	552	81.2	2.69
36b	360	138	12	15.8	12	6	83.5	65.6	16530	919	14.1	30.3	582	84.3	2.64
36c	360	140	14	15.8	12	6	90.7	71.2	17310	962	13.8	29.9	612	87.4	2.6
40a	400	142	10.5	16.5	12.5	6.3	86.1	67.6	21720	1090	15.9	34.1	660	93.2	2.77
40b	400	144	12.5	16.5	12.5	6.3	94.1	73.8	22780	1140	15.6	33.6	692	96.2	2.71
40c	400	146	14.5	16.5	12.5	6.3	102	80.1	23850	1190	15.2	33.2	727	99.6	2.65
45a	450	150	11.5	18	13.5	6.8	102	80.4	32240	1430	17.7	38.6	855	114	2.89
45b	450	152	13.5	18	13.5	6.8	111	87.4	33760	1500	17.4	38	894	118	2.84
45c	450	154	15.5	18	13.5	6.8	120	94.5	35280	1570	17.1	37.6	938	122	2.79
50a	500	158	12	20	14	7	119	93.6	46470	1860	19.7	42.8	1120	142	3.07
50b	500	160	14	20	14	7	129	101	48560	1940	19.4	42.4	1170	146	3.01
50c	500	162	16	20	14	7	139	109	50640	2080	19	41.8	1220	151	2.96
56a	560	166	12.5	21	14.5	7.3	135.25	106.2	65585.6	2342.31	22.02	47.73	1370.16	165.08	3.182
56b	560	168	14.5	21	14.5	7.3	146.45	115	68512.5	2446.69	21.63	47.17	1486.75	174.25	3.162
56c	560	170	16.5	21	14.5	7.3	157.85	123.9	71439.4	2551.41	21.27	46.66	1558.39	183.34	3.158
63a	630	176	13	22	15	7.5	154.9	121.6	93916.2	2981.47	24.62	54.17	1700.55	193.24	3.314
63b	630	178	15	22	15	7.5	167.5	131.5	98083.6	3163.38	24.2	53.51	1812.07	203.6	3.289
63c	630	180	17	22	15	7.5	180.1	141	102251.1	3298.42	23.82	52.92	1924.91	213.88	3.268

注：截面图和表中标注的圆弧半径 r、r₁ 的数据用于孔型设计，不作交货条件。

表 4 热轧槽钢（GB 707—1988）

符号意义：

h——高度
b——腿宽度
d——腰厚度
t——平均腿厚度
r——内圆弧半径
r₁——腿端圆弧半径
I——惯矩
W——截面模量
i——惯性半径
z₀——y—y 轴与 y₁—y₁ 轴间距

型号	尺寸 mm						截面面积 cm²	理论质量 (kg/m)	参考数值							
									x—x			y—y			y₁—y₁	z₀ cm
	h	b	d	t	r	r₁			W_x cm³	I_x cm⁴	i_x cm	W_y cm³	I_y cm⁴	i_y cm	I_{y1} cm⁴	
5	50	37	4.5	7	7	3.5	6.93	5.44	10.4	26	1.94	3.55	8.3	1.1	20.9	1.35
6.3	63	40	4.8	7.5	7.5	3.75	8.444	6.63	16.123	50.786	2.453	4.50	11.872	1.185	28.38	1.36
8	80	43	5	8	8	4	10.24	8.04	25.3	101.3	3.15	5.79	16.6	1.27	37.4	1.43
10	100	48	5.3	8.5	8.5	4.25	12.74	10	39.7	198.3	3.95	7.8	25.6	1.41	54.9	1.52
12.6	126	53	5.5	9	9	4.5	15.69	12.37	62.137	391.466	4.953	10.242	37.99	1.567	77.09	1.59
14a	140	58	6	9.5	9.5	4.75	18.51	14.53	80.5	563.7	5.52	13.01	53.2	1.7	107.1	1.71
14b	140	60	8	9.5	9.5	4.75	21.31	16.73	87.1	609.4	5.35	14.12	61.1	1.69	120.6	1.67
16a	160	63	6.5	10	10	5	21.95	17.23	108.3	866.2	6.28	16.3	73.3	1.83	144.1	1.8
16	160	63	8.5	10	10	5	25.15	19.74	116.8	934.5	6.1	17.55	83.4	1.82	160.8	1.75
18a	180	68	7	10.5	10.5	5.25	25.69	20.17	141.4	1272.7	7.04	20.03	98.6	1.96	189.7	1.88
18	180	70	9	10.5	10.5	5.25	29.29	22.99	152.2	1369.9	6.84	21.52	111	1.95	210.1	1.84
20a	200	73	7	11	11	5.5	28.83	22.63	178	1780.4	7.86	24.2	128	2.11	244	2.01
20	200	75	9	11	11	5.5	32.83	25.77	191.4	1913.7	7.64	25.88	143.6	2.09	268.4	1.95

（续）

型号	尺寸 mm						截面面积 cm²	理论质量 (kg/m)	参考数值							
									x-x			y-y			y_1-y_1	z_0
	h	b	d	t	r	r_1			W_x cm³	I_x cm⁴	i_x cm	W_y cm³	I_y cm⁴	i_y cm	I_{y1} cm⁴	cm
22a	220	77	7	11.5	11.5	5.75	31.84	24.99	217.6	2393.9	8.67	28.17	157.8	2.23	298.2	2.1
22	220	79	9	11.5	11.5	5.75	36.24	28.45	233.8	2571.4	8.42	30.05	176.4	2.21	326.3	2.03
25a	250	78	7	12	12	6	34.91	27.47	269.597	3369.62	9.823	30.607	175.529	2.243	322.256	2.065
25b	250	80	9	12	12	6	39.91	31.39	282.402	3530.04	9.405	32.657	196.421	2.218	353.187	1.982
25c	250	82	11	12	12	6	44.91	35.32	295.236	3690.45	9.065	35.926	218.415	2.206	384.133	1.921
28a	280	82	7.5	12.5	12.5	6.25	40.02	31.42	340.328	4764.59	10.91	35.718	217.989	2.333	387.566	2.097
28b	280	84	9.5	12.5	12.5	6.25	45.62	35.81	366.46	5130.45	10.6	37.929	242.144	2.304	427.589	2.016
28c	280	86	11.5	12.5	12.5	6.25	51.22	40.21	392.594	5496.32	10.35	40.301	267.602	2.286	462.597	1.951
32a	320	88	8	14	14	7	48.7	38.22	474.879	7598.06	12.49	46.473	304.787	2.502	552.31	2.242
32b	320	90	10	14	14	7	55.1	43.25	509.012	8144.2	12.15	49.157	336.332	2.471	592.933	2.158
32c	320	92	12	14	14	7	61.5	48.28	543.145	8690.33	11.88	52.642	374.175	2.467	643.299	2.092
36a	360	96	9	16	16	8	60.89	47.8	659.7	11874.2	13.97	63.54	455	2.73	818.4	2.44
36b	360	98	11	16	16	8	68.09	53.45	702.9	12651.8	13.63	66.85	496.7	2.7	880.4	2.37
36c	360	100	13	16	16	8	75.29	50.1	746.1	13429.4	13.36	70.02	536.4	2.67	947.9	2.34
40a	400	100	10.5	18	18	9	75.05	58.91	878.9	17577.9	15.30	78.83	592	2.81	1067.7	2.49
40b	400	102	12.5	18	18	9	83.05	65.19	932.2	18644.5	14.98	85.52	640	2.78	1135.6	2.44
40c	400	104	14.5	18	18	9	91.05	71.47	985.6	19711.2	14.71	86.19	687.8	2.75	1220.7	2.42

注：截面图和表中标注的圆弧半径 r、r_1 的数据用于孔型设计，不作交货条件。

参 考 文 献

[1] 孟庆东. 工程力学(静力学和材料力学)[M]. 青岛：青岛海洋大学出版社，1991.

[2] 孟庆东. 工程力学(运动学和动力学)[M]. 青岛：青岛海洋大学出版社，1993.

[3] 王虎. 静力学、运动学和动力学[M]. 西安：西北工业大学出版社，2000.

[4] 西北工业大学. 理论力学[M]. 北京：人民教育出版社，1990.

[5] 西北工业大学. 理论力学解题指导[M]. 北京：国防工业出版社，1982.

[6] 哈尔滨工业大学理论力学教研室. 理论力学[M]. 北京：高等教育出版社，1997.

[7] 曾宗福. 机械基础[M]. 北京：化学工业出版社，2003.

[8] 刘思俊. 工程力学[M]. 2版. 北京：机械工业出版社，2006.

[9] 刘思俊. 工程力学练习册[M]. 北京：机械工业出版社，2006.

[10] 聂毓琴，李洪. 工程力学[M]. 北京：科学出版社，2006.

[11] 穆能玲. 工程力学[M]. 北京：机械工业出版社，2002.

[12] 关玉琴. 工程力学[M]. 北京：人民邮电出版社，2006.

[13] 张秉荣. 工程力学[M]. 北京：机械工业出版社，2007.

[14] 刘鸿文. 材料力学[M]. 3版. 北京：高等教育出版社，1992.

[15] 范本隽. 简明工程力学教程[M]. 北京：科学出版社，2005.

[16] 赵关康，张国民. 工程力学简明教程[M]. 北京：机械工业出版社，2006.

[17] 王振发. 工程力学[M]. 北京：机械工业出版社，2002.

[18] 李琴. 工程力学[M]. 北京：化学工业出版社，2008.

[19] 章志芳. 工程力学[M]. 北京：人民邮电出版社，2007.